HEYNE <

Ein Verzeichnis aller im
Wilhelm Heyne Verlag erschienenen
Shadowrun-Bände finden Sie
am Schluss des Bandes.

LARA MÖLLER

QUICKSHOT

Zweiundsechzigster Band des
SHADOWRUN-ZYKLUS

Überarbeitete Neuausgabe

WILHELM HEYNE VERLAG
MÜNCHEN

Umwelthinweis:
Dieses Buch wurde auf chlor- und
säurefreiem Papier gedruckt.

Überarbeitete Neuausgabe 8/07
Redaktion: Catherine Beck

www.heyne.de
Printed in Germany 2007
Umschlagbild: Thierry Doizon
Umschlaggestaltung: Nele Schütz Design, München
Satz: C. Schaber Datentechnik, Wels
Druck und Bindung: GGP Media GmbH, Pößneck

ISBN: 978-3-453-52305-0

When darkness falls upon my soul
Shadows reign my day and night
The fire stops and then my heart
Like ice will freeze and fall apart

Kapitel I

Ende Juni 2057

Das Leben geht weiter.
Vor zwölf Monaten hätte Ash darüber gelacht. Na ja, gelacht hätte er wahrscheinlich nicht, höchstens müde gelächelt. Aber es stimmte, das Leben ging tatsächlich weiter.
Manchmal bedauerte er es.

Vor ihm schlängelte sich die staubige Landstraße durch eine karge, von flachen Senken durchzogene Einöde. Verkrüppelte Bäume, Gestrüpp und Rollsplitt zogen schnell an ihm vorbei. Über den Rand der schwarzen Smartbrille hinweg schaute er prüfend in den Rückspiegel. Weit und breit kein anderes Fahrzeug, keine Spuren von Leben. Nur er selbst in einem cremefarbenen Chevrolet, der dank exzellenter Stoßdämpfer beinahe ohne Erschütterungen über den verwitterten Asphalt glitt.

Es war kurz nach elf, und die spanische Sonne brannte vom stahlblauen Himmel. Kein Wölkchen war zu sehen, nicht einmal die Andeutung einer Schleierwolke. Die Aircondition lief auf vollen Touren und sorgte für angenehme Kühle, während draußen die Luft über dem aufgeheizten Land flimmerte und ihm eine regennasse Straße vorgaukelte.

Vielleicht war es auch die bleierne Müdigkeit, die den Horizont vor seinen Augen verschwimmen ließ. Zwanzig wache Stunden lagen hinter ihm, und das dumpfe Pochen hinter den Schläfen wurde stärker und stärker. An jedem anderen Tag hätte er sich ein Motel gesucht, um zumindest zwei oder drei Stunden zu schlafen. Doch heute hatte er es eilig.

Ash gab einen resignierten Laut von sich, öffnete das Handschuhfach und holte eine flache, zwei mal drei Zentimeter messende Verpackung aus schwarzem Plastik hervor. Mit den dünnen Lederhandschuhen, die er trug, war es etwas schwierig, sie aufzuklappen, doch schließlich schaffte er es. Er nahm eines der hauchzarten hellgelben Blättchen heraus und legte es sich auf die Zunge. Das Blättchen löste sich sofort auf und hinterließ einen feinen Pfefferminzgeschmack. Wenige Sekunden später wanderte ein angenehmes Kribbeln durch seinen Körper. Der unscharfe Film vor den Augen verschwand, und das Pochen hinter den Schläfen ließ nach.

Ash lockerte den verkrampften Griff ums Lenkrad. Viel besser. Er klappte die Packung wieder zu und warf sie routiniert zurück ins Handschuhfach.

Um seinen Ohren auch etwas zu tun zu geben, legte er einen Musikchip ins Autoradio ein und drehte die Lautstärke ordentlich auf. Heavy Metal hämmerte aus den Lautsprechern und brachte das Armaturenbrett zum Vibrieren. *Sangre de Reyes*, eine einheimische Newcomerband, die er beim Rumstöbern in der Matrix aufgetan hatte. Sie sangen ausschließlich spanische Texte, was es der Band schwer machen würde, auf dem Weltmarkt zu bestehen. Doch Potenzial war eindeutig vorhanden. Zumindest bei einigen der Musiker. Der Sänger arbeitete allerdings an einer neuen Definition des Begriffs ›talentfreie Zone‹. Die Stimme des Mannes hatte kaum Volumen, und bei lang gehaltenen Tönen ging ihm regelmäßig die Puste aus. Ein weiterer Kandidat für eine Cyberware-Rundumerneuerung.

»Versuchs mal mit Atemübungen«, spottete Ash und sprang zum nächsten Song weiter, einem reinen Instrumentalstück. Ohne den Versager am Mikro wären die Jungs zum Niederknien genial.

Spanien ... nicht unbedingt ein Land, in dem man einen Runner aus Seattle vermuten würde. Er selbst hätte nie gedacht, dass es ihn einmal hierher verschlagen würde. Die Jobs waren weder besonders anspruchsvoll noch wurden sie gut bezahlt, doch wenigstens konnte er sehr sicher sein, dass ihm hier keine alten Bekannten über den Weg liefen. Oder anderen Menschen, auf deren Bekanntschaft er keinen Wert legte. Ewig bleiben wollte er nicht, aber zumindest so lange, bis er eine Antwort auf die zentralen Fragen seines Lebens gefunden hatte: *Was will ich? Wohin führt mein Weg?* Er konnte nicht bis ans Ende aller Tage ziellos durch die Weltgeschichte trudeln. Irgendwann musste er Ordnung in sein chaotisches Leben bringen, und je früher, desto besser. Denn die Geschichte vom entwurzelten Einzelgänger versprühte lediglich im Trideo einen gewissen wild-romantischen Charme. In der Realität verflog der süße Duft der Freiheit schnell, und das ständige Alleinsein zerrte an den Nerven. Vor allem, wenn man einmal im grellen Scheinwerferlicht gestanden hatte.

Ash spürte deutlich den Zeitpunkt näher rücken, an dem er eine Entscheidung treffen musste. Aber welche? Den Job an den Nagel hängen oder auf ewig in die Schatten abtauchen? Letztendlich hing es davon ab, wie viel ihm das eigene Leben bedeutete. Eine weitere Frage, auf die er keine Antwort wusste.

Ash fuhr durch eine flache Senke, warf zufällig einen Blick in den Rückspiegel und stutzte. Hinter ihm war ein anderes Fahrzeug aufgetaucht. Es fuhr ziemlich schnell, und er schaute automatisch auf den Tacho, der knapp hundertzwanzig km/h anzeigte. Vielleicht war es bloß jemand, der einen wichtigen Termin hatte. Dann beschlich ihn eine finstere Ahnung.

Vor knapp drei Stunden hatte Ash einem Kunden seines Schiebers einen Koffer mit Waffen ausgehändigt. Die Übergabe hatte auf einem stillgelegten Bahnhof nahe der Grenze zu Asturien stattgefunden, der Provinz im Norden Spaniens, die wohl den gruseligsten Baumwildwuchs der Welt ihr Eigen nannte. Der Deal war durch die Ankunft eines weißen Pickups gestört worden, eben jenem, der ihm vermutlich nun im

Nacken saß. Ashs Geschäftspartner hatte äußerst nervös reagiert und ihm befohlen, sich sofort aus dem Staub zu machen und die Sache seinem Leibwächter zu überlassen.

Offensichtlich war besagter Leibwächter mit *der Sache* überfordert gewesen.

Sollten der oder die Verfolger in den Besitz der Waffen gelangt sein, könnte es übel aussehen. Denn im Koffer hatten ein Ares HVAR, eine Uzi III und zwei schwere Pistolen gelegen.

Der Runner aktivierte den Autopiloten und schaltete das Radio aus. Auf dem Beifahrersitz lagen unter einer schwarzen Jeansjacke verborgen ein Doppelhalfter mit zwei Ares Predator II und eine Panzerweste. Er streifte die Weste über und schnappte sich das Doppelhalfter.

Währenddessen schloss der andere Wagen weiter auf, und Ash sah seine Befürchtungen bestätigt. Der weiße Pick-up. Was wollten die Typen – das Geld, das er für die Waffen bekommen hatte? Wäre ein ganz schöner Aufwand für ein paar lausige Euro.

Notgedrungen vertraute er sich für einige Sekunden vollkommen dem Autopiloten an und wandte sich um. Er zoomte mit der Smartbrille die Verfolger heran und zählte: Drei Männer, dicht gedrängt auf der einzigen Sitzbank des Pick-ups. Drei gegen einen – könnte interessant werden.

Ash verzog das Gesicht zu einem grimmigen Lächeln und deaktivierte den Autopiloten.

Am rechten Straßenrand tauchte ein durchlöchertes, staubiges Schild auf: *San Sebastian – 30 Kilometros.* An San Sebastian war er bereits auf dem Hinweg vorbeigekommen. Ein ärmlicher Ort, direkt an der Straße gelegen, von vielleicht hundert Seelen bewohnt. Wenn es ihm gelang, den anderen Fahrer auszutricksen, könnte er sich dort vielleicht verstecken. Bevor man ihn von der Straße rammte oder in Stücke schoss.

Die Verfolger hatten seine Gedanken anscheinend erraten, denn der andere Wagen legte weiter an Tempo zu. Kaum hundert Meter trennten die Stoßstangen der Fahrzeuge voneinander. Ash verstärkte den Griff ums Lenkrad und beschleunigte leicht. Bei hundertvierzig Sachen wurde selbst das kleinste Schlagloch zu einer tiefen Grube, und die vormals hochgelobten Stoßdämpfer nützten überhaupt nichts mehr.

Plötzlich begann der elektronische Abstandmesser hektisch zu fiepen, und am Armaturenbrett blinkte ein rotes Warndreieck auf. Dann wurde er von hinten gerammt. Ein verhältnismäßig sanfter Schubs, der bei dieser Geschwindigkeit allerdings ausreichte, um ihm den Schweiß auf die Stirn zu treiben. Zu gern hätte er mit einem geschickten Manöver gekontert und den Mistkerl von der Straße befördert. Leider war er kein begabter Stuntfahrer und der Autopilot in dieser Situation auch keine Hilfe. Tempo und Fahrtrichtung zu kontrollieren war eine Sache, aber eine wilde Verfolgungsjagd mit spontanen Lenkmanövern gehörte wohl kaum zur Standardprogrammierung. Während Ash angestrengt nach einem Ausweg suchte, hinderte er seinen Hintermann mit gewagten Kurskorrekturen am Überholen.

Plötzlich tönte eine weibliche Computerstimme aus den Autolautsprechern und forderte ihn höflich auf, seinen Fahrstil den Straßenverhältnissen anzupassen. Der Runner ignorierte die gut gemeinte Warnung. Anscheinend hatte er es geschafft, sogar dem Auto Angst zu machen.

Er fluchte, als der andere den nächsten Angriff startete, und bremste ihn mit dem Mut des Verzweifelten aus. Die Fahrzeuge krachten mit den Stoßstangen aneinander, der Pick-up fiel zurück und Ash sang ein stummes Loblied auf die Sicherheitssysteme des Herstellers. Ohne die hätte er längst die Kontrolle über das Fahrzeug verloren.

Hinter ihm wurde das Beifahrerfenster des Pick-ups heruntergelassen, und die beiden Beifahrer machten ihre Waffen klar.

Ash wollte erneut beschleunigen, doch obwohl er das Gaspedal bis zum Bodenblech drückte, tat sich nichts. Das

Steuerungssystem des Chevys hatte ohne weitere Warnung das Kommando übernommen und hielt stur die Geschwindigkeit.

»Hey, du Scheißkarre!«, protestierte er empört und verpasste dem Armaturenbrett einen wütenden Schlag. Beim nächsten Mal würde er die verfluchten Sicherheitsprotokolle vorher ausschalten!

In einiger Entfernung tauchten links am Straßenrand die ersten Häuser von San Sebastian auf; niedrige lehmfarbene Gebäude mit flachen Dächern. Die Einwohner würden sich bedanken, wenn sie vom Lärm einer Schießerei aufgeschreckt wurden. Allerdings schätzte Ash seine Überlebenschancen zwischen schützenden Mauern höher ein.

Sein Hintermann versuchte erneut, an ihm vorbeizukommen, und diesmal gelang es. Der Pick-up rasierte das linke Bremslicht des Chevys ab und arbeitete sich bis auf Kofferraumhöhe vor. Doch so leicht gab sich Ash nicht geschlagen. Er bremste abrupt ab und duckte sich. Der Pick-up zog an ihm vorbei, und er erhaschte einen kurzen Blick auf die wütenden und überraschten Gesichter der Bewaffneten.

Wenige Sekunden später war es an Ash, überrascht zu sein. Die Bremslichter des Vordermanns flammten hellrot auf, und das Heck des Wagen raste auf ihn zu. Mit schreckgeweiteten Augen stieg der Runner in die Eisen und riss gleichzeitig das Steuer nach links, um dem Geschoss auszuweichen. Zu spät. Das Heck des Pick-ups erwischte den Chevy an der rechten Hintertür. Gleichzeitig arretierte sich der Sicherheitsgurt und schnürte ihm schmerzhaft die Luft ab. Am Lenkrad und links und rechts von seinem Kopf wurden Airbags ausgelöst und nahmen Ash für einen Moment komplett die Sicht. Nicht, dass er gerade auf irgendetwas achten konnte. Alles drehte sich, und er konnte nicht sagen, ob es bloß der Wagen war oder die ganze Welt. Dann stand alles still.

Mit geschlossenen Augen atmete Ash langsam aus. Er hatte sich nicht überschlagen und spürte zumindest im Augenblick keine Schmerzen. Wo steckte der Pick-up?

Er riss die Augen auf, bereute es jedoch sofort. Übelkeit und Schwindelgefühl brachen über ihn herein und erinnerten ihn daran, welch unverschämtes Glück er gehabt hatte. Während er gegen den Brechreiz ankämpfte, starrte er auf einen zusammengefallenen Bretterverschlag, dessen Überreste auf der Motorhaube und um den Wagen herum lagen. Offenbar hatte er eine Pirouette gedreht und dabei den Verschlag gerammt.

Als er die verkrampften Finger vom Lenkrad löste und unter dem in sich zusammengefallenen Airbag hervorzog, schossen stechende Schmerzen in seinen Brustkorb. Der Sicherheitsgurt hatte seine Aufgabe mehr als gründlich erledigt.

Reifenquietschen durchbrach die Stille, als der Fahrer des Pick-ups zurücksetzte und direkt auf ihn zuhielt.

Im nächsten Augenblick hockte Ash mit einer Pistole in der Hand im Schutz der Motorhaube. Ohne zu wissen, wie er den Sicherheitsgurt gelöst und die Fahrertür geöffnet hatte.

Er zielte auf den Wagen, der abrupt zum Stehen kam, und nahm gleichzeitig rasch die Umgebung in Augenschein. Schräg hinter ihm standen zwei niedrige Wohnhäuser. Mit einem Sprint wäre er erst mal in Sicherheit. Er wollte sich gerade in Bewegung setzen, als die Beifahrertür des Pick-ups aufgestoßen wurde. Einer der Beifahrer glitt geschmeidig aus dem Fahrzeug und verschwand sofort aus dem Blickfeld. Um die Männer im Wagen von ähnlichen Ideen abzubringen, schoss Ash zur Warnung auf die Heckscheibe des Pick-ups. Die Kugel durchschlug sie sauber und hinterließ ein von spinnenwebenartigen Rissen umgebenes Loch.

Ash kam auf die Beine, hetzte zu den Häusern und verschwand in der schmalen Gasse zwischen ihnen.

Im Schutz der Gebäude blieb er stehen. Nach den vielen Stunden im klimatisierten Chevy brachte die trockene Hitze seine Schweißdrüsen auf Hochtouren. Er fuhr sich mit der Hand über die Stirn und musste plötzlich heftig niesen. Was seiner schmerzenden Brust alles andere als gut tat. Das feine

Puder, das beim Auslösen der Airbags herausgeschleudert worden war, kitzelte ihn in der Nase. Er spuckte aus, um den stumpfen Geschmack loszuwerden, und fuhr erschrocken zusammen, als einige Kugeln dicht über seinem Kopf ins Mauerwerk einschlugen. Er zog sich weiter in den Schatten zurück, konnte dadurch jedoch den Pick-up nicht mehr sehen. Eine weitere Salve traf die Hauswand.

Von der Verfolgungsjagd zum Häuserkampf. Ash konnte sich nicht helfen, allmählich machte ihm die Sache Spaß. Obwohl Spaß das falsche Wort war. Vielmehr genoss er, dass sämtliche Sinne auf Hochtouren arbeiteten und ihm das Gefühl gaben, der Situation absolut gewachsen zu sein.

Er setzte sich in Bewegung, folgte dem Verlauf der gepflasterten Gasse und kam zu einem weitläufigen Platz. Den Rücken flach gegen eine Hauswand gepresst, schaute er sich um. Auf einem Straßenschild in der Nähe las er den Namen ›Plaza de la Victoria‹. Sechs Straßen liefen sternförmig auf den Platz zu, und in der Mitte stand ein runder Brunnen mit einer Reiterstatue, die schon bessere Zeiten gesehen hatte.

Zahlreiche Wohnhäuser säumten die mit bunten Steinen gepflasterte Plaza, die meisten kaum höher als drei oder vier Meter. Gab es mal einen ersten Stock, befand sich im Erdgeschoss häufig ein kleines Geschäft. Ausgeblichene Holoschilder über Türen und Fenstern wiesen auf das jeweilige Angebot hin. Viele der Gebäude machten den Eindruck, als würden sie nur noch von Staub und Dreck zusammengehalten. Fenster und Eingänge waren mit schweren Tüchern verhängt oder mit Läden und Türen aus Holzimitat oder Plastik verschlossen. An der Nordseite des Marktplatzes stand eine schmale Kirche, die fast drohend in den Himmel ragte. Glaslose Fenster, ein Glockenturm ohne Glocke, ein Bild des Jammers. Auf dem Land sah die Armut anders aus als in Madrid. In der Stadt selbst und besonders in den Vororten war sie kriminell, brutal, blutig, rassistisch und mörderisch. Auf dem Land hingegen war sie still, karg und endgültig. Hier gab es nichts zu stehlen, weil es nichts gab. Niemand wurde für etwas umgebracht, das ein anderer wollte. Hier draußen, so hatte es zumindest Ash erlebt, hielten die Menschen zusammen, teilten mit anderen, was sie entbehren konnten, oder tauschten überflüssige Besitztümer gegen dringend benötigte Dinge. In Madrids Vororten tauschten die Menschen vornehmlich Kugeln aus.

Der Runner horchte prüfend in die Stille hinaus. Keine Geräusche. Keine Menschenseele zu sehen, nicht einmal die obligatorischen streunenden Hunde.

Die Karambolage und die Schüsse hatten mit Sicherheit jeden Einwohner von San Sebastian aus der mittäglichen Ruhe gerissen, doch niemand mit Verstand wagte sich ins Freie.

Was sagt das wohl über mich aus? Ash massierte sich die Nase, um erneutem Niesen vorzubeugen.

Die wichtigste Frage war, wie er die Verfolger so schnell wie möglich loswurde und zurück zum Wagen kam. Sein suchender Blick glitt über einen verrosteten Autoanhänger zur Rechten und blieb an einem braunen Pkw hängen, der vor einem Geschäft auf der anderen Seite des Platzes stand.

Er war kein Meister im Kurzschließen von Autos, aber bei der Rostlaube sollte es klappen. Konnte er es riskieren, quer über den Platz zu laufen? Bis zur anderen Seite waren es gut fünfzig Meter. Oder sollte er um den Platz herumschleichen, an diversen Gassen vorbei, aus denen jederzeit jemand aus dem Hinterhalt auf ihn schießen konnte?

Ash entschied sich für den direkten Weg. Riskant, aber wer nicht wagt ...

Er wollte gerade starten, als ihn sein sechster Sinn höflich darum bat, einen Blick in die Gasse hinter sich zu werfen. Mit einem flauen Gefühl in der Magengegend schaute er sich um. Und hätte schwören können, dass gerade jemand in einem der Hauseingänge verschwunden war. Ein Einheimischer, der sich schnell in Sicherheit brachte? Einer der Verfolger?

Er verstärkte den Griff um die Ares Predator und gestattete sich einen letzten Blick über den Platz. Auf einmal bewegten sich überall Schatten, lauerte hinter jeder Ecke ein Feind.

Doch je länger er wartete, desto wahrscheinlicher wurde es, dass man ihm in den Hintern schoss. Kurz entschlossen sprintete er los.

Er legte die Entfernung in rekordverdächtiger Zeit zurück und hatte den Wagen fast erreicht, als das HVAR losratterte. Der Klang dieser Waffe ließ Ash jedes Mal das Herz in die Hose rutschen. Er warf sich aus vollem Lauf auf den Steinboden und die sechsschüssige Salve fegte über ihn hinweg. Sie schlug in die Motorhaube des Pkws ein und verwandelte seine Fluchtpläne in Metallschrott. Ash kam wieder auf die Beine, ignorierte die vielen schmerzenden Stellen an seinem Körper und hechtete hinter den Wagen in Deckung.

Eine zweite Salve schlug in das Fahrzeug ein. Das Beifahrerfenster zersprang klirrend, und ein feiner Regen aus Glassplittern ging auf ihn nieder. Ash rutschte tiefer in den Schutz des rechten Vorderreifens und lauschte in die Stille hinein. Kein Laut war zu hören, kein verdächtiges Geräusch. Nur sein eigener, keuchender Atem.

Er zwinkerte sich einen Schweißtropfen aus dem Augenwinkel und linste vorsichtig unter dem Boden des Wagens hindurch. Niemand zu sehen. Als er wieder hochkam, stieß er mit dem Kopf gegen den lose herunterhängenden Seitenspiegel. Einem Geistesblitz folgend, brach Ash ihn endgültig aus der Verankerung und schob sich mit dem Rücken am Fahrzeug hoch. Nach einigem Probieren hatte er den richtigen Winkel gefunden, um den Platz im Spiegel einigermaßen einsehen zu können. Der sympathische Mann mit dem HVAR hatte sich hinter dem Anhänger auf der gegenüberliegenden Seite des Platzes verschanzt und verschwand in diesem Augenblick vollständig in der Deckung. Von den anderen Männern war nichts zu sehen.

Eine gut platzierte Kugel fetzte Ash den Spiegel aus der Hand und ließ Plastik- und Glasteilchen in sämtliche Himmelsrichtungen davonfliegen. Erschrocken zog der Runner die Hand zurück und stellte erleichtert fest, dass der Handschuh unversehrt und noch alle Finger dran waren.

Der Schuss war von schräg links gekommen. Offenbar hatte Bösewicht Nummer zwei erfolgreich den Weg in diesen spanischen Western gefunden. Und der Typ war entweder ein hervorragender Schütze oder viel näher dran, als er sein sollte. San Sebastian wurde langsam aber sicher eine Nummer zu heiß für ihn!

Er schaute zur Eingangstür des Ladens, den ein grell orangefarbenes Holoschild als Bekleidungsgeschäft auswies. Zwei große Schritte, und er wäre vorerst in Sicherheit. Allerdings waren die Vorhänge des Schaufensters zugezogen und verwehrten den Blick ins Innere. Er würde es dennoch wagen. *Wenn ich das Barrett noch hätte,* Ash legte auf das Türschloss an, *würde diese Unterhaltung ganz anders ablaufen.* Er jagte zwei Kugeln ins Schloss und machte sich bereit.

Die Reaktion kam prompt. Das HVAR ratterte erneut los, und der linke Vorderreifen des Pkws zerplatzte. Mit dem Heulen der Querschläger in den Ohren sprintete Ash los. Er warf sich gegen die Ladentür, die unter seinem Gewicht nachgab, und stürzte mit ihr zusammen in den dunklen Laden. Er rollte sich ab und nutzte den verbliebenen Schwung, um aus dem Bereich der Tür zu kommen. In letzter Sekunde wich er einem schweren Tresen aus, der in der Mitte des Raums stand, und ließ sich zu Boden fallen. Zwei Kugeln pfiffen über ihn hinweg und schlugen in die gegenüberliegende Wand ein.

»Eine simple Übergabe, keine Probleme«, äffte Ash die Worte des Schiebers nach, während er vor dem Tresen hockend seine Knochen sortierte. Die Cevlarhose und die Panzerweste hatten ihn bei der unbeabsichtigten Bauchlandung vor Schlimmerem bewahrt, aber der linke Unterarm brannte wie Feuer. Er inspizierte rasch die krebsrote, gut zehn Zentimeter lange und daumenbreite Schleifspur, die der Steinboden der Plaza dort hinterlassen hatte. Wenn das alles war ...

Ash rückte seine Smartbrille zurecht und kroch zum anderen Ende des Tresens. Von dort konnte er eine Ecke des Ladens einsehen, die ihm bis jetzt verborgen geblieben war. Im Schatten eines mit eingeschweißten Oberhemden und Stoffhosen voll gestopften Regals entdeckte er eine schmale Türöffnung, vor der ein dünner Vorhang hing.

Ein erleichtertes Lächeln huschte über sein Gesicht. Anscheinend hatte er es sich nicht vollkommen mit seinem Schutzengel verscherzt. *Runner haben keine Schutzengel,* korrigierte er sich in Gedanken. *Die haben nach Schwefel stinkende Teufel.* Was eigentlich egal war, solange die Biester ihren Job machten! Er huschte geduckt zum Regal und schob den Vorhang vorsichtig zur Seite. Dahinter lag ein langer, mit allerlei Gerümpel voll gestellter Flur.

Gute Idee oder schlechte Idee?

Eine weitere Salve durchlöcherte den Tresen und verteilte Holzsplitter im Verkaufsraum. Señor HVAR rückte ihm auf die Pelle.

Mit einem Schritt war Ash im Flur. Die Männer wollten ihn aus dem Haus treiben. Leider blieb ihm im Augenblick nichts anderes übrig, als sich treiben zu lassen.

Er quetschte sich an diversen Kartons, einem Kinderwagen und einem Dreirad vorbei und hastete weiter. Zum Glück brachte die Smartbrille so viel Licht ins Halbdunkel, dass er nicht über die Hindernisse stolperte.

Am Ende des Korridors wartete ein weiterer Vorhang auf ihn.

Ash zog ihn zur Seite, betrat den schummrigen Raum und prallte zurück, als er sich plötzlich mit einer Großfamilie konfrontiert sah. Mutter und Vater saßen auf einem abgewetzten Sofa, jeder von ihnen einen kleinen Jungen auf dem Schoß, ein junges Pärchen saß auf einem zweiten Sofa, die Frau hatte ein Baby im Arm. Der Großvater im Schaukelstuhl rundete das Bild ab. Alle sahen ihn mit großen Augen an, die Kinder neugierig, die Erwachsenen starr vor Angst. Niemand sagte ein Wort. Die junge Frau entdeckte als Erste die Waffe in seiner Hand und gab einen erstickten Laut von sich.

Ash nahm sich nicht die Zeit, den Leuten zu erklären, was er in ihrem Wohnzimmer suchte. Er ignorierte eine Tür zur

Linken und hastete quer durch den Raum, auf einen weiteren Vorhang zu. Durch einen Spalt zwischen Stoff und Boden zwinkerte ihm ein Streifen hellen Sonnenlichts verführerisch zu. Die Hausbewohner beobachteten ihn regungslos, hatten offenbar beschlossen, das Ende der sonderbaren Störung schweigend abzuwarten.

Ash schob den Vorhang vorsichtig ein Stück zur Seite und wurde von gleißendem Sonnenlicht geblendet. Die Smartbrille passte die Tönung der Gläser rasch den veränderten Lichtverhältnissen an, und er erkannte einen kargen, staubigen Garten, der von mehreren Reihen halb vertrockneter Gewächse durchzogen wurde. In einer Ecke stand im Schatten eines dürren Baums ein windschiefer Stall, aus dem leises Gackern zu hören war. Jenseits des Gartens standen zu allen Seiten Häuser, nur geradeaus führte ein schmaler Weg zwischen zwei Gebäuden hindurch.

Im Flur fiel polternd etwas zu Boden. Alle Menschen im Raum, Ash eingeschlossen, zuckten erschrocken zusammen. Das Baby gab einen glucksenden Laut von sich und fing an zu wimmern. Zeit zu verschwinden!

Der Runner trat ins Freie und verschaffte sich schnell einen Überblick. Das Haus, aus dem er gekommen war, hatte keine weiteren Stockwerke. Er schätzte die Höhe des Gebäudes ab, kam zu dem Schluss, dass er es schaffen konnte, und steckte die Waffe zurück ins Tarnhalfter. Dann sprang er kräftig ab, packte die Dachkante und zog sich hoch.

Er war kaum auf dem Bauch zu liegen gekommen, als einer der Verfolger in den Garten stürmte. Señor HVAR. Der Mann suchte hektisch die Umgebung ab und gab Ash ausreichend Zeit, die Waffe zu ziehen und auf ihn zu richten. Als habe der Spanier die tödliche Gefahr gespürt, fuhr er plötzlich herum. Zu spät. Der Mann wurde von zwei Kugeln in die Brust getroffen und stolperte zurück. Im Fallen riss er das HVAR hoch und zog den Abzug durch.

Fluchend warf sich Ash zur Seite, und die Salve verfehlte ihn um ein gutes Stück. Als er vorsichtig nach unten lugte, lag sein Gegner flach auf dem Rücken, zwei kleine Blutflecke auf der Brust, die Augen starr in den Himmel gerichtet.

Der Runner verwarf den verlockenden Gedanken, runterzuspringen und das HVAR zu holen. Einer der anderen könnte hinter dem Vorhang stehen und auf genau diesen Fehler warten. Er wechselte geduckt auf eines der angrenzenden Dächer und robbte, jetzt einige Meter links von dem Geschäft, auf den vorderen Rand des Daches zu.

Er musste nicht lange suchen, um den zweiten Mann zu finden. Der hatte in der Zwischenzeit die Position gewechselt und kauerte im Schutz des braunen Pkws, den sein Kollege so kunstvoll zerschossen hatte. Der Spanier war neben dem Kofferraum in Stellung gegangen und bot Ash die gesamte rechte Körperhälfte dar. Er hatte Pistole und Blick auf den Eingang des Geschäfts gerichtet und harrte nervös der Dinge, die da kommen mochten. Offenbar trugen die Männer keine Transceiver oder Headsets, um Kontakt zueinander zu halten. Sonst würde der Mann sicher nicht wie auf dem Präsentierteller dort hocken.

Ash löste seine Uhr vom rechten Handgelenk, zielte und warf. Die Uhr schlug auf das Wagendach auf, und der Spanier schaute erschrocken nach links. Gleichzeitig drückte sich Ash vom Dach hoch und jagte dem Mann eine Kugel in die Seite.

Eine halbe Stunde später saß Ash am Steuer des weißen Pickups und war wieder unterwegs. Die zerschossene Heckscheibe hatte er mit zwei gut sitzenden Tritten aus dem Rahmen getreten und am Straßenrand entsorgt. Der Pick-up war trotz allem unauffälliger als der Chevy. Der cremefarbene Wagen würde bei einer Polizeikontrolle sofort auffallen. Zum einen wegen der Beule in der rechten Hintertür, zum anderen wegen der Einschusslöcher in der Frontscheibe und der blutverschmierten Motorhaube.

Denn der dritte Mann hatte beim Chevy gewartet, gegen die Motorhaube gelehnt, eine Uzi III nervös umklammert. Als

Wächter war er ein Versager gewesen. Hatte in jede Richtung gesehen, nur nicht in die eine, auf die es ankam.

Die Uzi lag nun zusammen mit den schweren Pistolen wieder im Koffer. Sollte der Schieber die Waffen halt an jemand anders verkaufen.

Ash fixierte das Lenkrad mit dem Knie und riss eine Kaugummipackung auf, die er im Handschuhfach gefunden hatte. Er steckte sich einen Streifen in den Mund und warf die Packung achtlos auf den Beifahrersitz, wo auch zwei Musikchips lagen. Während er kaute, breitete sich der Geschmack von Milchschokolade in seinem Mund aus. War mal eine interessante Abwechslung zu Pfefferminz und Vanille. Ash machte geübt eine Kaugummiblase und ließ sie knallend platzen. Dann griff er nach dem silbernen Taschencomputer, den er dem dritten Spanier abgenommen hatte, und durchstöberte während der Fahrt die gespeicherten Dateien. Die erste Datei enthielt einen Straßenatlas von Spanien, die zweite die aktuelle Ausgabe einer Tageszeitung und die dritte eine äußerst unangenehme Überraschung.

Ashs Augen weiteten sich ungläubig, als ihm sein eigenes Gesicht entgegensprang.

Unter dem Bild stand eine knappe Personenbeschreibung, der Hinweis, dass er vorzugsweise allein arbeitete, und sein aktueller Aufenthaltsort: Spanien – Madrid und Umgebung.

Der Wagen zog plötzlich nach rechts, und Ash korrigierte hastig die Fahrtrichtung. Bevor er den zweiten Unfall des Tages baute, hielt er lieber an.

Eine Weile starrte er Kaugummi kauend auf das Display des Taschencomputers. Wie hatte man ihn gefunden? An welchem Punkt hatte er verräterische Spuren hinterlassen? Die Männer waren keine professionellen Kopfgeldjäger gewesen, wohl eher kleine Fische, die sich von einer Zusammenarbeit das große Geld versprachen. Selbst durch drei geteilt waren hunderttausend Nuyen eine verführerische Summe. Jedenfalls waren es damals hunderttausend Nuyen gewesen.

Die Aufnahme stammte von einer Überwachungskamera aus einem Kaufhaus. Sie war vergrößert worden und mindestens sechs Monate alt. Auf dem Bild waren seine Haare schwarz und nicht blond. Somit kamen zwei Möglichkeiten in Frage: Rio de Janeiro oder Buenos Aires. In Fargo und Houston hatte er sich nicht lange genug aufgehalten, um Kaufhäuser zu besuchen.

Unfassbar, dass man ihn trotz der langen Zeit und der vielen Ortswechsel gefunden hatte!

Einen ganzen Ozean hatte er zwischen sich und seine Vergangenheit gebracht und konnte ihr trotzdem nicht entfliehen.

Vielleicht sollte er ab heute eine Liste führen: *Wo bin ich von wem fast umgebracht worden?* Einen Eintrag hatte er ja schon. Obwohl, eigentlich waren es zwei. Denn bereits in Seattle, eine ganze Weile vor seiner Abreise, war ein Kopfgeldjäger auf ihn angesetzt worden. Natürlich ein Chummer, was sonst? Das Schicksal konnte keiner Versuchung widerstehen.

Ich sehe schrecklich alt und fertig aus, stellte Ash fest. Er drehte den Innenspiegel und studierte sein Gesicht. Die ungesunde Blässe war einem braunen Teint gewichen, doch die Augenringe und die eingefallenen Wangen ließen ihn um Jahre älter erscheinen. Automatisch suchten seine Finger die Stelle hinter dem rechten Ohr, an der die Chipbuchse saß. Ein Straßendoc in Buenos Aires hatte sie eingesetzt. Eine verhasste Notwendigkeit, doch das Hin- und Herspringen zwischen verschiedenen Ländern und Sprachen zwang einen eben zu Kompromissen.

Er seufzte, drehte den Innenspiegel zurück und fuhr weiter.

Kapitel 2

Ash hatte staubige Landstraßen und karge Einöden hinter sich gelassen und fuhr nun auf einer gut ausgebauten Autobahn. Zwanzig Kilometer entfernt begannen die Vororte von Madrid. Doch die Metropole war nicht das Ziel der Fahrt. Denn zwei Dinge hatte der Runner recht bald nach seiner Ankunft gelernt: Halte dich fern von den magischen Wäldern Asturiens, in denen alles mögliche Getier herumkroch, und meide Madrids Vororte. Sie waren schmutzig, hässlich, verbaut und durchsetzt von katholischen Sekten und Policlubs. Die Straßenecken gehörten verrückten Predigern, die das Ende der Welt verkündeten, und Schwärmen von Kleindealern, die ihre Chips, Tabletten und Drogenpflaster an den Mann brachten. Nachts zogen faschistische Gangs durch die Straßen und meuchelten jeden, der das Pech hatte, Muslim oder Metamensch zu sein. Einmal hatte Ash aus einer Notwendigkeit heraus einem der Vororte einen Besuch abgestattet. Seitdem verspürte er keinerlei Verlangen, das Erlebnis zu wiederholen.

Als die nächste Ausfahrt in Sicht kam, setzte Ash den Blinker und verließ die Autobahn. Nach fünf weiteren Kilometern erreichte er eine Tankstelle. Es war keiner dieser gigantischen Versorgungspunkte, an denen er unterwegs vorbeigekommen war. Keine autarke Kleinstadt mit Einkaufscenter, Hotelanlage, Zweigstellen diverser Restaurantketten und eigenem Multiplex, sondern eine übersichtliche Gebäudeansammlung. Ein heruntergekommenes Überbleibsel vergangener Zeiten. Es gab vier Zapfsäulen, eine Waschanlage, eine Garage für

Reparaturarbeiten und einen Stuffer Shack. Ein Stück abseits stand auf einem kurzen Gleisstück ein ausrangierter Eisenbahnwaggon, an dessen Rückseite ein niedriges Gebäude gebaut worden war. Das *Casa de Rosa*, ein Restaurant mit einfacher, landestypischer Küche.

Ash rollte zwischen Stuffer Shack und Zapfsäulen hindurch und drückte zweimal auf die Hupe. Der junge Mann hinter dem Tresen runzelte verwundert die Stirn, erkannte ihn schließlich und deutete zur Waschanlage.

Er gab Gas und lenkte den Pick-up auf einen grasbewachsenen Platz hinter der Anlage, außer Sichtweite der Straße. Dort stand unter der ausladenden Krone eines Baums ein dunkelroter, arg mitgenommener Van. Anders als die Waschanlage und der Großteil der restlichen Gebäude, war das Fahrzeug nicht mit wilden Graffitis beschmiert. Lediglich auf der Motorhaube wand sich eine silberne Schlange. *Los Crótalos* oder *Die Klapperschlangen.*

Es war schön, wenn in Zeiten der Abwesenheit jemand auf die Wohnung aufpasste.

Ash parkte neben dem Fahrzeug, stieg aus und gab dem Van zur Begrüßung einen Klaps gegen den Außenspiegel. Begleitet von mehrfachem leisem Knacken streckte er die müden Glieder. Er brauchte eine Massage, eine Dusche, was zum Essen und ein Bett. Allerdings war er flexibel, was die Reihenfolge anging. Bevor er in den vertrauten Zustand exzessiven Selbstmitleids verfallen konnte, riss er sich genervt zusammen. Wo lag das Problem? In den sanitären Räumen der Tankstelle gab es Duschen, essen konnte er im Restaurant und von einem Bett trennten ihn lediglich wenige Millimeter Metall. Obwohl die Temperatur im Wageninneren selbst im Schatten des Baums wie in einer Sauna sein dürfte.

Was die Massage anbelangte ...

Er lächelte müde. So tief war er noch nicht gesunken. Aber viel fehlte nicht mehr.

»Hola, Luca«, hörte er jemanden rufen, fühlte sich jedoch nicht angesprochen. »Ey, Compañero!«

Jetzt erkannte Ash die Stimme und hob den Kopf. Ein drahtiger Spanier um die vierzig kam auf ihn zugeschlendert. Es war Jo Guerrera, sein Schieber. Jo hieß eigentlich Joao, aber Ashs Zunge hatte vor dieser katastrophalen Aneinanderreihung von Vokalen schlichtweg kapituliert. Er konnte den Namen beim besten Willen nicht aussprechen, also nannte er den Schieber kurz Jo, was diesem sichtlich gefiel.

»Hola«, erwiderte der Runner und hätte sich in den Hintern treten können, weil er sich selbst nach Monaten nicht an seinen neuen Decknamen gewöhnen konnte. Er war zu lange Quickshot gewesen, um plötzlich Luca zu sein.

»Wo ist der Chevy?«, fragte Jo verwundert in fast akzentfreiem Englisch.

»Schrott«, gab Ash knapp zurück und reichte ihm den Ebbie, auf dem die Bezahlung für die Waffen gespeichert war. »Hat Ärger gegeben.«

»Was meinst du, Ärger?« Der Schieber senkte die Stimme. »Aber die Übergabe ist gut gelaufen?«

»Mehr oder weniger.« In kurzen Worten schilderte Ash seinem Gegenüber die Ereignisse, verschwieg allerdings, hinter wem die Verfolger tatsächlich hergewesen waren.

Jo klopfte ihm anerkennend auf die Schulter. »Bravo, sehr gut gemacht!«

»Eins noch ...«, Ash öffnete die Beifahrertür des Pick-ups und holte seine Sachen heraus. »Hat sich in letzter Zeit jemand nach mir erkundigt?«

Der Schieber schien ernsthaft über die Frage nachzudenken. »Nein, nicht bei mir.« Er schenkte Ash ein unschuldiges Lächeln. »Probleme?«

»Falls jemand neugierig wird, sag Bescheid«, antwortete der Runner ausweichend.

»Selbstverständlich. Ich werde die Karre los und versuch rauszufinden, ob unser Kunde noch lebt. Du geh, Rosa kocht dir was.«

Das hielt Ash für eine hervorragende Idee. Inzwischen war ihm leicht schwindlig vor Müdigkeit und Hunger. Er wartete, bis Jo den Pick-up weggefahren hatte, deaktivierte die Alarmanlage des Vans und zog die Seitentür auf. Ein Schwall heißer, abgestandener Luft schlug ihm entgegen. In der Karre sollte er heute Nacht schlafen? Na, klasse. Er lud die Sachen in den Wagen, zog die lästigen Handschuhe aus, steckte sich zuletzt eine Ares Predator hinten in den Hosenbund und ging zum Restaurant.

›*Rosa kocht dir was*‹, das klang ja unheimlich väterlich-besorgt. War es aber nicht. Nach außen hin erschien Jo stets darum bemüht, eine familiäre Atmosphäre zu erzeugen. Als wolle er die Menschen glücklich und zufrieden machen, ihnen das Gefühl geben, herzlich willkommen zu sein. Ash hatte schnell herausgefunden, dass vieles bloß Fassade war. Jo war ein Mann mit schmalen verschlagenen Augen und einem noch viel verschlageneren Wesen. Er wickelte die Menschen um den kleinen Finger und versuchte anschließend, sie zu bescheißen. Der Schieber war ein eiskalter, berechnender Hund, und es hätte Ash nicht überrascht, wenn sich herausstellte, dass er ihn an die Kopfgeldjäger verraten hatte. Sein Sohn Mateo, der junge Mann im Stuffer Shack, war genauso ein Mistkerl. Rosa hingegen, Jos Ehefrau, war in Ordnung. Sie behandelte Menschen respektvoll und mit zurückhaltender Freundlichkeit.

Ash ging die kurze Treppe zum Eisenbahnwaggon hoch und öffnete die Tür. Der Geruch nach warmem Essen zog ihm fast den Boden unter den Füßen weg.

Der Waggon, in dem sich der Hauptteil des Restaurants befand, war ein ehemaliger Speisewagen. Sogar die alten Sitze und Tische standen noch an ihren Plätzen, und die Wände waren voll gehängt mit Eisenbahnsouvenirs, Holobildern von alten Zügen und anderem Schnickschnack. Die Rückwand des Waggons hatte man herausgenommen und dort das niedrige Gebäude angebaut, in dem sich Küche, Toiletten und Lagerräume befanden. Der Tresen mit den sechs Barhockern war direkt über die Verbindung von Waggon und Gebäude gesetzt worden.

Außer Ash war nur ein Gast anwesend, ein schwarzhaariger Mann in mittleren Jahren. Er saß auf einem der Fensterplätze und widmete sich ganz seinem Essen.

In diesem Moment tauchte Jos Frau hinter dem Tresen auf. Sie trug eine Bluse mit kurzen Ärmeln und unter einer verwaschenen Schürze einen schwarzen, knielangen Rock. Rosa war einer dieser Menschen, denen man ansah, dass sie sich ihr Leben anders vorgestellt hatten. Sie hatte ein strenges, verhärmtes Gesicht, mehr Sorgen- als Lachfalten, zu viel Grau im schwarzen Haar und ständig einen leicht resignierten Ausdruck in den Augen. Falls sie einmal das legendäre spanische Temperament besessen hatte, war es ihr über die Jahre abhanden gekommen. Rosa war 2034 – zu Beginn des zweiten Eurokriegs – aus Südspanien nach Madrid geflohen. Ihr Vater und ihr älterer Bruder waren wenige Wochen später bei Kämpfen gegen die ›Allianz für Allah‹ gefallen; ein Verlust, den sie niemals verwunden hatte.

»Hola, Pajalito«, begrüßte ihn Rosa mit einem schmalen Lächeln.

»Hola, Rosita.« Der Runner konnte sich ein Schmunzeln nicht verkneifen. ›Pajalito‹ war eine Verniedlichung des spanischen Wortes ›Paja‹, also Stroh. Es war eine Anspielung auf seine Haare, die von der spanischen Sonne gebleicht und hellblond geworden waren. Rosa war gut zwanzig Jahre älter als er, und solange sie ihn nicht Strohkopf nannte, ließ er ihr den Spitznamen durchgehen.

»Qué tal?«, erkundigte sich Rosa mit besorgtem Blick nach seinem Gesundheitszustand. Durch den Mangel an Schlaf und Nahrung sah er vermutlich wie ein wandelnder Toter aus.

»Muy bien«, log er und ging zu seinem Stammplatz. Er ließ sich auf die gepolsterte Bank plumpsen und lehnte sich zurück. Dieser Platz war der beste im Restaurant. Mit dem Rücken zur Wand, die Eingangstür im Blick und weit weg von den Fenstern. Zur Linken bot sich der Tresen als Deckung an und durch einen schmalen Flur kam man zu den Toiletten und weiter zum Hinterausgang.

Rosa war inzwischen wieder in der Küche verschwunden. Sie wusste auch so, was er haben wollte.

Ash gähnte herzhaft und betrachtete danach gedankenverloren seine schwarz schimmernden Fingernägel. Ein Tribut an alte Zeiten. Die Zahl spanischer Runner, die mit lackierten Nägeln rumliefen, konnte man quasi an einem Finger abzählen. Nicht ›macho‹ genug. In den Großstädten traf man dafür umso häufiger auf junge Männer, die den Modegag mitmachten.

Kurz bevor ihm endgültig die Augen zufielen, tauchte Rosa mit einem Tablett auf. Sie stellte ein großes Glas Eistee und einen Teller vor ihn hin, auf dem ein Dutzend quadratischer Teigtäschchen in heller Soße lag. Der Runner griff dankbar nach dem Glas, nahm einen tiefen Zug und präsentierte Rosa dabei die Hautabschürfung am linken Unterarm.

»Oh, was ist das?«, bemühte sie ihre dürftigen Englischkenntnisse und deutete besorgt auf die Wunde.

Ash betrachtete die blutig-verschorfte Verletzung und schenkte ihr ein beruhigendes Lächeln. »Keine Sorge, ist halb so schlimm.«

Rosa nickte, ob sie ihm nun glaubte oder nicht, legte Besteck und eine Serviette auf den Tisch und zog sich zurück. Im Gegensatz zu Jo ließ sie ihn in Ruhe, wenn er in Ruhe gelassen werden wollte. Sie verstand kaum ein Wort Englisch, aber durch seine spanische Linguasoft konnten sie sich trotzdem unterhalten. Hin und wieder traute sich Rosa an einen englischen Satz, doch meist blieb sie bei ihrer Muttersprache.

Er trank einen weiteren Schluck Eistee und betrachtete danach skeptisch die Teigtäschchen. Sie rochen verführerisch, jedenfalls für einen ausgehungerten Menschen. Allerdings neigte Rosa dazu, Speisen mit Unmengen von scharfen Gewürzen zu erschlagen, um den Sojageschmack zu überdecken. Es war stets äußerste Vorsicht angeraten, denn man konnte nie wissen, ob der nächste Bissen eine Kernschmelze in den Geschmacksknospen auslöste. Nach einem Blick auf das große Glas Eistee, das ihn plötzlich sehr misstrauisch machte, griff Ash todesmutig nach der Gabel. Würde er zur Abwechslung eben mal seine Magenschleimhaut umbringen.

Er spießte eines der Teigtäschchen auf und biss vorsichtig hinein. Es schmeckte erstaunlich gut, nach Käse und Gemüse. Um sich nicht den Appetit zu verderben, verzichtete er darauf, die Füllung genauer unter die Lupe zu nehmen, und futterte drauflos.

Er hatte kaum das letzte Teigtäschchen verputzt, als Jo ins Restaurant kam. Sofort verspürte Ash den unwiderstehlichen Drang, durch die Hintertür zu verschwinden. Der Schieber setzte sich ohne zu fragen zu ihm und deutete mit einer Kopfbewegung nach draußen.

»Da wartet jemand auf dich. Wollte eigentlich gestern kommen, aber du warst ja unterwegs.«

So viel zu Jos Aussage, dass sich in letzter Zeit niemand nach ihm erkundigt hatte.

»Der stinkt nach Kohle.« Jo zwinkerte ihm verschwörerisch zu. »Teure Schuhe, teurer Wagen.«

Ash verdrehte genervt die Augen. »Jo, ich bin müde.«

Sein Gegenüber setzte ein künstliches Lächeln auf und legte ihm in einer bittenden Geste die Hand auf den Unterarm. Mit etwas mehr Willen und Energie hätte er sich losgemacht.

»Der Typ ist extra aus Madrid gekommen, um dich zu treffen.«

»Ach ja?« Irgendwo in Ash regte sich vages Interesse.

»Er braucht jemanden mit Klasse, und du hast einen guten Ruf.«

Jemanden mit Klasse ... alter Schleimer. Ash kratzte sich nachdenklich am Kinn. Leider war er für Schmeicheleien dieser Art durchaus empfänglich. Wie gesagt, Jo war ein hinterlistiger Fuchs, und eigentlich sollte er ihn zum Teufel schicken. Doch an einem Tag wie heute tat es gut, ein Kompliment zu hören. Die Sache mit dem Ruf war allerdings ein eindeutiges Zeichen, den Standort zu wechseln.

»... mal anhören, oder?«, bekam er am Rande mit, dass Jo einen weiteren Versuch gestartet hatte, ihn zu einem Treffen mit dem Johnson zu überreden.

»Ja ja, ist ja gut«, ließ Ash sich breitschlagen. Er stand auf und folgte dem Schieber zum Hinterausgang. Ein bisschen neugierig war er schon darauf, was für einen Unsinn Jo diesmal organisiert hatte. Der Mann zog andauernd merkwürdige Jobs aus dem Hut, die entweder am anderen Ende des Landes abliefen, mies bezahlt wurden oder damit zu tun hatten, halbseidene Lokalpolitiker beim Wasserskifahren zu babysitten.

Kapitel 3

Eine Woche später

»Ich muss verrückt sein.« Ash starrte zweifelnd auf die weite See hinaus. Ja, er war eindeutig ein Fall für die Klapsmühle. Nur eine spontane Auflösung sämtlicher Gehirnzellen konnte ihn dazu gebracht haben, diesen Job anzunehmen. Auf jeden Fall hatte sich Jo diesmal selbst übertroffen. Das hier war definitiv Platz eins in den Top Ten der merkwürdigen Aufträge!

Der Runner vergrub die Hände in den Jackentaschen, stemmte sich gegen den Wind und ließ sich von der steifen Brise das Haar zerzausen. Weit unter ihm teilte der mächtige Bug der *Glen Roy* das Wasser und schickte mit Unterstützung des Windes unzählige feine Tropfen zu ihm hoch. Der Atlantik, unendliche Weiten, wir befinden uns auf dem Weg nach Venezuela ...

Ash schniefte, wischte sich mit dem Jackenärmel die laufende Nase und drehte sich um. Über die Container hinweg schaute er skeptisch hoch zu den Schiffsaufbauten. Oben auf der Brücke hockte in diesem Moment ein Mannschaftsmitglied auf einem Stuhl und starrte vermutlich schwer gelangweilt auf die Instrumente. Oder auf das Display eines Taschentrideos. Denn hier saß niemand am Steuer. Der Kurs des Schiffes war satellitengesteuert und wurde per GPS überwacht. Solange sich die *Glen Roy* nicht in Hafennähe befand oder in eine gefährliche Situation kam, kontrollierte eine Unmenge winziger Chips und Datenleitungen das stählerne Ungetüm.

Nach drei Tagen ohne Anzeichen einer verheerenden Katastrophe hatte sich Ash daran gewöhnt.

Er rückte das schmale Halsband mit dem Transceivermikrofon zurecht, überprüfte den Sitz des kleinen Knopfs in seinem linken Ohr und setzte den Patrouillengang fort. Gut dreihundert Meter waren es bis zum Heck, und obwohl das Deck trocken erschien, achtete er auf jeden Schritt. Der Stahl, aus dem die *Glen Roy* gebaut war, machte sich einen Spaß daraus, an den unpassendsten Stellen nass und rutschig zu sein. Die Bewegungen des Schiffes stellten eine zusätzliche Herausforderung an den Gleichgewichtssinn dar, und man konnte ihm vermutlich von weitem ansehen, dass er zum ersten Mal auf See war. Sein Magen kam inzwischen mit dem ständigen Schaukeln klar, und nach einer unfreiwilligen Diät aus trockenem Toast und Tee hatte er heute tatsächlich richtig gegessen. Seit der letzten Mahlzeit waren allerdings sechs Stunden vergangen und jetzt, zum Ende des Tages, meldete sich der Hunger zurück.

In wenigen Minuten, nach dem Ende seiner Schicht, würde er der Kombüse einen Besuch abstatten. Der Koch kam zwar in Form einer Mikrowelle daher, aber wenn man an Sojafutter gewöhnt war, machte das nichts.

Außer Ash waren noch drei spanische Runner an Bord, die der Johnson separat angeheuert hatte. Zusammen mit Ash bildeten sie offiziell ein Sicherheitsteam der Reederei, das für den Schutz von Ladung und Crew verantwortlich war. Eine Fahrt in die Karibik rechtfertigte auf jeden Fall die Anwesenheit eines Sicherheitsteams. Niemand wollte riskieren, einen Teil der Ladung oder das gesamte Schiff an Piraten zu verlieren. Dem Auftraggeber ging es jedoch lediglich um einen bestimmten Container. Dessen Inhalt war natürlich streng geheim, erforderte aber offensichtlich die Anwesenheit von vier Shadowrunnern an Bord und eine Bezahlung von fünfzehntausend Nuyen pro Nase, die Hälfte im Voraus. Kein Vermögen, doch leicht verdientes Geld. Wenn alles glattging.

Ash hatte Jo und Rosa versichert, er würde nach dem Auftrag nach Spanien zurückkommen. Was eine Lüge gewesen war. Er hatte alle erdenklichen Vorkehrungen getroffen, um erneut vom Erdboden zu verschwinden, und sogar einen alten Kontakt aufleben lassen, um alles wasserdicht zu machen. Rosa würde ihm am Anfang vielleicht ein bisschen fehlen, Jo und Mateo jedoch nicht.

Ash spielte ernsthaft mit dem Gedanken, sein Lager für eine Weile auf einer der karibischen Inseln aufzuschlagen. Die Vorstellung hatte durchaus ihren Reiz. Vielleicht konnte er bei der Gelegenheit einen Abstecher in nördlichere Gefilde machen, um sich mal wieder auf vertrautem Terrain zu bewegen. Denn je näher er seiner früheren Heimat kam, desto stärker vermisste er sie.

Im Vorbeigehen nickte der Runner zwei Crewmitgliedern zu, die einen der vorderen Lukendeckel schrubbten. Das Schiff war nicht voll beladen, die meisten Stellplätze an Deck standen leer. Ob es sich für den Reeder rentierte, ein halb volles Schiff quer über den Ozean zu schicken?

Die Männer erwiderten seinen Gruß mit scheuem Lächeln und wandten sich wieder der Arbeit zu. Schweigsame Zeitgenossen.

Die Crew setzte sich aus Filipinos und Spaniern zusammen – zehn Mannschaftsgrade plus drei Offiziere und dem Kapitän. Die höheren Ränge waren allesamt spanischer Herkunft.

Die Besatzung begegnete Ash und seinem Team teils mit höflicher Zurückhaltung, teils mit offenem Misstrauen. Einige der Männer schienen zu spüren, dass die vier mehr waren als bloß ein Sicherheitsteam.

Das eigentliche Problem sah Ash allerdings in seinen Teamkollegen. Die zeigten sich nämlich alles andere als begeistert, einen Amerikaner zum Boss zu haben.

Dem Johnson war schnell klar geworden, dass Ash um einiges fähiger und erfahrener war als die Spanier. Deshalb hatte er Ash kurzerhand zum Teamleiter ernannt und ihn mit der Vorbereitung des Jobs betraut. Leider kannten sich seine Teamkollegen bereits von einem anderen Auftrag und hatten einstimmig beschlossen, sich nichts vom ihm sagen zu lassen. Keine guten Voraussetzungen. Aber nach der Begegnung mit den Kopfgeldjägern in San Sebastian traute er den Typen sowieso nicht über den Weg und war froh, wenn sie ihn zufrieden ließen. Ein netter Nebeneffekt der Geschichte war, dass er eine Zweibettkabine für sich allein hatte. Denn seine Kollegen zogen es vor, zu dritt in der anderen Zweibettkabine zu hausen. Es ging nichts über schmollende Spanier!

Der Runner schob kopfschüttelnd eine verrostete Eisenstange zur Seite, die halb im Weg lag. Bei stürmischer See konnte die zu einer tödlichen Stolperfalle werden. Die *Glen Roy* war ein alter Schrotteimer. Ständig wurden Trupps zum Rostklopfen oder Streichen abgestellt, doch es waren zu wenige Männer an Bord, um effektiv arbeiten zu können. Die Kabinen und Aufenthaltsräume wirkten wie aus dem letzten Jahrhundert, und die Hauptmaschine fuhr anscheinend auch nicht mehr so rund, wie sie eigentlich sollte.

Auf dem Weg zum Heck traf Ash auf ein weiteres Crewmitglied, das mit Lackarbeiten an der Außentreppe beschäftigt war. Die steile Treppe war an der Rückseite der Aufbauten angebracht und zog sich im Zick-Zack die sieben Stockwerke hoch. Jedes Stockwerk besaß zwei durch einen Steg verbundene Außentüren, eine auf der Rückseite und eine auf der linken Seite. Auf dem vierten und sechsten Deck liefen schmale Stege einmal um die Aufbauten herum. Von dort oben hatte man eine hervorragende Aussicht.

Der Filipino schaute kurz auf, bedachte Ash mit einem strengen Blick und bewegte sich einige Schritte von ihm weg, um den nächsten Treppenabschnitt zu lackieren.

Ob er wusste, dass er nun keine zwei Meter von *dem* Container entfernt war? Ash ließ unauffällig den Blick über den Grund seiner Anwesenheit gleiten. Der Container war zwischen drei anderen Stahlboxen eingeklemmt, unscheinbar, grau, angerostet und somit kaum zu unterscheiden von den über zweitausend anderen an Bord. Äußerlich wies nichts auf seinen Inhalt hin. Die Zoll- und Prüfsiegel waren korrekt angebracht, und nach dem Stauplan handelte es sich um eine Fuhre Trideos. Laut Befehl des Auftraggebers durfte ausdrücklich niemand dem Container zu nahe kommen. Beim geringsten Anzeichen, dass jemand die Siegel beschädigt hatte, würde es keinen einzigen Nuyen geben. Wohl eher eine Kugel in den Kopf, aber das war Ashs persönliche Interpretation. Der Runner hörte eine Tür klappen und schaute sich um. Es war Salvador, der die nächste Deckwache hatte. Mit dem pummeligen Spanier kam Ash noch am besten aus, denn der Mann war ihm gegenüber weniger voreingenommen als die anderen beiden. Salvador hob zum Gruß seine Ingram Smartgun leicht an und machte sich anschließend auf den Weg zum Bug.

Auf ihre Ingrams waren die Spanier besonders stolz. Sie trugen sie gut sichtbar vor sich her, mit einem gehörigen Maß an Wichtigkeit und einem grimmig-verkniffenen Gesichtsausdruck. Ash hingegen bevorzugte ein unauffälligeres Auftreten und trug die Waffen verborgen unter der Jacke.

Nach einem letzten prüfenden Blick zum Himmel verschwand er im Inneren der Aufbauten. Heute hatte er keine Nachtwache und konnte sich die Zeit mit anderen Dingen vertreiben. Der Fitnessraum an Bord war gut ausgestattet, und es gab sogar einen Pool und eine Sauna. Ein bisschen Gewichtestemmen würde seinen Muskeln gut tun.

Keuchend schrak Ash aus einem pechschwarzen Monster von einem Albtraum hoch. Er richtete sich abrupt auf, stieß mit dem Kopf heftig gegen ein Hindernis und fiel zurück auf die Matratze. Beide Hände an der schmerzenden Stirn, blieb er benommen und mit wild klopfendem Herzen liegen. Als Schmerz und Schwindelgefühl allmählich nachließen, begann er seine fünf Sinne zu ordnen.

Er lag in einer Koje auf der *Glen Roy*, unter sich eine weiche Matratze und über sich die niedrige und – wie er am eigenen Leibe erfahren hatte – äußerst harte Kabinendecke. Ein leichter, ständig präsenter Geruch nach Schmieröl lag in der Luft, leises Wummern drang an seine Ohren und alles vibrierte von den Kolbenbewegungen der Hauptmaschine. Seine linke Hand suchte tastend den Anhänger der silbernen Kette, die er um den Hals trug. Eine Weile hielt er das filigrane japanische Schriftzeichen zwischen den Fingern und gab seinen Gedanken Zeit, sich zu beruhigen. Dann schaltete er die Lampe über dem Kopfkissen ein. In der plötzlichen Helligkeit kniff er die Augen zusammen, doch das Licht vertrieb auch die letzten Schatten des Albtraums. Ash konnte sich beim besten Willen nicht daran erinnern, was er geträumt hatte, war aber auch nicht scharf darauf, es zu wissen. Sein Schädel dröhnte mit der Hauptmaschine um die Wette, und er fragte sich, ob man um diese Zeit Aspirin und einen Beutel Eis bekommen konnte.

Er betastete vorsichtig die beginnende Schwellung auf der Stirn, richtete sich auf und rutschte wenig elegant aus der Koje. Ab morgen würde er auf dem Fußboden schlafen.

Im Tourbus hatte er sich in den niedrigen Betten auch ständig den Kopf gestoßen.

Im Tourbus ...

Ein brennender Stich ins Herz ließ ihn die Luft anhalten, und ein beklemmendes Gefühl des Verlustes und der Einsamkeit erfüllte ihn. In einem Blitzlichtgewitter aus Erinnerungen tanzten die Gesichter toter Freunde vor seinen Augen auf und ab und vermischten sich mit Bildern aus einer Zeit, die wohl die schönste in seinem Leben gewesen war. Eine Zeit, nach der er sich manchmal so sehr zurücksehnte, dass er es kaum ertragen konnte.

Ash fand Halt am Rand der oberen Koje und atmete tief durch. Die Vergangenheit spielte keine Rolle mehr, was zählte, was das Hier und Jetzt. Schließlich ging er zum Waschbecken, drehte den Wasserhahn auf und spritzte sich kaltes

Wasser ins Gesicht. Dann stützte er die Hände links und rechts auf den Beckenrand und starrte in den Abfluss. Seit drei Nächten hatte er kaum ein Auge zugetan. Wenn er den Auftrag anständig durchziehen wollte, musste er ausgeschlafen und fit sein.

»Zurück zu den Tabletten?«, fragte er den Wasserhahn und nickte entschlossen. »Zurück zu den Tabletten.«

Er trocknete sich Gesicht und Hände ab, holte die Reisetasche aus der unteren Koje und öffnete eines der zahlreichen Seitenfächer. Nach kurzem Suchen förderte er eine unbeschriftete Pillendose zu Tage.

Anfangs hatte er es für eine gute Idee gehalten, für die Dauer der Reise auf Schlaftabletten zu verzichten. Die Pillen erfüllten ihren Zweck nämlich äußerst zufriedenstellend und beförderten ihn zuverlässig für mindestens acht Stunden ins Traumland. Was bei einem Job dieser Art leicht zum Problem werden konnte.

Doch seitdem er ohne medizinische Helferlein ins Bett ging, träumte er jede Menge abstrusen Mist und wachte im Drei-Stunden-Takt auf. Was die Frage nach Sinn und Zweck dieser Übung aufwarf.

Zum Glück hatte er eine Reserve für den Notfall mitgenommen.

Ash steckte die Dose zurück ins Seitenfach und streifte ein schwarzes T-Shirt aus weicher Viskose über. Seit er auf dem Schiff war, schlief er grundsätzlich in Hose und Socken. Ungewohnt und unbequem, aber dafür musste er im Notfall nur noch die Schuhe anziehen und konnte los.

Er streifte das Doppelhalfter mit den beiden Ares Predator über, das hinter dem Kopfkissen lag, und fand dort nach kurzem Suchen auch den Transceiver. Er steckte sich das Knöpfchen ins Ohr, legte das schmale Halsband mit dem Mikrofon an und schlüpfte in seine schwarzen Turnschuhe. Die besaßen weder Schuhbänder noch Klettverschlüsse, sondern wurden von mehreren elastischen Bändern am Fuß gehalten.

Er würde ein bisschen frische Luft schnappen, auf der Brücke nach dem Rechten sehen und vielleicht mit dem Wachhabenden einen Soykaf trinken. Schon im Gehen, erinnerte sich Ash an die Smartbrille und hakte sie in den Kragen des T-Shirts ein. Man konnte nie wissen.

Er schirmte die Augen gegen das helle Licht ab und schaute sich im Korridor um. Niemand war zu sehen oder zu hören. Er warf einen Blick auf die Uhr. Es war kurz nach drei Uhr morgens. Er rief sich den Grundriss der Aufbauten ins Gedächtnis und wandte sich nach rechts. An der Kabine vorbei, in der die spanischen Kollegen schliefen, ging es zum Treppenhaus. Die restliche Mannschaft war ein Deck höher untergebracht, vermutlich um den Kontakt zwischen Crew und Sicherheitsleuten möglichst gering zu halten.

Ash öffnete die Tür zum Treppenhaus und nahm die erste Treppe in Angriff. Die Brücke befand sich auf dem siebten Deck, fünf Decks über ihm. Zwischen dem dritten und vierten Deck fiel Ash auf, dass er seine Jacke vergessen hatte. Einen Ausflug nach draußen sollte er sich also lieber sparen. Wenigstens steckte der Panicbutton in der linken Hosentasche. Er holte ihn hervor und befestigte das kleine Gerät an einer der vorderen Gürtelschlaufen. Wenn er sich recht erinnerte, hatten Perez und Tirador Dienst. Nachts schoben immer zwei vom Sicherheitsteam Wache, denn in der Dunkelheit war die Wahrscheinlichkeit eines Überfalls auf das Schiff am größten. Ein Mann drehte an Deck seine Runden, der andere auf der Brücke. Nach zwei Stunden wurde gewechselt. Damit stockten sie die reguläre Wachmannschaft auf fünf Leute auf.

Ash mochte die Nachteinsätze. Dann war es beinahe still auf dem großen Schiff, und das stets präsente Wummern der Maschine entwickelte eine nahezu hypnotische Wirkung.

»Hola, jemand wach da draußen?«, wandte er sich an seine Runnerkollegen.

Nach einer für seinen Geschmack viel zu langen Reaktionszeit meldete sich eine Stimme mit dickem spanischem Akzent. »Sí, was ist los?«

»Nichts, wo bist du?« Ash wusste nicht, welcher der Männer es war. Er konnte ihre Stimmen einfach nicht auseinanderhalten.

»Am Bug, ist alles ruhig. Perez ist auf der Brücke.«

Ah, Tirador. Ash setzte sich in Bewegung. »Ich bin auf dem Weg nach oben.«

»Macht der Boss einen Kontrollgang?« Den Seitenhieb konnte sich der Mann wohl nicht sparen.

»Sicher«, erwiderte Ash, dem das Theater allmählich auf die Nerven ging. »Ich muss doch aufpassen, dass meine Leute alles richtig machen!«

»Idiota!«, knurrte es aus dem Knopf in seinem Ohr.

Sehr kreativ. Mit einem hämischen Grinsen auf dem Gesicht setzte Ash den Weg fort. Diese Runde ging an ihn.

Er war gerade an der Tür zum fünften Deck vorbeigekommen, als sich seine Blase meldete. Auf Deck fünf hatten unter anderem der Kapitän und der Chefingenieur ihre Kabinen und Büros. Soweit er sich erinnerte, gab es dort auch eine Toilette.

Die Räume des Kapitäns lagen in der Nähe des Treppenhauses; der Chefingenieur war am anderen Ende des Decks untergebracht. Ash fand den kleinen Raum gegenüber der Kabine des Chefingenieurs. Er erleichterte sich, wusch sich die Hände und betrachtete gerade die Beule auf seiner Stirn im Toilettenspiegel, als der Panicbutton lospiepte.

Er fuhr zusammen und starrte ungläubig auf das kleine Gerät. Zwiespältige Gefühle durchzuckten ihn, irgendwo angesiedelt zwischen ›Nein!‹ und ›Endlich!‹.

Er wischte sich die Hände achtlos an der Hose ab und wollte Tirador anfunken. Dann hielt er inne. Wenn tatsächlich der Ernstfall eingetreten war und nicht bloß einer der Spanier aus Versehen Alarm ausgelöst hatte, sollte er sich besser ruhig verhalten.

Ash deaktivierte den Panicbutton, zog die rechte Ares Predator aus dem Halfter und öffnete die Toilettentür einen Spalt. Als niemand zu sehen war, trat er in den Gang hinaus und marschierte zurück zur Kabine des Kapitäns. Eine reine Vorsichtsmaßnahme, mehr nicht. Er hatte kaum die Hand zum Klopfen gehoben, als die Tür zum inneren Treppenhaus geöffnet wurde. Mit einem leisen Fluch verschwand er wieder in die entgegengesetzte Richtung und um die nächste Ecke.

Dort presste er sich mit dem Rücken flach gegen die Wand und lauschte angestrengt. Erst war nichts zu hören, schließlich energisches Klopfen gegen eine Tür. Offenbar war jemand auf dieselbe Idee gekommen. Die Tür wurde geöffnet, und der Runner erkannte die Stimme des Kapitäns, der sich verschlafen nach dem Grund für die nächtliche Störung erkundigte. Dann gab der Mann plötzlich einen erschrockenen Laut von sich, und eine tiefe kehlige Stimme befahl ihm, das Maul zu halten. Jetzt riskierte Ash einen raschen Blick und sah gerade noch, wie zehn Meter entfernt ein in Schwarz gekleideter Ork in der Kapitänskabine verschwand. Na prima, Piraten! Ash hatte den Gedanken kaum zu Ende geführt, als er angefunkt wurde.

»Hier ist Salvador, was ist los?«

Als sich kein anderes Teammitglied meldete, antwortete Ash gedämpft: »Wir sind geentert worden. Sie haben den Kapitän.« Ob die Piraten bereits die Brücke eingenommen hatten? Seine Überlegungen wurden von Salvadors Stimme unterbrochen.

»Ich bin in der Kabine, wo steckst du?«

»Weiter oben«, gab Ash zurück, für den Fall, dass sie abgehört wurden. »Wir treffen uns direkt über dir.« Hoffentlich hatte der Spanier den Bauplan des Schiffes ähnlich gut im Gedächtnis wie er selbst. Die Piraten konnten nicht wissen, wo Salvador war, also wussten sie auch nicht, dass der Speisesaal auf Deck 3 genau über ihm lag. Ob der Spanier es wusste?

Salvadors Antwort stellte ihn allerdings vor ein ganz anderes Problem.

»Ich bleib, wo ich bin, sollen die zu mir kommen.«

Bevor Ash einen Vortrag über eingegangene Verpflichtungen und Teamwork vom Stapel lassen konnte, kam der Ork aus der Kapitänskabine. Nach wenigen Schritten blieb er stehen, senkte die Maschinenpistole, die er in der rechten Hand hielt, und starrte konzentriert ins Leere. Für Ash der geeignete Moment, um sich aus dem Staub zu machen. Solange er unentdeckt blieb, bestand wenigstens der Hauch einer Chance, den Johnson zu alarmieren. Er war gerade im Begriff, zu verschwinden, als der Ork plötzlich den Kopf wandte. Verdammter Instinkt!

Der Mann schaute ihn direkt an. Fixierte ihn mit eiskaltem Blick und hob die Maschinenpistole. Bevor er die Waffe vollständig in Anschlag gebracht hatte, war Ash bereits ein Stück aus der Deckung gekommen. *Sein* Instinkt sagte ihm, dass sein Gegner vermutlich eine Panzerweste oder Ähnliches trug, also zielte er auf die Beine. Er drückte ab und jagte dem Ork eine Kugel in den linken Oberschenkel, dicht oberhalb des Knies. Der Mann brüllte auf und brach zusammen.

Im nächsten Augenblick war Ash durch die hintere Außentür verschwunden und auf dem Weg nach unten. Während er lief, setzte er die Smartbrille auf und wäre deshalb auf der steilen Treppe fast gestrauchelt. Die Brille verstärkte die spärliche Nachtbeleuchtung um ein Vielfaches, und endlich konnte er sehen, wohin er trat.

Vom Bug her waren jetzt Schüsse zu hören. Gleichzeitig näherten sich von unten schnelle Schritte auf der Metalltreppe. Ash blieb auf der schmalen Plattform zwischen dem vierten und dritten Deck stehen und schaute zurück. Vom Ork war nichts zu sehen oder zu hören.

Kurz entschlossen beugte er sich über das Gelände und feuerte blindlings zwei Kugeln nach unten ab. Jemand stolperte, und es klang ganz so, als würde die Person die Stufen runterpurzeln, die sie grade eben hochgelaufen war. Ash huschte die Treppe wieder hoch. Auf dem vierten Deck lief der schmale Laufsteg einmal rings um die Aufbauten, über den er auf die andere Seite kommen konnte. Was genau er dort tun würde, wusste er noch nicht.

Ash hatte kaum die Vorderseite der Aufbauten erreicht, als zwei Kugeln dicht vor ihm einschlugen. Er ließ sich flach auf den Steg fallen und suchte hektisch nach dem Schützen.

Auf einer der Containerreihen stand breitbeinig eine Gestalt, ein Gewehr im Anschlag. Mindestens siebzig Meter trennten sie voneinander, vermutlich mehr. Ash robbte ein Stück vorwärts und schon heulte die nächste Kugel über ihn hinweg. So würde er nie rechtzeitig außer Sichtweite kommen. Er wälzte sich auf die Seite, benutzte die unterste Strebe des Geländers als Stütze für seine Waffe und legte auf den Piraten an. Es war ein gewagter Schuss, doch er konnte nicht zulassen, dass man ihn hier festnagelte. Ash holte den Schützen mit der Smartbrille zumindest ein Stückchen näher heran und konzentrierte sich jetzt ganz auf den Wind. Die Bewegungen des Schiffes waren zu schwach, um merklich Einfluss auf den Schusswinkel zu haben. Er zwang sich, geduldig abzuwarten, bis der Seitenwind zu einer leichten Brise abflaute, und zog den Abzug durch. Der Schuss hämmerte durch die Nacht, und der Pirat auf den Containern stolperte zurück.

Ash stemmte sich hoch und rannte um sein Leben.

Er musste runter von diesem verdammten Steg! Entweder zurück in die Aufbauten, oder Deckung zwischen den Containern suchen. Er entschied sich für die Aufbauten, doch die erste der beiden Außentüren war verriegelt. Nach drei vergeblichen Versuchen gab Ash es auf und lief zur zweiten Tür. Sie war ebenfalls verschlossen. Er fluchte stumm und schaute über das Geländer des Stegs. Gut fünf Meter tiefer befand sich eine Reihe von Containern, und einige Meter weiter zum Heck hin gab es einen schmalen Quergang, der zwischen den Containern von backbord nach steuerbord verlief. Dort konnte er erst mal Deckung finden.

Die Entfernung zwischen Containern und Aufbauten betrug gut zwei Meter. Also zwei Meter weit und fünf Meter tief. Das konnte unter Umständen schmerzhaft werden. Ash steckte die Waffe zurück ins Tarnhalfter, kletterte über das hüfthohe Geländer und sprang.

Er landete halbwegs sicher auf einem der Container, kam auf die Beine und fand sich unvermittelt im Lichtkegel eines Suchscheinwerfers wieder.

»Stopp!«, befahl ihm eine gebieterische Stimme über die Außenlautsprecher.

Vollkommen überrumpelt gehorchte er. Mit dem Sprung hatte er sich den Piraten direkt in die Arme manövriert. Der rettende Quergang war zu weit weg, es gab keine Chance zu entkommen. Er war ein verdammter Idiot und verdiente es, geschnappt zu werden! Angespannt und mit wild klopfendem Herzen wartete Ash auf die nächste Ansage. Oder die alles beendende Kugel in den Rücken.

Nach einer langen, zermürbenden Pause forderte ihn die Stimme auf, die Hände über den Kopf zu heben und sich umzudrehen.

Wenig später fand sich Ash auf der Brücke wieder. Ohne Waffen, ohne Transceiver, die Hände mit Handschellen auf den Rücken gefesselt. Sein Bewacher war ein Elf in schwarzer Montur, dessen Haut die Farbe von Milchkaffee hatte. Ausgenommen dort, wo eine tiefe Schürfwunde von der rechten Augenbraue zum Ohr verlief. Blutgetränkte Wattebäusche in den Nasenlöchern und ein breites Pflaster auf dem Nasenrücken gaben ihm zusätzlich ein recht bemitleidenswertes Aussehen. Ash hatte das vage Gefühl, den Mann schon einmal gesehen zu haben. Doch wo?

Der zweite Mann, offenbar der Anführer des Teams, wandte ihm halb den Rücken zu. Der Norm stand einige Meter entfernt neben dem aberwitzig kleinen Steuerrad der *Glen Roy*, aufrecht und straff, die Arme in militärischer Manier hinter dem Rücken verschränkt. Er hatte kurze, graumelierte Haare und trug eine Kombination aus khakifarbenem Stoff. Ash schätzte ihn auf mindestens fünfzig. Vielleicht ein abgehalfterter Ex-Militär, den das Rentnerdasein langweilte? Erneut konnte sich der Runner des Gefühls nicht erwehren, auch diesen Mann zu kennen. Er wollte einen Schritt zur Seite machen, um das Profil des anderen sehen zu können, fing sich einen strafenden Blick des Elfs ein und ließ es bleiben.

Der Mann beim Steuerrad ignorierte ihn weiterhin und blickte konzentriert durch die verglaste Front der Brücke. Am Bug hatte sich Tirador bis vor wenigen Sekunden beeindruckend hartnäckig seiner Haut gewehrt.

Jetzt war er tot, und Ash bedauerte es, ihn zumindest in dieser Beziehung falsch eingeschätzt zu haben.

»Die Welt ist wirklich ein Dorf.« Der Anführer wandte sich abrupt um und die schwere Pistole vorn in seinem Hosenbund wurde sichtbar.

Ash fiel vor Verblüffung die Kinnlade runter. Das Gesicht, die Stimme, woher ...?

»Du bist weit weg von Zuhause, Quickshot.«

Der kennt meinen Namen! Woher kennt der meinen Namen? Panik überkam Ash. Plötzlich schien es nur einen logischen Grund zu geben, weshalb er noch am Leben war: das Kopfgeld. Die Leute waren hinter dem Kopfgeld her! Sie würden ihn nach Schottland zu diesem McGregor verfrachten, und was dann geschah, wollte er sich nicht einmal ansatzweise ausmalen.

Er bemühte sich, sein Entsetzen zu verbergen, doch offenbar funktionierte es nicht besonders gut.

Ein feines, leicht amüsiertes Lächeln umspielte den Mund seines Gegenübers. Es machte ihn um gut zehn Jahre jünger. »Ich gebe zu, es ist eine Weile her.«

Wie jetzt? Warte mal. Plötzlich fiel es Ash wie Schuppen von den Augen: Seattle, ein Überfall auf ein Lagerhaus, ziemlich am Anfang seiner Karriere in den Schatten. Man hatte ihn als Unterstützung für ein Runnerteam angeheuert. Er war mit einem Scharfschützengewehr auf dem Dach des gegenüberliegenden Lagerhauses positioniert gewesen und hatte die flüchtenden Mitglieder einer Schmugglerbande in Schach gehalten. Daher kannte er die beiden. Sein Gegenüber war der Anführer des Runnerteams, gewesen und der Elf hatte ebenfalls dazu gehört. »Pilgrim«, sagte er ruhig, um wenigstens diesmal keinen vollkommen ahnungslosen Eindruck zu hinterlassen. Der Mann hatte seit damals ein paar Kilos zugelegt, wirkte aber immer noch durchtrainiert und fit. Seine Haare waren kürzer und grauer und das Gesicht nicht mehr so hager. Auch Runner wurden älter. Wenn sie Glück hatten.

Sein Gegenüber nickte militärisch knapp. »Ein interessanter Zufall, findest du nicht?«

Ash, der den Glauben an Zufälle längst verloren hatte, schwieg. Es überraschte ihn nicht, dass ihn letztendlich jemand erwischte, der ihn kannte. Wenn auch nur flüchtig. Ein weiterer humoriger Dreh des Schicksals. Doch soweit er wusste, war Pilgrim Söldner, kein Kopfgeldjäger. Allerdings war seit ihrer Zusammenarbeit viel Zeit verstrichen, und Dinge änderten sich.

»Ich fürchte, wir müssen uns unterhalten.«

Bei Pilgrims Worten verstärkte sich das ungute Gefühl in Ashs Magengegend. Und seine Verwirrung. Ging es jetzt um den Container oder um das Kopfgeld? Oder etwa um beides?

»Ach ja?«, gab er wenig schlagfertig zurück.

»Wir suchen einen bestimmten Container, und du wirst uns sagen, wo er steht.«

Erleichterung überkam ihn. Anscheinend spielte er bei diesem Einsatz nur eine Nebenrolle. »Der Job ist gelaufen.« Pilgrim deutete sein Schweigen offenbar als Trotz. »Warum die Sache unnötig in die Länge ziehen?«

Diesmal war es echter Trotz, der Ash den Mund halten ließ. Obwohl er froh war, dass es ›bloß‹ um die geheimnisvolle Ladung ging, hatte er nicht vor, die Information einfach preiszugeben. Er schuldete es seinem Auftraggeber, dessen Eigentum zu schützen. Also starrte er den gut zehn Zentimeter größeren Mann schweigend an und wartete auf die unvermeidliche Reaktion.

»Wir finden es früher oder später sowieso raus«, zeigte sich sein Gegenüber unbeeindruckt. »Allerdings wäre ›früher‹ wesentlich angenehmer für dich.«

Ash wusste, dass die Drohung ernst gemeint war. Denn obwohl sie einander kannten, waren sie keine Chummer, und er hatte Pilgrim als einen Mann in Erinnerung, der, wenn nötig, hart und rücksichtslos durchgriff. Bevor Pilgrim dazu kam, etwaige Verhörmethoden in Betracht zu ziehen, wurde die Tür zum Treppenhaus aufgestoßen. Der Ork von Deck fünf humpelte einige Schritte auf die Brücke. Am linken Oberschenkel war seine Hose aufgerissen worden und ein weißes Pflaster blitzte unter dem Stoff hervor. Bei näherem Hinsehen war der Mann für einen Ork recht schmächtig gebaut, und Ash fragte sich, ob er mangelnde Körpermasse durch gesteigerte Aggressivität wettmachte. Manche Typen kauften sich ja bekanntlich auch schnelle Autos, wenn es an anderer Stelle haperte.

Der Blick, den der Metamensch ihm zuwarf, sprach eine deutliche Sprache, und die Haut des Runners begann vor Anspannung zu prickeln.

»Du mieser Wichser!« Der Ork setzte sich mit schmerzverzerrtem Gesicht in Bewegung, offensichtlich fest entschlossen, ihn unangespitzt in den Boden zu rammen.

Der dunkelhäutige Elf, dessen Name ihm immer noch nicht eingefallen war, vergrößerte schweigend den Abstand zum Gefangenen. Pilgrim hingegen stellte sich zu Ashs Überraschung dem vor Wut schäumenden Metamenschen in den Weg.

»Dafür haben wir ...«, begann er, wurde jedoch von dem auf Rache sinnenden Runner achtlos beiseite gestoßen.

Der Ork packte Ash am T-Shirt, zog ihn hoch, sodass er auf den Zehenspitzen stehen musste, und holte aus.

Mit gefesselten Händen konnte Ash den Schlag unmöglich abblocken, deshalb wählte er eine nahe liegende Alternative: Er rammte seinem Gegenüber kräftig das Knie in die Weichteile.

Sein Gegner zuckte zusammen und stieß einen überraschten Schmerzenslaut aus. Wohl mehr aus Reflex vollendete er den Schlag in Ashs Gesicht und schickte den Runner zu Boden. Dann sackte er selbst mit einem sonderbaren Pfeifton in sich zusammen, die Hände schützend über den schmerzenden Familienjuwelen.

Während Ash Sternchen zählte und sich um den Zustand seiner Nase sorgte, wurde er plötzlich am Kragen gepackt und weggezerrt. Trotz seines verschwommenen Blicks schaffte er es, dem Ork einen gezielten Tritt gegen den linken Oberschenkel zu verpassen. Direkt auf die Verletzung. Der Mann brüllte auf, brachte es jedoch zu keiner angemessenen Gegenreaktion.

Pilgrim hingegen hatte die passende Antwort parat.

Ash hörte einen unterdrückten Fluch und spürte fast gleichzeitig einen Einstich am rechten Oberarm. Als er das Zischen von Druckluft vernahm und den leichten Druck einer Injektion spürte, packte ihn helle Panik.

Wahrheitsserum, Betäubungsmittel? Was auch immer es war, es bedeutete, dass er den Runnern in wenigen Sekunden wehrlos ausgeliefert sein würde. Er versuchte vergeblich, sich loszureißen. Pilgrims schraubstockartiger Griff hielt ihn fest, bis jegliche Gegenwehr von einem übermächtigen Gefühl der Leichtigkeit und des Schwindels erdrückt wurde. Als befände er sich in einem Fahrstuhl, der mit viel zu hoher Geschwindigkeit nach unten sauste.

»Ich habe keine Zeit für diesen Kinderkram«, hörte Ash den Runner wie durch dichten Nebel. Er wurde auf die Beine gezogen und in einen Raum links neben dem Treppenhaus geschleppt. Er wollte sich ja wehren, doch die Befehle des Gehirns drangen nicht mehr zu den Muskeln durch. Sie blieben in einer Mauer aus weicher Watte stecken.

In dem Raum befanden sich ein Schreibtisch, zwei Drehstühle und ein schmaler Schrank. Hinten rechts in der Ecke lagen zwei Männer auf dem Boden, Perez und vermutlich der wachhabende Offizier. Beide sahen eindeutig tot aus.

Ash wurde unsanft auf den Stuhl vorm Schreibtisch gesetzt, mit Blick zur Tür, und verfolgte unbeteiligt, wie Pilgrim zurück auf die Brücke ging. Zu der Schwere in seinen Gliedern gesellte sich allmählich ein angenehmes Gefühl der Entspannung.

Mit der Zungenspitze betastete er die aufgeplatzte linke Seite seiner Oberlippe, die erstaunlich wenig schmerzte. Das Blut, das ihm aus dem linken Nasenloch tropfte, bildete einen ständig wachsenden Fleck auf seinem T-Shirt, den er einige Sekunden fasziniert betrachtete. Dann kehrte Pilgrim zurück, und Ash sammelte jedes Fünkchen Konzentration, das er finden konnte. Es war nicht besonders viel.

»Jetzt zu uns.« Der Graumelierte holte den zweiten Drehstuhl hinter dem Schreibtisch hervor und setzte sich ihm gegenüber hin, aufrecht, beide Füße fest auf dem Boden. »Wo steht der Container?«

Ashs hartnäckiges Schweigen entlockte seinem Gegenüber erneut dieses halb amüsierte Lächeln.

»Wo steht der Container?«, wiederholte er.

Geh doch selbst suchen. Ash presste erschrocken die Lippen zusammen. Hatte er das gerade gesagt oder gedacht? Plötzlich überkam ihn die erschreckende Gewissheit, den Mund nicht mehr halten zu können, wenn er erst einmal anfinge zu reden. In seiner Verzweiflung suchte er nach einem Punkt, auf den er sich konzentrieren konnte, und fand ihn in einem Ring, den Pilgrim am rechten Ringfinger trug. Ein schlichter Reif aus Gold, schmal, ohne Verzierungen.

»Mach es uns beiden nicht schwerer als nötig.« Wie beiläufig bedeckte der Runner den Ring mit der anderen Hand.

Kapitel 4

Mit stoischer Miene schaute Morgan hinaus auf die dunkle See und ließ dann langsam den Blick übers Deck schweifen. Die Außenbeleuchtung war schwach und größtenteils oben an den Aufbauten angebracht. Selbst mit der Lichtverstärkung seiner Cyberaugen war es schwierig, hier unten etwas zu erkennen. Der Runner stand breitbeinig, um den leichten Seegang auszugleichen, und hielt eine Uzi III locker vor der Brust. In der freien Hand hatte er eine fast aufgerauchte Zigarette. Geräusche aus dem Inneren der Aufbauten ließen ihn den Kopf wenden. Die Tür wurde aufgezogen und Jin, die Fünfte im Bunde, trat ins Freie. Die Runnerin war mittelgroß, stämmig gebaut, Mitte zwanzig, hatte ein flaches rundes Gesicht und eine flache breite Nase. Sie hatte eine Ingram Smartgun geschultert und hielt eine Stabtaschenlampe in der Hand.

Morgan nickte ihr zu und zog an der Zigarette »Was hat so lange gedauert?« Er blies den Rauch durch die Nasenlöcher aus und reichte den Glimmstängel an Jin weiter.

»Ist ein sturer Bastard.«

»Ich kann immer noch nicht fassen, dass der Mistkerl mich getroffen hat. Mindestens achtzig Meter, mit 'ner lächerlichen Ares P!« Der Runner betastete vorsichtig seine linke Schulter.

»Der Typ ist Scharfschütze.«

»Echt?« Morgan schaute sie überrascht an. »Drek!«

»Glück gehabt, Chummer.« Sie nahm den letzten Zug, schnippte den Zigarettenstummel ins Wasser und schaltete die Taschenlampe ein. Der helle Lichtstrahl durchschnitt die Dunkelheit, und Jin setzte sich in Bewegung.

Morgan folgte ihr in Richtung Heck. »Wie geht's Blythe?«, erkundigte er sich aus reinem Pflichtgefühl.

»Den hat's ganz schön erwischt. Wird 'ne Weile humpeln.«

»Tut er doch eh.« Der Runner tippte sich vielsagend an die Schläfe. »Mental.« Er schloss zu seiner Teamkollegin auf.

»Ehrlich, Jin, keinen Schimmer, was Pilgrim an dem findet. Macht bloß Ärger.«

»Der alte Mann hat eben eine Schwäche für Streuner.« Sie bog nach rechts ab, in den breiten Gang zwischen den Aufbauten und der ersten Containerreihe. Anhand der Identifikationsnummer, einer langen Zahlen- und Buchstabenreihe, fanden sie nach kurzem Suchen die entsprechende Stahlbox. Morgan meldete es sofort an Pilgrim.

»Seid vorsichtig«, kam eine Warnung über Headset. »Achtet auf zusätzliche Sicherungsmaßnahmen.«

Jin verdrehte genervt die Augen und brachte die Ingram in Anschlag. »Sollen wir auf Daddy warten, oder dürfen wir ohne ihn anfangen?«

Die Frage war an Pilgrim gerichtet, der trocken antwortete: »Ihr seid doch große Kinder, ihr macht das schon.«

»Daddy?« Morgan bedachte seine Kollegin mit einem gespielt verwunderten Stirnrunzeln. »Hab ich was verpasst?«

»Ach, halt die Klappe.« Jin grinste. »Mach das Ding endlich auf.«

»Zu Befehl, Ma'am.« Der Runner entfernt rasch die Zollsiegel und klopfte anschließend betont höflich gegen eine der Flügeltüren. »Jemand zu Hause?«

Jin schnaufte amüsiert. »Sehr witzig.«

Während die Runnerin ihm mit der Taschenlampe leuchtete, entriegelte Morgan zuerst den oberen Verschlusshebel und danach den unteren. Hinter den Flügeltüren präsentierte sich ihnen ein zweites Paar Türen aus dunkelgrauem Metall. Es wurde durch zwei Riegel gesichert, die mit Magschlössern versehen waren.

Morgan hakte ein Ledertäschchen von seinem Gürtel los, holte einen Magschlossknacker heraus und machte sich leise durch die Zähne pfeifend daran, die beiden Schlösser auszutricksen. Es dauerte eine Weile, doch schließlich hatte der Runner sie geknackt. Er steckte den Magschlossknacker wieder ein und gab Jin Zeit, sich ein Stück zurückzuziehen. Jetzt machte sich leichte Nervosität breit.

Nacheinander schob Morgan die Riegel auf und richtete die Uzi auf den Container. Mit der freien Hand packte er die linke Flügeltür, fluchte, weil seine Schulter dabei schmerzte, und zog sie einen Spalt auf.

Ein eigenartiger Geruch stach ihm in die Nase: süßlichscharfe Chemikalien und die schweren, moschusähnlichen Ausdünstungen eines Tieres. Der Runner hörte seine Kollegin scharf die Luft einsaugen. Gänsehaut überzog seine Arme, und die feinen Härchen im Nacken stellten sich auf. Etwas stimmte nicht. Er war gerade im Begriff, die Tür mit der Fußspitze weiter aufzuziehen, als leises Knurren aus dem Inneren des Containers kam.

Es war tief und kehlig und schien sich einen Weg direkt aus der Hölle gesucht zu haben. Morgan erstarrte zur Salzsäule, vor Angst am Fleck festgenagelt. Das Vieh sollte tot sein!

Über Headset hörte er Jin fluchen. Dann prallte etwas Schweres von innen gegen die Türen, und sie flogen mit einem lauten Knall auf. Die rechte Tür schlug Morgan hart vor den Oberkörper und schleuderte ihn zurück. Er prallte mit dem Hinterkopf gegen die Schräge der Außentreppe und ging benommen zu Boden. Durch einen Nebel aus Schmerz und Schwindelgefühl vernahm er erneut das animalische Knurren. Kalte, absolute Lähmung breitete sich in ihm aus. Plötzlich ratterte Jins Ingram los. Querschläger pfiffen über das Deck, und zwischen zwei Feuerstößen hörte er die Runnerin seinen Namen brüllen. Es verlangte Morgan unglaubliche Willensanstrengung ab, die Augen zu öffnen. Alles drehte sich, ihm war schlecht und er kämpfte gegen den Brechreiz an. Er sah noch, wie ein pechschwarzer Schatten auf Jin zusprang und sie zu Boden riss. Ein gellender Schrei erfüllte den Gang, wurde zu einem Gurgeln und erstarb. Über Headset hörte Morgan das Brechen von Knochen. In seinem Ohr forderte Pilgrims Stimme einen Lagebericht, aber der Runner brachte keinen Ton heraus. Keine fünf Meter entfernt fuhr das Monster unbeirrt damit fort, Jins Leiche zu verstümmeln. Die Taschenlampe lag auf dem Deck, den hellen Kegel gegen einen der Container gerichtet. So konnte Morgan trotz der Lichtverstärkung lediglich zwei schwarze, muskelbepackte Läufe erkennen. Die Außenbeleuchtung des Schiffes reichte nicht bis in den Gang, und alles oberhalb dieser Läufe war ein großer konturloser Schatten. Eigentlich wollte er es auch gar nicht sehen. Sein Blick fiel auf die Uzi, die in Griffweite lag, und herrliche, kribbelnde Euphorie durchströmte ihn. Mit zitternden Fingern packte er die Waffe. Nach den Schmerzen zu urteilen, hatte er mindestens zwei gebrochene Rippen und eine saftige Gehirnerschütterung. Morgen würde er sich erst richtig elend fühlen. Mit einem unterdrückten Schmerzenslaut richtete er sich ein Stück auf.

Als er abermals nach vorn sah, traf ihn ein glühender Blick aus rötlich schimmernden Augen.

In Panik zog Morgan den Abzug der Uzi durch und schickte der Bestie eine Salve entgegen.

Die Kugeln zeigten keine Wirkung.

Mit gezogener Waffe hastete Pilgrim die innere Treppe hinunter, die freie Hand zur Sicherheit am Geländer. Er war viel zu langsam, doch wenn er zwei Stufen auf einmal nahm, riskierte er einen Sturz.

Er kam an der Markierung für Deck zwei vorbei und hetzte weiter. Ein lang gezogener Schmerzensschrei ließ ihn fast auf der steilen Treppe straucheln. Im letzten Moment erlangte er das Gleichgewicht zurück und hielt inne. »Morgan?« Die Antwort war unerträgliches Schweigen. Ein eisiger Schauder kroch Pilgrim über den Rücken. Von einer Sekunde zur anderen hatte sich dieser Run in einen Albtraum verwandelt! Er nahm die Stimmen von Blythe und Tivo wahr, die wild durcheinanderredeten und nach ihren Teamkollegen riefen.

»Ruhe!«, verschaffte sich Pilgrim Gehör. »Tivo, was macht die Crew?«

»Schlafen wie die Babys«, erwiderte der Elf mit leicht nasalem Unterton. »Boss, was …?«

»Später«, schnitt Pilgrim ihm das Wort ab. »Hol das Narcojectgewehr und komm runter.«

»Bin auf dem Weg.«

»Blythe, du funkst Selva an. Wir brauchen sie. Sofort!«

»Verstanden.«

»Danach bewegst du deinen Hintern nach unten, kapiert?«

Ash setzte sich im Zeitlupentempo auf. Es war ein harter Kampf gegen die Schwerkraft. Die Handschellen, mit denen er an ein daumendickes Rohr gefesselt war, und der bohrende Kopfschmerz machten jede Bewegung zur Qual. Seine Augenlider waren bleischwer, und die Dunkelheit und das gleichmäßige Dröhnen der Hauptmaschine hatten auf Dauer eine hypnotische, einlullende Wirkung. Er konnte sich nicht an den Zeitraum zwischen der Befragung und seinem Aufwachen auf dem Fußboden erinnern. Geschweige denn an die Dinge, die er preisgegeben hatte, oder wie viel Zeit seitdem vergangen war. Es konnten zehn Minuten sein oder eine Stunde. Befand er sich überhaupt noch im selben Raum? Die Schwärze um ihn herum wurde lediglich von einem dünnen Lichtstreifen durchbrochen, der unter der Tür hindurchschimmerte. Er reichte nicht annähernd aus, um irgendetwas zu erkennen.

Ash ließ sich gegen die Wand sinken und berührte vorsichtig das Heizungsrohr. Es war kalt. Er trotzte der Schwere seiner Glieder, bewegte hinter dem Rücken langsam die tauben Finger und spreizte sie mehrmals. Die engen Handschellen behinderten die Blutzufuhr, und seine Hände erfüllte ein dumpfes Kribbeln. Eine Weile blieb er reglos sitzen, um neue Kraft für den nächsten Schritt zu sammeln. Und um sich darüber klar zu werden, wie dieser Schritt aussehen sollte. Er konnte keinen klaren Gedanken fassen, und es dauerte lange, bis er einen Ansatz gefunden hatte, der nicht sofort wieder im geistigen Nirwana verschwand. Schließlich richtete er sich auf und versuchte, die Finger zwischen Wand und Heizungsrohr hindurchzuschieben. Der Abstand war zu gering. Also spannte er die Verbindungskette der Handschellen, verlagerte das Gewicht nach vorne und zog. Die gute Nachricht war, dass das Rohr ganz leicht wackelte. Wenn er eine Schwachstelle fand, zum Beispiel den Übergang zu einem anderen Rohr, konnte er sich mit einigem Kraftaufwand bestimmt befreien. Die schlechte Nachricht war, dass es wehtat. Seine eingeschlafenen Hände gaben ihm energisch zu verstehen, dass sie eine zusätzliche Verringerung der Blutzufuhr alles andere als gut vertrugen. Davon abgesehen scheuerten die engen Handschellen die empfindliche Haut an den Handgelenken auf. Aber es musste sein. Bloß noch einen Augenblick ausruhen und die nötige Kraft sammeln.

Tivo rückte den Gurt des Narcojectgewehrs zurecht, das über seine Schulter hing, zog den Reißverschluss der Jacke hoch und blickte dann suchend in die Dunkelheit hinaus. Dank seiner elfischen Augen und der Außenbeleuchtung erschien ihm die Nacht um einiges heller. Er nahm zahlreiche Einzelheiten wahr, die einem Norm verborgen geblieben wären, dennoch lag auch für ihn vieles in undurchdringlichen Schatten. An seinem Gürtel hing zwar eine starke Taschenlampe, doch er scheute sich, sie einzuschalten und dadurch auf sich aufmerksam zu machen.

Tivo befand sich auf Höhe des vierten Decks, nach Pilgrims Aussage wenige Meter oberhalb der Leichen von Jin und Morgan. Der Elf vermied den Blick nach unten und lauschte angestrengt. Außer dem Nachtwind und dem Schiffsmotor war kein Geräusch zu hören.

Er hob die Ingram Smartgun, die ihm eine weit effizientere Waffe zu sein schien als ein Betäubungsgewehr, und setzte sich vorsichtig in Bewegung. Die Außentreppe war schmal und steil, und er hatte heute bereits Bekanntschaft mit den harten Metallstufen gemacht.

»Tivo, wo bleibst du?« Die klare scharfe Stimme des Teamleiters ließ ihn zusammenzucken.

»Ich komm über die Außentreppe«, näselte er angespannt. »Keine Spur von dem Vieh.«

»Sei vorsichtig!«

»Klar.« Leise bewegte sich der Elf Stufe um Stufe weiter nach unten. »Bin gleich bei Deck drei.«

»Warte bei Deck zwei auf mich«, gab Pilgrim zurück. »Ich kontrolliere die Tür zum Hauptdeck und komme danach hoch.«

»Lass dir ruhig Zeit«, murmelte Tivo. Ein jämmerlicher Versuch, einen auflockernden Witz zu machen. Ein kaltes Gefühl der Beklemmung hatte Besitz von ihm ergriffen. Je weiter er aus dem beleuchteten Bereich der Aufbauten kam, desto stärker wurde es. Unwillkürlich hatte er das Bild des siebenjährigen Jungen vor Augen, der er einst gewesen war. Ein schmalbrüstiges, dürres Kerlchen, das nachts mit weit aufgerissenen Augen in die Dunkelheit starrte. Die Bettdecke bis zur Nasenspitze hochgezogen, ängstlich auf die Geräusche horchend, die unter dem Bett hervorkamen. Das Schaben von Monsterfüßen auf künstlichem Parkett, zäher Schleim, der aus mit unzähligen Reißzähnen bewehrten Schnauzen tropfte, und blutgieriges Schmatzen und Schnaufen.

Obwohl Tivo nichts entdecken konnte, wusste er plötzlich, dass er nicht mehr allein war. Fröstelnd blieb er zwischen den Decks drei und zwei stehen und riss hektisch die Taschenlampe aus der Halterung am Gürtel. Als er nach unten leuchtete, wurde das Licht von zwei rötlich schimmernden Augen reflektiert. Etwas kauerte am Fuß der Treppe, auf Höhe des zweiten Decks. Schwarz, massig, entfernt hundeähnlich.

»Es gibt keine Monster«, hörte der Runner seinen Vater mit strenger Stimme sagen. »Die sind lediglich ein Gebilde deiner Phantasie.«

Der alte Mann hatte sich geirrt. Schrecklich geirrt. Denn hier war es. Dieses Ding. Hier, in der Realität, hier, bei ihm!

Tivo, sekundenlang wie eingefroren, gewann endlich das Kommando über seine Beine zurück. Er musste nach oben, zum Licht. Er musste zurück. In die Aufbauten. In Sicherheit. Jetzt. Als könne das schwarze Etwas Gedanken lesen, bewegte es sich auf ihn zu. Der Elf erschrak, verlor auf der steilen Treppe das Gleichgewicht und landete zum zweiten Mal in dieser Nacht auf den Metallstufen. Er stieß sich schmerzhaft den Steiß und ließ die Taschenlampe fallen. Sie kullerte die Stufen hinunter, rollte schräg auf das Geländer zu und fiel ins Nichts.

Tivo wich rückwärts vor der schwarzen Bestie zurück, die sich für ihre Größe unwahrscheinlich geschmeidig bewegte. Mit einem Aufschrei riss er die Ingram hoch und eröffnete das Feuer. Die ersten beiden Kugeln bewirkten überhaupt nichts, doch bei der dritten jaulte das Wesen auf und strauchelte. Panzerung. Es musste eine Art Panzerung besitzen. Alle drei Schüsse hatten getroffen, er war sicher. Wieso starb es nicht einfach? Tivo jagte eine zweite Salve hinterher, die das Vieh endgültig auf die Stufen brachte. Erfüllt vom warmen Gefühl des Triumphes warf er sich herum und hetzte die Stufen zum dritten Deck hoch.

Er erreichte die Außentür und wurde plötzlich von einer unsichtbaren Kraft gegen die Aufbauten gestoßen. Die Luft um ihn herum begann zu knistern und zu zischen. Wie von einem mächtigen Feuerstrahl getroffen, entzündete sich Tivos Kleidung.

Mit einem Aufschrei ließ der Elf die Ingram fallen und versuchte das Feuer mit den Händen zu ersticken. Vergeblich. In seiner Panik bekam er den Reißverschluss der Jacke nicht auf und stolperte gegen die Tür. In die Aufbauten, er musste in die Aufbauten kommen!

Das Tier sprang ihn in dem Augenblick an, als er die Klinke herunterdrückte.

Jeweils drei Stufen auf einmal nehmend, flog Pilgrim die steile Treppe hinauf. Tivos klägliche Schreie waren vor wenigen Augenblicken verstummt, und die Stille, die ihnen folgte, hinterließ ein eisiges Gefühl in Pilgrims Eingeweiden.

Auf Deck drei angekommen, warf er widerwillig einen Blick durch das große Bullauge der Verbindungstür.

Der Anblick, der sich ihm bot, ließ ihn schwer schlucken.

Tivo lang ausgestreckt im Gang, auf dem Bauch, direkt vor der offenen Außentür. Rings um seinen Oberkörper hatte sich eine riesige Blutlache gebildet. Stellenweise stieg dünner Rauch von der Kleidung des Elfen auf. Was sich rechts von Tivo befand, konnte Pilgrim nicht sehen, denn dort machte der Gang einen Knick.

Sein Blick wanderte zurück zu dem Elf, seinem Chummer, und seine Augen begannen zu brennen. Verdammt!

Zögernd legte er die Hand auf die Türklinke, hielt jedoch inne.

»Blythe, hörst du mich?« Pilgrims Stimme klang ruhig und gefasst, obwohl er am liebsten vor Frustration gegen die Tür geschlagen hätte.

»Ja.«

»Tivo ist tot.« Als Blythe schwieg, fuhr er fort: »Es ist jetzt vermutlich in den Aufbauten, auf Deck drei.«

»Da liegen doch die Mannschaftsunterkünfte, oder? Meinst du ...?«

Dass es sie alle töten wird? Pilgrim kam das Gespräch mit Tivo in den Sinn:

Tivo, was macht die Crew?

Schlafen wie die Babys.

Wenn das Tier in die Schlafräume eindrang, würde es ein Massaker geben!

Er schüttelte den Gedanken ab und konzentrierte sich auf die Gegenwart. Er musste Ruhe bewahren. Wenn der Anführer des Teams die Nerven verlor, war es aus. »Haben wir irgendein größeres Kaliber mitgebracht? Irgendwas, mit dem wir dem Vieh beikommen können?«

»Betäubungsgranaten, Explosivgranaten, Explosivmunition«, spulte der Ork das Inventar runter. »Eigentlich sollte es ja ein bisschen anders laufen.« Zum ersten Mal während ihrer Zusammenarbeit klang Blythe ehrlich erschüttert.

»Vergiss es.« Pilgrim schüttelte den Kopf. »Uns bleibt nur eins übrig.«

Kapitel 5

Mühsam öffnete Ash die Augen und blinzelte in die Dunkelheit. Wie viel Zeit war vergangen? Seine Armbanduhr hätte es ihm sagen können, doch die konnte er nicht sehen. Die Ereignisse der vergangenen Stunden kamen ihm unwirklich vor, als befände er sich in einem dieser merkwürdigen Träume, die er trotz der Schlaftabletten von Zeit zu Zeit hatte. Verschwommene, zusammenhanglose Szenen, mit keinerlei Empfindungen verbunden, die verschwanden, sobald er aufwachte.

Es verwunderte ihn, so lange unbeaufsichtigt zu bleiben. Hatte er die Kontrolle verschlafen, oder waren die Runner inzwischen mit dem Inhalt des Containers abgehauen? Er hoffte es inständig. Dann wäre er zumindest einigermaßen heil aus dem einen Schlamassel rausgekommen. Wie er seinem Auftraggeber das Verschwinden des Containers erklären sollte, war eine andere Sache.

Nach den Vibrationen des Bodens zu urteilen, befand sich die *Glen Roy* weiterhin in Fahrt, und wenn die Runner die Finger von der Steuerungseinheit gelassen hatten, würde sie dem vorprogrammierten Kurs bis nach Venezuela folgen. Allerdings wollte er die Zeit bis dahin nicht gefesselt in einem dunklen Raum verbringen.

Entschlossen, seinen ursprünglichen Befreiungsplan weiterzuverfolgen, schob sich Ash an der Wand entlang, von der Tür weg. Ein Stück weiter blieb er an einer der Halterungen hängen, über die das Rohr mit der Wand verbunden war. Sie wackelte bereits, und ein Ruck genügte, um sie aus der Wand zu reißen. Ash zwängte die Kette der Handschellen an dem

Engpass vorbei und tastete sich in der Dunkelheit weiter vor, bis er unerwartet mit dem rechten Knie gegen etwas Weiches stieß. Nach anfänglicher Verwirrung wurde dem Runner klar, dass es sich um eine der Leichen handelte.

Ein unerwartet heftiges Gefühl des Ekels erfüllte ihn, und er zuckte zurück. Kurz tauchte in seinem Kopf die Vorstellung auf, die Toten könnten sich plötzlich bewegen und ihre kalten, wächsernen Hände nach ihm ausstrecken. Er schüttelte sich angewidert und befahl seinem wild klopfenden Herzen, sich zu beruhigen.

Die Wahrheitsdroge hatte zweifellos Nachwirkungen, ließ ihn phantasieren. *Vielen Dank für die chemische Keule,* dachte er bei sich. *Die hat wirklich gesessen.*

Pilgrims Verhörmethode war zwar vergleichsweise sanft gewesen, trotzdem hätte er dem Mann für die starke Dosis liebend gern in den Hintern getreten.

Ash riss sich zusammen, atmete tief durch und schob den Toten mit den Füßen aus dem Weg.

In der nächsten Ecke traf das Heizungsrohr auf ein dickeres Hauptrohr. Auf diesem Seelenverkäufer war alles alt und brüchig, und er hoffte, dass es auch für die Schweißnaht galt, die beide Rohre miteinander verband.

Er spannte die Kette der Handschellen, änderte seine Sitzposition so, dass er sich mit einem Fuß an der Wand abstützen konnte, und lehnte den Oberkörper nach vorn.

Plötzlich erschütterte eine gewaltige Explosion die *Glen Roy.* Die Schockwelle kam von tief unten, aus dem Bauch des Schiffes, pflanzte sich durch die Aufbauten nach oben fort und ließ das stählerne Ungetüm erzittern.

Ash erstarrte und horchte erschrocken in die Dunkelheit hinaus. *Das* war keine Einbildung gewesen! Sein Blick glitt zu dem schmalen Lichtstreifen, der unter der Tür hindurchschimmerte. Das Licht flackerte zweimal und erlosch.

Jetzt erfüllte metallisches Knarren und Knacken den Raum. Es klang, als würden sich die Wände und Schotts ineinander verdrehen und von einer unglaublichen Kraft zusammengepresst werden. Ein eisiger Schauder lief Ash über den Rücken. Was ging hier vor? Er hätte alles darum gegeben, wenigstens ein bisschen sehen zu können! Im Schrank auf der gegenüberliegenden Seite des Raums fielen irgendwelche Gegenstände um, gefolgt von lautem Scheppern, als links von ihm etwas Schweres gegen die Wand krachte.

Der Schreck bescherte ihm beinahe einen Herzinfarkt, doch sorgte er auch dafür, dass sich der Schleier vor seinem Verstand etwas lüftete. Und dann, zwischen zwei Atemzügen, bemerkte er es: Die *Glen Roy* hatte Schlagseite. Nicht viel, höchstens ein paar Grad.

Die versenken das Schiff! Für einen Moment wurde ihm schlecht vor Angst. Der Inhalt des Containers musste gefährlicher sein, als er geahnt hatte. Aber wieso ließen sie ihn an Bord? Was konnte er schon groß ausplaudern, was wusste er? Nichts, verdammt, er wusste nichts! *Ich kenne ihre Gesichter, und ich kenne Pilgrims Namen,* fiel ihm ein. Aber es ergab überhaupt keinen Sinn. *Wieso lassen die mich leben, bloß um mich zusammen mit dem Schiff zu versenken?* Da wäre eine Kugel in den Kopf gnädiger gewesen. Egal, was letztendlich der Grund war, er musste hier raus!

In Panik und ohne sich um die Schmerzen an den Handgelenken zu kümmern, zerrte er am Heizungsrohr. Unter seinen Anstrengungen bog es sich immer weiter nach außen, bis er es mit beiden Händen umfassen konnte. Er legte sämtliche verbliebene Kraft in den nächsten Versuch und riss das Rohr tatsächlich vom Hauptrohr ab. Wenig später hatte er das Metall weit genug verbogen, um loszukommen, und nach einigen akrobatischen Verrenkungen die Hände vor den Körper gebracht. Seine Handgelenke fühlten sich um die Handschellen herum feucht an, doch die Schmerzen hielten sich in Grenzen. Er würde es überleben – wie vieles zuvor.

Ash kam auf die Beine, wurde von einem plötzlichen Schwindelgefühl gepackt und taumelte gegen die Wand. Stirn und Handflächen gegen das kühle Metall gepresst, sammelte er sich und versuchte zwischen all dem Knarren und Knacken das Vibrieren der Hauptmaschine zu hören. Vergeblich. Es war entweder verschwunden oder zu schwach, um hier oben wahrgenommen zu werden.

Er tastete sich weiter vor, fiel fast über einen umgestürzten Drehstuhl und fand schließlich die Türklinke. Die Tür besaß kein Schloss, weil es hier nichts Wertvolles oder Wichtiges zu stehlen gab.

Ash wollte die Geräuschfilter aktivieren, um nach Stimmen oder anderen Zeichen menschlicher Anwesenheit zu horchen, doch die Cyberware verweigerte beharrlich den Dienst. Wie überraschend. Er öffnete die Tür einen Spalt, vergewisserte sich, dass niemand auf der Brücke war, und trat hinaus.

Inzwischen war eines der beiden Notstromaggregate angesprungen. In unregelmäßigen Abständen flackernde Glühbirnen tauchten die Brücke in schummrig-rotes Licht und verliehen allem einen Hauch des Unwirklichen und Traumhaften. Die scharfen Konturen der Möblierung und technischen Geräte verschwammen und schienen ineinanderzufließen. Die Anzeigen der meisten Instrumente und sämtliche Monitore waren dunkel. Vereinzelt blinkten Lämpchen oder kleine Warndreiecke vor sich hin.

Die eigenartige Beleuchtung schmerzte in Ashs Augen. Er kniff sie zusammen und ging mit unsicheren Schritten zur verglasten Front. Mit Schrecken, und gleichzeitig erfüllt von kindlichem Staunen, schaute er hinaus. In der Ferne deutete sich der beginnende Tag an, und wo dunkles Wasser auf helleren Himmel traf, wirkte es, als habe jemand den Horizont um einige Grad nach links gekippt.

Unten an Deck war niemand zu sehen. Vermutlich hatten sich Pilgrim und sein Team bereits aus dem Staub gemacht. In Ashs Augen schnellten seine Chancen, lebend vom Schiff zu kommen, raketenartig in die Höhe.

Die *Glen Roy* machte keine Fahrt mehr, obwohl der betreffende Hebel in der Mitte der Skala stand. Der Schwung trieb das Schiff sicher noch eine Weile vorwärts, doch sehr weit würde es nicht mehr kommen.

Ash sparte sich den Versuch, über Funk Hilfe anzufordern. Wenn selbst der Alarm nicht funktionierte, würde es beim Funk kaum anders sein.

Die steilen Stufen im Treppenhaus heil runterzukommen, stellte ihn vor die nächste Herausforderung. Sein Gleichgewichtssinn kam mit der Schräglage des Schiffes nicht zurecht, und jeder Schritt verlangte höchste Konzentration. Er hielt sich am rechten Geländer fest, lehnte sich gegen die Wand und rutschte quasi an ihr entlang. Allmählich kehrte das Gefühl in seine Hände zurück, und sie prickelten schmerzhaft. Die Handgelenke brannten wie Feuer, denn dort scheuerte nun Metall auf rohem Fleisch.

Eine halbe Ewigkeit später erreichte er das dritte Deck. Zuerst wollte er weitergehen, hielt dann jedoch inne. Sein Gewissen meldete sich, ein seltener Gast, und wies ihn nachdrücklich darauf hin, dass auf Deck drei die Mannschaftsquartiere lagen. Es bestand durchaus die Möglichkeit, dass die Crew in den Kabinen eingeschlossen war und ohne Hilfe mit dem Schiff untergehen würde. Eigentlich traute er Pilgrim so viel Kaltblütigkeit nicht zu, doch was wusste er schon von dem Mann?

Er sollte nachschauen. Es war seine Pflicht, nachzuschauen, ob die Crew noch an Bord war. Aber es würde kostbare Zeit in Anspruch nehmen, es zu überprüfen.

So kaltschnäuzig bist du nicht!, gab sich Ash in Gedanken einen Ruck. Wie lange konnte es dauern, die Kabinen zu kontrollieren? Höchstens zwei Minuten. Zwei Minuten, die über Leben oder Tod von einem guten Dutzend Menschen entscheiden konnten.

Er machte kehrt und öffnete die Tür zum Deck.

Der Gestank nach verbrannten Kunstfasern verschlug ihm fast den Atem. Die Hände zum Schutz vor die Nase haltend, starrte er auf den menschlichen Körper, der einige Meter entfernt vor der offenen Außentür lag. Die große Blutlache, die ihn umgab, wirkte im Rotlicht schwarz und ölig, wie zähflüssige Tinte.

Es war der Elf von der Brücke. Ash runzelte irritiert die Stirn. Wer hatte den Mann umgebracht? Seine spanischen Kollegen waren alle tot. Oder? Was war hier geschehen?

Seine Überlegungen wurden jäh unterbrochen, als er außer dem süßlich-scharfen Plastikgeruch plötzlich noch etwas anderes roch. Schwer einzuordnen, doch auf eine Art vertraut, die ihm Übelkeit bereitete. Unvermittelt durchzuckten ihn Erinnerungen: ein Truck hinter einer Kurve, ein Unfall, Blut, zersplittertes Glas und der Gestank von angesengtem Menschenhaar und verbranntem Fleisch. Er unterdrückte ein Würgen.

Die Notbeleuchtung flackerte, ließ ihn ein paar Sekunden im Dunkeln stehen und sprang dann wieder an.

Ich bin in einem Horrorfilm gelandet! Ash versuchte verzweifelt, seine Angst in den Griff zu bekommen. Keine Zeit. Er hatte keine Zeit für Zimperlichkeiten. Er hatte keine Zeit, den Helden zu spielen. Er sollte zum nächsten Rettungsboot laufen und verschwinden!

Mit angewidertem Gesichtsausdruck ging Ash auf den Toten zu, dessen Haare merkwürdig kurz und struppig wirkten. Die Augen überall, außer auf dem Elf, ging er bis zur Ecke und schaute nach rechts in den Gang. Niemand zu sehen.

Er stutzte, als er blutige Spuren entdeckte, die von dem Toten wegführten. Es waren Pfotenabdrücke. Riesige Pfotenabdrücke. Ein Wolf? Ein Bär?

Ash konnte sich nicht erinnern, Tiere an Bord gesehen zu haben. Ihn überkam ein übler Verdacht, und er schaute erneut zu der Leiche. Es war keine gute Idee, denn von dieser Seite konnte man sehen, dass dem Toten der halbe Hals fehlte.

Unter das Knarren und Ächzen des Schiffes mischte sich plötzlich ein neues Geräusch: das charakteristische Wummern eines startenden Hubschraubers. Mitten auf dem Ozean? Ashs Herzschlag erhöhte sich merklich. Er trat notgedrungen in die Blutlache und schaute durch die halboffene Außentür. Aus diesem Blickwinkel konnte er jedoch nichts entdecken. Wurden Pilgrim und seine Leute abgeholt? Hatte ein Rettungshubschrauber auf wundersame Weise den Weg zur *Glen Roy* gefunden?

Unwahrscheinlich. Ash schaute erneut zum Elf. Zu seiner Überraschung sah er das Ende eines Gewehrlaufs unter dessen Oberkörper hervorragen.

Er überwand Widerwillen und Ekel und beugte sich zu dem Toten hinab. Dabei wurde ihm schwindelig, und er hätte beinah das Gleichgewicht verloren. Mit einiger Mühe zog er die Waffe unter der Leiche hervor und blickte enttäuscht auf das Betäubungsgewehr in seinen Händen. Na ja, besser als nichts. Er klemmte es zwischen den Oberschenkeln ein, wischte die blutigen Hände an der Hose ab und horchte auf.

Der Hubschrauber schwebte jetzt über den Aufbauten, und es hörte sich an, als wolle der Pilot direkt auf seinem Kopf landen. Nach einigen Sekunden wurde das Wummern lauter und entfernte sich dann rasch. Hatte er gerade die einzige Chance vertan, lebendig von diesem Rostkübel runterzukommen? Nein, sein Gefühl sagte ihm, dass er gut daran getan hatte, in Deckung zu bleiben.

Er kontrollierte, ob die Waffe geladen war, und schaute abermals auf die Pfotenabdrücke.

Das metallische Ächzen des Schiffes wurde wieder lauter, drängte ihn zu einer Entscheidung.

Ash brachte das Gewehr in Anschlag und ging rechts den Gang hinunter, so schnell, wie es die Schräglage des Schiffes und sein angeschlagener Gleichgewichtssinn zuließen.Er folgte den allmählich verblassenden Pfotenabdrücken und hinterließ dabei eine eigene Spur blutiger Schuhabdrücke. An der nächsten Ecke blieb er stehen und schaute vorsichtig nach rechts in den Gang. Das Sicherheitsschott, das diesen Teil des Decks von den Mannschaftsquartieren trennte, war geschlossen. Sonst nichts zu sehen, nur das verfluchte Schott war zu!

Ob es auch verriegelt war, würde er herausfinden müssen. Ein Teil von ihm hoffte, es würde verriegelt sein. Dann hätte er keine andere Wahl, als zu verschwinden.

Sein verzweifelter Blick fiel auf die Tür zum Speisesaal, auf der rechten Seite, wenige Meter entfernt. Sie stand weit offen. Was immer die Pfotenabdrücke hinterlassen hatte, war jetzt im Speisesaal. Oder in der daran angrenzenden Küche. Auf jeden Fall war es hier. Irgendwo. Er spürte es.

Ash verstärkte den Griff um das Gewehr und ging weiter. Vorbei an einem Feuerlöscher, der in einer Halterung an der linken Wand hing.

An der offenen Tür hielt er an und warf einen raschen Blick in den Speisesaal. Niemand zu sehen, weder menschlich noch tierisch. Die Schwingtür zur Küche auf der gegenüberliegenden Seite des Raums stand auf Grund der Neigung des Schiffes offen.

Er kniff die Augen zusammen, als ihn sein benebelter Verstand erneut im Stich ließ und alles mit einem unscharfen Film überzog. Hatte er in der Küche eben eine Bewegung gesehen? Er war nicht sicher, doch er würde den Teufel tun und nachschauen! Mit zwei großen Schritten war Ash auf der anderen Seite der Türöffnung und stand schließlich vor dem geschlossenen Schott. Am oberen und unteren Ende des Schotts war jeweils ein Riegel angebracht. Beide waren zurückgezogen, es musste demnach offen sein. Das Betäubungsgewehr zwischen den Oberschenkeln eingeklemmt, drückte er die Klinke herunter und zog. Nichts tat sich. Er zog erneut, diesmal stärker. Das Ergebnis war dasselbe. Der Rest an Zuversicht, den er bis zu diesem Moment gehabt hatte, verschwand schlagartig.

Wenn das Schott verklemmt oder von der anderen Seite verriegelt war, bedeutete es, dass er aus den Aufbauten raus, zur anderen Außentür gehen und es von dort erneut versuchen musste.

Ich hab keine Zeit mehr. Ash starrte verzweifelt auf das Stahlhindernis. Wie weit war er bereit zu gehen? Wie viel wollte er für Menschen riskieren, die er praktisch nicht kannte?

Unter seinen Füßen neigte sich der Boden plötzlich noch stärker nach links, und es fühlte sich an, als würde er von einem unsichtbaren Fahrstuhl in die Höhe gehoben.

Raus aus den Aufbauten, jetzt, sofort! Von hier verschwinden.

Er gab sich Zeit bis zur Außentreppe, um eine Entscheidung zu treffen. Obwohl es lächerlich war. Auch in zwei Minuten würde er nicht wissen, was er tun sollte.

Dann wurde ihm die Entscheidung abgenommen.

Er hastete an der Tür zum Speisesaal vorbei, hörte etwas klappernd zu Boden fallen und hielt inne. Ohne es zu wollen, machte er zwei Schritte zurück und stand nun direkt in der Türöffnung. Auf der anderen Seite des Raums bewegte sich etwas zwischen zwei langen Tischen.

Und dann hielt er unwillkürlich den Atem an, als sich Stück für Stück ein massiger Tierschädel hinter einem der Tische hervorschob.

Was ist das? Ash hatte ein solches Wesen nie zuvor gesehen. Es sah ihn direkt an, doch im roten Schein der Notbeleuchtung konnte er keine Augen erkennen. Als würde er in zwei leere Höhlen starren. Das Ding hatte schwarzes kurzes Fell, und obwohl es geduckt stand, reichte es mit der Schulter bis an die Tischkante. Auf seiner Stirn klaffte eine Platzwunde, und Schnauze und Vorderbeine glänzten feucht. In einem Anfall von Panik brachte Ash das Gewehr in Anschlag. Tiefes bedrohliches Knurren drang zu ihm herüber. Schließlich machte das Wesen zwei humpelnde Schritte auf ihn zu.

Er wollte etwas sagen, beruhigende Worte, irgendetwas, doch er brachte keinen Ton heraus. Er blinzelte erneut, in der Hoffnung, endlich schärfer zu sehen. Das verdammte Rotlicht machte seine Bemühungen zunichte.

Ash schielte rasch nach rechts zur Tür. Die Klinke befand sich in Reichweite. Mit einem schnellen Griff konnte er die Speisesaaltür zuziehen und das Ding einsperren. Doch dafür musste er das Gewehr fallen lassen und auf seine Reflexe vertrauen. Guter Witz.

Du befindest dich auf einem sinkenden Schiff, beweg deinen Hintern! Das Gewehr einigermaßen sicher im Griff, machte er einen Schritt zurück.

Beim Tisch kam das Tier vollends aus der Deckung und richtete sich auf. Verdammt, war das Vieh groß!

Als wolle es ihn absichtlich weiter einschüchtern, zog das Tier die Lefzen hoch und präsentierte ihm ein beängstigend großes, silbrig glänzendes Gebiss.

Kurz entschlossen zog Ash den Abzug des Betäubungsgewehrs durch. Noch bevor er erkennen konnte, ob er getroffen hatte, machte das Tier einen Satz nach vorn.

Ash warf das Gewehr weg, packte die Türklinke und riss die Tür hinter sich zu. Mit unvorstellbarer Wucht prallte das Tier von innen gegen das höchstens daumendicke Kunstholz. Der Runner stolperte gegen die gegenüberliegende Wand, stieß sich ab und ergriff die Flucht. Hinter sich hörte er es laut splittern, als das Vieh ein zweites Mal gegen die Tür sprang. Einem dritten Mal würde das Material vermutlich nicht standhalten. Ash entdeckte den Feuerlöscher in der nächsten Ecke, kam schliddernd zum Stehen und riss ihn aus der Halterung. Mit zitternden unsicheren Fingern drehte und zog er an der Sicherungskappe, die den Knopf zum Auslösen schützte. Er bekam sie halb ab, zerrte verzweifelt an dem Plastik und fuhr herum, als das Tier krachend die Tür zum Speisesaal aufbrach. Der Schwung ließ es gegen die gegenüberliegende Wand prallen. Es kam schwankend auf die Beine, schüttelte sich und humpelte mit zunehmendem Tempo auf Ash zu. Mit einem letzten verzweifelten Dreh bekam der Runner die Sicherheitskappe ab. Da war das Tier bereits bis auf fünf Meter herangekommen. In Panik löste er den Feuerlöscher aus. Das Pulvergemisch erwischte das Tier voll im Gesicht. Es zuckte zurück, jaulte auf und begann sich wie wild zu schütteln. Schließlich taumelte es gegen die Wand und ging zu Boden.

Ash, der für einen Moment wie erstarrt gewesen war, erinnerte sich an den Feuerlöscher in seinen Händen und ging auf das jaulende und sich windende Tier zu.

Ohne eine Spur von Mitleid oder Bedauern hob er die improvisierte Waffe auf Schulterhöhe und schlug sie dem Monster mit aller Kraft auf den Kopf. Es schnappte nach ihm, quälte sich halb vom Boden hoch und wurde von seinem nächsten Schlag erneut niedergestreckt. Diesmal blieb es liegen, doch der Runner schlug weiter zu. Drei Mal, vier Mal, bis das Winseln verstummte und das Tier im Todeskampf zuckte. Erst da ließ er von ihm ab. Warf den eingedellten Feuerlöscher weg und rannte. Er rannte bis zur Außentür, stolperte hinaus ins Freie, ohne mehr als einen flüchtigen Blick auf den toten Elf zu werfen, und zog die Tür schwungvoll hinter sich zu.

Einsperren. Das Monster einsperren.

Sekundenlang stand er einfach nur da, starrte schwer atmend auf die geschlossene Tür und versuchte, sich zu fangen. Die Muskeln in seinen Armen schmerzten höllisch, und seine Finger waren vollkommen verkrampft. Sein ganzer Körper zitterte. Er hatte grade einem gigantischen Monster mit einem Feuerlöscher den Schädel eingeschlagen. Er hatte ...

Ein lauter Knall vom Heck ließ ihn herumfahren. Vor seinen Augen sackte eine Gruppe von acht Containern plötzlich nach unten weg, als mehrere der tiefer liegenden Stahlboxen unter der enormen Belastung nachgaben. Zwei Container aus der Achtergruppe rissen sich los und kippten backbords ins Wasser. Ihnen folgte ein dritter und danach ein vierter.

Inzwischen lag das Schiff achtern so tief, dass die Wasseroberfläche wenige Meter dahinter sichtbar war.

Das Rettungsboot am Heck war nun unerreichbar, doch ein zweites Boot befand sich steuerbords auf dem ersten Deck. Steuerbord war rechts. Ash beugte sich über das Geländer, um sich zu vergewissern, dass es noch da war. Die gelbe Oberseite der U-Boot-förmigen Kapsel glänzte matt im trüben Licht des anbrechenden Tages.

Er beeilte sich, nach unten zu kommen, ohne dabei eine Stufe zu verfehlen und sich den Hals zu brechen. Ein lauter Knall vom Bug her kündigte an, dass nun auch die Ladung vor den Aufbauten ins Rutschen kam.

Mit einem Satz nahm er die letzten vier Stufen und stand auf dem ersten Deck, wenige Meter vom Rettungsboot entfernt.

Es hing in einer Art Rutsche und wurde von vier großen Metallhaken in Position gehalten. Die Nase des Bootes, die ursprünglich steil aufs Wasser gezeigt hatte, befand sich durch die Schräglage des Schiffes in einem viel flacheren Winkel zur Wasseroberfläche. Ob das gut oder schlecht war, würde sich bald zeigen.

Im Inneren des Rettungsboots gab es zwei Reihen mit jeweils fünf schmalen Sitzen, ausgestattet mit Armlehnen und Nackenstützen. Auf jedem Sitz lag eine grellorange Schwimmweste. Jedes freie Eckchen der Kapsel war mit Vorratspackungen, Verbandskästen und anderen nützlichen Sachen voll gestopft. Die Frontscheibe war verdunkelt, und die vier winzigen Bullaugen auf jeder Seite ließen kaum Licht hinein. Ash quetschte sich leicht gebückt zwischen den Sitzreihen hindurch. Er nahm die Schwimmweste von einem der vorderen Plätze, warf sie achtlos zur Seite und setzte sich. Die Weste konnte er ebenso wenig anlegen wie den Sicherheitsgurt. Es war ein Sechs-Punkt-Gurt, wie man ihn in Rennwagen fand, und um ihn zu schließen, hätten seine Hände mehr Bewegungsfreiheit gebraucht. Er versuchte, die Arme vor der Brust zu kreuzen und stellte fest, dass er sich bei einem harten Aufprall die Handschellen ins Brustbein rammen würde. Er beschloss, auf diese weitere schmerzhafte Erfahrung zu verzichten, und drückte mit zitternden Fingern den großen roten Knopf oberhalb des Steuerknüppels. Dann hob er zum Schutz die Arme vor den Oberkörper, mit den Handflächen nach außen, und stemmte sich mit den Füßen gegen den unteren Teil der Steuerkonsole. Begleitet von metallischem Klacken lösten sich die vier Sicherungshaken, und die Rutschpartie begann.

Die Kapsel schlug mit dumpfem Klatschen auf die Wasseroberfläche auf, Ashs Oberkörper ruckte nach vorne und für einen Moment wurde die Welt schwarz.

Kapitel 6

Zehn Minuten später lag die *Glen Roy* auf dem Grund des Ozeans. Lediglich eine große Ölspur zeugte vom Schicksal des Schiffs. Zu Dutzenden kamen nach und nach Container aus der Tiefe zurück, schwammen wie eine unsichtbare Armada dicht unter der Wasseroberfläche und stießen gegen den Rumpf des Rettungsbootes.

Ash hatte es rechtzeitig geschafft, den Batterieantrieb zu starten und sich aus der Gefahrenzone zu manövrieren.

Fasziniert, doch gleichzeitig mit einem tiefen Gefühl des Entsetzens und der Hilflosigkeit, hatte er den Untergang der *Glen Roy* verfolgt. Wie ein gigantischer müder Elefant hatte sich das Schiff immer weiter auf die Seite gelegt und war schließlich schräg über das Heck gesunken.

Ash kam sich klein und unbedeutend vor, verloren in den Weiten des Ozeans. Er saß allein in einem Rettungsboot, das für zehn Mann gedacht war, und lediglich einige Zentimeter Stahl trennten ihn von Millionen Tonnen Wasser. Weit und breit war kein weiteres Rettungsboot zu sehen und die Vermutung, nein, die Gewissheit, dass die Crew noch an Bord gewesen war, schnürte ihm die Kehle zu.

Sie lagen quasi direkt unter ihm. Er versuchte, nicht darüber nachzudenken, wie die letzten Minuten der Männer verlaufen waren. Trotzdem sah er die Bilder schreiender, zu Tode geängstigter, ertrinkender Menschen vor sich. Niemand verdiente einen solchen Tod!

Vielleicht haben sie Glück gehabt und sind vorher von den

Runnern erschossen worden. Eigentlich glaubte er nicht daran, doch immerhin war es möglich.

Ash blickte auf den Ölteppich, der wie ein Regenbogen in der Sonne schillerte. *Ich hab's überlebt, ich hab's tatsächlich geschafft!* Er schämte sich fast für die enorme Erleichterung, die ihn erfüllte. Eine Erleichterung, die intensiver war als alles, was er in den letzten Monaten gefühlt hatte. Zumindest hatte er versucht, die Mannschaft zu retten. Zumindest hatte er es versucht.

Der Runner nahm den Blick von der tiefen, tödlichen See und schaute auf seine Handgelenke, die wie Feuer brannten. Unter den Handschellen waren sie krebsrot und wund gescheuert. Auf den Oberseiten hatte das Metall tief ins Fleisch geschnitten, und dünne Linien getrockneten Blutes zogen abstrakte Linien auf der Haut. Würde zwei hübsche auffällige Narben geben.

Ash startete erneut den Batterieantrieb des Rettungsbootes. Die Vorstellung, einer der zahlreichen Container könnte die Außenhülle beschädigen, beunruhigte ihn zutiefst. Er manövrierte mit Hilfe des Kurzstreckenradars um drei der schwimmenden Riffs herum, entfernte sich einige hundert Meter von der Unglücksstelle und stellte den Antrieb wieder ab.

Früher oder später würde man ihn finden, denn der Peilsender des Rettungsboots funkte auf sämtlichen Frequenzen fleißig sein SOS in den Äther. Selbst wenn es Tage dauerte, bestand kein Anlass zur Sorge. Es befanden sich Decken und Notrationen für zehn Mann an Bord, und solange das Wetter hielt, würde es gehen.

Außer natürlich, ein vorbeischwimmender Megalodon verspürte plötzlich Heißhunger auf Dosenfutter.

Ash seufzte und versuchte vergeblich, es sich auf einem Platz bequem zu machen, der nicht dafür entworfen worden war, bequem zu sein. Falls er hier draußen Empfang hatte, könnte er über seine Armbanduhr den Johnson anrufen. Aus mehreren Gründen erschien ihm die Idee im Augenblick allerdings ganz und gar nicht klug.

Es folgten endlose Stunden des Wartens. Das Rettungsboot schaukelte sanft auf den Wellen, doch nicht sanft genug für seinen Magen. Zu Kopfschmerzen, Durst und beginnendem Hunger gesellte sich bald ein drückendes Gefühl der Übelkeit und des Schwindels. Er wollte nichts essen oder trinken, denn je mehr Nahrung er zu sich nahm, desto größer wurde die Wahrscheinlichkeit, dass er sich übergeben musste. Im Boot war es stickig – anscheinend war das Luftaustauschsystem defekt – und die Sonne heizte das Innere zusätzlich auf. Er dämmerte vor sich hin, auf eine Weise erschöpft, die ihn keinen Schlaf finden ließ. Hin und wieder blitzten vor seinen Augen die Geschehnisse der vergangenen Nacht auf: Der Sprung auf die Container, das Wiedersehen mit Pilgrim, die Auseinandersetzung mit dem Ork, das Tier – alles vermischte sich zu einem albtraumhaften Kaleidoskop. Er wünschte sich, es würde aufhören, sehnte sich danach, endlich schlafen zu können.

Lautes tiefes Tuten riss Ash aus dem Halbschlaf. Blinzelnd schaute er durch die Frontscheibe auf Unmengen Wasser, blauen Himmel und einen irritierend leeren Horizont. Beim nächsten Tuten fuhr er erschrocken herum. Ein Schiff? Ein Schiff!

Elektrisiert vom Gedanken an Rettung kletterte er über zwei Sitze, zu einem der Bullaugen auf der Steuerbordseite.

Heiße, kribbelnde Euphorie jagte ihm von den Zehenspitzen bis in die Haarwurzeln, als er den Ozeanriesen entdeckte, der sich dem Rettungsboot in gemächlichem Tempo näherte. Das Schiff war voll beladen mit Containern. Es schlug einen weiten Bogen und stoppte einige hundert Meter entfernt.

Ash benetzte nervös die Lippen mit der Zunge. Eine glaubwürdige Geschichte musste her. Eine plausible Erklärung für den Untergang der *Glen Roy*, die Handschellen und seinen Zustand.

Zum Glück hatte er ein letztes Ass im Ärmel.

Mit Hilfe des dritten Offiziers setzte sich Ash auf eine mit grauem Leder überzogene Liege. Wie zum Schutz hob der Runner die gefesselten Hände dicht vor den Oberkörper und schaute sich gespielt scheu um. Die Krankenstation war ein weiß gestrichener, mit allen erdenklichen medizinischen Geräten ausgestatteter Raum. Zur Rechten gab es eine weitere, mit dem Wort ›Sickroom‹ gekennzeichnete Tür.

Ash wich bewusst dem besorgten Blick des Mannes aus, den ein Namensschild über der rechten Brusttasche des dunkelblauen Overalls als J. Magnusson auswies. Er spielte den verstörten, unter Schock stehenden Jungen, der als Einziger eine Katastrophe überlebt hatte. Genauer gesagt, den Überfall einer brutalen blutrünstigen Piratenbande, die hinter einem Teil der Ladung hergewesen war. Piraten, mehr würde man für eine Weile nicht aus ihm herausbekommen. Seinem Aufpasser schien das klar zu sein, denn der dritte Offizier übte sich in Geduld. Ash war ihm dankbar. Er fühlte sich zerschlagen, müde und bis an die Grenze seines Durchhaltevermögens erschöpft. Es verlangte ihm keine großen Schauspielkünste ab, ein Häufchen Elend darzustellen.

»Ist nicht so schlimm, wie es sich anfühlt«, sagte der dritte Offizier im besten Schulenglisch. Er tupfte mit einem Wattestäbchen vorsichtig einen Rest Blut von Ashs aufgeplatzter Oberlippe und ließ das Stäbchen in einen Mülleimer fallen. Aus der obersten Schublade eines nahen Schränkchens holte er ein Fläschchen mit einer feinen Kanüle. »Ein Tropfen von diesem Wunderkleber, und in ein paar Tagen ist alles beim Alten. Eine winzige Narbe wird bleiben, aber die ist nicht der Rede wert.«

Die Tür zum Gang wurde geöffnet, und der zweite Ingenieur betrat die Krankenstation. In der Hand hielt er einen schmalen Werkzeugkoffer.

Wie sein Kollege war er hoch aufgeschossen und schlaksig, hatte weißblondes Haar und strahlend blaue Augen. Obwohl der Mann Nygaard mit Nachnamen hieß, sahen sich die beiden zum Verwechseln ähnlich.

Der zweite Ingenieur zwinkerte Ash aufmunternd zu und stellte danach den Werkzeugkoffer auf der Liege ab. Nach einem Blick über die Schulter zum dritten Offizier sagte er etwas in einer Sprache, die in den Ohren des Runners fremd und sonderbar klang: harte Konsonanten, auf die kurze, teils auch gedehnte Vokale folgten. Obwohl der Mann vollkommen nüchtern wirkte, erweckte sein Sprechrhythmus den Anschein, er habe getrunken.

Die Antwort des dritten Offiziers klang zum Verwechseln ähnlich, und Ash ordnete diese Eigenheit der Sprache zu. Ein bisschen unhöflich fand er es schon, vom Gespräch ausgeschlossen zu werden, andererseits konnte er leicht nachvollziehen, worum es ging: »Da hatte jemand aber einen schlechten Tag.«

Nach ein paar erstaunlich geübten Handgriffen hatte ihn der zweite Ingenieur von den Handschellen befreit. Wenig später zierten weiße Verbände seine Handgelenke, und nach einer anschließenden gründlichen Untersuchung führte ihn der dritte Offizier durch die mit ›Sickroom‹ gekennzeichnete Tür. In dem fensterlosen Raum standen zwei Betten, über deren Kopfenden jeweils ein roter Alarmknopf in die Wand eingelassen war. Außerdem gab es einen Kleiderschrank und einen niedrigen Tisch mit drei Plastikstühlen. Auf einem der Stühle lag ein Stapel frischer Kleidung, offenbar für Ash bestimmt.

Er wunderte sich, dass man ihn nicht eingehender zu den Ereignissen befragte. Die Reeder und die Versicherung der *Glen Roy* würden wissen wollen, was mit dem Schiff passiert war. Der Johnson würde wissen wollen, was sich letzte Nacht ereignet hatte. Eine Frage, deren Beantwortung Ash selbst brennend interessierte.

Eine leichte Berührung an der Schulter ließ ihn zusammenzucken.

Der dritte Offizier zog sofort die Hand zurück. »Sie müssen sich ausruhen, Mr. Cooper. Wir laufen erst in zwei Tagen in

Maracaibo ein, es gibt also keinen Grund, irgendetwas zu überstürzen. Die zuständigen Stellen sind bereits über den Vorfall unterrichtet. Man wird alles tun, um Sie auf dem schnellsten Weg nach Hause zu bringen.«

»Danke.« Ash verzog den Mund zu einem schmalen Lächeln, das allerdings nicht seinem Gegenüber galt. Bis jetzt lief alles wie geplant.

Rodney Cooper war besagtes Ass im Ärmel, die ID für den absoluten Notfall. Cooper war als einfacher Steward angelegt, ausgestattet mit einer spanischen Arbeitserlaubnis und einer unbegrenzten Aufenthaltsgenehmigung.

Als Mitglied des Sicherheitsteams wurde Ash offiziell auf der Crewliste geführt. Die zweite ID, von einem Decker hinterlegt, tauchte nur bei direkter Abfrage auf. Wenn also jemand von der Reederei oder von außen nach Rodney Cooper suchte, erhielt derjenige die gefälschten Daten. Warf man routinemäßig einen Blick auf die Liste, blieben sie verborgen. Auf diese Weise fiel niemandem auf, dass die Anzahl der Namen und die tatsächliche Stärke der Mannschaft nicht übereinstimmte.

Natürlich hielt auch dieser Trick keiner gezielten Untersuchung stand, doch für den Moment ermöglichte er es Ash, als Rodney Cooper unter den Lebenden zu weilen und gleichzeitig als Luca Montoya auf dem Grund des Ozeans zu liegen.

Objektiv betrachtet hatte ihm das Schicksal einen Gefallen getan. Kopfgeldjäger suchten nicht nach Toten.

»Ich verabreiche Ihnen ein Beruhigungsmittel.« Der dritte Offizier hielt auf einmal ein quadratisches Pflaster in der Hand. »Es wird Ihnen helfen, sich zu entspannen.«

Ash beäugte skeptisch das Pflaster. Sein Körper war müde und erschöpft genug, um alles zu akzeptieren, was ihm beim Einschlafen half. Doch eigentlich hatte er für den Moment die Schnauze voll von jeglicher Art von Drogen oder Medikamenten.

»Es ist völlig harmlos«, beruhigte ihn sein Gegenüber. »Eine leichte Dosis, die Ihnen nicht schaden wird.«

Also akzeptierte er widerwillig. Wenig später lag er in einem erstaunlich bequemen Bett, das Pflaster auf dem rechten Oberarm, und dämmerte allmählich in den Schlaf hinüber. Ein sicheres Gefühl sagte ihm, dass er diesmal keine Albträume haben würde.

Nach etlichen Stunden erholsamen Schlafes und einer ordentlichen Mahlzeit begleitete der dritte Offizier Ash zum Kapitän. Sie nahmen auf einem Sofa Platz, das an einer Wand der großzügig geschnittenen und geschmackvoll eingerichteten Kabine stand, und warteten, bis der Mann ein Telefonat mit der Reederei beendet hatte. Kapitän Johansson war Norweger, wie auch der Rest der Offiziere, und sprach nahezu akzentfreies, elegantes Englisch. Er mochte Ende fünfzig sein, hatte schlohweißes Haar und ein faltiges, von zu wenig Schlaf und zu viel Arbeit grau gewordenes Gesicht. Doch in seinen Augen funkelte es interessiert. Die dunkelblaue Uniform mit den Kapitänsabzeichen verlieh ihm eine gewisse Würde, und Ash fragte sich insgeheim, ob sein Gegenüber sie zur Feier des Tages aus dem Schrank geholt hatte.

»Wir haben unsere Agenten in Maracaibo gebeten, Ihre Reederei zu kontaktieren«, brachte der Mann ihn auf den neuesten Stand. »Man wird Sie auf dem schnellsten Wege nach Hause holen.«

»Ich bin froh, das zu hören.«

Ash war ehrlich erleichtert, wenn auch aus anderem Grund, als er den Kapitän glauben ließ.

Der Plan mit der versteckten ID funktionierte, und in Gedanken zog er den Hut vor Nemo, dessen Arbeit erneut jeden Nuyen wert war. Der Decker war der einzige Mensch aus Seattle, zu dem er seit seinem Fortgang Kontakt aufgenommen hatte. Wenn auch mit gemischten Gefühlen. Nach den Ereignissen in Spanien stellte jedes Lebenszeichen ein Risiko dar, doch für den Job brauchte er jemanden, der sein Handwerk verstand, keine Fragen stellte und absolut vertrauenswürdig war. Nemo erfüllte eben sämtliche Voraussetzungen.

Ganz nebenbei war es schön gewesen, nach langer Zeit eine vertraute Stimme zu hören. Selbst wenn sie computergeneriert war.

»Ich hatte noch keine richtige Gelegenheit, mich für die Rettung zu bedanken«, nahm Ash das Gespräch wieder auf. Er schenkte seinem Gegenüber sein charmantestes Lächeln. »Danken Sie auch Ihrer Crew.«

»Wir haben nur unsere Pflicht getan.« Der Kapitän nickte dem dritten Offizier zu, der daraufhin die Kabine verließ.

»Verzeihen Sie meine Neugier, Mr. Cooper«, der Kapitän kam hinter dem Schreibtisch hervor, »aber ich würde gern erfahren, was geschehen ist.« Er nahm neben Ash auf dem Sofa Platz. »Nur, wenn es Sie nicht zu sehr aufregt.«

Der Runner zuckte die Achseln. »Viel kann ich Ihnen allerdings nicht sagen.« Sein Blick glitt in die Ferne, als würde er angestrengt nachdenken.

Zeit für eine Märchenstunde.

Abgesehen von einigen delikaten Details verlegte er sich auf die Wahrheit: ein nächtlicher Überfall, Piraten, sein vorläufiges Entkommen (er war zufällig auf der Toilette gewesen, als der Rest der Mannschaft festgesetzt wurde), die spätere Gefangennahme und die Flucht kurz vorm Untergang. Er stellte sich als den armen Kerl dar, der mehr Glück als Verstand gehabt hatte. Was bei näherem Betrachten auch der Fall war. Obwohl er das Tier mit keinem Wort erwähnte, ließ die Erinnerung an die unheimliche Begegnung sein Herz schneller schlagen. Als er den Bericht beendet hatte, waren seine Hände klamm und zitterten leicht.

Sein aufmerksamer Zuhörer glaubte ihm die Geschichte offenbar. Überfälle durch Piraten waren in der Karibik seit Jahren ein großes Problem und verliefen nicht selten ähnlich tragisch wie der Überfall auf die *Glen Roy*. Zwar wurde nicht jedes überfallene Schiff versenkt, doch Opfer unter der Mannschaft gab es häufig zu beklagen.

Am Ende des Gesprächs teilte der Kapitän Ash mit, dass man ihn im nächsten Hafen an einen Mitarbeiter des spanischen Konsulats übergeben würde, der alles Weitere organisierte. Also eine vorläufige ID, Geld, Kleidung und ein Flugticket in die Heimat. Es sah tatsächlich so aus, als ob alles klappte. Trotzdem wartete der Runner insgeheim auf den unsäglichen Moment, in dem alles aufflog.

Die *Maersk Pretoria* lief ohne Zwischenfälle in Maracaibo ein. Mitarbeiter von Zoll und Einwanderungsbehörde kamen an Bord, stellten Ash zwei, drei Fragen, machten aber insgesamt einen desinteressierten Eindruck. Vielleicht lag es daran, dass es zwei Uhr nachts war und in Strömen regnete.

Das Konsulat hatte einen Wagen geschickt, der den Schiffbrüchigen in ein Hotel bringen sollte. Im Laufe des Tages würde der zuständige Mitarbeiter vorbeikommen und alle weiteren Dinge in die Hand nehmen.

Ash verabschiedete sich vom Kapitän und den Offizieren und ging vorsichtig die rutschige Gangway hinunter. Noch erlaubte er sich kein Gefühl der Erleichterung. Die würde er erst zulassen, wenn er den Fängen des Konsulats erfolgreich entkommen war.

Am späten Vormittag setzte sich Ash mäßig ausgeschlafen zum Frühstücken. Eine junge Frau vom Zimmerservice hatte ein Tablett mit Soykaf, Toast, Sojabutter und Himbeermarmelade auf den Tisch vor das große Fenster gestellt und ihm freundlich einen guten Appetit gewünscht. Hunger hatte er eigentlich keinen, doch wenn er seine Sinne einigermaßen beisammen haben wollte, musste er etwas essen. Also schenkte er sich eine Tasse Soykaf ein und bestrich eine der Toastscheiben mit Butter und Marmelade. Vor einer Stunde hatte sich der Mitarbeiter des Konsulats über das Zimmertelekom angekündigt, und Ash wollte sich geistig auf das bevorstehende Gespräch vorbereiten. Doch er konnte seine Gedanken einfach nicht zusammenhalten. Unaufhaltsam kehrten sie immer wieder zur Nacht des Überfalls zurück. Was konnte wichtig genug sein, um ein ganzes Schiff samt Crew zu opfern? Was hatte der Inhalt des Containers damit zu tun? Was für ein merkwürdiges Tier war das gewesen? Und, um die Reihe der Fragen zu vervollständigen: Wie viel hatte der Johnson von der Sache gewusst? Einerseits war er versucht, mehr über den Auftrag herauszufinden. Andererseits sprachen zwei Dinge dagegen: Nemos Verschleierungsaktion mit der falschen ID hatte zwar kein allzu großes Loch in seine finanziellen Reserven gerissen, doch bloß um seine Neugier zu befriedigen, wollte er nicht Tausende von Nuyen investieren. Außerdem erschien es vernünftiger, sich bedeckt zu halten und keine schlafenden Hunde zu wecken. Wer wusste, in was für einen neuen Schlamassel er sich sonst hineinmanövrierte?

Es klopfte an der Tür.

Ash ließ den Toast sinken, in den er eben hatte hineinbeißen wollen, und schaute prüfend zum Telekom neben dem Bett. Viertel vor zwölf, pünktlich auf die Minute.

Er öffnete die Tür und stand einem gepflegten Mann in einem dunklen Anzug gegenüber. In einer Hand trug der Besucher einen Aktenkoffer, in der anderen eine schmale Reisetasche.

»Erfreut, Sie auf den Beinen zu sehen«, begrüßte ihn der Mann mit hartem, leicht holprigem Akzent. »Ignacio Lopez.« Er stellte die blaue Reisetasche ab und reichte Ash eine verschwitzte Hand. Danach trat er ein, warf einen kritischen Blick in den kleinen, doch geschmackvoll eingerichteten Raum und nickte zufrieden.

Die Wolke herben Parfums, die den Mann umgab, schlug Ash augenblicklich auf den leeren Magen.

»Sie erlauben?« Er deutete auf den Frühstückstisch und setzte sich nach einer zustimmenden Geste des Besuchers. Jetzt musste er auf jeden Fall etwas essen, um den widerlichen Parfumgeschmack auf der Zunge loszuwerden. Während er kaute, zeigte ihm Mr. Lopez die angekündigte Notfallausstattung. In der Reisetasche befanden sich Kleidung, Waschutensilien und Verbandsmaterial, ein beglaubigter Credstick, auf dem zweihundert Nuyen gespeichert waren, ein

Ticket für einen Suborbitalflug nach Madrid, der zwei Tage später gehen sollte, und die vorläufige ID.

»Heute Abend wird ein Mitarbeiter der Reederei eintreffen, um Sie eingehender zu den Vorkommnissen zu befragen.« Sein Besucher nahm in einem Ohrensessel Platz, der am Fußende des Bettes stand, und fuhr sich durch die kurzen Haare. »Gegen Nachmittag kommt jemand vorbei, um Sie zum Arzt zu begleiten.« Mr. Lopez deutete mit einer Kopfbewegung auf Ashs verbundene Handgelenke. »Schreckliche Sache, die Ihnen da passiert ist!« Der Mann machte eine nachdenkliche Pause, die Ash auf undefinierbare Weise nervös machte. »Auf Wunsch der Reederei haben wir für morgen einen Termin bei einem Psychologen arrangiert«, fuhr sein Gegenüber schließlich fort. »Dies geschieht in Ihrem Sinne, Mr. Cooper, und es gibt keinen Grund, sich zu schämen. Ihr Arbeitgeber ist sehr an der Wiederherstellung Ihrer Gesundheit interessiert.«

Die wollen vermutlich bloß gut aussehen. Ash verbarg seine Skepsis hinter einem Nicken und schmierte sich eine zweite Scheibe Toast. »Vielleicht keine schlechte Idee«, erwiderte er nach einer angemessenen Pause.

»Sehr gut. Einer unserer Mitarbeiter wird sie gegen Mittag abholen.« Mr. Lopez überreichte ihm eine Holokarte mit der Telekomnummer und Adresse des Konsulats. »Falls Sie uns in der Zwischenzeit brauchen.« Er erhob sich und gab Ash zum Abschied die Hand. »Gemeinsam biegen wir die Sache schon hin, mein Freund.«

Der Runner lächelte, scheinbar voll überzeugt von den Worten seines Gegenüber.

Nachdem der Mann im Fahrstuhl verschwunden war, verschloss Ash kopfschüttelnd die Tür. Der Mann hatte sich so viel Mühe gegeben, es tat ihm richtig leid, ihn derartig schamlos zu belügen.

Ash ließ die Holokarte im Vorbeigehen achtlos aufs Bett fallen und schenkte sich eine zweite Tasse Soykaf ein. In einer halben Stunde würde er verschwunden sein.

Mit der Reisetasche vom Konsulat durchschritt Ash die Drehtür des Hotels. Er fand sich in einer eleganten Lobby wieder, die allerdings bei genauerem Hinsehen erkennen ließ, dass hier nicht alles Gold war, was glänzte. Teure, jedoch an den Kanten stark abgewetzte Läufer, Ledersessel, deren Überzüge im Laufe der Jahre matt und speckig geworden waren, und ein Marmorboden, dessen Kacheln ein Irrgarten feiner Risse durchzog. Das Hotel lag in einem anderen Teil der Stadt, weit genug von dem Hotel entfernt, in dem ihn das Konsulat untergebracht hatte.

Die junge Frau am Empfangstresen schenkte ihm ein strahlendes Lächeln. »Kann ich Ihnen behilflich sein?« Ihr Englisch war nahezu akzentfrei.

Er legte Rodney Coopers ID auf den Tresen. »Ihnen sollte eine Reservierung auf den Namen Cooper vorliegen.«

Sie griff lächelnd nach dem Credstick und steckte ihn in die freie Schnittstelle an einem Lesegerät, das mit einem Monitor verbunden war. Schließlich nickte sie und gab Ash den Credstab zurück.

»Der zweite Herr ist noch nicht eingetroffen.«

»Ich weiß.« Ash hatte ein Doppelzimmer reserviert, auf Rodney Coopers Namen und den Namen des Sicherheitsmannes, unter dessen ID er an Bord gegangen war. Es spielte also keine Rolle, mit welcher ID er Maracaibo erreichte, der Zugang zum Hotelzimmer war ihm auf jeden Fall sicher.

Sicherheitshalber hatte er das Zimmer für zwei Wochen reserviert, um ein ausreichend großes Zeitfenster zu haben.

»Ist das Gepäck wohlbehalten eingetroffen?« Ash hatte bereits von Spanien aus einen Koffer ins Hotel geschickt, um notfalls eine Ersatzausstattung zu haben.

»Natürlich, ich werde es sofort aufs Zimmer bringen lassen. Es ist Nummer 635, im sechsten Stock.« Die junge Frau reichte ihm eine graue Codekarte, auf der in dunkelgrüner Holoschrift Name und Adresse des Hotels vermerkt waren.

»Danke.« Der Runner ließ die Codekarte in der Jackentasche verschwinden. »Ach, noch eine Frage: Mein Kollege leidet unter Schlafstörungen. Gibt es in der Nähe eine Möglichkeit, Medikamente zu kaufen?«

»Natürlich.« Sie nannte ihm die Adresse eines Stuffer Shacks, der zwei Querstraßen entfernt sein sollte, und reichte ihm einen Datenchip mit einem Stadtplan. Damit er auch ja nicht verloren ging.

Ash fuhr mit dem Fahrstuhl in den sechsten Stock und hatte kaum die Zimmertür hinter sich geschlossen, als es leise klopfte. Ein junger Mann in einer dunkelgrünen Uniform reichte ihm freundlich lächelnd einen Metallkoffer, nickte zum Abschied und war verschwunden, bevor der Runner überhaupt an Trinkgeld denken konnte. Er hätte sowieso kein Münzgeld gehabt.

Ash machte es sich auf einem der beiden breiten Doppelbetten bequem, gab einen fünfstelligen Code in das Schloss des Koffers ein und klappte den Deckel auf. Vor ihm lag die Ersatzkleidung und, zwischen T-Shirts und Unterwäsche versteckt, eine ID, eine Uhr mit Telefon, Audiorecorder und GPS-Funktion und zwei beglaubigte Credsticks mit insgesamt zweitausend Nuyen. Eine Waffe würde sich bestimmt auch auftreiben lassen.

Nachdem er sich von der Vollständigkeit des Inhalts überzeugt hatte, nahm er einen der beglaubigten Credsticks heraus und rief über das Telekom die Rezeption an.

»Hier spricht Mr. Cooper von Zimmer 635. Mein Kollege und ich müssen bereits morgen früh abreisen. Unsere Reisepläne haben sich kurzfristig geändert.«

»Oh, wie schade.« Die junge Frau von der Rezeption schenkte ihm ein routiniertes Lächeln. »Einen Moment bitte.« Ihr Blick wandte sich nach unten, und er hörte schnelles Klappern auf einer Tastatur. »Für die restlichen Nächte müssen wir leider eine Stornogebühr berechnen.«

Er lächelte verständnisvoll und steckte den Credstick in die dafür vorgesehene Schnittstelle am Telekom.

»Bitte buchen Sie den Betrag ab.«

Der nächste Anruf, diesmal über die Armbanduhr, ging an Nemo. Auch wenn Ash knapp bei Kasse war, wollte er zumindest eine Sicherheitsvorkehrung treffen. Deshalb gab er dem Decker den Auftrag, in der Matrix Augen und Ohren offen zu halten und sich zu melden, sobald allzu neugierige Fragesteller auftauchten, die nach Quickshot, Luca Montoya oder Rodney Cooper suchten. Für den Anfang musste das reichen. Zu guter Letzt bat er Nemo noch, Rodney Coopers ID von der Mannschaftsliste der *Glen Roy* zu löschen und alle Spuren der Manipulation zu verwischen.

Nach dem Anruf verließ Ash samt Gepäck das Hotel und machte sich auf die Suche nach dem Stuffer Shack. Die richtigen Schlaftabletten fand er dort nicht – sie waren nur nach ärztlicher Verschreibung zu bekommen –, und er musste sich notgedrungen mit einem weniger starken Präparat zufriedengeben.

Die nächste Station war der Hauptbahnhof. Sein Verschwinden würde den freundlichen Herrn vom Konsulat misstrauisch machen, und ein Ortswechsel erschien angebracht. In einem Zug fragte niemand nach einer ID. An einem der zahlreichen Automaten kaufte Ash eine Fahrkarte für den nächsten Hochgeschwindigkeitszug nach Caracas, eine Stadt gut fünfhundert Kilometer östlich von Maracaibo.

Kapitel 7

Nemo meldete sich zwei Tage später. Obwohl es früher Nachmittag war, lag Ash noch im Bett.

»Hallo Cowboy.« Die metallische Stimme klang gut gelaunt. »Dein Rodney Cooper ist zurzeit ein gefragter Mann.«

»Einen Moment.« Der Runner schlug das dünne Laken zur Seite und stand auf, um das vor Dreck starrende Fenster zu schließen. Er hatte ein Zimmer im Hotel *Orinoco* gemietet, einem Mittelklassehotel in der Innenstadt von Caracas. Der Lärm der breiten Durchgangsstraße drang selbst bis in den Hinterhof des dreistöckigen Gebäudes vor, und gerade nachmittags wurde die hereindringende Hitze unerträglich.

»Ich bin ganz Ohr.« Ash setzte sich halb auf die wacklige Fensterbank und schaute hinab auf die karge Betonfläche, die als Parkplatz für die Hotelgäste diente.

»Die Polizei von Maracaibo sucht natürlich nach dir. Dann ist da noch dieser neugierige Typ, auf den ich in der Matrix gestoßen bin. Der schnüffelt recht schamlos herum und fragt jeden nach Informationen über Rodney oder einen blonden Mann, dessen Beschreibung ziemlich genau auf dich zutrifft. Er wedelt mit einer Menge Geld herum.«

»Irgendwelche Details?«

»Ich habe einen Chummer drauf angesetzt. Der hat vorgegeben, vor einem Monat einen Rodney Cooper in Madrid getroffen zu haben. Vollkommen nutzlose Info, aber auf die Weise konnte mein Chummer ein bisschen nachbohren, worum es eigentlich geht. Der Typ war ziemlich freigiebig, entweder aus Kalkül oder aus Dummheit. Jedenfalls dauerte es keine fünf Minuten, bis er meinem Chummer auf die Nase gebunden hat, dass er für Proteus arbeitet.«

»Proteus?« Ash lehnte sich gegen den speckigen Plastikfensterrahmen. »Ist ein europäischer Kon, oder?«

»Genau. Raumfahrt, Aquatechnologie, Umwelttechnologie, Cybertech und Genetik, die haben überall ihre Finger drin.«

»Aha.«

»Brauchst du mehr Informationen?«

»Nein, im Augenblick nicht. Ich muss jetzt erst mal 'ne Runde nachdenken.«

»Überanstreng dich nicht. Und halt für eine Weile den Kopf unten. Falls der Typ von Proteus jemanden findet, der wirklich etwas weiß, könnte es eng werden.«

»Werde ich machen. Sag mir Bescheid, falls sich irgendwas Dramatisches ergibt, okay?«

»Klar.«

»Was kostet mich dein Anruf?«

»Zweitausend. Aber beeil dich mit der Überweisung, von Toten kriegt man keine Kohle mehr.«

Ash musste grinsen. »Dein Vertrauen schmeichelt mir enorm.«

Ein metallisches Lachen ertönte, dann wurde die Leitung unterbrochen.

Eine Weile schaute der Runner nachdenklich auf das Dach eines blauen Kombis, der zwei Stockwerke unter ihm stand. Proteus. Genetik und Cybertech.

Einige Minuten später hatte er sich eine Theorie zurechtgelegt: Der Konzern versuchte, den perfekten Wachhund zu erschaffen. Vielleicht auch die perfekte Tötungsmaschine für Kampfeinsätze in Krisengebieten. Wer konnte schon sagen, auf welche Ideen ein Haufen Forscher kam? Nach fleißigem Experimentieren mit Cyberware und DNS war am Ende das psychotische Vieh von der *Glen Roy* rausgekommen. Auf dem Weg zum nächsten Labor oder irgendeiner Testeinrichtung waren dem Konzern trotz der Bewachung durch Ash und seine Leute ein paar Runner dazwischengekommen. Pilgrims Team hatte das Tier befreit, absichtlich oder unabsichtlich, und eine Kostprobe von Proteus Erfolgen erhalten. So weit, so gut. Doch weshalb ein lebendes Tier auf einem Schiff transportieren? Die Überfahrt dauerte mehr als zwei Wochen, ein Suborbitalflug nur wenige Stunden. Rätselhaft, äußerst rätselhaft. Ash schaute zu dem veralteten Telekom, das auf einem niedrigen Tisch neben dem Bett stand. Er rutschte von der Fensterbank und ging über den abgewetzten blauen Teppichboden zurück zum Bett. Zumindest die Standardinformationen zu Proteus wollte er sich anschauen.

Nach einer Stunde Suchen und Lesen kam er zu zwei Schlüssen: Erstens passten Proteus und Killerhunde nicht wirklich zusammen, und zweitens war Proteus kein Konzern, mit dem man spaßen sollte. Undurchsichtiger als selbst die großen Kons Saeder-Krupp und Ares, unendlich viele Scheinfirmen und wirtschaftliche Verwicklungen, komplett paranoid, was Sicherheitsvorkehrungen anbelangte.

Verständlicherweise musste sein ehemaliger Auftraggeber großes Interesse an der Aufklärung des Desasters haben, doch Ash verspürte kein Verlangen, sich den Fragen der Leute zu stellen. Der Konzern hatte ihn und die Spanier als Sicherheitsteam engagiert. Sie hatten gründlich versagt, da gab es keine zwei Meinungen, und ein Interview mit Proteus würde vermutlich auf eine von zwei Weisen enden: mit einem langen Knastaufenthalt oder mit seinem Ableben. Ins Gefängnis wollte er definitiv nicht, und vom Sterben hatte er für eine Weile genug.

Deshalb würde er die Informationen über Proteus und seine eigenen Mutmaßungen über den Auftrag unter ›Geschichten für die Enkelkinder‹ ablegen und tun, was Nemo ihm geraten hatte: Nichts.

Aus reiner Neugier gab er noch den Namen *Glen Roy* in die Suchmaschine ein. Er stieß lediglich auf einen Supertanker gleichen Namens, der für eine japanische Reederei fuhr.

Kein Wort über den Untergang, auf keiner der Nachrichtenseiten. *Seine Glen Roy* hatte scheinbar nie existiert. Was ihn vermuten ließ, dass das Schiff ebenfalls auf irgendeine Weise zu Proteus gehört hatte. Vielleicht über eine der Scheinfirmen. Die *Glen Roy* selbst war kein großer Verlust, der Schrottkahn wäre wahrscheinlich sowieso demnächst gesunken. Anders stand es mit der Mannschaft. Die Familien der Leute mussten ruhig gestellt werden. Wie viel Geld Proteus wohl an den verschiedenen Stellen auf den Tisch gelegt hatte, um die Geschichte zu vertuschen?

Ash drückte sich lange um eine Entscheidung herum, wohin es als Nächstes gehen sollte. Caracas war keine Stadt, in der er länger bleiben wollte. Der Stadtteil, in dem er seine Zelte aufgeschlagen hatte, erinnerte stark an die Barrens in Seattle. Leer stehende, verfallene Gebäude, schlechte Straßen, Autowracks, und Dealer und Huren an jeder Ecke. Unentwegt heulten Polizeisirenen und hinderten ihn am Einschlafen.

Schlafen war sowieso ein Problem. Die Tabletten, die er in Maracaibo gekauft hatte, waren Schrott, mit den alten kaum zu vergleichen. Obwohl er zwei nahm, wie auch schon zuvor, wachte er nachts häufig auf. Morgens, oder besser gesagt mittags, kam er kaum aus dem Bett und fühlte sich tagsüber ständig müde und zerschlagen. Der Griff zu den dünnen gelben Blättchen wurde immer regelmäßiger, weshalb er sich davor scheute, die Dosis zu erhöhen. Wer wusste, welche Nebenwirkungen sich dann einstellten?

Nemo ließ nichts mehr von sich hören, und Ash hielt an dem Vorsatz fest, keine weiteren Nachforschungen anzustellen. Ihm fehlte auch gänzlich die Energie für Detektivarbeit.

Zwei Wochen nachdem er Maracaibo verlassen hatte, schaltete der Runner eines Abends gelangweilt durch die Kanäle im Trideo. Als er die unzähligen Sender erfolglos nach einem halbwegs interessanten Film oder einer guten Serie abgegrast hatte, fing er genervt wieder von vorne an. Diesmal blieb er bei einer Nachrichtensendung aus den UCAS hängen. Besser gesagt, eine Einblendung über der linken Schulter des Sprechers erwischte ihn eiskalt: ›Dunkelzahn for President‹ stand dort in schwarzen Lettern auf rotem Grund. Ash starrte vollkommen perplex auf die drei Worte und verpasste deshalb den Rest der Berichterstattung. Dunkelzahn wollte Präsident werden? Dunkelzahn? Präsident? Standen wieder Wahlen an?

Dunkelzahn? Er richtete sich auf. *Ein Drache will Präsident werden? Ein Drache?* Die Vorstellung war so absurd, dass er lachen musste.

»Wow.« Er schüttelte ungläubig den Kopf. »Ich hab wirklich gar nichts mitbekommen.«

Einen Drachen als Präsidenten zu bekommen, war eine faszinierende, wenn auch ziemlich verstörende Vorstellung. Weshalb sollte sich ausgerechnet ein Drache für die Belange eines armseligen albernen Haufens von Metamenschen interessieren? Zugegeben, Dunkelzahn hatte immer starkes Interesse an der Metamenschheit gezeigt, doch was brachte ihm eine Kandidatur? Geld, Einfluss, Macht? Um diese Aspekte musste er sich gewiss keine Gedanken machen.

Was dann?, grübelte Ash nach. *Welches Ziel verfolgst du?*

Im Anschluss an die Nachrichten folgte eine Vorstellung der einzelnen Kandidaten und ihrer Ziele. Danach gab es eine Wiederholung des legendären Interviews vom 15. März, in dem Dunkelzahn seine Kandidatur verkündet hatte.

Nach zwei mit politischen Statements und Informationen voll gestopften Stunden musste sich der Runner widerwillig eingestehen, dass viele von Dunkelzahns Argumenten und Vorstellungen durchaus sinnvoll und vernünftig klangen. Der Drache wollte die (Meta-)Menschen an die Dinge erinnern, die das Land einst groß gemacht hatten: Der Glaube an Ideale, an Werte, und das Handeln danach. Was Ash am meisten gefiel, war sein Vorhaben, alle Metamenschen ohne

SIN in die Gesellschaft einzugliedern. Für manch einen konnte das die Chance auf ein normales Leben sein. Ein normales Leben ...

Ein Fabelwesen, anscheinend gesegnet mit grenzenlosem Wissen und Einblick in die zukünftigen Geschicke der Welt, das trotzdem oder gerade deswegen auf das Potenzial der Metamenschheit vertraute?

Dem Runner schien diese Vorstellung fast zu phantastisch, um an sie zu glauben.

Fast. Durfte man einem Drachen quasi absolute Macht über ein ganzes Land verleihen, selbst wenn dieser die besten Absichten hegte? Was würde der Rest der Welt dazu sagen? Viel wichtiger, was würden die Politiker und Konzerne in den guten alten UCAS dazu sagen? Die möglichen Konsequenzen waren so zahlreich, dass ihm schwindelig wurde.

Kenneth Brackhaven, der Kandidat der Erzkonservativen, machte Ash besonders Sorgen. Der Mann war ein elender Rassist, der sich die Angst der Bevölkerung vor dem Unbekannten zu Nutzen machte, um gegen Dunkelzahn zu wettern. Dabei stellte Brackhaven sich äußerst geschickt an und blies höchst überzeugend seine Stammtischparolen in die Welt hinaus. Er war anscheinend fest entschlossen, Dunkelzahns Wahl zu verhindern. Mit allen Mitteln?

Wahlmanipulation war noch das Harmloseste, was Ash in den Sinn kam. Am siebten August sollten die Wahlen stattfinden – und egal, wie sie ausgingen, es würde eine verdammt spannende Angelegenheit werden.

Wir stehen am Beginn einer neuen Ära. Der Runner griff nach dem Glas Kirschlimonade, das neben ihm auf dem Nachttisch stand, und prostete dem Trideo zu. Eigentlich meinte er jedoch Dunkelzahn. »Ich wünsch dir viel Glück.« *Du kannst es brauchen.*

Er griff in eine schon zur Hälfte geleerte Familienpackung mit Knabbermischung, die auf seinen Oberschenkeln stand, und stopfte sich einige Brezeln in den Mund. Nachdenklich kauend verfolgte er einen Werbespot für Haarshampoo.

Dunkelzahn absolvierte vor den Wahlen mehrere Auftritte in verschiedenen Städten, unter anderem in Seattle. Genauer gesagt, am Mittwoch in sechs Tagen. Die Stadt würde garantiert Kopf stehen.

Gib es endlich zu, du hast Heimweh. Du vermisst die vertrauten Straßen, die Atmosphäre der Stadt ...

Ob es Tinkerbell und Taurus gut ging?

Kapitel 8

Mit gemischten Gefühlen schaute Ash über den Rand der Smartbrille hinweg in die weitläufige Schalterhalle des Sea-Tac Airport. Er war vor einigen Minuten mit einem Suborbitalflug in Seattle eingetroffen und hatte gerade die ID-Kontrolle hinter sich gebracht. Es war noch einmal eine schweißtreibende Angelegenheit gewesen, weil er den Flug notgedrungen unter Rodney Coopers ID gebucht hatte. Doch weder in Caracas noch hier hatte sich irgendjemand für den Namen interessiert. Die Gepäckkontrolle war zwar gründlicher ausgefallen als gewohnt, aber das lag wohl am Abflugsort.

Zwei Tage hatte er hin und her überlegt, bevor er schließlich das Flugticket gekauft hatte. Ob es eine gute Entscheidung gewesen war?

Ash schulterte den blauen Metallkoffer am Trageriemen – die Reisetasche hatte er in Caracas entsorgt – und verließ den Ankunftsbereich. Der war selbst um kurz vor Mitternacht von wartenden Metamenschen bevölkert; Familien begrüßten ihre Angehörigen, verliebte Pärchen lagen sich in den Armen, man konnte direkt neidisch werden. Schräg rechts gegenüber entdeckte er einen rot-weiß-blauen, mit amerikanischen Fähnchen geschmückten Stand, an dem zwei junge, dynamische, völlig übermüdete Wahlhelfer Holoaufkleber und Anstecknadeln an die vorbeigehenden Passagiere verteilten. Auf einem über dem Stand gespannten Banner verkündete eine rote Laufschrift: *Vote Vogel! – Vogel for President!*

Derselbe Text wurde auch vor dem Stand von einem unsichtbaren Laserbeamer auf den Boden projiziert. Wenige Tage vor der Wahl lief auch in Seattle die Wahlkampfmaschinerie auf Hochtouren.

Denn obwohl die Stadt von Stammesland umgeben war, gehörte sie zu den UCAS. Eine Enklave, entstanden durch den Vertrag von Denver im Jahre 2018. Irgendjemand hatte mal im Scherz zu Ash gesagt, es wäre wie in einem der alten Western: die Wagenburg der Cowboys, umzingelt von Rothäuten.

Der Runner mischte sich unter eine Gruppe venezolanischer Touristen und ging mit ihnen in die entgegengesetzte Richtung. Auf dem Weg zu einem der zahlreichen Nebenausgänge passierte er einen zweiten, nahezu identischen Wahlkampfstand. Hier verteilten die Anhänger von Kenneth Brackhaven Holoaufkleber, Fähnchen und sogar Datenchips. Ein junger Mann in Ashs Alter drückte ihm im Vorbeigehen lächelnd einen der Chips in die Hand. Der Runner ließ den Datenchip achtlos fallen und hörte es leise knirschen, als einer der Venezulaner hinter ihm drauftrat. Zufrieden lächelnd, und in der Hoffnung, dass der junge Mann den Vorfall beobachtete hatte, verließ er den Schutz der anderen Menschen und trat durch eine automatische Drehtür ins Freie.

Draußen machten unzählige Flutlichter die Nacht zum Tag, und das Dröhnen landender Maschinen erfüllte die Luft. Ein Stück entfernt wartete ein gutes Dutzend Automatentaxis auf Passagiere. Ash ging zum ersten Fahrzeug in der langen Schlange, stieg hinten ein und nannte dem Computer die Adresse des *Greyhound*, eines Sarghotels in der Nähe der Barrens.

Von der Rückbank aus schaute er auf die vorbeiziehenden Häuser, Geschäfte und Straßen. Überall standen und hingen Wahlkampfplakate der verschiedenen Parteien, vereinzelt blinkten grelle Laufschriften mit den Namen der Kandidaten an den Gebäuden auf und vor ihm hatte ein Taxifahrer seinen

Wagen zu einer fahrbahren Zweigstelle von Dunkelzahns Wahlkampfteam gemacht. Wie Ash vermutet hatte, ein totaler Zirkus.

Er ließ den Blick schweifen, auf der Suche nach der Space Needle. Sie befand sich dort, wo er sie gelassen hatte, der untere Teil verdeckt von den Gebäuden, doch der obere Teil mit dem Restaurant hoch über der Stadt thronend. Die Signallichter, die tief fliegende Flugzeuge und Lufttaxis vor Kollisionen warnen sollten, blinkten weithin sichtbar.

Seattle, fremd und doch vertraut. Wieder in der Stadt zu sein, brachte seine Kopfhaut zum Kribbeln. Sämtliche Sinne waren geschärft, und er fühlte sich so wach und geistig präsent wie seit Monaten nicht mehr.

Ash lag auf dem schmalen Bett in der Sardinenbüchse, in die ihn der Computer vom *Greyhound* verfrachtet hatte, die Arme hinter dem Kopf verschränkt, und schaute auf die gegenüberliegende Wand. Dort war ein kleines Trideo eingelassen, über das eine billige Seifenoper lief. Verglichen mit diesem Sarghotel hatte er es auf der *Glen Roy* richtig gut gehabt.

Das Bett war steinhart, das Kopfkissen flach wie ein Taschencomputer und die Wände hauchdünn. Jedes Geräusch war zu hören, die Stimmen vorbeigehender Gäste, das Summen der Klimaanlage und die Spülung der Toilette eine Tür weiter. In der Luft lag der süßliche Duft von Pfirsich, wahrscheinlich um den Gestank nach alten Socken, Schweiß und Gosse zu übertünchen. Ash streckte sich umständlich in der engen Kabine und griff nach einer Plastikflasche mit künstlichem Orangensaft, die er zwischen den Oberschenkeln eingeklemmt hatte. Die trockene Luft machte ihn durstig. Er trank einen großen Schluck und holte einen Schoko-Doughnut aus einem Fach über dem Kopfende des Bettes. Dort war auch der Metallkoffer verstaut, sowie ein Colt Manhunter nebst Tarnhalfter, Schalldämpfer und Ersatzmagazin, den er zwei Etagen tiefer erworben hatte. Ein Zwerg hatte ihn im Fahrstuhl gefragt, ob er rein zufällig eine Knarre bräuchte. Offenbar sah man ihm den Verbrecher inzwischen an der Nasenspitze an. An seinen Handgelenken konnte es nicht liegen, denn die Verbände waren gut versteckt. Auf dem Flughafen von Caracas war Ash in einem der Geschäfte ein Ständer mit Armbändern aufgefallen. Perfekt, um die Verletzungen zu verbergen. Aus dem großen Angebot verschiedener Materialien und Hersteller hatte er zwei Paar der breitesten Armbänder gewählt; sie waren aus schwarzem, atmungsaktivem Stoff und kaum auf der Haut zu spüren. Der Kauf war eine Mischung aus Zweckmäßigkeit und Nostalgie gewesen, ein Rückfall in eine Zeit, in der schwarzer Nagellack und Armbänder zu seinem täglichen Erscheinungsbild gehört hatten. Jetzt würden sie es erneut tun, und Ash erfüllte das vage Gefühl, sich selbst wieder ein Stückchen näher zu sein.

Er biss von dem Schoko-Doughnut ab und griff nach dem Reinigungsset, das ebenfalls im Preis für den Colt inbegriffen gewesen war. Während er die Waffe auseinandernahm, dachte er über seinen nächsten Schritt nach. Ob Tinkerbell sich überhaupt freuen würde, ihn wiederzusehen? Er hatte sich seit seinem Weggang nicht bei ihr gemeldet, und vermutlich war sie stocksauer auf ihn.

Die Elfe war etwas Besonderes, er hatte gern mit ihr zusammengearbeitet. Im Laufe der Zeit war aus der guten Zusammenarbeit mehr geworden, und hätte er Seattle nicht verlassen ...

Ja, ja. Ash stopfte sich den Rest des Doughnuts in den Mund, bevor ihm der Geruch von Waffenöl an den Händen den Genuss verdarb. *Hätte, könnte, wäre.*

Morgen Abend würde er Tinkerbells Stammkneipe einen Besuch abstatten. Der Barkeeper kannte die Elfe seit einigen Jahren und war die zuverlässigste Quelle, die ihm in den Sinn kam. Natürlich konnte er auch einen Privatdetektiv auf sie ansetzen, aber es war einfacher, wenn der Barkeeper ihr gleich eine Beschreibung von ihm mitlieferte. Es würde der Runnerin die Entscheidung erleichtern, ob sie sich mit ihm treffen oder ihn lieber zum Teufel jagen wollte. Seine Handflächen begannen bei dem Gedanken zu schwitzen. Hoffentlich gab Tinkerbell ihm eine Chance.

Am nächsten Abend

Ash betrat die gut besuchte Kneipe und blieb im Eingangsbereich stehen, um sich umzuschauen. Es war ein merkwürdiges Gefühl, sich wieder unter Seattler Runnern zu bewegen, und er fühlte sich ständig von unsichtbaren Augen beobachtet. Obwohl es sehr unwahrscheinlich war, dass man ihn erkannte. Er hatte vorwiegend allein gearbeitet und selten sein Gesicht gezeigt. Die Wahrscheinlichkeit, von einem Musikfan erkannt zu werden, war ebenfalls sehr gering. Selbst in Interviews hatte er häufig Kontaktlinsen und Schminke getragen und lange gefärbte Haare gehabt.

Trotzdem trug er heute Abend vorsichtshalber eine schwarze Mütze, die er an einem dieser schnell zusammengehämmerten Stände gekauft hatte, die billigen Schmuck und allen möglichen modischen Kram anboten. Die Mütze war aus federleichtem, grobmaschig gestricktem Synthetikgarn gefertigt und wärmte kaum den Kopf.

Etwas albern kam er sich schon vor, schließlich war es mitten im Sommer. Eine Schirmmütze wäre eine Alternative gewesen, doch er sah sich einfach nicht als Cappy-Typ. Zum Glück tat ihm die Mode ausnahmsweise einen Gefallen, und er war bei weitem nicht der einzige junge Mann, der aussah, als wolle er sich mit einem Snowboard den nächsten Hang runterstürzen.

Lackierte Fingernägel waren jedoch definitiv ›out‹. Jedenfalls wenn man dem skeptischen Blick glauben wollte, mit dem der Verkäufer ihm den Credstick aus der Hand genommen hatte.

Ash bahnte sich seinen Weg zum Tresen. Er stellte sich an die einzige freie Ecke und winkte unauffällig den Barkeeper heran, einen grauhaarigen Norm in den Fünfzigern. Der Mann bedachte ihn mit einem misstrauischen Blick und folgte der Aufforderung. Diese Kneipe war einer der Treffpunkte, an denen sich Runner und Normalsterbliche mischten. Die meisten Gäste wussten allerdings nichts von ihrem Glück, von zahlreichen Kriminellen umgeben zu sein. Der Barkeeper hingegen schon.

»Was soll's sein?« Der Mann stützte die Ellbogen auf und beugte sich vor. Er hatte einen leicht amüsierten Zug um die Mundwinkel, und Ash hätte sich am liebsten die blöde Mütze vom Kopf gezogen.

Stattdessen holte er einen Credstick mit hundert Nuyen aus der Jackentasche. Er legte ihn auf die Theke, hielt aber die Hand darüber. Dann beugte er sich ebenfalls vor. »Ich suche Tinkerbell.«

Sein Gegenüber hob gespielt erstaunt die Augenbrauen. »Und wer bist du? Peter Pan?« Ashs irritierter Blick ließ den Barkeeper amüsiert schnaufen. »War vor deiner Zeit.« Der Mann zapfte ein frisches Sojabier und stellte es vor Ash hin. »Macht zwei Nuyen.« Er nahm den Credstick entgegen, überprüfte die gespeicherte Summe und ließ den schmalen Zylinder in der Hosentasche verschwinden. »Hab sie 'ne ganze Weile nicht gesehen.«

»Klar.« Der Runner grinste in sich hinein. Das klassische Geplänkel: Nichts sehen, nichts hören, nichts wissen. »Ich bin für ein paar Tage in der Stadt«, fuhr er fort. »Sollte sie zufällig hier auftauchen, sagen Sie ihr bitte, dass ein alter Chummer mit ihr sprechen möchte. Wir waren mal zusammen in DeeCee und haben den Zoo besucht. Sie weiß dann schon Bescheid.«

»Mhm. Sonst noch was?«

»Sie kann mich dort finden, wo ich meinen letzten Wagen geparkt habe. Ich warte morgen Nacht von elf bis eins auf sie.«

Nach einem knappen Nicken des Barkeepers verließ Ash die Kneipe.

Tinkerbell benetzte nervös die Lippen mit der Zungenspitze und blickte durch die Windschutzscheibe des Wagens in die Dunkelheit hinaus. Selbst wenn sie Zweifel an der Echtheit der Nachricht gehabt hätte, die ihr von Lou übermittelt worden war, sprach doch die Beschreibung dieses mysteriösen Chummers Bände: ein weißer, mittelgroßer Mann um die dreißig, mit hellblonden Haaren, dunkelgrünen Augen und schwarz lackierten Fingernägeln. Das Alter stimmte nicht ganz, und auch die Mütze passte nicht recht ins Bild, doch der Rest klang beängstigend vertraut. *Sie kann mich dort finden, wo ich meinen letzten Wagen geparkt habe.* Selbst die Umschreibung des Treffpunkts war ein typischer Fall von tiefschwarzem Quickshot-Humor. Pier 56. Selbstverständlich erinnerte sie sich an die Stelle, an der er den Van im Hafenbecken versenkt hatte. So wie sie sich an beinahe jedes Detail jener letzten Tage mit ihm erinnerte.

Mit einem Übelkeit erregenden Gefühl der Anspannung im Bauch lehnte sich die Elfe in dem extrabreiten Beifahrersitz zurück und schloss die Augen. Sie wechselte mühelos in den Astralraum und tastete sich zögernd vor. Zwei Straßen entfernt wurde sie fündig. Es gab nicht viel Lebendiges in diesem Teil der Stadt, weshalb *seine* Aura mit Leichtigkeit das schwache Glühen der Umgebung weit überstrahlte.

Doch war es kein Vergleich zu dem Leuchtfeuer, das ihn früher umgeben hatte.

Quickshot. Tinkerbell riss die Augen auf, schwindelig vom abrupten Verlassen der Astralwelt und atemlos angesichts der Unmenge an Gefühlen, die sie durchströmte. Erleichterung, Nervosität, Wut, Besorgnis, Kränkung, zu viele Gefühle, um alle auf einmal zu verarbeiten. Und zu verstehen. Er war es, definitiv. Auf Höhe des rechten Ohres deutete ein dunkler Fleck auf zusätzliche Cyberware hin, doch es gab keinen Zweifel. Quickshot war zurück. Ash war zurück.

»Alles Sahne?«, fragte sie eine tiefe männliche Stimme vom Fahrersitz aus.

Die Elfe zuckte leicht zusammen und wandte sich dem Troll zu, der am Steuer des maßgeschneiderten Westwinds saß. »Alles Sahne«, wiederholte sie automatisch Taurus' Worte, die aus ihrem Mund sehr sonderbar klangen.

Taurus' Anwesenheit stellte eine unvorhergesehene Komplikation dar, an der sie selbst die Schuld trug. Er war vielleicht nicht der Hellste, aber er konnte sehr wohl eine entspannte Tinkerbell von einer nervösen, unruhigen Tinkerbell unterscheiden. Ihre vagen Andeutungen hinsichtlich Sinn und Zweck des nächtlichen Treffens hatten ihn misstrauisch gemacht, weshalb er darauf bestand, sie zu begleiten. Ihr war kein plausibler Grund eingefallen, ihn vom Mitkommen abzuhalten. Doch sie würde sich hüten, ihm von Ash zu erzählen. Der Troll reagierte unverändert empfindlich auf das Thema.

»Sicher, dass du allein gehen willst?« Taurus musterte sie aus trüben, geröteten Augen. Seit einiger Zeit hielt er sich mit dem Trinken zurück, doch der exzessive Alkoholkonsum der Vergangenheit war ihm deutlich anzusehen. Das aufgedunsene Gesicht, die blasse, kränkliche Hautfarbe, das leichte Zittern der Hände. Obwohl das Zittern nicht allein von der Sucht herrührte.

»Ich komm klar.« Tinkerbell öffnete den Reißverschluss ihrer Jacke und entsicherte die schwere Pistole, die in einem Tarnhalfter an ihrer linken Seite saß. Trotz der zahlreichen Fetische, die innen an den Revers befestigt waren, verließ sie sich zusätzlich auf weltliche Waffen.

»Bis später.« Sie rückte den Panicbutton am Gürtel zurecht, damit sie ihn schnell und unauffällig erreichen konnte, und stieg aus. Lange hatte sie auf diesen Moment gewartet. Jetzt war er da, und die Anspannung ließ ihre Handflächen schweißnass werden.

Ash trat nervös von einem Fuß auf den anderen. Er hätte gern an den Fingernägeln gekaut, aber die sahen bereits ziemlich ramponiert aus. Er stand in der windgeschützten Ecke eines Lagerhauses, mit Blick auf die Pier 56. Die Gebäude um ihn herum wurden von vereinzelten Laternen in fahles Licht getaucht, das den grauen Mauern einen merkwürdigen Gelbstich gab. Wasser platschte träge gegen die nahe Kaimauer, und von einem Busterminal drangen die Geräusche startender Motoren zu ihm herüber. Der Hafen schlief nie. Ash schaute zum x-ten Mal auf die Uhr. Es war gleich Mitternacht. Er wartete seit über einer Stunde – ausnahmsweise war er mal zu früh zu einer Verabredung gekommen –, doch Tinkerbell ließ sich nicht blicken. Hatte sie die Nachricht überhaupt erhalten? War der Hinweis zu vage gewesen? Die Unsicherheit, ob sie überhaupt auftauchen würde, zerrte an seinen Nerven, und er fühlte sich leicht fiebrig vor Nervosität und Anspannung.

Wie aus dem Nichts stand sie vor ihm. Gekleidet in eine schwarze Kluft, die weißblonden Haare schulterlang gewachsen. Im künstlichen Licht der Laternen wirkte ihr Gesicht unnatürlich blass, und der Ausdruck in ihren hellblauen Augen konnte alles bedeuten: Wiedersehensfreude, Misstrauen, Verärgerung oder etwas vollkommen anderes.

»Hi«, sagte er schließlich, als ihm das angespannte Schweigen zu unbehaglich wurde. Die Elfe sollte irgendetwas sagen, egal was. Selbst ein Schwall von Beleidigungen wäre ihm recht.

Er sieht schlecht aus. Tinkerbell suchte nach der passenden Umschreibung. *Auf gepflegte Art verwahrlost.*

Ja, das traf den Nagel auf den Kopf. Die Elfe widerstand der Versuchung, Ash in den Arm zu nehmen und fest an sich zu drücken. Er verdiente keine Umarmung, sondern eher eine saftige Ohrfeige!

Tinkerbell hatte sich für diesen besonderen Moment verschiedene Ansprachen zurechtgelegt, die sie dem Runner um die Ohren hauen wollte. Keine war besonders nett. Nun, da es endlich so weit war, blieben ihr die Worte im Halse stecken.

»Bist du verrückt, was machst du hier?«, brachte sie schließlich heraus. Und hätte sich für die Besorgnis in ihrer Stimme ohrfeigen können.

Ashs Augen weiteten sich erstaunt. Offenbar hatte er eine andere Reaktion erwartet. Dann zuckte er mit unsicherem Lächeln die Achseln. »Ich hab dich vermisst.«

Tinkerbells Herzschlag wechselte in einen schnelleren Takt. Sie wusste nicht, womit sie gerechnet hatte, auf keinen Fall mit dieser Antwort. Das Schlimme war, dass es genau die Antwort war, die sie hören wollte. Doch meinte der Runner es ehrlich oder versuchte er bloß, die richtigen Knöpfe zu drücken, um sie versöhnlich zu stimmen?

»Ach ja?«, erwiderte sie frostig. »Nach über einem Jahr bekommst du plötzlich Sehnsucht? Du hast dich nie bei mir gemeldet, ich dachte, du bist im Knast oder tot, und aus einer Laune heraus tauchst du einfach hier auf!« Die Elfe holte Luft. Letztendlich hatte es eine der Ansprachen vom Gehirn bis zur Zunge geschafft. Es war nicht mal die schlechteste.

Ash senkte schuldbewusst den Blick. »Tut mir leid. Ich hätte dich anrufen sollen, und es war falsch, dass ich es nicht getan habe.«

Diesmal fiel ihr keine Stichelei oder Gemeinheit ein. »Okay, wer bist du und was hast du mit dem echten Quickshot gemacht?«, rang sie sich eine unglaublich originelle Bemerkung ab.

Ash hob gerade zu einer Antwort an, als ihn eine sehr vertraute Stimme unterbrach.

»Verdammter Drek, was will *der* hier?!«

Im nächsten Augenblick tauchte Taurus aus dem Schatten eines nahen Hallentors auf, und Ash rutschte das Herz in die Hose. Er ahnte, dass die Unterhaltung eine rapide Wendung erleben würde. Natürlich war er froh, den Troll auf den Beinen und offensichtlich gesund zu sehen. Allerdings hatten sie sich beim letzten Mal nicht gerade in aller Freundschaft getrennt. Er schaute verunsichert zu Tinkerbell, die auf einmal sehr müde wirkte.

»Was machst du hier?« Sie schaute über die Schulter hoch zum Troll.

»Dachte, ich hätte was gesehen.« Taurus kam einen Schritt näher. »Warum haste nix gesagt?«

Die Elfe seufzte. »Weil ich wusste, wie du reagieren würdest.«

»Wie, wütend?« Taurus gab einen abfälligen Laut von sich. »Hab ich jedes Recht zu.«

»Stimmt.« Obwohl sich Tinkerbell um keinen Zentimeter bewegte, schien sie dichter an den Troll heranzurücken. Ihr Blick wurde wieder kalt und abweisend. Bis zu Taurus' Auftauchen war es eigentlich ganz gut gelaufen, aber jetzt? Natürlich hatte Ash sich darauf eingestellt, eine Menge erklären zu müssen und einige verbale Tiefschläge einzustecken. Aber er war nicht darauf vorbereitet, von Tinkerbell und Taurus gleichzeitig die Leviten gelesen zu bekommen.

»Ich wollte sehen, ob's euch gut geht.« Er hob in einer beschwichtigenden Geste die Hände. »Das ist alles.«

»Jetzt haste es gesehn und kannst dich wieder verziehn!«

Taurus' Antwort machte deutlich, dass ein schneller Rückzug im Augenblick die vernünftigste Entscheidung war. Mit Tinkerbell allein hätte er reden können, und sei es bloß um der guten alten Zeiten willen. Aber solange Taurus mit seinem Sturkopf dabei war, sah er keine Chance.

»Hast recht, ich verschwinde wohl besser.« Erfüllt von dem dumpfen Gefühl der Resignation und Enttäuschung, wandte Ash sich zum Gehen. Es war eine blöde Idee gewesen, wiederzukommen. Was hatte er sich dabei gedacht? Dort anzuknüpfen, wo sie aufgehört hatten, als wäre nichts gewesen? Schwachsinn!

»Warte«, forderte ihn Tinkerbell auf.

Er hielt inne und starrte angespannt vor sich in die Nacht. Was kam jetzt? Erst als sie näher trat, wandte er den Kopf.

Die Hände in die Hüften gestemmt, musterte ihn die Elfe streng. »So leicht kommst du diesmal nicht davon.«

Abgesehen von Zorn und verletzten Gefühlen lag noch etwas anderes in ihrem Blick. Etwas, das ihm gestattete, sich zumindest ein bisschen zu entspannen.

»Okay.« Er schaute zu Taurus, der grimmig zurückstarrte. »Wollen wir beide uns nicht einen gemütlicheren Ort suchen?« Er betonte die Worte »wir beide«, um ihr zu verstehen zu geben, dass die Gesellschaft des Trolls nicht unbedingt nötig war.

»Wir können uns morgen Nachmittag treffen«, erteilte sie ihm eine Abfuhr. »Wo wohnst du?«

»Im *Greyhound.*«

Der Name schien der Elfe etwas zu sagen, denn sie verzog kaum merklich das Gesicht. »Ich hol dich um vier Uhr ab, in Ordnung?«

Ash nickte – was blieb ihm anderes übrig –, und Tinkerbell und Taurus verschwanden ohne ein weiteres Wort in der Nacht.

Hier ist mehr nötig als eine simple Entschuldigung. Mit in den Hosentaschen vergrabenen Händen und hochgezogenen Schultern ging Ash bis zum Ende der Pier 56. Wenige Meter unter ihm lag sein alter Van in seinem nassen Grab. Falls das Fahrzeug nicht inzwischen geborgen und verschrottet worden war. Er schaute nachdenklich auf das dunkle Wasser hinab. Was wollte er hier? Was hatte er erwartet?

Kapitel 9

Tinkerbell hatte Ash wie versprochen mit dem Wagen vom Sarghotel abgeholt. Auf der Suche nach einem ungestörten Plätzchen waren die Runner ein Stück in die Barrens gefahren, zu einem der zahllosen leer stehenden Gebäude. Sie hatten sich auf eine Veranda zurückgezogen, die auf einen mit kargem Rasen bewachsenen Hinterhof zeigte.

Die Elfe saß auf einem alten Plastikstuhl aus der Küche der dazugehörigen Wohnung, die Füße auf ein ausgeschlachtetes Trideo gestützt, das jemand auf dem Rasen entsorgt hatte. Ash hockte auf den morschen Kunstholzbohlen der Veranda, gegen einen der beiden Pfeiler gelehnt, die ein schmales Vordach stützten.

»Taurus hat mich gestern etwas überrascht.« Der Pfeiler gab ein bisschen nach, und er verlagerte vorsichtshalber das Gewicht leicht nach vorne. »Seit wann arbeitet ihr zusammen?«

»Tun wir nicht«, erwiderte Tinkerbell knapp. Sie seufzte schuldbewusst. »Ich habe ihn nach der Operation besucht, um zu sehen, wie es ihm geht. Als er wieder auf den Beinen war, habe ich ihm einen Job als Packer in einem Stuffer Shack besorgt. Damit er von den Schatten wegkommt. Es hat nicht lange funktioniert, aber er war dankbar für meine Bemühungen. Er arbeitet jetzt als Geldeintreiber für einen Schieber und betrachtet es wohl als seine Pflicht und Schuldigkeit, mir ab und zu den Rücken freizuhalten.«

Ash konnte ein Lächeln nicht unterdrücken. Typisch Taurus, wenn man einmal seine Sympathie gewonnen hatte ...

Er schaute hoch zum beinahe wolkenlosen Himmel. Die Sonne schien angenehm warm, kein Vergleich zu spanischer Gluthitze.

»Ihr habt schönes Wetter«, bemerkte er, um ein Gespräch in Gang zu bringen, von dem er nicht sicher war, es führen zu wollen.

Tinkerbell musterte ihn angespannt. »Seit einigen Tagen ist es ganz in Ordnung. Wie war das Wetter bei dir?«

Innerlich musste er schmunzeln. Sehr geschickt. »Trocken und heiß. Europa.«

Die Augen der Elfe weiteten sich erstaunt.

Obwohl es angebracht schien, ein paar erklärende Worte hinzuzufügen, sprach er nicht weiter. Er konnte es nicht, als hätte jemand die Verbindung zwischen Stimmbändern und Gehirn gekappt.

Die Geheimnisse, die er hütete, hatten Gespräche über persönliche Angelegenheiten stets kompliziert gemacht, gleichgültig, ob er sich mit Runnern, Musikerkollegen oder Freunden unterhielt. Tinkerbell kannte die meisten dieser Geheimnisse, und seine Zurückhaltung ergab keinen Sinn. Trotzdem war ihm die Gegenwart der Elfe plötzlich unangenehm, und er stellte irritiert fest, dass er ihrem Blick bewusst auswich.

»Was hast *du* getrieben?«, lenkte Ash das Gespräch rasch in eine andere Richtung. Tinkerbell war offensichtlich bereit, ihn gewähren zu lassen.

»Ich war im letzten halben Jahr kaum in den Schatten unterwegs«, gab sie zurück. »Deshalb hast du Glück gehabt, mich so schnell zu finden.«

»Wie kommt's?«

»Ich konzentriere mich auf mein Studium. Magietheorie und Geschichte der Magie.«

»Du studierst? Klasse!«

Tinkerbell hatte früher häufig davon gesprochen, ihr Talent weiter fördern zu wollen, um ihre magischen Fähigkeiten zu verbessern. Dass die Elfe ihre Pläne in die Tat umsetzte, machte Ash absurderweise stolz.

»Hält mich allerdings ganz schön auf Trab. Deshalb hab ich die Jobs auf ein Minimum reduziert.«

»Erhöht ungemein die Lebenserwartung.« Er grinste breit. »Solange du finanziell über die Runden kommst.«

Tinkerbell nickte. »Ich arbeite an drei Abenden in der Woche als Showmagierin in einem Restaurant. Der Stundenlohn ist ganz passabel, und es ist eine gute Gelegenheit, Magie zu praktizieren. Und ja, es *ist* unter meiner Würde«, kam sie einem etwaigen Kommentar seinerseits zuvor.

»Ich hab gar nichts gesagt«, versetzte Ash entrüstet. Obwohl er es in Erwägung gezogen hatte.

»Aber dein Gesicht spricht Bände, Chummer.«

Sie lächelte ihn an, er erwiderte das Lächeln, und für einen winzigen Augenblick kehrte die alte Vertrautheit zurück.

Eine Weile saßen sie schweigend da. Ash traute dem Frieden noch immer nicht und wartete angespannt auf das Donnerwetter. Das richtige, nicht dieser sanfte Klaps von letzter Nacht. Wo blieb die Standpauke, die schallende Ohrfeige, der gewaltige Tritt in den Arsch? Tinkerbell war bereit gewesen, bei ihm zu bleiben, die schweren Zeiten gemeinsam durchzustehen, und er hatte sie eiskalt abblitzen lassen. Da musste mehr kommen.

Er spürte, wie das Schweigen Stein für Stein eine unsichtbare Mauer zwischen ihnen hochzog. Obwohl er es mit aller Macht verhindern wollte, klebte seine Zunge am Gaumen fest, und er brachte kein Wort heraus.

»Es ist schön, dich zu sehen«, brach Tinkerbell die Stille, bevor der letzte Stein gesetzt war.

Ash schenkte ihr ein dankbares Lächeln, und begleitet von einem imaginären Luftzug fiel die Mauer lautlos in sich zusammen. »Es ist schön, wieder hier zu sein. Irgendwie.« Er zuckte die Achseln und begann mit dem Daumennagel getrocknete Erde von einer der Holzbohlen zu kratzen.

»Irgendwie«, wiederholte die Elfe abwesend.

Er folgte ihrem Blick zu dem breiten Armband, das unter seiner Jeansjacke hervorlugte, sagte jedoch nichts.

»Weshalb bist du zurück?«, nahm sie das Gespräch wieder auf.

»Ich hatte keine Lust mehr, den rastlosen Einzelkämpfer zu spielen«, gab er zumindest einen Teil der Wahrheit preis. Wenn auch hübsch amüsant verpackt. »Mir fehlte bloß eine struppige, humpelnde Promenadenmischung und ich wäre zu einem wandelnden Klischee verkommen.«

Ein schmales Lächeln zeichnete sich auf dem Gesicht der Elfe ab. »Verstehe.«

Eigentlich verstand Tinkerbell gar nichts. Ash schaltete ständig zwischen ›offen‹ und ›verschlossen‹ hin und her, gab Andeutungen von sich und ließ sie danach unbeachtet im Raum stehen. Sie konnte ihn nicht packen. Wie ein Stück nasse Seife entglitt er ihr immer wieder, und in einem Moment der Klarheit stellte sie entsetzt fest, dass Ash ihr fremd geworden war. Falls sie ihn überhaupt jemals gekannt hatte.

»Du gehst ein ziemliches Risiko ein«, brachte sie ihre Sorge auf den Punkt. »Soweit ich informiert bin, wurde das Kopfgeld noch nicht zurückgezogen.«

Das Kopfgeld, das ihm der vermaledeite Job in DeeCee eingebracht hatte. Was für eine Katastrophe. Alles war damals schiefgelaufen!

Ash hob in eindeutig gespieltem Erstaunen die Augenbrauen. »Sieh an.«

Offenbar war es für ihn keine Neuigkeit. »Du bist also auf dem Laufenden.«

Er nickte. »Ich hatte etwas Ärger in Europa. Aber keine Sorge, ich bin beim letzten Job draufgegangen und vorerst sicher.«

Sie blinzelte irritiert. »Bitte?« Wenn er sie nach der Bemerkung wieder abbügelte, würde sie ihn erwürgen!

»Offiziell liege ich in einem Schiffswrack auf dem Grund des Atlantiks«, gab Ash zurück. »Praktisch, was? Nach mir wird so schnell keiner mehr suchen.«

Der Blick des Runners glitt beim Sprechen ins Leere. Dann verstummte Ash, und Tinkerbell spürte, dass er plötzlich an einem ganz anderen Ort war. Mit den Fingern zupfte er gedankenverloren an einem der schwarzen Armbänder herum. Nagellack, Armbänder, der Anblick löste in ihr ein merkwürdiges Gefühl aus. Es stand ihm, keine Frage. Gleichzeitig beschlich sie die Befürchtung, dass ein Teil von Ash rettungslos in der Vergangenheit hängen geblieben war.

»Alles okay?«, versuchte sie ihn zurück ins Hier und Jetzt zu holen. Der Runner reagierte nicht. »Hey.«

Diesmal wandte Ash den Kopf. »Was?« Er wirkte, als habe er komplett den Faden verloren. »Entschuldige, was hast du gesagt?«

»Alles in Ordnung?«

»Ja, sicher.« Er winkte ab. »Der Job war ziemlich haarig.«

»Klingt spannend.« Die Elfe lehnte sich zurück. »Dann schieß mal los.« Vielleicht würde sie auf dem Wege etwas aus ihm herauskriegen.

Ash war erleichtert, endlich ein Thema gefunden zu haben, über das sie sich unterhalten konnten. Obwohl er eigentlich keine Lust hatte, über den Job zu sprechen. Er schilderte der Elfe knapp, doch nicht zu knapp, die Überfahrt auf der *Glen Roy* und das abrupte Ende der Seereise. Zwei Dinge ließ er allerdings unerwähnt: den Grund für seinen nächtlichen Spaziergang auf die Brücke und die Begegnung mit Pilgrim. Tinkerbell brauchte weder von Schlafstörungen noch von alten Bekannten etwas zu wissen. Also änderte er die Geschichte an den betreffenden Stellen ein wenig ab und erzählte dafür umso ausführlicher von seiner Flucht aus dem dunklen Raum, dem vierbeinigen Albtraum und dem Untergang des Schiffes. Diesmal fiel es ihm leichter, über das Tier zu sprechen, doch angenehm war die Erinnerung immer noch nicht. Er merkte es daran, wie seine Stimme unwillkürlich leiser wurde, wie er stockte und sich räuspern musste, und daran, wie seine Finger zwanghaft am rechten Armband herumzupften. »Es war alles andere als lustig«, brach er die Erzählung schließlich ab.

Er schaute auf, verlegen und auch verärgert über sich selbst, weil es so eindeutig war, wie sehr ihn das Erlebnis mitgenommen hatte.

Die Elfe musterte ihn ernst. »Kann ich mir vorstellen.« Ihr Blick fiel erneut auf seine Armbänder. Sie wollte etwas sagen, doch er kam ihr zuvor.

»Das Rohr saß ziemlich fest«, erklärte er nüchtern.

»Verstehe.«

»Sieht ziemlich cool aus, oder?«, fügte er scherzhaft hinzu, um die düstere Stimmung zu heben.

Tinkerbell schmunzelte. »Warum hast du dich nie gemeldet?«, fragte sie unvermittelt. »Kein Anruf, keine E-Mail, nichts.«

Ash, der inständig gehofft hatte, dieser Frage für eine Weile aus dem Weg gehen zu können, kratzte sich nervös am Kinn. »Ich konnte nicht. Hab es einfach nicht geschafft. Ich wollte bloß vergessen, nicht an die Vergangenheit erinnert werden.«

»Was ich getan hätte.«

Er wandte den Kopf und schaute in ihr ernstes Gesicht. »Es hatte nichts mit dir zu tun. Dich trifft keine Schuld. Glaubst du mir das?«

Nach schier endlosen Sekunden nickte sie. »Ich glaube dir.«

»Schön.« Ash lächelte erleichtert. War besser gelaufen, als er erwartet hatte.

Tinkerbell schob abrupt das kaputte Trideo mit den Füßen weg und erhob sich. »Wie lang bleibst du?«

»Ein paar Tage«, antwortete er. Nachdem dieser Punkt aus der Welt geschafft war, würde er auch gern länger bleiben.

»Meine Wohnung ist groß genug für zwei. Wenn du willst, kannst du auf dem Sofa schlafen.«

Ash sah sie erstaunt an. Das Angebot kam unerwartet, war aber ein gutes Zeichen dafür, dass sie ihm tatsächlich verziehen hatte. »Gern.«

»Lass uns deine Sachen holen.«

Die Rückfahrt zum *Greyhound* verlief schweigend, jeder hing den eigenen Gedanken nach. Ash schaute durch die verdunkelte Frontscheibe auf den locker fließenden Verkehr und dachte über Tinkerbells Frage nach. *Warum hast du dich nie gemeldet?*

Zwei-, dreimal hatte er daran gedacht, über die Matrix Kontakt mit ihr aufzunehmen, doch ihre Stimme zu hören, ihr Gesicht zu sehen ... es hätte ihn endgültig aus der Bahn geworfen.

Er war in einem schwarzen Sumpf versunken, hatte sich vor der Welt verkrochen, erfüllt von dem Wunsch, zu sterben. In das große Nichts abzutauchen, in dem es weder Schuldgefühle noch Albträume gab. Bloß Dunkelheit und Vergessen. Mehr als einmal hatte er daran gedacht, sich diesen Wunsch selbst zu erfüllen. Eine Abkürzung zu nehmen und das Elend zu beenden. Er hatte eine Vielfalt von Möglichkeiten in Betracht gezogen: Waffen, Medikamente, hohe Brücken oder Hochhäuser, die klassische ›Fön in die Badewanne‹-Nummer oder mit Vollgas gegen eine Mauer fahren.

Letztendlich setzte er keinen der zahlreichen Pläne in die Tat um. Etwas hielt ihn jedes Mal davon ab, den Abzug durchzuziehen oder in die Schusslinie einer gegnerischen Kugel zu treten. Der Überlebenswille war ein Beschützer, dessen Existenz er an manchen Tagen verfluchte.

Der Wunsch nach Erlösung wich schließlich einem dumpfen Gefühl der Gleichgültigkeit. Einem Zustand irgendwo zwischen Träumen und Wachen, einer Müdigkeit, die zu groß war, um sich mit solch lästigen Dingen wie Selbstmord zu beschäftigen. Das Leben ging weiter, und nach einer Weile überraschte er sich mit vollkommen normalen, alltäglichen Gedanken: *Was esse ich heute Abend, was ziehe ich morgen an, sollte ich mal wieder zum Friseur gehen?* Die Zukunft spielte plötzlich wieder eine Rolle, selbst wenn es sich bloß um das Morgen und das Übermorgen drehte. Wenigstens gab es in seiner Planung wieder ein Übermorgen. Und an einem magischen Tag im April, als er sich zum ersten Mal langweilte – nicht dumpf vor sich hinbrütend die Zeit verstreichen ließ, sondern aktiv etwas tun wollte –, wurde ihm bewusst, dass er es versaut hatte. Er hatte die Chance vertan, sich in der Pause heimlich von der Bühne zu stehlen. Jetzt gab es kein Zurück mehr, keine Möglichkeit, die Halle durch die Hintertür zu verlassen. Denn die Scheinwerfer gingen nach und nach wieder an, und das Publikum wartete auf eine Zugabe. Ash bedachte Tinkerbell mit einem verstohlenen Seitenblick. *Die kann es haben.*

Nachdem er seine Sachen aus dem Sarghotel geholte hatte, lenkte die Elfe den Wagen nach Westen, durchquerte Bellevue und fuhr nach Downtown. Sie wohnte im Elfenbezirk, südlich des Lake Union.

Während Ash noch über efeuüberwucherte Hauswände, mit farbenfrohen Waldmotiven bemalte Fassaden und kunstvoll gehauene Steinverzierungen staunte, parkte Tinkerbell den Wagen direkt vor der Eingangstür eines fünfstöckigen Gebäudes. Ein Holoschild mit dem Kennzeichen ihres Fahrzeugs wies sie als rechtmäßige Besitzerin des Parkplatzes aus.

Das Haus war ein plumper quadratischer Klotz und sah aus, als stamme es aus dem letzten Jahrtausend. Unter einem dichten Mantel aus Efeu und wildem Wein blitzten hier und da rotbraune Backsteine hervor, und auf dem Schrägdach saßen verwitterte braune Schindeln. Allerdings handelte es sich bei dem Gebäude um kein Einzelstück, die meisten Häuser in der Straße sahen ihm äußerlich zum Verwechseln ähnlich. Der Stadtteil strotzte vor Grün, und Ash beneidete die Metamenschen, die hier wohnten.

Durch die helle, freundliche Eingangshalle gingen sie zum Fahrstuhl. Vorbei an dem Portier, der Tinkerbell zur Begrüßung zunickte und danach Ash von seinem Platz hinter dem Empfangstresen aus einen prüfenden Blick zuwarf. Der Runner schaute prüfend zurück, bis der Mann verschämt den Blick senkte.

Als Ash schließlich in Tinkerbells Wohnung stand, war er aus zweierlei Gründen beeindruckt: Zum einen gingen von dem großzügig geschnittenen Wohnzimmer rechts und geradeaus je zwei weitere Türen ab – nach Monaten in billigen Hotelzimmern und einem Van als rollendem Zuhause ein unglaublicher Kontrast –, zum anderen hatte er nie zuvor die Wohnung eines Magiers von innen gesehen. Obwohl auf den ersten Blick alles vollkommen normal und unspektakulär wirkte, erfüllten ihn Ehrfurcht und Respekt.

Hinter ihm legte die Elfe ihre Schlüsselkarte auf einen niedrigen Schrank, zog die Schuhe aus und wechselte von dem kleinen Flur ins Wohnzimmer. Ash ließ seinen Koffer stehen und folgte ihr, das angenehm weiche Gefühl von flauschigem Teppichboden unter den Füßen. Die Farben der Wohnung waren gedeckt gehalten: hellgraue Wände, beigefarbener Teppichboden, helle Regale aus Holzimitat, ein ockerfarbenes Sofa mit hell- und dunkelbraunen Phantasiemustern und hellbraune Vorhänge. Alles Ton in Ton aufeinander abgestimmt, keinerlei Stilbrüche oder augenfeindliche Farbkombinationen. Tinkerbell hatte nie sonderlich viel für grelle Farben übrig gehabt. Es war sauber, keine Rumpelecken, in denen nutzloser Kram lag, keine verstaubten Vasen oder schiefen Bilder. Ein großes Doppelfenster und eine Balkontür auf der linken Seite fluteten den Raum mit Tageslicht. Die Fensterbank war voll gestellt mit Pflanzen, und die Heizung darunter wurde von zwei hoch gewachsenen Gummibäumen flankiert. Hinter der Balkontür befand sich ein ebenfalls beeindruckend großer Balkon, auf dem ein Meer aus Blumentöpfen und Pflanzenkübeln stand. Eine Explosion von Leben. Ash verzog anerkennend das Gesicht. »Schön hast du's.«

»Die Pflanzen machen eine Menge Arbeit, aber es lohnt sich. Meine kleine grüne Oase. Küche und Schlafzimmer sind dort.« Die Elfe deutete zuerst auf die linke, dann auf die rechte Tür an der Stirnseite des Raumes. »Das Bad ist rechts neben dem Schlafzimmer.«

Sofort hatte sie Ashs Neugier geweckt. »Und die Tür?« Er schaute nach rechts, wo ihm die letzte Tür lockend zuzuzwinkern schien.

»Dorthin ziehe ich mich zurück, wenn ich Zauber wirke. Erinnerst du dich an Bears Medizinhütte?«

Der Runner nickte und hatte plötzlich wieder den intensiven, herb-süßlichen Geruch der Heilkräuter in der Nase. »Darf ich ...?«, begann er.

Die Elfe lächelte. »Sicher.« Sie ging an ihm vorbei zur Tür. »Am besten, solange ich dabei bin. Es wäre ärgerlich, wenn du einen Betäubungsblitz übergebraten bekommst, bloß weil du mal schnell gucken willst, während ich auf der Toilette bin.«

»Was?« Ashs Augen weiteten sich erschrocken. »Du hast den Raum mit einem Zauber gesichert?«

»Natürlich.« Sie wirkte belustigt, als habe er eine vollkommen überflüssige Frage gestellt. »Da drin befinden sich Gegenstände im Wert von Tausenden von Nuyen.«

»Wie funktioniert der Zauber?«, erkundigte er sich eingeschüchtert.

»Es sind zwei kombinierte Zaubersprüche. Der erste überprüft, wer den Raum betritt. Sobald jemand außer mir die Tür öffnet, tritt der zweite Spruch in Kraft, der Betäubungsblitz. Er wird mit fünfzehn Sekunden Verzögerung ausgelöst, was dem Eindringling ausreichend Zeit gibt, entweder zu verschwinden oder magische Gegenmaßnahmen zu ergreifen.«

Die Augen der Elfe leuchteten jetzt mit einer Intensität, die für Ash vollkommen neu war. Sie offenbarten eine Leidenschaft für die Magie, die er bei Tinkerbell früher nie gesehen hatte. Es machte ihm fast ein bisschen Angst, und als sie die Tür öffnete, ging er unwillkürlich hinter ihr in Deckung. Nichts geschah, auch nicht nach fünfzehn Sekunden. »Kann ich jetzt reingehen?«

Sie nickte, und er trat ein.

Bevor Ash irgendetwas anderes wahrnehmen konnte, merkte er, wie sich die feinen Härchen auf den Armen und im Nacken aufstellten. Energie strömte wellenförmig durch seinen Körper und ließ ihn schaudern.

Die großen Fenster des Wohnzimmers spendeten ausreichend Tageslicht, um auch diesen Nebenraum zu erhellen. Er maß vielleicht zehn Quadratmeter und war fensterlos. Im Ernstfall eine Todesfalle. Ein großer runder Teppich reichte fast von Wand zu Wand und ließ Teile des Parketts darunter erkennen. Die einzigen Möbelstücke waren eine schwere Truhe auf der rechten Seite und ein Hocker neben der Tür, auf dem eine kugelförmige Lampe stand.

Der Raum strahlte eine Aura der Ruhe aus, und Ash fühlte sich ein weiteres Mal in Bears Medizinhütte versetzt. Obwohl hier alles anders aussah, waren die Gefühle die gleichen: Geborgenheit, Sicherheit, eins sein mit sich und der Welt.

Während er versuchte, die dunklen Muster auf dem beigefarbenen Teppich zu erkennen, stieg ihm der leichte Geruch von Zimt und Puder in die Nase. Dann fiel ihm die Wärme auf, und er entdeckte eine schmale, lang gezogene Heizung am gegenüberliegenden Ende des Raums.

»Hier wirkst du deine Zauber«, stellte er leise fest und scheiterte erneut daran, die Mysterien der Magie zu begreifen.

»Ja.« Die Elfe schaltete die Lampe ein, und weiches, gelbliches Licht erhellte zusätzlich den Raum. »In der Truhe bewahre ich meine Magiechips auf, die Fetische, Zauberspeicher, rituelle Materialien, alles.«

Jetzt entdeckte Ash ein Gebilde aus Fäden, Schmuckkügelchen und Federn, das unter der Decke hing. Es war ein mit türkisfarbenem Garn umsponnener Kreis, in dessen Mitte unzählige schwarze Fäden in einem wilden Muster verliefen. An einigen Stellen waren winzige schwarze und türkise Perlen eingeflochten, die teilweise als Führung für zwei oder drei Fäden dienten, die davor und danach wieder auseinanderliefen. Unter dem Gebilde hingen drei schwarze Federn in unterschiedlicher Höhe. Das Ganze maß bestimmt zwanzig Zentimeter im Durchmesser und passte überhaupt nicht zu Tinkerbells Stil. Doch in diesem Raum harmonierte es auf sonderbare Weise mit dem Rest der kargen Einrichtung.

»Ein indianischer Traumfänger?« Er deutete nach oben.

»Er soll die bösen Träume einfangen und von seinem Besitzer fern halten. Ein Geschenk von Bear.«

»Sollte der nicht über deinem Bett hängen?«

»Keine Sorge, ich habe noch einen.« Tinkerbell schaltete die Lampe wieder aus, und die beiden verließen den Raum.

»Wie geht es dem alten Mann?«, erkundigte sich Ash.

»Soweit ich weiß, sehr gut. Du hast sein Leben damals ziemlich durcheinandergebracht, aber ich glaube, er fand es recht unterhaltsam.«

»Der alte Mann hat eine eigenwillige Definition von Unterhaltung.« Er wandte sich zur Tür um. »Sag mal, hätte es eine ordinäre Alarmanlage nicht auch getan?«

»Ich bitte dich, ich bin Magierin!« Sie schmunzelte. »Außerdem war es eine gute Fingerübung.«

»Was wäre, wenn *ich* aus irgendwelchen Gründen den Raum betreten müsste? Weil du verhindert bist oder verletzt? Gibt es eine Art Abschaltmechanismus, oder reicht es, wenn ich die Tür aufmache, in die Küche renne und mich unter der Spüle verstecke?«

Die Elfe schaute ihn verblüfft an und brach dann in schallendes Gelächter aus. Ash konnte nicht anders, als einzustimmen. Es war unglaublich befreiend, endlich mal wieder aus vollem Herzen zu lachen.

»So kannst du es natürlich auch machen.« Tinkerbell wischte sich eine Träne aus dem Augenwinkel und fing wieder an zu kichern. Es stand ihr verdammt gut.

»Also gibt es keinen Knopf zum Abschalten?«

»Nein, aber ich hatte auch nicht vor, die Wohnung mit jemandem zu teilen. Der Zauber kann allerdings modifiziert werden. Falls nötig«, fügte sie hinzu.

»Aha.« Ash holte seinen Koffer aus dem Flur und schaute sehnsuchtsvoll zum Badezimmer. »Kann ich deine Dusche benutzen?«

»Badewanne«, bemerkte die Elfe knapp und entlockte ihm ein Lächeln.

Kapitel 10

Tinkerbell saß im Schneidersitz auf dem Sofa im Wohnzimmer, in ein T-Shirt und eine dunkelgraue Hose gekleidet. Über Infrarotkopfhörer hörte sie sich auf ihrem Taschencomputer eine Audioaufzeichnung der letzten Vorlesung über Magiegeschichte an. Professor Singh war einer der besten an der Uni, neigte allerdings dazu, Vorlesungen mit Unmengen von Informationen und Details zu überfrachten. Ohne die Aufzeichnungen, die sie regelmäßig aus dem Unisystem runterlud, wäre sie hoffnungslos verloren.

Für diese Nacht hatte sie Ash das Bett im Schlafzimmer überlassen und schlief selbst auf dem Sofa. Nächste Woche war Abgabetermin für ihre Hausarbeit in Magiegeschichte, und die entsprach bisher weder Tinkerbells hohen Maßstäben noch denen des Professors.

Sie schaute zur Schlafzimmertür.

Es war merkwürdig, die Wohnung mit einem anderen Menschen zu teilen. Nicht wirklich allein zu sein, obwohl niemand zu sehen oder zu hören war.

Tinkerbell gähnte ausgiebig und stoppte die Aufzeichnung. Sie brauchte zum Lernen länger als die meisten ihrer Kommilitonen, und heute fehlte ihr gänzlich die innere Ruhe.

Obwohl sie die sonore Stimme von Professor Singh klar und deutlich hörte – seine Angewohnheit, Fachbegriffe überzubetonen, als hänge von ihnen die Existenz der erwachten Welt ab, trieb sie manchmal an den Rand des Wahnsinns –, ergaben die Sätze keinerlei Sinn. Endloses Blabla ohne jeglichen Zusammenhang.

Nächte wie diese erinnerten Tinkerbell an die Zeit ihres Medizinstudiums. Auch damals hatte sie massive Lernschwierigkeiten gehabt und war mehr als einmal kurz davor gewesen, alles hinzuschmeißen. Dann war Mercury aufgetaucht, mit seinem Charme und diesen verdammten grünen Augen, und hatte sie in die Schatten gelockt. Na ja, gelockt war das falsche Wort. Halb zog er sie, halb sank sie hin ...

Tinkerbell gab dem Taschencomputer den Befehl, die letzten zehn Minuten der Aufnahme zu wiederholen.

»Warum hast du dich nie gemeldet?« Es waren ihre eigenen Worte, die nach wenigen Sätzen den Monolog des Professors erneut störten. Und Ashs Antwort: *»Ich wollte bloß vergessen, nicht an die Vergangenheit erinnert werden.«*

»Was ich getan hätte«, murmelte sie nachdenklich.

»Es hatte nichts mit dir zu tun. Dich trifft keine Schuld. Glaubst du mir das?«

Sie wollte es glauben, wollte es wirklich, wirklich glauben. Doch weder ihr Verstand noch ihr Herz ließen sich vollständig überzeugen.

Ein dumpfes Gefühl breitete sich in ihrer Magengegend aus, sehr vertraut aus den ersten Wochen nach seinem Verschwinden. Die Befürchtung, er wolle nichts mehr mit ihr zu tun haben, weil sie irgendetwas getan oder nicht getan hatte. Ashs Verhalten heute Nachmittag deutete darauf hin. Distanziert, entfremdet, verändert. Da konnte er ihr tausendmal erzählen, er habe sie vermisst. Vielleicht war es ihm auch bloß unangenehm, nach der langen Zeit unangemeldet aufzutauchen. Geschah ihm ganz recht.

Tinkerbell starrte ausdruckslos auf den Taschencomputer. Der Bildschirmschoner, ein hypnotisch waberndes Gebilde aus ständig wechselnden Formen und Farben, hielt ihren Blick gefangen.

Mit wachsender Besorgnis hatte sie damals auf einen Anruf, irgendein Lebenszeichen gewartet und schlaflose Nächte mit der Frage nach dem Warum verbracht. Warum meldet er sich nicht, warum hat er nicht gesagt, wohin er geht oder wenigstens eine Nummer hinterlassen, unter der ich ihn erreichen kann? Hab ich mir alles nur eingebildet? Die flüchtigen Berührungen, die Blicke?

Trotz seiner Erklärungen hatte sie nie richtig verstanden, weshalb er unbedingt allein gehen musste. In ihren Augen war es ein Fehler gewesen. Niemand konnte zu sich selbst finden, indem er sämtliche Brücken hinter sich abbrach und seine Freunde verließ.

Von allen Dingen hatte sie *das* am meisten getroffen. Zurückgelassen zu werden. Es ging nicht nur um sie, sondern auch um Taurus. Er hätte nach der OP einen Chummer gut brauchen können.

Er wollte sich nicht aufhalten lassen, doch hab ich es auch intensiv genug versucht? Der Gedanke kam Tinkerbell zum ersten Mal, und er hinterließ in ihrem Mund einen faden Nachgeschmack.

Begleitet von leisem Knacken lockerte sie ihre Nackenmuskeln und schaltete den Taschencomputer aus.

Es war nach halb eins und höchste Zeit, schlafen zu gehen.

Der Tourbus fuhr schnell, viel zu schnell. Ash schwankte, als sich das Fahrzeug mit Tempo in eine Kurve legte. Er wusste mit quälender Sicherheit, was in wenigen Minuten passieren würde, konnte es aber nicht verhindern. Gefangen in einem vorbestimmten Ablauf, wankte er zu seiner Schlafkoje und streifte Socken und Schuhe über. Wie von Geisterhand verschwanden nacheinander die anderen Kojen und ließen blanke graue Metallwände zurück. Trotzdem spürte er deutlich die vertraute Nähe guter Freunde. Während er nach hinten in die winzige Küche des Busses ging, kroch Schritt für Schritt ein lähmendes Gefühl des Verlustes und der Angst in ihm hoch.

Nicht umdrehen! Wenn du dich umdrehst, werden sie sterben!

Doch Ash hatte keine Gewalt über seine Handlungen. Wie ferngesteuert wandte er sich um und stand plötzlich am

Bug eines Schiffes. Der Horizont war tiefschwarz, und wo die Gischt der schweren See die Reling berührte, zerfiel das Metall zu Staub. Ein Schwall dunklen Wassers traf ihn aus dcm Nichts. Er taumelte zurück, stolperte und fand sich auf dem Boden eines Reisebusses wieder, umgeben von einem hochlodernden Flammenmeer aus kaltem, grauem Feuer. Kleidungsstücke lagen überall verstreut, Bettzeug, Musikinstrumente, Plastikflaschen. Über einen Teppich aus Glassplittern robbte er mechanisch vorwärts, auf einen schlanken Körper zu, den das Feuer auf wundersame Weise unberührt ließ. Keiko lag auf der Seite, zusammengerollt, wie ein friedlich schlafendes Kind. Er strich über ihr schwarzes Haar, schob eine Strähne zur Seite, die ihr Gesicht verdeckte ...

... und fuhr keuchend aus dem Schlaf hoch. Schweißüberströmt rang er nach Atem, doch seine Kehle war wie zugeschnürt. Er bekam keine Luft. Orientierungslos und in Panik, versuchte Ash aus dem Bett zu kommen. Auf halbem Wege verhedderte er sich mit einem Bein in der Bettdecke, verlor das Gleichgewicht und schlug der Länge nach hin.

Im Badezimmer ließ Tinkerbell vor Schreck die Zahnpastatube fallen.

Feuer, Blut, Dunkelheit.

Ash kauerte auf dem Boden und atmete stoßweise ein und aus.

Die Stimme in seinem Kopf versuchte ihm weiszumachen, es wäre bloß ein Albtraum gewesen.

Er glaubte ihr nicht.

Plötzlich durchbrach gleißendes Licht die Dunkelheit.

Eine Hand packte ihn an den Haaren und zerrte ihn brutal zurück. Er wurde durch den Bus geschleift, versuchte vergeblich, auf die Beine zu kommen. Dann wurde es schlagartig kühler, der Boden weicher. Die Hand verschwand ...

Etwas berührte Ash an der Schulter, und Verwirrung und Angst beschleunigten seine Reflexe. Er ballte die Hand zur Faust, fuhr herum ...

... und schlug Tinkerbell mitten ins Gesicht.

+ + +

Tinkerbell spritzte sich einen Schwall lauwarmen Wassers ins Gesicht und griff nach einem Handtuch. Während sie sich abtrocknete, betrachtete sie sich kritisch im Badezimmerspiegel. Ihre Nase hatte aufgehört zu bluten, und die rechte Wange war abgeschwollen und blass wie immer. Es hatte eine Weile gedauert, die Verletzungen zu heilen, doch sie konnte schlecht mit einem Veilchen zur Uni gehen. Sie hängte das Handtuch zurück an den Haken, zog das am Kragen blutverschmierte T-Shirt aus und streifte ein frisches über.

Ash war am Boden zerstört. Er konnte kaum glauben, was er getan hatte, und entschuldigte sich in einem fort. Sie schaute zur Tür, hinter der der Runner auf ihre Rückkehr wartete, und ließ kaltes Wasser ins Waschbecken laufen, um das T-Shirt einzuweichen. Er würde sich noch einen Moment gedulden müssen.

Tinkerbell brauchte einen Moment für sich allein, um sich zu sammeln. Ash hatte ihr einen Schrecken eingejagt, den sie so schnell nicht vergessen würde.

Gegen wen oder was wollte er sich so vehement verteidigen? Sie zwirbelte nachdenklich eine Haarsträhne um den Zeigefinger. Die Erinnerung an den Hafen kam zurück, an seine Aura, die ihr im Gegensatz zu früher schwach und blass vorgekommen war. Heute Nacht hatte sie einen ersten Eindruck bekommen, wie schlecht es ihm tatsächlich ging. Die letzten Monate mussten die Hölle gewesen sein!

Nicht zum ersten Mal machte sie sich Vorwürfe. Er hätte nicht allein gehen dürfen.

Ich hab ihn genauso im Stich gelassen wie er mich. Sie atmete tief durch und öffnete die Tür. Augen zu und durch.

Ash saß auf dem Sofa. Das rechte Bein hatte er ausgestreckt und auf den Couchtisch gelegt. Es hatte am meisten von dem Sturz aus dem Bett mitbekommen, und sein Knie würde morgen grün und blau sein. Als sie näher trat, wandte er den Kopf. Die Ringe unter seinen Augen wirkten noch tiefer als zuvor. Wie viele Nächte dieser Art hatte er bereits hinter sich? *Korrektur,* dachte Tinkerbell, *wie viele Nächte dieser Art hat er allein verbringen müssen?*

»Es geht mir besser«, beantwortete der Runner die Frage, bevor sie gestellt worden war. Er platzierte das Coolpack, mit dem er bis eben die Knöchel seiner linken Hand gekühlt hatte, auf dem lädierten Knie. Sie setzte sich neben ihn aufs Sofa und schlug die Beine übereinander. »Also, wovon hast du geträumt? Womit hab ich den Schwinger verdient?«

Der letzte Satz nötigte Ash ein unfreiwilliges Lächeln ab. »Wirres Zeug von der *Glen Roy* und dem Unfall mit dem Tourbus. War ein einziges Durcheinander von Erinnerungen. Ich bin aufgewacht, wollte aufstehen, hab die Kurve nicht gekriegt und mich trideoreif auf die Schnauze gelegt.« Wenn er ihr die Wahrheit erzählte, würde sie ihn einweisen lassen.

»Und der Schlag?«

Ja, der Schlag. Wie konnte er den plausibel erklären? »Irgendwas in meinem Kopf hat falsch geschaltet.« Er zuckte die Achseln, um die Sache zu verharmlosen. »Ich war noch nicht ganz da, und als du mich berührt hast, hab ich einen tierischen Schreck bekommen.«

»Nicht nur du.« Tinkerbells Gesichtsausdruck machte klar, dass sie die Angelegenheit überhaupt nicht amüsant fand. »Passiert dir so was öfter?«

Ihr forschender Tonfall passte Ash gar nicht, und seine scherzhaft gemeinte Antwort fiel eher spröde aus. »Was, dass ich Albträume habe oder dass ich meine Chummer niederschlage?«

»Du weißt, was ich meine.«

Heute war auf jeden Fall der absolute Höhepunkt, dachte er und schüttelte den Kopf. »Nein, war das erste Mal.«

»Dann ist ja gut.« Tinkerbell unterdrückte ein Gähnen. Von einer Sekunde auf die andere sah sie unheimlich müde aus.

»Was hältst du davon, wenn wir die Zimmer tauschen?«, schlug er vor. »Ich bleib hier und gucke ein bisschen Trid, und du hast für ein paar Stunden ein gemütliches Bett.« Er war nicht sicher, ob er selbst wieder einschlafen würde.

»Okay.« Sie war viel zu müde zum Diskutieren. »Was ist mit deinem Knie?«

»Ich werd's überleben, kein Grund, sich anzustrengen.«

»Weck mich, falls du was brauchst.« Die Elfe erhob sich träge. »Schlaf gut.«

Zuerst dachte Ash, es wäre ein Scherz, doch ihr Tonfall passte nicht dazu. Schließlich begriff er, dass Tinkerbell vor lauter Müdigkeit nicht aufgefallen war, was sie gesagt hatte.

Du auch, antwortete er in Gedanken. *Und bestell Bear einen schönen Gruß von mir. Der Traumfänger im Schlafzimmer ist kaputt.*

Kapitel 11

Ash saß auf dem Sofa, einen halb leeren Becher Soykaf in den Händen. Schwarz, zwei Stück Zucker, die übliche Magenfolter. Gegen fünf war er zwischen zwei Gameshows eingeschlafen und erst vor einer halben Stunde durch das Zuklappen der Schlafzimmertür wach geworden. Jetzt war es fast zehn Uhr, und während er den Tag ruhig angehen lassen konnte, lief Tinkerbell geschäftig von Raum zu Raum. Sie hatte verschlafen und den Beginn der ersten Vorlesung bereits verpasst.

Er gähnte und lockerte seine verspannten Schultermuskeln. ›Ausgeruht sein‹ fühlte sich definitiv anders an. Aber das Knie machte ihm dank des Coolpacks kaum zu schaffen, und der große schwarz-blaue Fleck auf der Kniescheibe würde bald verschwunden sein. Ein glimpflicher Ausgang für eine katastrophale Nacht.

»Ab heute schlafe ich auf dem Fußboden«, wiederholte er seinen Schwur von der *Glen Roy* und griff nach dem Taschencomputer, der neben ihm auf dem Sofa lag.

Er schaltete ihn ein und rief eine Datei auf, die eine Sammlung von Nachrichtenmeldungen aus Seattle enthielt. Die wichtigsten Ereignisse der letzten vier Wochen. Es konnte nicht schaden, zumindest ansatzweise auf dem neuesten Stand zu sein. Aus Neugier hatte er erneut nach Berichten über die *Glen Roy* gesucht und wieder nichts gefunden. Proteus hatte den Zwischenfall erfolgreich verschleiert.

Er trank einen Schluck Soykaf und überflog mäßig interessiert die Sportmeldungen.

»Ist das alles?« Tinkerbell kam aus der Küche, eine angebissene Scheibe Marmeladenbrot in der Hand. Sie trug noch ihre Schlafsachen. »Dein Magen wird sich bedanken.« Die Elfe biss erneut vom Brot ab und verschwand im Schlafzimmer.

»Der kennt das nicht anders«, rief Ash ihr hinterher und erntete gedämpftes Gelächter. Wenn sie lachte, konnte sie nicht zu sauer über die unterbrochene Nachtruhe sein. Oder sie verbarg es geschickt.

»Ernsthaft«, hörte er die Stimme der Elfe hinter der Tür. »Iss was. Ich hab sogar wabbeligen Buttertoast und Nougatcreme, falls das deinem Gourmetgaumen mehr zusagt.«

Nougatcreme. Ash lief allein bei dem Wort das Wasser im Mund zusammen. Er schloss die Nachrichtendatei, legte den Taschencomputer auf den Tisch und ging in die Küche.

Im Schlafzimmer stand Tinkerbell unschlüssig vor dem offenen Kleiderschrank und steckte sich den letzten Bissen Brot in den Mund. Die Zeit drängte, aber wie häufig in solchen Momenten, konnte sie sich nicht für ein passendes Outfit entscheiden. Entnervt wählte sie ein an den Seiten kniehoch geschlitztes Kleid aus beigefarbenem Leinenimitat. Schlicht, bequem und dem Wetter angemessen. Gestern Abend hatte es zwar urplötzlich wie aus Eimern geschüttet, doch heute Morgen schien wieder die Sonne, und der Tag versprach warm zu werden.

Sie zog sich rasch um und schnappte sich ihren Rucksack.

Als sie ins Wohnzimmer zurückkam, war das Sofa verlassen. Dafür hörte sie in der Küche die Kühlschranktür klappen.

Na also. Tinkerbell massierte sich müde das Nasenbein und überlegte angestrengt, ob sie etwas vergessen hatte. Falls ja, würde es ihr spätestens in dem Augenblick einfallen, in dem sie es brauchte.

Ihr war unwohl bei dem Gedanken, Ash allein zu lassen. Nicht weil er etwas aus der Wohnung entwenden oder spontan eine wilde Party veranstalten könnte, sondern weil ihr eben unwohl dabei war. *Ich bin weder seine Mutter noch sein Babysitter,* dachte sie genervt. Er hatte die vergangenen Monate gut allein überstanden, da machten ein paar Stunden mehr keinen Unterschied.

Wenn er etwas Dummes anstellen wollte, würde sie ihn kaum davon abhalten können.

Außerdem duldete die Hausarbeit keinen Aufschub, und ausgerechnet für heute hatte man ihr ein wichtiges Buch zum Thema Magiegeschichte reserviert, von dem es natürlich keine Scans gab. Was sprach eigentlich dagegen, die alte Bibliothek komplett einzuscannen und in Chipform aufzubewahren? Sparte jede Menge Platz, das ewige Abstauben und Restaurieren, und bei Bedarf konnten mehrere Kopien eines Chips angefertigt werden. Anders als viele der Studenten konnte die Elfe den vergilbten, staubig und streng riechenden Originalausgaben wenig abgewinnen. Sie saß lieber mit einem Taschencomputer und einer Tasse Soykaf auf dem Sofa, scrollte durch die uninteressanten Passagen und bediente sich der unentbehrlichen Suchfunktion.

Tinkerbells Blick fiel auf Ashs Taschencomputer. Sie runzelte die Stirn und schaute zur angelehnten Küchentür. Nach kurzem Zögern schlich sie zum Sofa und drehte das Gerät herum. Es war ein unerlaubtes Eindringen in seine Privatsphäre, und was immer der Runner angeschaut hatte, ging sie rein gar nichts an. Doch sie konnte nicht widerstehen. Mehr zu ihrer Erleichterung als Enttäuschung war das Display beinahe leer. Keine geöffneten Geheimdateien, bloß vier Icons auf schwarzem Hintergrund und in der Mitte ein Vierzeiler in weißer Schrift:

›When I'm one with the world I am one with my mind
Forget all the fury there's no need to cry.
There's a place we all go, salvation to find.
There's freedom to come when I'm one with the world
and my mind.‹

Die Worte jagten ihr einen kribbelnden Schauder über den Rücken. So voller Hoffnung, Optimismus und Einsicht. Mit diesen wenigen Zeilen drückte Ash mehr aus, als er es vermutlich je in einem persönlichen Gespräch gekonnt hätte: *Ich komme wieder auf die Beine. Ich werde mich erholen und eines Tages liegen all die schrecklichen Erinnerungen weit hinter mir.*

Doch da schwang noch ein anderer, dunklerer Unterton mit, den sie erst beim zweiten Lesen entdeckte. Der jemandem, der die Vergangenheit des Runners nicht kannte, vermutlich entgangen wäre: *Ich habe noch einen langen Weg vor mir. Noch bin ich nicht am Ziel, und vielleicht werde ich es nie erreichen.*

Vor den Augen der Elfe verwandelten sich die hoffnungsvollen, optimistischen Zeilen in eine verzweifelte Durchhalteparole. Zum ersten Mal glaubte sie zu erahnen, wie schlecht es Ash wirklich ging.

Diesmal war der Schauder eisig.

»Tolles Kleid.«

Tinkerbell fuhr erschrocken herum.

Der Runner lehnte in der offenen Küchentür, ein Frühstücksbrett mit vier Scheiben Nougattoast in der Hand. »Steht dir gut«, fügte Ash hinzu und verzog bewundernd das Gesicht. Es schien ihm nicht das Geringste auszumachen, sie in einer derartig verfänglichen Situation erwischt zu haben.

»Äh, danke«, stammelte Tinkerbell verlegen und spürte, wie ihr das Blut in die Wangen schoss. Sie fühlte sich wie ein Ladendieb, den man mit den Fingern zwischen den Videochips ertappt hatte. Da half auch das Kompliment nicht.

Ash biss von einer der Toastscheiben ab und kaute genüsslich. »Mhm, hab ich seit einer Ewigkeit nicht mehr gegessen.«

»Der Text gefällt mir.« Sie räusperte sich. »Ist er von dir?« Eine neugierige Frage würde kaum mehr Schaden anrichten.

Er schmunzelte. »Nein, der ist uralt. Ich hab den Song beim Stöbern in der Matrix gefunden, und der Refrain hat mich glatt umgehauen.« Ash wischte sich einen Rest Nougatcreme aus dem Mundwinkel und biss erneut vom Toast ab.

Der Refrain hat mich glatt umgehauen. Das klang so locker und sorglos, dass sich Tinkerbell unweigerlich die Frage aufdrängte, ob sie mit ihren wilden Interpretationen nicht vollkommen daneben lag.

»Ich hab den Song irgendwo gespeichert. Falls du ihn mal hören willst. Die Aufnahmetechnik ist zwar ziemlich rückständig, klingt aber trotzdem toll.«

»Gern, vielleicht nachher.« Sie schaute auf die Uhr. Viel zu spät dran.

»Lass dich nicht aufhalten.« Ash stieß sich vom Türrahmen ab und ließ sich auf dem Sofa nieder. »Ich komm klar.«

»Ich bin in vier Stunden zurück, eventuell dauert es etwas länger. Für den Notfall liegt eine zweite Schlüsselkarte in der obersten Schublade vom Schuhschrank. Meine Nummer ist im Telekom gespeichert.«

»Hey, kein Stress. Ich werde Trideo gucken und ein bisschen in der Matrix rumstöbern. Vielleicht finde ich was Neues über Dunkelzahn.«

Tinkerbell runzelte die Stirn. »Ich hab mich kaum mit der Wahl beschäftigt. Ist mir alles zu politisch.«

»Das haben Wahlen so an sich.« Ash grinste das wissende Grinsen des politisch mündigen Bürgers. Dafür hasste sie ihn in diesem Augenblick sehr.

»Du weißt, dass Dunkelzahn heute Nachmittag hier in Seattle eine Rede hält?« Sie hatte den Satz kaum beendet, als ihr klar wurde, welchen Schaden sie damit anrichten konnte. *Toll, Tinkerbell, gut mitgedacht!*

»Klar. Ich würde sofort hingehen, aber bei den vielen Kameras ... Die Zeiten, in denen ich mich gefreut habe, mein Gesicht im Trideo zu sehen, sind eindeutig vorbei.«

Puh, zum Glück war er vernünftig. »Einige meiner Kommilitonen werden sich den Auftritt nach der Uni ansehen.«

»Aber du hast keine Lust?«

Nein, eigentlich nicht. Tinkerbell zuckte die Achseln. »Mal sehen.«

»Schau ihn dir an. Sonst verpasst du vielleicht *das* Ereignis des Jahrhunderts.«

»Ich denk drüber nach.« Wieso konnte nicht Ash der Politikignorant sein? Dann hätte sich das Problem von selbst gelöst.

Nachdem die Elfe gegangen war, saß Ash eine Weile auf dem Sofa und stopfte sich mit Nougatcremetoast voll. Sein Magen reagierte launisch auf die Unmengen von Nahrung, was ihn aber nicht davon abhielt, sich zwei weitere Scheiben zu genehmigen. War es ein Fehler gewesen, ohne Tinkerbell zu gehen? Der Gedanke kam ihm nicht zum ersten Mal. Manchmal wäre es schön gewesen, jemanden zu haben, mit dem man über alles reden konnte. Der einen in den Arm nahm und festhielt, wenn es ganz schlimm wurde. Die Chance hatte er vertan, und es war sinnlos, weiter darüber nachzugrübeln.

Ash brachte kauend das Geschirr in die Küche und ging danach ins Schlafzimmer.

Er holte den Metallkoffer unter dem Bett hervor und wählte als Garderobe eine schwarze Hose aus einer Polyester-Elasthan-Mischung und ein weinrotes Viskosehemd.

Nachdem er sich umgezogen hatte, öffnete er die Knöpfe der Manschetten, weil sie über den Armbändern scheuerten, und holte den Colt Manhunter aus dem Koffer. Er kontrollierte die Waffe und steckte sie hinten in den Hosenbund. Wenn Tinkerbell wüsste, was er vorhatte, würde sie ihm den Kopf abreißen. Doch es gab etwas zu erledigen, was keinen Aufschub mehr duldete.

Zehn Minuten später trat er aus dem Hauseingang, setzte trotz des sonnigen Wetters die schwarze Mütze auf und machte sich auf die Suche nach einem Automatentaxi. Schließlich fand er eines, nahm auf der Rückbank Platz und nannte eine Adresse in der Nähe der Barrens.

Als das Taxi eine Weile darauf vor einem Shoppingcenter hielt, bezahlte er und stieg aus. Ohne das Kaufhaus eines Blickes zu würdigen, ging er zu Fuß weiter, bog in eine schmale Seitenstraße ein und machte sich auf den Weg in die Barrens. Bereits nach wenigen Metern begann er in der schwarzen Jeansjacke zu schwitzen. Leider war sie nötig, um die Pistole zu verbergen.

Anfangs waren die Häuser noch bewohnt und nur leicht verfallen. Auf den Straßen und Gehwegen herrschte reges Treiben, die Fassaden waren kaum mit Graffitis beschmiert und die unvermeidlichen Holoplakate der Parteien meist unversehrt. Auf ein Dunkelzahn-Plakat hatte irgendein Idiot quer in roter Krakelschrift ›No Wyrms‹ geschrieben. Der Verkehr auf den Straßen nahm nun zusehends ab, und auch die Passanten verschwanden, bis die Gegend wie ausgestorben wirkte. Hier gab es keine Gardinen und Vorhänge mehr vor den Fenstern, und die Zahl der kaputten Scheiben häufte sich. Oft verhinderten Plastik- oder Sperrholzbretter einen Blick ins Innere der Gebäude, von denen viele förmlich nach der Abrissbirne riefen. Die Wahlplakate verschwanden von den Straßenlaternen und Stromkästen, und wenn es sie gab, waren sie entweder bis zur Unkenntlichkeit beschmiert oder zerstört worden. Die wenigen Fahrzeuge und Passanten, denen Ash hier begegnete, bewegten sich ausschließlich in die ihm entgegengesetzte Richtung. Raus aus den Barrens und hinein in bewohntere Viertel. Zwischen ausgeschlachteten Autos, umgestürzten Einkaufswagen und ausgebrannten Müllcontainern schliefen Squatter auf dünnen Decken oder schlurften auf der Suche nach Essbarem oder Wertgegenständen von einem Müllcontainer zum anderen. Ash passierte einen Ork in dreck- und blutverkrusteten Lumpen, der in einem Hauseingang saß, eine Plastikschüssel in der Hand hielt und gierig einen hellgelben Brei mit undefinierbaren Stückchen in sich hineinschaufelte. Die bedauernswerte Gestalt verströmte das herbe Parfum der Mittellosen, eine penetrante Mischung aus Urin, Erbrochenem, Schweiß und billigem Fusel. Der Gestank ging weit über die normalen Körperausdünstungen der

Orks hinaus, und dem Runner verschlug es sprichwörtlich den Atem.

Er beschleunigte seinen Schritt und holte erst zehn Meter weiter wieder Luft. Dann hielt er unvermittelt inne. Kein Geräusch war mehr zu hören. Als habe er eine unsichtbare Linie überschritten, herrschte plötzlich absolute Stille. Straßen und Gehwege waren leer, kein Mensch weit und breit, kein verirrter Vogel, nicht einmal diese widerlichen Teufelsratten ließen sich blicken. Sogar der Wind hatte aufgehört, Abfall über die Straße tanzen zu lassen. Der gesamte Straßenzug schien Ash zu belauern. Obwohl er niemanden sah, spürte er deutlich, dass zahlreiche Augenpaare jeden seiner Schritte verfolgten. Aus einem Impuls heraus zog er den Colt und hielt ihn gut sichtbar auf Höhe des linken Oberschenkels. Er ging langsam weiter, ohne Eile, als fühle er sich tatsächlich wohl in seiner Haut. Und nicht bis zum Zerreißen angespannt und nervös.

Es hatte gute Gründe gegeben, Spit nach dem ersten Treffen nur als Connection für den äußersten Notfall einzustufen. Der Typ war nicht nur extrem gestört, sondern hauste außerdem viel zu nahe am Herzen der Barrens. Dem Ort, um den man selbst bei Tageslicht besser einen großen Bogen machte. Es wäre leichter gewesen, eine seiner Stammconnections zu beehren, aber im Augenblick konnte Ash auf jedes unnötige Risiko verzichten. Je weniger Menschen von seinem Aufenthalt in der Stadt wussten, desto geringer das Risiko.

Spit einen ordinären Dealer zu nennen, wurde dem Mann nicht gerecht. Natürlich konnte er mit der üblichen Palette harter und weicher Drogen aufwarten und alle möglichen Varianten von BTL-Chips besorgen. Doch sein Angebot umfasste ebenfalls alle erdenklichen Arten von Pflastern, Wahrheitsseren und Medikamenten. Ein Besuch bei Spit ersparte manchen Termin beim Schattendoc. Allerdings war der Mann selbst sein bester Kunde, was ihn zu einem unberechenbaren Zeitgenossen machte.

Ein Stück weiter die Straße runter entdeckte Ash das gesuchte Gebäude – eine halb verfallene Bruchbude, deren grauer Außenanstrich unter den unzähligen Graffitis kaum zu erkennen war.

Er überquerte die Straße und stand schließlich vor dem ehemaligen Ärztehaus. Ein vergilbtes Plastikschild wies auf vier verschiedene Praxen hin, die hier einmal ihren Sitz gehabt hatten.

Ash beschloss, von Anfang an klare Verhältnisse zu schaffen, und steckte den Manhunter gut sichtbar vorne in den Hosenbund.

Das Plastikschild neben der Eingangstür war lediglich mit einer Schraube befestigt, die oben in der Mitte saß. Der Runner schob es mit zwei Fingern zur Seite und schräg nach oben. Darunter war ein flacher Klingelknopf. Er drückte ihn und wartete geduldig. Wenn Spit sich in der Zwischenzeit weder eine Kugel eingefangen noch das Hirn weggechipped hatte, sollte bald jemand auftauchen.

Eine kleine Ewigkeit später öffnete sich im Gebäude links von ihm die Eingangstür, und ein junger Mann mit verfilzten braunen Haaren steckte den Kopf heraus. Ash glaubte, ihn beim letzten Mal an Spits Seite gesehen zu haben, war aber nicht sicher.

»Tag«, grüßte er knapp.

Die Antwort war ein äußerst misstrauischer Blick aus trüben Augen. »Was willste?«

»Mein Hund hat morgen Geburtstag, und ich suche ein Geschenk für ihn.«

Sein Gegenüber wurde um einiges aufmerksamer. »Wie heißt'n dein Hund?«

Der Runner wahrte eine ernste Miene. »Lofwyr.« Spit und seine bescheuerten Codes. Hoffentlich stimmte der wenigstens noch.

»Pft, wann warste das letzte Mal hier? Is ja antik, die Nummer.«

»Ist eine Weile her.« Er verkniff es sich, ein ›Klugscheißer‹ ranzuhängen.

Sein Interviewer runzelte die Stirn. Seinem verkrampften Gesichtsausdruck zufolge versuchte er unter Aufbietung sämtlicher Gehirnzellen eine Entscheidung zu treffen. Schließlich verschwand er wortlos wieder im Haus.

Wahrscheinlich halten die mich für einen Bullen und legen mich um. Ash wartete reglos ab. Amüsante Vorstellung.

Er wäre bestimmt nicht der Erste, der wegen einer Verwechslung dieser Art ins Gras biss.

Er hatte kaum zu Ende gedacht, als sich die Eingangstür des Ärztehauses wie von Geisterhand einen Spalt öffnete. Die Hand am Griff des Colts, schob Ash die Tür mit dem Fuß auf und trat in die quadratische Eingangshalle. Zu jeder Seite gingen zwei Türen ab, und auf der gegenüberliegenden Seite führte eine Treppe nach oben und eine nach unten. Der Boden war mit einer dicken Schicht aus Staub und Dreck bedeckt, doch ein ›Trampelpfad‹, der vom Eingang zu den Treppen führte, zeugte von regelmäßigen Besuchern. Ein klarer Wegweiser, auffälliger ging es kaum. Ash schüttelte den Kopf, trat in die Fußspuren seiner zahlreichen Vorgänger und folgte diesen bis zur Kellertreppe. Seine unauffällige Suche nach Kameras oder Lichtschranken blieb erfolglos. Falls es sie gab, waren sie gut versteckt.

Am Fuß der Kellertreppe traf er den nervösen jungen Mann wieder, der wortlos in einen schummrig beleuchteten Korridor hinter sich deutete. Ash ging an ihm vorbei und rümpfte die Nase über den aufdringlich-herben Geruch nach billigem Aftershave, den der andere ausströmte.

Mehrere Schritte und eine weitere Treppe später fand sich Ash in einem zubetonierten, von Mauern umgebenen Hinterhof wieder. In einer Ecke, nahe einer weiteren Kellertür, lungerten vier Jugendliche in schwarz-gelber Ganguniform auf Matratzen herum. Sie nahmen keinerlei Notiz von ihm, sondern starrten auf ein tragbares Trid, das vor ihnen auf einer niedrigen Plastikkiste stand. Weiter abseits saß einer ihrer Chummer auf dem nackten Boden und wiegte den Oberkörper mit ausdruckslosem Blick langsam vor und zurück. Dabei seilte sich aus seinem linken Mundwinkel ein stetiger Sabberstrom ab.

Ash hatte sich selten so fehl am Platz gefühlt. Diese Jungs und Mädels waren Kinder, was hatten die hier zu suchen?

»Ah, Kundschaft«, begrüßte ihn eine krächzende Stimme von rechts.

Dort entdeckte er Spit in einem klapprigen Sonnenstuhl. Der Dealer hatte dieselbe Frisur wie bei seinem letzten Besuch, einen neonblauen Irokesen mit rosafarbenen Spitzen. Dazu trug er eine abgewetzte Cordhose und ein gestreiftes Hemd.

Aus der Entfernung und mit etwas gutem Willen konnte man Spit wegen des Haarschnitts für einen Ganger halten. Beim Näherkommen verschwand der Eindruck. Grau-gelber Teint, eingefallene Wangen und tiefe Furchen um Mund und Nase gaben dem Dealer das Aussehen eines alten Mannes. Schwer zu glauben, dass er mindestens drei Jahre jünger war als Ash.

Zwei, drei Meter von dem Dealer entfernt lag ein junger Mann mit schwarzem Stoppelhaarschnitt ausgestreckt auf dem Boden, den Kopf auf eine Reisetasche gebettet, die Arme vor der Brust verschränkt. Er schien fest zu schlafen, doch Ash vermutete, dass er mit einer Waffe in der Hand auf ein geheimes Stichwort des Dealers wartete.

Der Runner wandte sich wieder Spit zu, der inzwischen seinen knochigen Körper aus dem Stuhl hochgequält hatte. Unter seinem rechten Unterschenkel verborgen lag eine schwere Pistole. Er nahm sie an sich und setzte sich steifbeinig in Bewegung.

»Welch Glanz in meiner bescheidenen Hütte.« Der junge Mann offenbarte grinsend zwei gelbliche Zahnreihen voller Lücken. »Was verschlägt einen Typen wie dich in die Barrens?« Seine Augenlider und Mundwinkel zuckten nervös und nahmen sekundenlang die gesamte Aufmerksamkeit des Dealers in Anspruch. Als er sich wieder unter Kontrolle hatte, maß er Ash. »Bulle biste nich.«

»Ach?«, erwiderte der Runner unbeeindruckt. »Und das erkennst du woran?«

»Na, die Mütze, der Nagellack, die Klamotten.« Spit zog hörbar die Nase hoch und spuckte einen Schleimklumpen aus. »Is echt ’ne Nummer zu hart!«

Ash warf ihm über den Rand der Smartbrille hinweg einen abschätzenden Blick zu. »Wenigstens bin ich nicht farbenblind.«

Sein Gegenüber glotzte ihn ungläubig an und brach dann in schallendes Gelächter aus. Es klang wie das hysterische Wiehern eines Pferdes, und ein feiner Spuckeregen ging auf Ash nieder.

»Du bist witzig.« Der Dealer grinste breit und wurde dann von einer Sekunde auf die andere todernst. »Durchsuch ihn.«

Von hinten kündigte eine Aftershavewolke den braunhaarigen Jungen an, und Ash streckte bereitwillig die Arme aus. Zwei Sekunden später tasteten zittrige Hände seinen Körper ab. Der Braunhaarige huschte routiniert einmal um ihn herum und sagte danach mit Blick auf den Colt: »Is sauber, bloß die Knarre.«

Spit nickte zufrieden und verschränkte abwartend die Arme vor der Brust. »Also, was willst du?«

»Eatan«, nannte Ash den Namen des Schlafmittels, das ihm in Spanien so gute Dienste geleistet hatte. »Je größer die Packung, desto besser.«

»Verstehe.«

Etwas im Blick seines Gegenübers änderte sich, und ein irritierendes Gefühl sagte dem Runner, dass Spit ihn vorher mehr respektiert hatte.

»Dev, beweg deinen Hintern«, befahl der Dealer, ohne sich umzudrehen. Hinter ihm kam der Mann mit dem Stoppelschnitt behände auf die Beine und schnappte sich die Reisetasche. Er kam neben seinem Boss zum Stehen, öffnete den Reißverschluss und hielt sie ihm hin.

»Pillen, Pflaster oder flüssig? Flüssig müsste ich besorgen.«

»Pillen.«

Nach einigem Suchen förderte Spit zwei Tablettendosen zu Tage und warf Ash eine von ihnen zu. Es war eine Klinikpackung mit zweihundert Stück, originalverpackt, ohne Spuren von Manipulation am Sicherheitsverschluss.

Der Runner überflog rasch das Etikett – Eatan® 10 mg, 300 Filmtabletten, Wirkstoff: Nitrazepam – und nickte.

»Macht vierhundert. Außer«, hob der Mann an und Ash, der grad seinen Credstick rausgesucht hatte, hielt inne. »Außer, du willst mal was Stärkeres probieren.« Mit einem schelmischen Grinsen hielt Spit die andere Dose hoch. »Sind der totale Bringer, nehm ich selbst. Befördern dich innerhalb von Sekunden ins Nirwana.« Ein erneutes Gewitter schüttelte sein Gesicht, und Ash lief eine Armee unsichtbarer Ameisen über Rücken und Arme.

»Danke, die hier reichen vollkommen aus.«

»Klar, sicher, aber die Dinger kannst du nicht ewig einwerfen. Dein Körper gewöhnt sich dran. Irgendwann fängste an, zwei zu nehmen, dann drei, und eh du dich versiehst, liegste sechs Fuß tief in einem schicken Sperrholzsarg.«

Ashs entsetzter Gesichtsausdruck löste bei Spit erneut das wiehernde Gelächter aus. »Mann, du kaufst grad 'ne Familienpackung von dem Drek! Erzähl mir nicht, dass du erst seit gestern schlecht schläfst.«

Ash unterdrückte den Impuls, Spit das vorlaute Maul zu stopfen. Stattdessen hielt er ihm den Credstick hin.

Der Dealer zuckte die Achseln. »Deine Entscheidung.«

Sein schwarzhaariger Kollege griff erneut in die Reisetasche und reichte Spit einen Taschencomputer.

»Aber glaubs mir, Mann, früher oder später steigen die meisten sowieso um.« Spit reichte Ash den Credstick zurück und zeigte sein Zahnlückengrinsen. »Ich sprech aus Erfahrung.«

»Deine Erfahrung interessiert mich 'nen feuchten Drek.« Ashs gezischte Antwort ließ das Grinsen verblassen.

Der Runner wandte sich um, stieß mit der Schulter ruppig den braunhaarigen Jungen aus dem Weg und marschierte zurück zur Kellertür.

Kapitel 12

Ich weiß, was ich tue. Ash hastete mit abwesendem Blick die Straße entlang. *Ich brauche keine Ratschläge von Junkies!*

Er hatte die Barrens verlassen und lief seit einer halben Stunde entschlossen, wenn auch ziellos durch Seattle. Das tiefe Gefühl der Empörung verstärkte sich mit jedem Schritt. Er verspürte ein unbändiges Verlangen, zurückzugehen und Spit klar zu machen, dass er die Situation absolut falsch interpretiert hatte. Der Typ hatte einen vollkommen verkehrten Eindruck gewonnen. *Ich bin nicht wie er!* Ash blieb vor einem Schaufenster stehen, nahm die Smartbrille ab und betrachtete sein Spiegelbild. Er sah nicht halb so fertig aus wie befürchtet, leider auch nicht halb so gesund, wie er es sich gewünscht hätte.

Kein Wunder, nach allem, was geschehen war.

»Früher oder später steigen die meisten sowieso um.« Ash spürte das Gewicht der Tablettendose, die er mit Mühe in die Innentasche der Jacke gequetscht hatte. *Ich bin nicht ›die meisten‹*, fiel ihm viel zu spät eine passende Antwort ein. Zugegeben, die Zeiten, in denen er mit einer Schlaftablette pro Nacht ausgekommen war, lagen eine Weile zurück, aber deshalb war er noch lange kein Junkie!

Er atmete einige Male tief durch, straffte sich und setzte die Smartbrille wieder auf. Die Situation war unter Kontrolle, und daran würde sich auch in Zukunft nichts ändern. Spit war ein blöder Arsch, der sich einen Spaß daraus machte, andere Leute zu verunsichern. Vermutlich konnte er es nicht ertragen, dass es Menschen auf diesem Planeten gab, die ihren Medikamentenkonsum im Griff hatten.

Wenn ich sonst nichts auf die Reihe kriege ...

Ash schaute sich um, unschlüssig, was er tun sollte. Zurück zur Wohnung wollte er noch nicht, doch sinnlos in der Gegend herumzulaufen, machte auf Dauer keinen Spaß. Die Gegend kam ihm bekannt vor, aber woher?

Der Friedhof, durchzuckte es ihn, und er blieb mitten auf dem Bürgersteig stehen, während ein stetiger Fußgängerstrom an ihm vorbeizog. Der Friedhof war keine gute Idee, überhaupt keine gute Idee! Obwohl es nach der vergangenen Nacht vielleicht eine ganz heilsame Erfahrung wäre.

Nein. Nein, nein, nein! Weshalb ging er nicht stattdessen zu dem Platz, wo Dunkelzahn die Rede halten sollte, und schaute sich die letzten Vorbereitungen an? Wenn er schon die Rede selbst vom Trideo aus verfolgen musste, konnte er wenigstens das tun. Das genervte Grummeln eines älteren Herrn machte Ash klar, dass er den Weg blockierte, und er flüchtete in ein nahes Selbstbedienungscafé. Eine Tasse Soykaf und ein Stück Sojatorte halfen vielleicht beim Nachdenken.

Es war zehn nach eins, als Ash sein Tablett mit der halbvollen Kaffeetasse und den Resten der Himbeertorte auf das Laufband für benutztes Geschirr stellte und auf die Straße hinaustrat. Er wandte sich nach links und ging entschlossenen Schrittes die Straße hinunter. An der nächsten Ecke bog er wieder links ab, und wenige Minuten später tauchte auf der anderen Straßenseite entfernt eine Steinmauer auf. Hinter der Mauer ragten zahlreiche Bäume mit weit ausladenden Kronen auf. Der Friedhof.

Ashs Herzschlag beschleunigte sich, und plötzlich waren seine Hände feucht und eiskalt.

Du hattest in der Tat Sehnsucht nach alten Freunden, Chummer.

Auch Dillon lag hier, sein Jugendfreund, dessen Tod quasi der Beginn seiner Karriere in den Schatten gewesen war.

An Dillon habe ich seit einer Ewigkeit nicht gedacht. Dabei haben wir uns damals so nah gestanden. Ash zwang sich zum Weitergehen und machte erst Halt, als er vor dem großen schmiedeeisernen Tor stand. Dahinter entdeckte er zu beiden Seiten eines Kiesweges die ersten Grabsteine. Dicht an dicht gesetzt, verwittert und moosbewachsen, wie die Mauer, über die Tinkerbell und er beim letzten Besuch klettern mussten. Heute stand das Tor weit offen. Ash betrat zögernd den Kiesweg und blieb stehen. Versuchte, das dumpfe schwere Gefühl in der Magengegend zu ignorieren und die Torte bei sich zu behalten, die zurück nach oben drängte. Er schluckte hart, doch der dicke Kloß im Hals machte sogar das Atmen schwer. Allein zu kommen, war keine gute Idee gewesen. Das Letzte, was er brauchte, war allerdings Tinkerbell, die ihn tröstend in den Arm nahm. Wenn er erst mal anfinge zu heulen, würde er so schnell nicht wieder aufhören.

Plötzlich wurde ihm bewusst, dass er seit einer Ewigkeit reglos auf einen der Grabsteine starrte. Zum Glück rechneten die meisten Friedhofsbesucher mit derartigem Verhalten, trotzdem ging er rasch weiter. Jetzt, da er sich einmal entschieden hatte, wollte er keine Minute mehr vergeuden.

Obwohl er beim ersten Besuch geistig vollkommen weggetreten gewesen war, erinnerte er sich an jeden Meter des Weges. Eine Kapelle, die entfernt zwischen den Bäumen aufragte, diente ihm zusätzlich als Wegweiser.

Das Gras war noch feucht von dem Regenguss, der gestern beinahe die Stadt ertränkt hatte, trotzdem ging er querfeldein, ohne sich um die vorgeschriebenen Wege zu kümmern; es war niemand da, der ihn zurechtweisen konnte.

Wie ausgestorben, dachte er und musste schmunzeln.

An einer Wegbiegung blieb er stehen, nahm die Smartbrille ab und schaute sich um. Bis auf vereinzeltes Vogelgezwitscher und entferntes Motorenbrummen von einer der Hauptstraßen erfüllte andächtige Stille den Friedhof. Er atmete tief durch, um die angespannten Nerven zu beruhigen, und setzte die Brille wieder auf.

In dem Moment, als er vom Rasen auf einen der breiten Wege wechselte, durchbrach das leise Summen einer Rasenmäherdrohne die Stille.

Das knirschende Geräusch seiner Schuhsohlen auf dem Kies klang plötzlich unangemessen laut. Ash ging zurück auf den kurz geschnittenen Rasen und entdeckte im selben Moment einen anderen Friedhofsbesucher: Einen hageren, dunkelhaarigen Mann, der ausgewaschene Blue Jeans und eine abgewetzte Lederjacke trug. Er hockte neben einem Grab mit einer Engelsstatue und hielt offenbar innige Zwiesprache mit dem oder der Verstorbenen.

Je näher Ash dem Fremden kam, desto stärker wurde das Kribbeln in seinen Fingerspitzen. Irgendetwas beunruhigte ihn, doch er konnte es an keinem bestimmten Punkt festmachen. Die Finger seiner linken Hand zuckten nervös, aber er griff nicht zur Waffe. Sein Blick suchte die Umgebung nach einer Deckung für den Notfall ab. Die bot sich in Form eines massiven Grabsteins auf der rechten Seite des Wegs, wenige Meter von dem Dunkelhaarigen entfernt.

Mach dich nicht lächerlich, schaltete sich der vernünftige Teil seines Gehirns ein. *Du bist wirklich ein paranoider Spinner!*

Plötzlich fuhr der Mann herum, und ehe Ash einen weiteren Gedanken fassen konnte, standen sie sich mit gezogenen Waffen gegenüber. Er zwinkerte verblüfft hinter der Smartbrille, froh, dass die getönten Gläser den dämlichen Ausdruck in seinen Augen verdeckten. Falls es eine bessere Methode gab, sich in tödliche Schwierigkeiten zu bringen, fiel sie ihm nicht ein.

Für eine schier endlose Zeitspanne starrten sie sich wortlos an, die Waffen aufeinander gerichtet. Der Dunkelhaarige überragte ihn um ein gutes Stück, und eine hässliche, entstellende Narbe zog sich quer über seine linke Gesichtshälfte. Der Mann musterte Ash aus stechenden Augen und schien intensiv nachzudenken. Vielleicht dämmerte ihm, dass sie sich gerade in aller Öffentlichkeit zu Vollidioten machten. Die Pistole in seiner Hand war ebenfalls ein Colt Manhunter. Zumindest in der Beziehung hatten sie einen ähnlich guten Geschmack.

Sein Gegenüber ergriff schließlich das Wort: »Hi.«

Der Eisbrecher für jede Party. Ash verkniff sich ein Schmunzeln. Die Situation entbehrte nicht einer gewissen Komik.

»Du bist nicht hier, um mich zu erschießen, nehme ich an?«, fuhr der Mann fort, die Stimme rau und heiser.

»Das ist ein Friedhof, Chummer«, gab Ash zurück. »Hier liegen schon genug Tote.«

»Möchte man meinen.«

Falls der andere die Bemerkung amüsant fand, ließ er es sich nicht anmerken.

»Ich hatte eigentlich vor, heute mal zur Abwechslung niemanden zu erschießen«, gab Ash zurück. »Aber mit den guten Vorsätzen ist das so eine Sache.« *Ich neige dazu, sie zu brechen.*

»Oh, ich habe nichts dagegen, heute jemanden zu erschießen. Ich brenne sogar darauf.« Die Miene seines Gegenüber wirklich plötzlich wie versteinert, und die Umgebungstemperatur rutschte deutlich in den Minusbereich.

Jetzt. Wenn überhaupt, dann jetzt. Eine falsche Bewegung würde genügen, und es wäre vorbei. Vermutlich für sie beide.

Dann produzierte der Mann ein verkrampftes, durch die Narbe leicht entstelltes Lächeln. »Aber nicht dich.«

Ash hatte den Griff um die Pistole instinktiv verstärkt. Jetzt entspannte er sich wieder. »Freut mich zu hören.«

Aus irgendeinem Grund glaubte er es, und als der andere schließlich die Waffe senkte, tat er es ihm gleich. Die tödliche Gefahr war gekommen und gegangen, und sie hatten beide überlebt.

»Tja, dann«, forderte ihn sein Gegenüber subtil auf, sich endlich zu verziehen.

Um Ashs Mundwinkel zuckte es, und er machte vorsichtig einige Schritte rückwärts auf dem Kiesweg.

Er behielt die Waffe in der Hand und ging rückwärts über den Rasen, zwischen ein paar Grabsteinen hindurch, auf eine Baumreihe zu.

»Viel Glück mit deinen guten Vorsätzen«, hörte Ash den Mann noch sagen, und diesmal konnte er sich ein flüchtiges Grinsen nicht verkneifen. Danach verschwand er hinter dem natürlichen Schutzwall der Bäume und war wieder allein.

Ein letzter Rest Adrenalin prickelte noch in Ashs Adern, und er schüttelte zur Entspannung die Arme aus. Wie absurd, wie herrlich absurd! Zwei paranoide Spinner, die beim geringsten Anzeichen von Gefahr ausflippten. Zwei vollkommen Fremde, die sich auf einem Friedhof mit Waffen bedrohten, bloß weil einer von ihnen eine falsche Bewegung gemacht hatte. Auf einem Friedhof. Von allen Orten der Welt.

Das Gespräch hatte Ash auf verdrehte Weise Spaß gemacht. Eine dieser zufälligen Begegnungen, die darüber entschieden, ob ein Tag besser wurde oder schlechter. Da er noch am Leben war, gehörte diese Begegnung eindeutig in die erste Kategorie. Wäre interessant zu wissen, welcher Umstand den Typ aggressiv genug gemacht hatte, um beim geringsten Anlass durchzuknallen.

»In meinem Keller treten sich die Leichen tot«, murmelte er. »Wie sieht's bei …?«

Ash kam nicht dazu, den Satz zu beenden, denn vor ihm, keine zwanzig Meter entfernt, blitzte zwischen zwei Bäumen eine vertraute Reihe Grabsteine auf.

Seine Knie verwandelten sich urplötzlich in Gelee, und feine Gänsehaut überzog seine Arme und Beine. Sein Blick glitt über die gepflegten und reichlich mit Blumen und niedrigen Büschen bepflanzten Grabstellen. Er spürte ein Brennen in den Augen, hielt jedoch tapfer dagegen. Vor jedem Stein stand eine durchsichtige Plastikvase mit frischen Schnittblumen. Vor kurzem war jemand hier gewesen. Vielleicht sogar heute? Ash schaute sich unauffällig um, doch dieser Abschnitt des Friedhofs war menschenleer. Er nahm die Smartbrille ab und kniete vor Keikos Grab nieder.

»Ist eine Weile her, ich weiß«, flüsterte er und tastete nach dem Anhänger der Halskette, die ihm die Japanerin am Abend vor dem Unfall geschenkt hatte. An ihrem letzten gemeinsamen Abend.

»Was bedeutet es?«, wiederholte er seine Frage von damals, und glaubte fast, ihre Stimme zu hören: ›Stärke. Ich fand, es passt zu dir.‹

In Anbetracht der letzten Monate konnte man über diese Einschätzung streiten.

»Verzeih mir.« Ash legte sanft die Hand an den hellgrauen Grabstein und schloss die Augen. *Es war alles meine Schuld.*

Er verweilte einige Minuten, horchte in sich hinein, aber die unendliche Verzweiflung und Einsamkeit, die ihn beim ersten Besuch überkommen hatte, blieb aus. Stattdessen erfüllte ihn eine dumpfe erschöpfte Traurigkeit, die nicht schwer genug war für Tränen.

Mit einem verlegenen Lächeln erhob er sich. Ihm fehlten die passenden Worte, jeder Satz schien überflüssig. Kein halbherziges Versprechen, ab heute alles anders zu machen, sein Leben wieder in den Griff zu bekommen. Keine Rechtfertigungsversuche, keine Lügen, nicht an diesem Ort.

»Es tut mir leid. Ich hätte es besser wissen müssen. Ich hätte sie aufhalten müssen. Ich hätte ...« Ash brach ab. *Ich hätte euch beschützen müssen.*

Er ging einige Schritte weiter, zu Evan und Quinn. Die beiden Chaoten. Er vermisste ihre derben Späße, das gemeinsame Arbeiten an neuen Songs, ihre Freundschaft, alles.

Brooks' Grab zierte ein gutes Dutzend leuchtend-gelber Sonnenblumen, die Lieblingsblumen des Elfs.

Na, du arroganter, eingebildeter Sack. Ash setzte die Smartbrille wieder auf. *Wo auch immer du steckst, ich hoffe, es geht dir besser als mir!*

Sein eigenes Grab war reichlicher bepflanzt und mit Blumen geschmückt als die anderen vier. Obwohl gewiss keine böse Absicht dahinter steckte, empfand Ash es als eine Abwertung seiner Freunde. Am liebsten hätte er jede Pflanze einzeln aus der Erde gerissen und dem Stein einen ordentlichen Tritt verpasst. Ob das Schänden der eigenen Grabstelle strafbar war?

Sein Blick blieb an der Inschrift hängen: ›Du strahltest heller als die Sonne‹

Und vergingst wie eine Sternschnuppe, fügte er stumm hinzu. Die guten Taten und Vorsätze der Vergangenheit erschienen ihm heute lächerlich und unbedeutend. Was hatten sie denn groß erreicht? Außer, ermordet zu werden? War irgendwas anders als vorher, besser, leichter, fairer? Träume und Luftschlösser. Sie hatten sich aus Idealismus, Naivität, Sturheit und Leichtsinn in eine Sache hineinziehen lassen, die größer gewesen war als sie alle zusammen.

Wenn ich die Zeit zurückdrehen könnte ...

Ash schluckte hart, versuchte den Knoten im Hals zu ignorieren.

»Auf Wiedersehen.« Er hob die Hand zum Abschied und wandte sich zum Gehen. Halbherzig versuchte er sich zu erinnern, wo Dillons Grab lag. Er war beinahe dankbar, dass es ihm nicht mehr einfiel.

An der Wegbiegung, hinter der er Höflichkeiten mit dem Fremden ausgetauscht hatte, blieb er stehen. Ein prüfender Blick bestätigte, dass der Mann verschwunden war, und er setzte den Weg fort. Das Summen der Rasenmäherdrohne kam nun aus einer anderen Richtung und war weiter entfernt. Es schuf eine fast meditative Atmosphäre, und Ash wechselte auf den Rasen, um die Stimmung nicht durch knirschenden Kies zu stören.

Neugierig blieb er auf Höhe der Grabstelle stehen, an der der Vernarbte gesessen hatte. Der Engel schaute ihn von seinem Sockel aus mit einem verträumten, leicht überirdischen Blick an, die Haare gewellt und schulterlang, ein trauriges Lächeln auf den Lippen. Furchtbar kitschig. Die Statue stand in hartem Kontrast zu einem Busch mit dicken, ledrigen Blättern, der neben ihr wuchs, und einer Menge niedrigem rosa

Kraut, dessen Name Ash entfallen war. Das Grab wirkte gepflegt, allerdings nicht von engen Freunden und Verwandten, sondern von den bezahlten Händen eines Friedhofsgärtners. Er trat näher, in den Schatten einer mächtigen Eiche, die hinter dem Engel aufragte. Es gab sogar eine Inschrift auf dem Sockel. In Gold. Herrjeh.

›B. Shane‹ stand dort, dazu Geburts- und Todesdatum. Dreiundzwanzig Jahre war nicht alt. Unter den Daten stand noch ein Sinnspruch oder Zitat: *In media vita in morte sumus.*

Latein. ›Morte‹ hatte irgendwas mit Tod zu tun, so viel wusste Ash.

Ein Grabstein mit Allerweltsname, ein nervöser Typ mit fieser Narbe ...

Wenn die Bäume auf diesem Friedhof sprechen könnten, was würden sie wohl erzählen?

Ash gähnte hinter vorgehaltener Hand und streckte sich. Allmählich machte sich die vergangene Nacht bemerkbar. Nach einem letzten Blick auf die Inschrift setzte er sich in Bewegung.

Diesmal benutzte er den Hauptausgang. Es war fast zwei Uhr. Bald würde Tinkerbell nach Hause kommen und sich fragen, wo er steckte. Dennoch hatte Ash es alles andere als eilig, zurück zur Wohnung zu gehen. Er musste nachdenken, und das konnte er am besten beim Laufen. Zumindest bis zur nächsten Hauptstraße. Ihm würde im Ernstfall schon eine passende Ausrede einfallen. Mit nach innen gerichtetem Blick marschierte er die lange Straße hinunter, im festen Vertrauen darauf, dass die anderen Passanten rechtzeitig ausweichen würden. Die meisten taten es auch, bis auf eine Frau, die aus einem Hauseingang kam. Vielleicht beschäftigte sie sich ebenfalls mit einem Problem oder träumte einfach vor sich hin. Jedenfalls lief Ash ihr genau in den Weg und rempelte sie an. Die Frau gab einen erstaunten Laut von sich, und der OC-Player in ihrer Hand fiel klappernd auf den Gehweg.

»Hey«, stieß sie entrüstet hervor. »Pass doch auf!«

»Sorry, tut mir leid.« Der Runner hob hastig das Gerät auf. Mieser Tag, ganz mieser Tag.

Die junge Frau nahm ihm ihr Eigentum unsanft aus der Hand und untersuchte das Gerät auf Schäden. Ihre Haut hatte die Farbe von Mahagoni, und die schwarzen Haare waren zu zahlreichen, eng anliegenden Zopfreihen geflochten. Einige Zöpfe schimmerten rötlich. Das pausbäckige Gesicht, die breite Nase und die etwas zu weit auseinanderstehenden dunklen Augen verliehen ihr eine herbe Schönheit.

»Tut mir leid«, wiederholte Ash und hoffte, ohne peinlichen Auftritt aus der Sache rauszukommen.

»Hoffentlich ist er heil geblieben.« Nach einem Blick auf die zahlreichen Passanten zog die Frau sich in den Hauseingang zurück, aus dem sie gekommen war.

Der Runner widerstand dem Verlangen, die Schwarze einfach stehen zu lassen und weiterzugehen, und folgte ihr notgedrungen. Am Ende rief sie bloß die Bullen und darauf konnte er verzichten.

Nach einigem Herumprobieren nickte die junge Frau erleichtert. »Hast Glück gehabt, funktioniert alles bestens.«

Einen Moment später wurde die Eingangstür des Hauses von innen aufgezogen. Ash wollte zur Seite treten, um Platz zu machen, als ihm die Schwarze plötzlich einen erstaunlich kräftigen Stoß gab. Er stolperte gegen die Tür, wurde von einer Hand grob am Arm gepackt und ins Treppenhaus gezerrt.

Ehe er reagieren konnte, hatte ihm der unbekannte Angreifer den rechten Arm auf den Rücken gedreht und ihn mit der Brust gegen eine kalte gekachelte Wand gepresst. Nach den Schmerzen in der Schulter zu urteilen, saß der Griff perfekt, und Ash versuchte nicht, sich zu befreien. Eine Hand tastete seinen Rücken ab, und dann verschwand der Colt aus seinem Hosenbund. Aus dem Augenwinkel sah er, wie die Schwarze den Lichtschalter neben der Tür berührte. Es wurde hell, und überraschend wurde er losgelassen.

Ash fuhr herum, sah den Unbekannten und erstarrte.

Vor ihm stand Pilgrim, den Colt Manhunter in der Hand.

»Hallo.« In einer geschmeidigen Bewegung ließ der Mann den Lauf der Waffe nach vorne kippen und reichte sie Ash, mit dem Griff zuerst. »Wir müssen uns unterhalten.«

Tinkerbell suchte sich genervt einen Weg durch die Studentenmassen, die sich im Innenhof des Gebäudes für Magiewissenschaften versammelt hatten. Dunkelzahn war natürlich das Gesprächsthema des Tages. Der halbe Campus wollte nachher zur Rede des Drachen gehen. Tinkerbell wollte bloß nach Hause. Oder auch nicht. Sie war da nicht ganz sicher. Im Augenblick war sie sich gar nichts sicher. Quickshots Rückkehr hatte sie vollkommen überrascht. Ashs Rückkehr. Nach über einem Jahr tauchte er plötzlich wieder auf. Als wäre nichts gewesen. Gerade als sie sich mit dem Gedanken abgefunden hatte, dass er vielleicht nie wiederkommen würde. Gerade als sie aufgehört hatte, jeden verdammten Tag an ihn zu denken. Jetzt ging alles wieder von vorne los.

Tinkerbell schob unwirsch einen ihrer Kommilitonen zur Seite und war endlich raus aus dem Gewusel. Sie setzte sich einige Schritte weiter auf die einzige freie Bank und aktivierte die Telefonfunktion ihrer Uhr. Nur ein kurzer Anruf, um sicherzugehen, dass auch alles in Ordnung war.

Du bist wirklich eine alberne Kuh, durchzuckte es sie, *in einer halben Stunde bist du sowieso zu Hause.*

Trotzdem wählte ihr Zeigefinger wie von selbst die Nummer ihres Telekoms. Das Freizeichen ertönte, und sie überlegte rasch, was genau sie eigentlich sagen wollte. Und kam sich dabei ziemlich lächerlich vor. Niemand nahm ab. Es klingelte und klingelte und klingelte. Wieso ging er nicht ran? Als der Anrufbeantworter ansprang, legte sie automatisch auf.

Vielleicht schläft er. Nach der vergangenen Nacht wäre es kein Wunder. Aber vermutlich will er in meiner Abwesenheit bloß nicht ans Telekom gehen. Eigentlich klug. Dann hätte ich aber auch eine Nachricht hinterlassen können.

Tinkerbell starrte ratlos auf das Display der Armbanduhr. So viele Fragen, die sie Quickshot stellen wollte. So viele

Dinge, die sie ihm sagen musste. Doch wo anfangen? Und wie? Sie musste ihre Gedanken ordnen, das Chaos in ihrem Kopf entwirren.

Ein massiger Körper ragte plötzlich vor ihr auf und nahm ihr das Licht. »Ach, hier bist du.« Es war Miles, einer ihrer Kommilitonen. »Wir warten alle am Tor auf dich, wo bleibst du denn?«

»Äh.« Sie suchte verzweifelt nach einer Ausrede. Ihr Studienkurs wollte geschlossen zu Dunkelzahns Rede gehen, und hätte sie nicht unbedingt diesen blöden Anruf machen müssen, wäre sie längst weg gewesen.

»Komm schon«, drängte Miles, »das wird bestimmt interessant. Man sieht nicht alle Tage einen Drachen. Was willst du denn später mal deinen Kindern erzählen, wenn die fragen, ob du damals Dunkelzahn gesehen hast? ›Nein, ich hatte keine Lust‹?«

Tinkerbells erster Impuls war, ihn zum Teufel zu schicken. Dann überlegte sie es sich anders. In Quickshots Gegenwart würde sie kaum in der Lage sein, vernünftig über all die Dinge nachzudenken, die sie beschäftigten. Vermutlich würde sie entweder gar nicht nachdenken oder Unsinn reden. Und eine zweite Situation wie gestern in den Barrens wollte sie vermeiden.

»Hast mich überredet«, gab sie sich geschlagen.

»Na, also. Wirst es bestimmt nicht bereuen.«

Sicher. Während Tinkerbell Miles zu den anderen folgte, wählte sie erneut ihre Telekomnummer. Wieder nahm keiner ab, doch diesmal hinterließ sie eine kurze Nachricht.

Zu diesem Zeitpunkt stand Ash zusammen mit Pilgrim und der Schwarzen auf dem Parkplatz eines Stuffer Shacks. Sie hatten sich in eine abgelegene, durch Hecken sichtgeschützte Ecke zurückgezogen. Pilgrim lehnte Ash gegenüber an einem Müllcontainer, und die Frau stand links von ihm, ein wachsames Auge auf die vereinzelten Kunden gerichtet, die mit Einkäufen beladen aus dem Hintereingang des Geschäfts kamen.

Hinter ihrem rechten Ohr konnte der Runner bei genauerem Hinsehen zwei Datenbuchsen erkennen, die nahezu perfekt der Hautfarbe angepasst waren.

Obwohl Ash wieder das vertraute Gewicht des Manhunters im Hosenbund spürte, fühlte er sich wie ein von der Meute in die Enge getriebenes Kaninchen. Was zur Hölle wollte Pilgrim noch von ihm? War der Söldner letztendlich doch auf das Kopfgeld gestoßen und hatte beschlossen, ein bisschen Geld nebenbei zu verdienen?

»Fang an zu reden«, verlangte Ash gezwungen ruhig. »Ich hab keine Zeit für diesen Blödsinn.«

»Entspann dich.« Pilgrim klang schon wieder amüsiert, was ihm enorm auf die Nerven ging. »Ich möchte dir einen Job anbieten.«

»Was?« Ash war gleichzeitig peinlich berührt über seinen erneuten Irrtum und vollkommen verblüfft über das Angebot. »Guter Witz.« Er wandte sich zum Gehen, doch sein Gegenüber verstellte ihm den Weg.

»Fünf Minuten, mehr verlange ich nicht.«

Der Typ hatte wohl nicht mehr alle Tassen im Schrank! »Ihr sprengt mir das Schiff unterm Hintern weg und erwartet tatsächlich, dass ich irgendwas mit euch zu tun haben will?«, zischte Ash, bemüht, keine Aufmerksamkeit zu erregen.

»*Wir* haben das Schiff nicht in die Luft gejagt«, erwiderte Pilgrim. »Was hätten wir davon, ein paar unbeteiligte Seeleute umzubringen?«

»Was weiß ich, vielleicht waren sie unerwünschte Zeugen.« Er glaubte es selbst nicht, aber es machte gerade ziemlich viel Spaß, den Runner zu provozieren.

»Nachdem wir die *Glen Roy* verlassen haben, ist ein Helikopter auf dem Schiff gelandet. Die Leute müssen die Sprengladungen gelegt haben.«

Den Helikopter hatte Ash gehört, doch woher sollte er wissen, dass nicht Pilgrim und die anderen an Bord gewesen waren? »Und wer sollen ›die Leute‹ sein?« Proteus wäre natürlich eine Möglichkeit.

»Wir tippen auf einen Eingreiftrupp des Konzerns, für den du gearbeitet hast. Die wollten eindeutig die verräterischen Spuren ihres Experiments verwischen.«

Also hatte ich recht mit meinem Verdacht. Ash ließ sich die Zufriedenheit nicht anmerken und spielte weiterhin den Ahnungslosen. »Meinst du dieses überzüchtete Schoßhündchen?«

Pilgrim nickte. »Bist du ihm begegnet?«

»Ich hab es erledigt.« Die Worte verließen seinen Mund, bevor er sie stoppen konnte. Allerdings war der Effekt auf die beiden Runner es durchaus wert, die Schnauze derartig weit aufzureißen. Pilgrim entglitten für einen Moment die Gesichtszüge, was ihn alles andere als schlau aussehen ließ, während der Kopf der Schwarzen plötzlich herumruckte.

»Schwachsinn«, zischte sie. »Niemand hätte das Ding allein töten können!«

Ash musterte die Frau herausfordernd. »Ach ja? Du wärst erstaunt, was man mit einem Feuerlöscher alles anstellen kann.«

»Hältst dich wohl für einen Komiker.« Sie bedachte ihn mit einem abschätzenden Blick und konzentrierte sich wieder auf die Überwachung.

»Unter anderem.« Ash schaute zu Pilgrim. »Gib mir einen guten Grund, weshalb ich einen Job von dir annehmen sollte.« *Nachdem ihr mich freundlicherweise auf dem Schiff gelassen habt und abgehauen seid.*

»Ich gebe dir sogar zwei: weil die Bezahlung gut ist und weil man dich und dein Team eiskalt ans Messer geliefert hat. Oder wurde euch *vorher* gesagt, dass die *Glen Roy* den Zielhafen niemals erreichen soll?«

Diesmal war es an Ash, dumm aus der Wäsche zu gucken. Er starrte sein Gegenüber ungläubig an und warf anschließend der Schwarzen einen fragenden Blick zu.

Sie beobachtete mit unbewegter Miene weiter die Umgebung.

»Hab ich mir gedacht.« Pilgrim lächelte schmal. »Man hat euch kaltblütig in den sicheren Tod geschickt. Deine spanischen Kollegen sind dir vermutlich gleichgültig, vielleicht sogar die Seeleute, die man geopfert hat. Aber an deiner Stelle fände ich es äußerst ärgerlich, auf diese Weise hintergangen zu werden.«

Der Runner zog ein durchsichtiges Plastikkärtchen mit roter Holoschrift aus der Hosentasche. »Wir warten morgen Abend ab neun im Hinterzimmer des *Cayenne*. Überleg es dir. Du kannst die Magierin mitbringen, falls es dir sicherer erscheint.«

Pilgrim nickte der Schwarzen auffordernd zu, und die Runner verließen ohne weitere Worte den Parkplatz.

Ash hätte den beiden zu gern etwas furchtbar Schlaues oder enorm Lässiges hinterhergerufen, aber ihm fiel nichts ein. Stattdessen ließ er die Karte abwesend zwischen den Fingern kreisen, steckte sie schließlich in die Hosentasche und machte sich auf die Suche nach einem Automatentaxi. Über die Tatsache, trotz seines angeblich grandiosen Instinkts blind in eine Falle getappt zu sein, konnte er sich später aufregen; im Augenblick spielte es keine Rolle. Ein drückendes Gefühl in der Magengegend signalisierte Ash deutlich, dass ein großer Teil von ihm Pilgrims Geschichte glaubte. Jeder Auftrag barg ein gewisses Risiko in sich, doch absichtlich auf eine Todesmission geschickt zu werden, nahm er persönlich. Es gehörte zu seinem Job, sich zur Marionette eines anderen machen zu lassen – oder im Fall von Wetwork zum verlängerten Abzugsfinger des Auftraggebers –, aber es gab einen Unterschied zwischen einer Marionette und einem Stück Schlachtvieh.

Ob Jo von der Sache gewusst hatte? Würde der Schieber einen seiner fähigsten Männer für Geld abservieren? Die Antwort war ein klares ›Ja‹. Wenn die Bezahlung stimmte, würde der Mann seine Mutter verkaufen.

Viel zu spät fielen Ash all die wichtigen Fragen ein, die er Pilgrim hätte stellen sollen: Woher wisst ihr, dass ich am Leben bin? Wie habt ihr mich aufgespürt? Wen habt ihr dabei auf meine Spur geführt?

Sie wussten von Tinkerbell, wussten, dass die Elfe Magierin war. Kannten sie auch ihre Adresse? Vermutlich.

Gab es vielleicht irgendwo in Seattle einen Kopfgeldjäger, der ihm dank Pilgrim auf den Fersen war? Bei dem Gedanken zogen sich seine Eingeweide zusammen, und ein leuchtendrotes ›P‹ formte sich über seinem Kopf. ›P‹ wie Panik. Der Typ mit der Narbe, was war mit dem? Ash blieb abrupt stehen und wurde plötzlich von hinten angerempelt.

Im nächsten Moment hatte er den vermeintlichen Angreifer gepackt, gegen die nächste Hauswand gedrückt und ihm den Colt in die Rippen gerammt. Bereit, der Person wenn nötig an Ort und Stelle das Licht auszuknipsen. Dann nahm er sein Gegenüber zum ersten Mal richtig wahr, und schlagartig wurde ihm klar, dass er einen schweren Fehler gemacht hatte. Vor ihm stand ein dicklicher leicht ergrauter Mann in einem schlecht sitzenden Anzug, der ihn ängstlich und äußerst irritiert anstarrte. Der Blick des Mannes wanderte weiter zu der Waffe, die Ash mit seinem eigenen Körper vor den Augen der anderen Passanten schützte, und mit einem erschrockenen Keuchen ließ der Lohnsklave seine Aktentasche fallen.

»Nehmen Sie die Tasche, nehmen Sie alles! Aber bitte ... tun Sie ... tun Sie mir nichts!«, stammelte er, und Ash konnte sehen, wie ihm auf der Halbglatze der Schweiß ausbrach.

O Gott, war das peinlich! Er spürte, wie ihm das Blut in die Wangen schoss und sein Gesicht zu glühen begann. Er schaute sich hektisch um, doch offenbar beachtete sie niemand. Bisher. »Entschuldigung.« Ash brachte ein verzerrtes Grinsen zu Stande. »Kleines Missverständnis.«

Unter dem ungläubigen Blick des Mannes hob er mit der freien Hand die Aktentasche auf und reichte sie ihm zurück. »Ich dachte, Sie wären jemand anders.«

Der Lohnsklave drückte die Aktentasche zitternd an die Brust und beobachtete mit großen Augen, wie er den Colt Manhunter unauffällig wieder unter der Jeansjacke verschwinden ließ. Als Ash zurücktrat und ihm mit einer auffordernden

Handbewegung bedeutete, dass er gehen durfte, zeigte sein Gegenüber ein maskenhaftes Lächeln und setzte sich in Bewegung. Die ersten fünf Meter legte der Mann ruhig, wenn auch etwas steif zurück. Dann begann er plötzlich zu rennen. Er überquerte im Zick-Zack die Straße, wurde dabei fast von einem EMC Blitz II-Minibus über den Haufen gefahren und verschwand schließlich in einer Seitenstraße.

Das darfst du niemandem erzählen! Ash schaute sich nervös um und entdeckte ein Stück hinter sich eine Elfe in einem gepunkteten Sommerkleid, die aufgeregt in ihr Handgelenktelefon sprach. Als die Frau seinen Blick bemerkte, verschwand sie rasch in einem Blumengeschäft.

Jetzt aber weg!

Er entdeckte ein freies Automatentaxi am Straßenrand, lief die wenigen Meter und stieg ein.

Es war gut, dass es keinen Fahrer gab, denn nachdem er sich davon überzeugt hatte, weder von der Polizei noch von anderen Fahrzeugen verfolgt zu werden, fing er plötzlich haltlos an zu kichern. Wie fertig musste man bitte sein, um am helllichten Tag einen harmlosen Passanten mit einer Waffe zu bedrohen? Mitten auf der Straße. Wie kaputt war das? Der Typ konnte vermutlich nicht mal was dafür, dass er ihn angerempelt hatte. War seines Weges gegangen, in Gedanken vielleicht bei einem neuen Arbeitsprojekt oder dem Einkaufszettel der Ehefrau, und auf einmal war dieser Idiot vor ihm stehen geblieben. Keine Möglichkeit auszuweichen. Ash schüttelte kichernd den Kopf. Na, der würde Frauchen heute Abend was zu erzählen haben. *Was, wenn nun zufällig ein Wagen von Lone Star in der Nähe gewesen wäre, oder eine Fußstreife?* Ashs Kichern wurde zu schallendem Gelächter. Das wäre bestimmt lustig geworden! *Nein, Officer, das ist bloß eine Wasserpistole.*

Er lachte, bis ihm die Tränen kamen. Dieser kleine Ausraster hätte ihn bis ans Ende aller Zeiten in den Knast bringen können. Er musste dringend, ganz dringend dafür sorgen, dass er sich etwas entspannte!

Ash ließ sich in der Nähe von Tinkerbells Wohnung absetzen, verschwitzt und leicht erschöpft von dem Lachkrampf. Ob irgendjemand auf diesem Planeten heute einen schlechteren Tag hatte als er?

Er machte noch einen Umweg, bevor er zum Haus ging. Der längere Weg gab ihm Gelegenheit, seine Gedanken zu ordnen. Obwohl es nicht viel zu ordnen gab. Es ging lediglich um die Frage, ob er zu dem Treffen mit Pilgrim gehen wollte oder nicht. Wie spät war es? Die Armbanduhr zeigte Viertel vor drei, was bedeutete, dass er sich besser eine sehr gute Ausrede zurechtlegte, wo er gewesen war. Er hatte mal wieder die erstbeste Gelegenheit genutzt, um sich in Schwierigkeiten zu bringen.

Plötzlich wurde Ash unheimlich müde. Wieso musste er sich selbst das Leben ständig unnötig kompliziert machen? Was sprach dagegen, einmal auf seinen Verstand zu hören und die richtige, vernünftige Entscheidung zu treffen? Zum Beispiel, nicht aus dem Haus zu gehen. Oder noch besser, keine dubiosen Aufträge anzunehmen, die ihn quer über den Atlantik schickten.

Er schlurfte an dem Portier in der Eingangshalle vorbei und verspürte auf einmal das Verlangen, sich unter dem Tresen des Mannes zusammenzurollen und zu schlafen. Nur schlafen und vergessen.

Als Ash in der vierten Etage angekommen war – berieselt von unerträglich seichter Fahrstuhlmusik –, horchte er zuerst an der Wohnungstür. Kein Geräusch war zu hören, doch das musste nichts heißen. Er straffte die Schultern, steckte die Ersatzkarte der Elfe ins Magschloss und öffnete die Tür.

Erleichtert und gleichzeitig beunruhigt, stand er schließlich in der leeren Wohnung. Keine Spur von Tinkerbell. Sein suchender Blick blieb am Telekom hängen. Ein blinkendes Lämpchen informierte ihn über eine hinterlassene Nachricht. Er betrachtete die rote ›1‹ im Display neben dem Lämpchen und kratzte sich ratlos am Kinn. Sollte er oder sollte er nicht? Er ließ sich die Nummer des Anrufers anzeigen. Tinkerbell hatte versucht, ihn zu erreichen. Konnte wichtig sein. Kurz entschlossen drückte er die Rückruftaste, ohne die Nachricht abzuhören.

Es klingelte zweimal, dann nahm die Elfe ab.

»Hallo?«

»Hi, ich bin's«, erwiderte er, in der Hoffnung, sie würde seine Stimme erkennen.

»Hi. Ich hab vorhin versucht, dich anzurufen.«

»Entschuldige, ich war im Badezimmer.«

»Macht nichts. Ich wollte bloß Bescheid sagen, dass ich später komme.« Im Hintergrund wurde Stimmengewirr laut, und sie musste sehr laut sprechen, um sich verständlich zu machen. »Ich hab mich breitschlagen lassen und schau mir die Rede an. Es soll gegen halb vier losgehen, kann also eine Weile dauern.«

Kam es ihm nur so vor, oder klang Tinkerbell irgendwie merkwürdig? »Hey, gute Entscheidung«, erwiderte er euphorischer, als ihm zu Mute war. »Ich wünsch dir viel Spaß.«

»Ja, bis nachher.«

Ash legte auf, verwundert über das intensive Gefühl des Neids, das er plötzlich verspürte. Er war neidisch auf Tinkerbell. Neidisch auf die ganzen Normalsterblichen mit ihren normalen Jobs und normalen Leben, die Dunkelzahn live sehen konnten, während er sich mit der Übertragung im Trideo abgeben musste. Es war einfach nicht dasselbe. Keine Kamera konnte die Realität ersetzen oder das Gefühl, Auge in Auge mit einem Drachen zu sein. Normalerweise hätte er so getan, als ob es ihm egal wäre. Ein wirksames Mittel gegen Frust und Enttäuschung: *Ist mir wurscht, hab ich nicht nötig, darüber bin ich erhaben.* Heute funktionierte das nicht, und auf einmal erschien ihm alles sinnlos und deprimierend.

Sei kein Feigling. Geh hin, dich wird schon keiner erkennen!, raunte ein kleines Teufelchen Ash ins Ohr, während dessen himmlischer Gegenspieler mit fester Stimme erklärte, dass er für einen Tag wirklich genug Aufregung gehabt hatte.

»Lasst mich doch alle in Ruhe!« Der Runner verschwand im Badezimmer und knallte wütend die Tür hinter sich zu.

Kapitel 13

»Hallo, jemand zu Hause?« Als eine Antwort ausblieb, hielt Tinkerbell inne, die Schlüsselkarte in der Hand. Sie lauschte in die Stille der Wohnung hinein und schloss leise die Tür.

Vermutlich schläft er. Sie ließ den Rucksack von der Schulter auf den Schuhschrank im Flur gleiten. Dunkelzahns Rede hatte nicht viel dazu beigetragen, das Chaos in ihrem Kopf zu ordnen, doch zumindest hatte sie sich beruhigt und fühlte sich der Situation einigermaßen gewachsen. Für den Moment jedenfalls. Ganz nebenbei war es tatsächlich interessant gewesen, den Drachen höchstpersönlich zu sehen. In dem Punkt hatte Ash recht gehabt. Das politische Blabla war allerdings enorm ermüdend gewesen. Politiker blieben Politiker, egal ob sie die Schuppen bloß auf dem Kopf hatten oder am ganzen Körper.

Tinkerbell legte die Schlüsselkarte neben dem Rucksack ab, schlüpfte aus den schwarzen Halbschuhen und warf einen Blick ins Wohnzimmer. Das Sofa war leer, die Schlafzimmertür geschlossen. Sie schlich auf Zehenspitzen zum Schlafzimmer, horchte einen Moment und öffnete schließlich leise die Tür.

Ash lag bäuchlings auf dem Bett, das Gesicht halb im Kopfkissen vergraben. Er hatte sich nicht die Mühe gemacht, Hose und Hemd auszuziehen. Seine Turnschuhe lagen mitten im Raum, und es sah aus, als wäre er nach einer durchzechten Nacht auf dem Bett zusammengebrochen. Einige Meter über seinem Kopf drehte sich Bears Traumfänger träge um die eigene Achse.

Tinkerbell trat leise näher. Die halb offenen Vorhänge ließen ausreichend Tageslicht rein, um die freie Hälfte von Ashs Gesicht zu erkennen: der Mund leicht geöffnet, ruhige, gleichmäßige Atmung, keine raschen Augenbewegungen hinter den Lidern, keine Anzeichen für schlechte Träume. Auf dem Nachttisch standen ein halb geleertes Wasserglas und ein Brett mit Toastkrümeln und Nougatcremespuren. Sie schmunzelte. *Wenn ich nicht aufpasse, frisst er mir die Haare vom Kopf.*

Was keinesfalls hieß, dass sie sich Sorgen um leere Schränke machte. Die Hightech-Geräte in der Küche wussten selbst am besten, was ihre Besitzerin brauchte. Im Speicherchip von Kühl- und Vorratsschrank befanden sich von Tinkerbell zusammengestellte Listen der Dinge, die unbedingt verfügbar sein mussten. Über einen internen Scanner wurde stündlich überprüft, ob Lebensmittel fehlten, und diese bei Bedarf per Matrixverbindung geordert. Die Bestellungen liefen beim Stuffer Shack um die Ecke auf. Geliefert wurde alle zwei Tage und der fällige Gesamtbetrag wurde danach vom Konto abgebucht. Der Vorteil eines voll automatischen Lieferservices.

Toastbrot und Nougatcreme würden diesmal definitiv ganz oben auf der Liste stehen.

Tinkerbell, die dem Frieden nicht ganz traute, musterte Ash prüfend. Der Runner machte einen friedlichen, entspannten Eindruck, und so zog sie sich leise zurück.

Von Dunkelzahns Rede konnte sie später erzählen. Vermutlich hatte er sie sowieso am Trideo verfolgt.

Als Tinkerbell drei Stunden später erneut neben dem Bett stand, hatte sich Ash keinen Zentimeter bewegt. Wären die regelmäßigen Atemzüge nicht gewesen – sie hätte versucht, seinen Puls zu fühlen. Stattdessen schob sie möglichst leise die linke Schranktür auf und griff nach dem Bügel mit ihrer Arbeitskleidung. Unter einer Schutzhülle hing ein dunkelblaues, hochgeschlossenes Kleid mit weiten Trompetenärmeln. Es war aus Tactel strata gefertigt, einer glänzenden Polyamid-Faser, und leicht wie eine Feder. Ärmel und Rock zierten feine arkane Zeichen aus metallisiertem Polyester, die silbern glitzerten. Reine Phantasiesymbole, die für Magier keinerlei Bedeutung hatten. Die Elfe holte eine flache Schatulle aus der oberen Schublade des Nachttisches, in der verschiedene Ringe und Halsketten lagen. Accessoires für die Arbeit. In einer Stunde begann ihre Zaubershow im *Mandrake*, einem Restaurant in der Innenstadt. Zur Erheiterung der Gäste würde sie Illusionen erschaffen und nette Taschenspielertricks vorführen.

Vielleicht war es besser, dass Ash ihr Weggehen verschlief. Am Ende wäre er auf die Idee gekommen, sie zu begleiten.

Tinkerbell zuckte zusammen, als der Runner plötzlich hustete und sich im Schlaf vom Bauch auf die Seite wälzte. Sie musterte ihn und wurde sich bewusst, dass sie stundenlang hier stehen und ihn anschauen könnte. *Auf direktem Weg zurück zu emotionaler Verwirrung, Zweifeln und Unsicherheit. Herzlichen Glückwunsch!*

Seufzend wandte sie sich ab und schlich auf Zehenspitzen zur Tür.

Ash wälzte sich träge auf den Rücken, erfüllt von einer vertrauten Benommenheit. Er setzte sich auf, wartete, bis das leichte Schwindelgefühl nachließ, und rieb sich verschlafen die Augen. Erst danach realisierte er, dass es im Raum stockdunkel war.

Durch die halb offenen Vorhänge lugte die Nacht herein, und seine Uhr zeigte halb zwölf. Erleichterung überkam ihn. Er hatte durchgeschlafen, keine Albträume gehabt und er fühlte sich ausgeruht. Vielleicht ein wenig schlapp, aber damit konnte er leben. Die Hauptsache war, dass Spits Tabletten wirkten.

Er gähnte herzhaft und zog dabei nachlässig sein Hemd zurecht. In Klamotten zu schlafen hatte immer diese leicht schlampige Note, doch vorhin war es ihm egal gewesen. Bloß schlafen. Ashs Blick fiel auf das Brett mit den Krümeln. Wie viele Toastscheiben hatte er vor dem Zubettgehen gegessen? Er konnte sich nicht daran erinnern, nahm es jedoch mit antrainierter Gelassenheit zur Kenntnis. Es passierte eben von Zeit zu Zeit, dass er Dinge vergaß, die er kurz vor oder nach der Einnahme der Tabletten getan hatte. Keine große Sache.

Er schwang die Beine über die Bettkante und stieß dabei mit dem Fuß gegen den Metallkoffer unterm Bett. Automatisch schob er ihn weiter nach hinten und erhob sich. Die Schlaftabletten hatte er zwischen der Kleidung versteckt, zusammen mit dem nutzlosen Schrott aus Maracaibo und einer flachen Packung hauchzarter, hellgelber Blättchen.

Nach einigen Streck- und Dehnübungen tappte Ash ins Wohnzimmer. Er fand es verlassen vor. Ein rascher Blick in die anderen Räume ergab, dass er allein war. Auch sein Klopfen an der Tür des Magieraums blieb unbeantwortet. Bevor er sich Sorgen machen konnte, entdeckte er einen aufgeklappten Taschencomputer auf dem Couchtisch. Das Display leuchtete schwach, das Gerät war also eingeschaltet. Er nahm es verwundert in die Hand und drückte die Eingabetaste. Sofort erwachte das Display zum Leben, und ein Dokument mit einer Nachricht der Elfe tauchte auf:

›Wollte dich nicht wecken.

Bin zur Arbeit im *Mandrake*, Adresse und Telekomnummer sind gespeichert.

Gegen zwölf zurück.‹

Ash setzte sich aufs Sofa und legte den Taschencomputer nachdenklich zur Seite.

Am liebsten würde er das Treffen mit Pilgrim ohne Tinkerbells Wissen über die Bühne bringen. Allerdings bereitete ihm die Vorstellung Unbehagen, ohne Rückendeckung im *Cayenne* aufzutauchen. Denn es bestand unverändert die Möglichkeit, dass Pilgrim bloß hinter dem Kopfgeld her war. Eine Magierin in der Hinterhand zu haben, würde von Vorteil sein.

Oder er entschied sich für eine zweite Variante und machte sich still und heimlich aus dem Staub. Verließ Seattle, suchte sich die nächste Stadt, in der man ihn vielleicht endlich in Ruhe ließ. Der Koffer war gepackt, die Elfe unterwegs, er würde verschwunden sein, ehe sie zurückkam.

»O ja, guter Plan«, murmelte Ash. »Damit belegst du locker Platz eins in der Top Ten der größten Arschlöcher aller Zeiten.« Allein für die Idee sollte er sich schämen.

Außerdem war er inzwischen wirklich neugierig, was es mit der *Glen Roy* auf sich hatte. Selbst wenn er den Job ablehnte, konnte er sich zumindest anhören, was Pilgrim und seine Leute herausgefunden hatten. Ganz nebenbei wollte er wissen, wie sie ihn trotz aller Sicherheitsvorkehrungen aufgespürt hatten. Wie groß war die Wahrscheinlichkeit, dass er den letzten Urlaub seines Lebens in Schottland verbringen würde?

Ash rutschte tiefer, bis sein Hinterkopf auf der Rückenlehne lag, und starrte an die Decke.

Er hätte sich schon vor einer halben Ewigkeit mit diesem Hamish McGregor befassen sollen. Ihn dazu bringen sollen, das Kopfgeld zurückzuziehen. Der Mann war hartnäckiger, als er gedacht hatte. Irgendwelche Windungen im vertrockneten Gehirn des Alten mussten falsch geschaltet sein. Es war ein stinknormaler Run gewesen, den Tinkerbell und er gemeinsam mit einem Decker durchgezogen hatten. Datendiebstahl bei einem Konzern namens McGregor Industries. Ein kurzer Abstecher nach DeeCee, ein Einbruch, fertig. Leider hatte der große Boss des Ladens die Sache persönlich genommen und sein Alter Ego Quickshot kurzerhand zu Freiwild erklärt.

Als ob ich allein für sein Unglück verantwortlich wäre. Ash schüttelte verständnislos den Kopf. Im Nachhinein wäre es eine gute Idee gewesen, den Job abzulehnen. Aber wer hätte ahnen können, dass Hamish McGregor seinen Hass auf einen unbedeutenden Runner lenkte, anstatt die wirklich Verantwortlichen zu bestrafen? *Vermutlich kommt er an die Typen nicht ran und hat sich deshalb jemanden gesucht, den er ganz genüsslich zerquetschen kann.* Für derartiges Verhalten gab es in der Psychologie bestimmt einen schicken Fachausdruck.

Was nichts daran änderte, dass er sich des Problems annehmen musste.

In den ersten Wochen und Monaten nach seinem Untertauchen war er zu sehr mit sich selbst beschäftigt gewesen, um an starrsinnige Schotten zu denken.

Ganz nebenbei hätte es ihm damals wenig ausgemacht, von einem Kopfgeldjäger umgepustet zu werden.

Inzwischen standen die Dinge anders, und spätestens nach Spanien wäre es angebracht gewesen, zu reagieren.

Dann hatten sich die Ereignisse überschlagen, und er hatte schlicht keine Zeit gehabt, sich um McGregor zu kümmern. Er würde es tun. Selbst wenn es bedeutete, dem alten Mann einen Überraschungsbesuch abzustatten. Ash seufzte. Zuerst musste er die Angelegenheit mit Pilgrim hinter sich bringen.

Nach einer Weile stand er auf und ging zu dem hohen Regal beim Fenster, in dem Tinkerbells Stereoanlage und ihre Audiochipsammlung standen. Er schnappte sich die durchsichtige Box und ließ sich auf dem flauschigen Teppichboden nieder. Die Musikauswahl war allerdings enttäuschend, denn die Vorlieben der Elfe gingen eindeutig in eine andere Richtung als seine. Neben zahlreichen Chips mit Klavier- und Streichkonzerten gab es lediglich drei Chips mit weich gespülten Rockballaden und zwei Popsampler. Weiter hinten in der Box lagen alle erdenklichen Arten von Entspannungsmusik: Flöten, Trommeln, Meeresrauschen mit Möwengekreische und Regen im Urwald. Derartiger Klimperkram weckte in ihm höchstens das Verlangen, die Stereoanlage durch das geschlossene Fenster zu werfen. Allerdings passte der Musikgeschmack zu Tinkerbell, ob es ihm nun gefiel oder nicht.

Ash machte sich gerade daran, die Chips wieder in die richtige Reihenfolge zu bringen, als ihn das Klacken der Wohnungstür zusammenzucken ließ.

»Jemand zu Hause?«, ertönte Tinkerbells Stimme im Flur.

»Nee«, gab er fröhlicher zurück, als ihm zu Mute war.

Kurz darauf lehnte die Elfe am Türrahmen, ein dunkelblaues Kleidungsstück in einer Schutzhülle über dem Arm. Sie schaute auf die Chipbox in seiner Hand und schüttelte den Kopf. »Kaum bin ich weg, vergreifst du dich an meinem Eigentum.«

Ash legte rasch den letzten Chip zurück in die Box. »Normalerweise wühle ich nicht in anderer Leute Sachen herum, aber meine Musikchips liegen auf dem Grund des Atlantiks. Ich bin quasi auf Entzug«, fügte er hinzu und bemerkte erst danach die ungewollte Doppeldeutigkeit seiner Worte.

»Ich fürchte, mein Geschmack wird dir wenig zusagen.«

»Ich fürchte, du hast recht. Von Klassik bekomme ich Ausschlag.«

Tinkerbell schnaufte amüsiert. »Wieder ein Klischee bestätigt.« Sie legte das Kleidungsstück behutsam über die Sofalehne und holte aus einem Regalfach über der Anlage eine Zehnerpackung unbeschriebener Chips. »Du kannst mein Telekom benutzen. Musicmarket ist ein guter Anbieter.« Sie reichte ihm die Packung.

»Danke.« Ash stand auf, schüttelte die vom langen Sitzen steif gewordenen Beine aus und ging zum Telekom.

Er fand die Matrixseite im Speicher und arbeitete sich mit Hilfe seines Zeigefingers zu den härteren Musikrichtungen vor. Das Angebot war atemberaubend. Die Hälfte der Bandnamen auf der Bestsellerliste sagte ihm überhaupt nichts.

»Puh«, er schaute zu Tinkerbell, »das wird eine Weile dauern.«

»Womit du dich gerade fürs Sofa qualifiziert hast. Obwohl du nach dem kleinen Schläfchen vermutlich sowieso die Nacht durchmachen wirst, was?«

Ash grinste schief. »Sorry, ich war echt müde.«

»Kein Problem, im Gegenteil. Auf die Weise bin ich einem Haufen Sticheleien und saudummer Kommentare entgangen.«

»Hey«, der Runner hob abwehrend die Hände, »ich hätte nie ...«

Tinkerbell bedachte ihn mit einem abschätzenden Blick. »Sicher. Ich hab ein Konto bei Musicmarket, du kannst mir das Geld später wiedergeben.« Sie verschwand im Schlafzimmer, und Ash wandte sich erneut dem Telekom zu.

»Wie war Dunkelzahn?«, erkundigte er sich, während die Suchmaschine nach dem aktuellen Album von *Sangre de Reyes* suchte.

»Beeindruckend.« Die Elfe steckte den Kopf zur Tür heraus. Sie hielt sich ein hellblaues T-Shirt vor den Oberkörper. »Furchteinflößend und irgendwie ...« Sie suchte nach den richtigen Worten. »... beeindruckend eben. Wählen werde ich ihn aber trotzdem nicht.« Sie verschwand wieder im Schlafzimmer. »Diese Nadja Daviar kann ich überhaupt nicht leiden, die wirkt furchtbar steif und arrogant.«

»Wärst du vielleicht auch, wenn Dunkelzahn dich zu seinem Sprachrohr gemacht hätte.« Im Gegensatz zu heute Nachmittag hielten sich Neid und Frustration bei Ash in Grenzen. Einige Stunden Schlaf ließen die Welt in anderem Licht erscheinen und brachten zumindest in einem Punkt Klarheit: Er hatte sich selbst um die Gelegenheit gebracht, Dunkelzahn live zu sehen. Indem er sofort nach Seattle gekommen war, anstatt eine andere Metropole auf dem Tourneeplan des Drachen auszuwählen und zuerst dorthin zu fahren.

Von den eigenen Prioritäten sabotiert ...

Das Musicmarket-Suchprogramm war bereits vor einer Weile fündig geworden und wartete blinkend auf den nächsten Befehl. Ash steckte einen leeren Chip ins Telekom, berührte das Icon mit dem Motiv des Albums und startete die Datenübertragung.

»Einen Drachen in meinen Kopf lassen?«, setzte Tinkerbell das unterbrochene Gespräch vom Schlafzimmer aus fort. »Nie im Leben.«

In dem Punkt stimmte er absolut mit der Elfe überein. Die Vorstellung, im Kopf ständig die Stimme eines anderen zu hören, gruselte ihn. »Ich schau mir die Rede bei Gelegenheit an. Mal sehen, ob Miss Daviar wirklich so unsympathisch ist.«

»Du hast die Rede vorhin nicht gesehen?« Sie klang erstaunt.

»Ich hab sie verschlafen. Keine große Sache«, wiegelte er ab und konzentrierte sich rasch auf das Telekom, weil die Elfe natürlich gerade in diesem Moment zurück ins Wohnzimmer kam.

»Sag mal, bist du morgen Abend wieder im *Mandrake*?« Er wechselte das Thema, bevor sie genauer nachfragen konnte.

»Nein, übermorgen. Wieso, willst du dir die Show angucken?«

»Ich frag bloß.« Es war ein vorsichtiges Herantasten. Je eher er das Problem angesprochen hatte, desto besser. Sie musste ja nicht alles wissen, bloß den letzten Teil seines hervorragenden Ausflugs an diesem grandiosen Tag. *Wenn sie vom Friedhof erfährt, tritt sie mir zu Recht in den Hintern.* Und Spit? Kein Gedanke! Er starrte auf die bunte Matrixseite und entdeckte zufällig ein News-Icon, in dem angekündigt wurde, dass *Sangre de Reyes* einen neuen Sänger verpflichtet hatten. So schnell konnte es gehen.

»Hörst du mir überhaupt zu?«

»Was?« Er schaute auf. Hatte sie grade irgendwas gesagt?

Tinkerbell stand hinter ihm, gekleidet in Leggins und das T-Shirt. Ein ungewohnter Anblick. »Ich führe ungern Selbstgespräche.« Sie musterte ihn streng. »Was ist los?«

»Gar nichts«, erwiderte er ausweichend.

»Aha, gar nichts«, wiederholte sie und schürzte die Lippen. »Sag's schon.«

»Ich treffe mich morgen Abend mit ein paar Leuten, und ich wollte fragen, ob du mir Rückendeckung gibst.« Sein Tonfall war nicht halb so locker und sorglos, wie er es sich gewünscht hätte.

Tinkerbell starrte ihn ungläubig an. »Bist du von allen guten Geistern verlassen? Du bist in Seattle. Verbrannte Erde. Du kannst hier keinen Job durchziehen!«

»Es ist bloß ein Treffen. Informationsaustausch, mehr nicht.« *Jedenfalls noch nicht,* fügte Ash in Gedanken hinzu.

»Aha.« Sie verschränkte die Arme vor der Brust. »Die Geschwindigkeit, mit der du arbeitest, finde ich faszinierend. Wie lange bist du in der Stadt, vier Tage, eine Woche?«

»Ich hab die Leute nicht gesucht«, verteidigte er sich, »die haben mich gefunden.«

»Wie, ›gefunden‹?«

»Keine Ahnung, das will ich ja rauskriegen.« Er seufzte. »Es geht um meinen letzten Job, die *Glen Roy.*«

»Was sind das für Leute?«

Oh, das wird dir sicher gefallen. Ash verzog das Gesicht. »Mitglieder des anderen Teams.«

Eine Weile stand Tinkerbell reglos da, die Augen ungläubig geweitet und einen Ausdruck auf dem Gesicht, der Besorgnis, Verärgerung und Irritation verriet. »Geh nicht hin«, sagte sie endlich.

»Es wird die einiges an Zeit und Mühe gekostet haben, mich aufzuspüren. Aber sie haben es geschafft. Muss denen also ziemlich wichtig sein.«

Die Miene der Elfe verfinsterte sich. »Was wissen die von dir?«

»Mit einem von denen habe ich mal zusammengearbeitet. Ist allerdings eine Weile her.«

Sie wurde eine Spur blasser um die Nase. »Du weißt, was das bedeuten kann?«

Er zuckte die Achseln und schwieg. Wozu Worte verlieren, wenn die Antwort auf der Hand lag?

»Wann haben sie dich kontaktiert?« Tinkerbell klang plötzlich äußerst misstrauisch.

Och, heute Nachmittag, nachdem ich einem Dealer einen Besuch abgestattet habe und anschließend auf dem Friedhof war. »Kurz bevor du mich vom Hotel abgeholt hast«, log Ash.

»Du hättest es mir sofort sagen müssen.«

»Ich weiß.« Er schaute sie bittend an. »Bist du dabei?«

Kapitel 14

Ash hatte die Zeit bis zum Treffen genutzt, um seine Garderobe aufzustocken. In Tinkerbells Begleitung war er zu einem nahen Kaufhaus gefahren und hatte sich neu eingekleidet. Das wichtigste Kleidungsstück war eine schwarze Jacke aus leichtem Polyester, unter der sich Sicherheitskleidung und Waffen weit besser verstecken ließen als unter einer Jeansjacke.

Die Elfe war später ein weiteres Mal losgezogen, um zwei Paar schwarzer, kevlarverstärkter Hosen und eine zusätzliche Sicherheitsweste zu organisieren. Auf dem Rückweg hatte sie bei ihrem Schieber Halt gemacht und Ash seine geliebte Ares Predator II samt Schalldämpfer und drei Ersatzmagazinen besorgt.

»Pilgrim hat früher als Söldner gearbeitet. Der hat definitiv Armeehintergrund.« Ash streifte die Sicherheitsweste über und rückte sie zurecht. »Guter Planer. Guter Schütze. Behält auch im größten Chaos den Überblick. Keine Ahnung, ob er diesen Selbstverteidigungsquatsch drauf hat, aber wir sollten davon ausgehen.«

»Was ist mit der Frau? Bist du sicher, dass sie eine Riggerin ist?«

Ash dachte kurz nach und nickte. »Sie hatte etwas an sich, das nicht zu einer Deckerin passt. Zu aktiv, zu trainiert, ist schwer zu beschreiben.« Ihm war klar, dass er mit der Antwort das weit verbreitete Klischee vom verweichlichten, körperlich nutzlosen Matrixfreak bediente, doch ihm fielen keine treffenderen Worte ein.

»Okay.« Tinkerbell befestigte einen Zauberspeicher an ihrem Gürtel und schloss danach den Reißverschluss der kevlarverstärkten Jacke. Dem Anlass angemessen, gingen sie beide in Schwarz. »Müssen wir mit einer geschickt verpackten Falle rechnen?«

Ash, der gerade ein Doppelhalfter mit der Manhunter und der Ares II überstreifte, hielt inne. »Keine Ahnung.« Er rückte die Waffen zurecht und schnappte sich die leichte Jacke vom Sofa. »Die hätten mich ohne großes Aufsehen entführen oder mir an Ort und Stelle das Licht ausknipsen können. Vermutlich wollen die mir bloß den Job schmackhaft machen, aber ich rechne lieber mit allem.« Er zuckte innerlich zusammen, als ihm klar wurde, dass er sich soeben verquatscht hatte. Er lächelte die Elfe verlegen an.

»Ich dachte, es wäre ein unverbindliches Treffen.« Sie schüttelte den Kopf, allerdings nicht wütend oder beleidigt, wie er es erwartete, sondern resignierend. »Ich hätte es wissen müssen. Dir kann es nie *zu* kompliziert sein.«

»Ich brauche mehr Informationen, bevor ich mich entscheide. Keine Ahnung, worum es geht, außer dass der Job mit der *Glen Roy* zusammenhängt.« Und dass irgendjemand da draußen sein Leben für wertlos genug gehalten hatte, um es auf dem Atlantik zu beenden. In seiner ersten Wut hatte Ash sogar einen Überraschungsbesuch bei Jo in Erwägung gezogen. Um die Wahrheit aus dem Schieber herauszuprügeln, den Johnson zu finden und letztendlich den Auftraggeber in die Finger zu bekommen. Ohne über Kosten, Zeitaufwand und Sinn des Unternehmens nachzudenken. Aber die Erfahrung hatte ihn gelehrt, dass Rachefeldzüge den Aufwand nicht wert waren. Unrecht blieb Unrecht, und Tote blieben tot, egal ob man die Verantwortlichen umbrachte oder nicht.

Um kurz vor neun steuerte Tinkerbell den Ford langsam am *Cayenne* vorbei, wendete am Ende der Straße und hielt ein gutes Stück entfernt in einer Parklücke. Das *Cayenne* lag im Erdgeschoss eines sechsstöckigen Wohnhauses. Die Fassade war in leuchtendem Rot gestrichen und mit Holobildern von Pfefferschoten, Paprika, Maisfladen und bunten Sombreros auf mexikanisch getrimmt worden. Der Stadtführer wies das *Cayenne* als Kneipe und Snackbar der Mittelklasse aus, mit ordentlicher Getränkeauswahl und einer begrenzten Menükarte mit scharfen Speisen. Die Preise waren angemessen und der Besitzer ein gealterter Trideostar, der an drei Tagen der Woche selbst hinter dem Tresen stand. Was nach Ansicht des Autors den Großteil des Flairs ausmachte. Für die meisten Shadowrunner bestand das einzige Flair in zwei sicheren Hinterzimmern, die man gegen ein erschwingliches Entgelt stundenweise mieten konnte.

Ash nahm sich einen Augenblick Zeit, um seine Gedanken zu ordnen. Normalerweise kümmerte es ihn einen Drek, wer wen gegeneinander ausspielte oder zu welcher Partei die guten und zu welcher die bösen Jungs gehörten. Wenn er sich jedes Mal fragte, auf welcher Seite des Zauns er gerade stand, würde er unweigerlich verrückt werden. Diesmal machte er jedoch eine Ausnahme. Niemand hatte das Recht, eigenmächtig über sein Leben oder Ableben zu bestimmen!

Umbringen kann ich mich allein. Ash schaute an Tinkerbell vorbei, zur Eingangstür der Kneipe. *Dazu brauche ich keine falsch spielenden Johnsons und keine Runner, die aus purer Blödheit Kopfgeldjäger auf meine Fährte locken.*

Er schloss den Reißverschluss der Jacke, um die Sicherheitsweste zu verbergen, und wollte aussteigen.

»Warte«, hielt ihn die Elfe zurück. »Ich checke die Kneipe.«

Tinkerbell wechselte mühelos in den Astralraum. Es ging so leicht, viel leichter als früher. Kein Herzklopfen, keine Schweißausbrüche, als hätte sie in ihrem Leben nie etwas anderes getan, als Magie zu wirken.

Einen Gedanken später stand sie im Eingangsbereich des *Cayenne.*

Der hell leuchtende Hüter am Ende des Schankraums war unübersehbar. Dort mussten die Hinterzimmer liegen. An einem Tisch rechts vom Hüter saß ein stark vercyberter Metamensch, nach Statur und Körpermasse ein Ork. Seine Aura wies mehr dunkle Flecken auf, als für ihn gut sein konnte. Er gehörte vermutlich zum Team dieses Pilgrim.

Im Schankraum selbst zählte die Elfe acht Auren, von denen keine auf einen Magier oder Schamanen hindeutete. Eine Person in der Nähe des Eingangs war leicht vercybert und wies an der Schläfe und im Halsbereich dunkle Flecken auf. Vermutlich ein Lohnsklave. Der Mensch hinter dem Tresen litt höchstwahrscheinlich an einer schweren Krankheit. Seine Aura leuchtete schwach und in einer gelb-bräunlichen Farbe. Tinkerbell verspürte bei seinem Anblick ein deutliches Gefühl des Unwohlseins.

Sie verließ die Kneipe, drehte noch eine Runde um das Gebäude und kehrte danach in den Wagen zurück.

Der Wechsel aus dem Astralraum auf die weltliche Ebene gelang ohne Schwierigkeiten, und die Nachwirkungen waren kaum spürbar. »Keine Magier«, informierte sie Ash und beschrieb knapp, was sie gesehen hatte. Bei der Erwähnung des Orks verengte der Runner kaum merklich die Augen.

»Kennst du den?«, hakte sie deshalb nach.

»Ja.« Ash strich sich wohl aus alter Gewohnheit das Haar aus dem Gesicht, das viel zu kurz war, um ihm überhaupt in die Augen zu fallen. »Auf den müssen wir aufpassen, der ist nicht gut auf mich zu sprechen.«

»In Ordnung.« Tinkerbell überprüfte ein letztes Mal die Umgebung, versicherte sich, dass kein Auto kam, und stieg aus.

Auf der Beifahrerseite ließ Ash ein rotes Motorrad passieren, das im Schritttempo über den Gehweg rollte, und öffnete die Tür. Nach der schlanken Statur und den ansehnlichen Kurven zu urteilen, saß eine Frau auf der Maschine. Sie hatte anscheinend eine Vorliebe für knallige Farben, denn das leuchtende Blau, Rot und Grün ihrer Kleidung war weithin sichtbar. Die Frau hielt einige Meter entfernt vor einem Wohnhaus und bockte das schwere Motorrad geübt auf. Zu gern hätte er gewartet, um zu sehen, ob ein hübsches Gesicht unter dem blau-schwarzen Helm steckte. Stattdessen folgte er der Elfe pflichtbewusst über die stark befahrene Straße.

Ash blieb im Eingangsbereich des *Cayenne* stehen und ließ prüfend den Blick schweifen. Falls es einen Türsteher gab, war er woanders beschäftigt. Weiter hinten, in einer der Sitzecken, entdeckte er den Ork von der *Glen Roy.* Ganz in Schwarz gekleidet und mit einem halb gegessenen Sandwich im Orkformat vor sich auf dem Tisch. Der Metamensch verzog bei seinem Anblick keine Miene. Ash fielen zum ersten Mal zwei breite silberne Ringe auf, die der andere rechts seitlich durch die wulstige Augenbraue gezogen hatte. Praktisch – der Griff zum Wegwerfen, eingebaut ab Werk.

Tinkerbell war währenddessen zum Tresen gegangen und unterhielt sich mit dem Barkeeper, einem Mann in mittleren Jahren, dessen kränklich blasser Teint selbst im trüben Zwielicht der Kneipe zu erkennen war.

Der Mann musterte zuerst die Elfe mit unverhohlenem Misstrauen, dann ihn und schaute anschließend fragend zum Ork. Der gab unauffällig nickend seine Bestätigung, und der Barkeeper deutete mit einer knappen Kopfbewegung auf die Tür in der Nähe des Metamenschen. Ohne den Ork weiter zu beachten, öffnete Ash die Tür.

»Was ist zwischen euch vorgefallen?«, hörte er Tinkerbell hinter sich fragen.

»Ich hab auf ihn geschossen, bevor er auf mich schießen konnte.« Ash schaute prüfend den hell erleuchteten Korridor hinunter, von dem links zwei Türen abgingen. »Hat er persönlich genommen.«

»Aha.« Die Elfe setzte sich in Bewegung. »Es ist die zweite Tür.«

Ash folgte ihr wortlos. Im Gehen öffnete er den Reißverschluss der Jacke und legte die Linke auf den Griff der Ares Predator. Vor der Tür bedeutete er Tinkerbell, einige Schritte zurückzutreten. Als die Elfe aus dem direkten Türbereich verschwunden war, zog er die Waffe, schaute ein letztes Mal prüfend über die Schulter und drückte die Klinke herunter. Mit einem Stoß ließ er sie in den Raum schwingen und zog sich rasch zurück.

Die Schwarze saß an einem runden Tisch in der Mitte des Raums und musterte ihn aus dunklen Augen. Hinter der Frau stand Pilgrim und bedachte ihn mit einem prüfenden Blick. Die lockere Straßenkleidung des Mannes wirkte unpassend. Ein Wolf im Schafspelz.

»Willkommen.« Pilgrim neigte leicht den Kopf.

Ash ignorierte den Gruß und stieß stattdessen die Tür mit einer kräftigen Bewegung ganz gegen die Wand, um sicherzugehen, dass sich niemand dahinter versteckte. Erst dann trat er ein und sah sich gründlich im Raum um. Keine Fenster, Wände und Boden in schlichten Grautönen gehalten, der Tisch aus dunklem Holzimitat, vier identische schwarze Ledersessel und, soweit er es beurteilen konnte, keine Kameras oder Sensoren. Zufrieden winkte er Tinkerbell heran.

Pilgrim deutete wortlos auf die beiden Sessel zur Linken und nahm selbst rechts neben seiner Kollegin Platz. Dabei wurde kurz ein Schulterhalfter sichtbar, in dem eine schwere Pistole steckte.

Ash sicherte die Ares Predator, ließ sich in den bequemen Sessel sinken und legte die Pistole vor sich auf den Tisch. Sein Blick streifte den in die Tischplatte eingelassenen White-Noise-Generator und heftete sich dann auf Pilgrim. Tinkerbell nahm ebenfalls Platz und lehnte sich abwartend zurück.

Ein Moment angespannter Stille folgte, bis Pilgrim schließlich das Wort ergriff.

»Vielen Dank für dein Erscheinen. Ich nehme an, dass du deine Kollegin eingeweiht hast?«

Ash nickte. »So weit möglich.« Vor ihm saß der Mann, der ihn unter Drogen gesetzt und dem sicheren Tod überlassen hatte. Eigentlich sollte er ihm eine reinhauen und gehen.

»Kommen wir zur Sache. Ich denke, eine Einführung zu den Ereignissen auf der *Glen Roy* wäre nützlich. Selva?« Pilgrim schaute auffordernd zu der Schwarzen, die sich merklich straffte.

Ash war sehr gespannt, wie weit sich die Informationen der Runner mit seiner Theorie von Proteus' Cyberware- und DNS-Gepansche deckten.

»Wir wurden von einer Gruppe angeheuert, die Interesse an gewissen Experimenten von Proteus hat«, begann die Frau. »Der Konzern arbeitet seit längerem an einer besseren Verträglichkeit von Bioware für Magier und hat seine Forschungen vor einer Weile zusätzlich in den Bereich der Verschmelzung von Magie und Cyberware ausgeweitet. Versuchsobjekte waren grundsätzlich Tiere, Höllenhunde, Bargheste, normale Hunderassen. Ziel unseres Auftrags war, auf dem Schiff eine Kühltruhe mit den sterblichen Überresten eines Tiers zu erbeuten, an dem besagte Experimente vorgenommen wurden. Biowareimplantate, Cyberwareverbesserungen, die ganze Palette. Zu keinem Zeitpunkt war von lebender Ware die Rede.«

»Eine Lüge«, stellte Ash fest, und die Augen der Runnerin verengten sich für den Bruchteil einer Sekunde. Ein empfindlicher Punkt.

»Eine Fehlinformation«, schaltete sich Pilgrim ein. »Die Pläne wurden kurzfristig geändert. Zu kurzfristig für unseren Informanten.«

»Aha.« Ash fragte sich, ob die Fehlinformation nicht doch eine absichtliche Lüge gewesen war. »Wieso eigentlich ein Schiff?«, wollte er wissen. »Per Flugzeug wäre es tausendmal schneller gegangen.«

»Schnelligkeit stand bei dem Transport ganz unten auf der Prioritätenliste. Es ging um etwas anderes. Proteus hat über Umwege einen alten Rostkübel gechartert, ihn zur Hälfte mit Containern beladen, die entweder leer waren oder mit billigem Elektroschrott gefüllt, und das Ganze samt einer Minimalcrew auf Reisen geschickt. Der Plan war, und dieser Punkt ist aus zuverlässiger Quelle bestätigt, das Tier auf hoher See freizulassen und auf seine Tauglichkeit zu prüfen. Ein Testlauf, wenn man so will. Hätten wir den Container nicht geöffnet, wäre er irgendwann von allein aufgegangen.«

»Und mein Team sollte was tun?«, fragte Ash, obwohl die Antwort auf der Hand lag.

»Das Tier wurde erschaffen, um Leute wie uns zu stoppen«, erklärte Selva. »Ihr wart Mittel zur Studie, Testobjekte, anspruchsvolles Hundefutter, wenn man so will. Die Crew war lediglich der Aperitif.«

Betroffenes Schweigen folgte. Die Erklärungen der Runner erschienen Ash durchaus plausibel. Er hätte schon damals in Caracas darauf kommen können. Die Puzzleteile waren dagewesen, er hatte sie einfach falsch zusammengesetzt. Aber wie hätte er mit einer derartigen Hinterhältigkeit rechnen sollen?

Tinkerbell meldete sich zuerst zu Wort. »Man hat diese Menschen wissentlich in den sicheren Tod geschickt, um eine neue Waffe zu testen?« Sie warf Ash einen empörten Seitenblick zu, fand es wohl ähnlich schockierend, dass man ihn und die anderen ohne zu Zögern zu Snacks erklärt hatte.

Pilgrim faltete die Hände auf der Tischplatte. »Durch den Untergang des Schiffes wird man nie herausfinden, was in den letzten Stunden an Bord geschehen ist. Falls das Tier mit Sensoren versehen war, wurden die aufgezeichneten Daten an die Forschungsabteilung des Konzerns übermittelt. Es wurde kein Notruf abgegeben, kein Hinweis auf Schwierigkeiten, und den einzigen Überlebenden, einen Steward namens Cooper, hat es anscheinend nie gegeben.« Der Runner bedachte Ash mit einem wissenden Blick. »Er wurde zwar identifiziert und nach Maracaibo gebracht, doch verschwand er kurz darauf vom Angesicht der Erde.«

Die Narben unter Ashs Armbändern begannen zu jucken, und er rieb unauffällig die Handgelenke aneinander. »Worum geht es bei diesem neuen Auftrag?«, wechselte er rasch das Thema.

»Unsere Auftraggeber von der *Glen Roy* sind sehr interessiert daran, weitere Forschungen von Proteus zu unterbinden. Man ist der Ansicht, es sei ein inakzeptabler Eingriff in die Natur, der mit allen Mitteln gestoppt werden muss.«

»Idealisten.« Der abfällige Unterton in seiner Stimme erstaunte Ash. Schließlich hatte er früher selbst einmal zu diesem Menschenschlag gehört.

»Finanzkräftige Idealisten«, kommentierte Selva ungerührt den Einwurf.

»Die es um den Schlaf bringt, wenn an ein paar Tierchen herumgeschnippelt wird.« Er stutzte. »Du hast gesagt, Versuchsobjekte *waren* grundsätzlich Tiere. Darf ich daraus schließen, dass der Konzern dazu übergegangen ist, die Forschungen auf den Metamenschenbereich auszuweiten?«

»Darfst du.«

»Die Versuchskaninchen sind vermutlich ein Haufen echter Patrioten, die sich freiwillig unters Messer legen.«

»Kein echter Magier lässt sich freiwillig Cyberware einbauen.« Tinkerbells Stimme war ruhig, doch die Miene der Elfe wirkte wie versteinert.

»Vermutlich nicht«, stimmte Pilgrim ihr mehr oder weniger zu. »In den letzten Monaten sind immer wieder Magier verschwunden, die entweder im weiten Umkreis der Anlage gewohnt oder dort Urlaub gemacht haben.«

»Man entführt magisch begabte Menschen und Metamenschen, um Experimente an ihnen vorzunehmen?« Ash schüttelte den Kopf. Natürlich, warum auch nicht. Wenn man keine willigen Versuchskaninchen findet, besorgt man sie sich eben auf anderem Wege.

Tinkerbell räusperte sich. »Gibt es irgendwelche handfesten Beweise, oder sind das lediglich Vermutungen?« Sie versuchte unbeteiligt zu klingen, aber Ash hörte deutlich den angespannten Unterton heraus.

Pilgrim zog einen Taschencomputer aus der Innentasche seiner hellbraunen Jacke und schob ihn zu den Runnern hin. »Die Datei ist mit ›P1‹ gekennzeichnet.«

Bevor die Elfe zugreifen konnte, hatte Ash den Computer bereits aufgeklappt und angeschaltet. Er rief die Datei auf und konnte nun zwischen zwölf Bildern wählen. Auf dem ersten war einen Badewanne zu sehen, in der drei große merkwürdig deformierte Hundeleichen lagen. Ihre Köpfe wirkten gigantisch, selbst im Vergleich zu den ohnehin muskulösen Körpern, und einem der Tiere hatte man der Länge nach den Bauch aufgeschnitten. Die nächsten drei Bilder zeigten ebenfalls tote Hunde in verschiedenen Stadien der Verstümmelung. Danach wurde es interessant. Auf Foto fünf war ein toter Mann zu sehen. Jung, vielleicht Mitte zwanzig, kahl rasiert. Er lag in einem blauen Müllsack, den jemand, vermutlich der Fotograf, aufgeschnitten und weit aufgerissen hatte. Der Brustkorb des Mannes war zu irgendeinem Zeitpunkt geöffnet und anschließend mit groben Stichen wieder verschlossen worden. Seine rechte Hand fehlte, und seitlich an seinem Schädel entdeckte Ash bei genauerem Hinsehen eine alte Operationsnarbe.

Neben ihm rührte sich Tinkerbell. Sie griff nach dem Taschencomputer und drehte ihn zu Pilgrim herum. »Der Mann war Magier?« Ihre Stimme klang kalt und gefasst. Was nie ein gutes Zeichen war.

Ihr Gegenüber nickte. »Simon Torrance, Eulenschamane, wohnhaft in New Orleans, Student der Magiewissenschaften. Vor sechs Wochen nach der Abschiedsfeier eines Kommilitonen spurlos verschwunden. Auf den restlichen Bildern sind noch zwei weitere Magier zu sehen. Beide identifiziert, beide innerhalb der letzten acht Wochen verschwunden. Was man auf dem Bild übrigens nicht sieht, ist, dass Mr. Torrance die Augen entfernt wurden.«

Ash klappte den Computer zu und schob ihn zurück zu Pilgrim. Auf die letzte Information hätte er getrost verzichten können. »Worin besteht der Auftrag? Ich meine, sofern ich den Job annehme.«

»Der Auftrag besteht darin, in ein Hochsicherheitslabor von Proteus einzudringen und es zu zerstören.«

»Ein Hochsicherheitslabor?« Er glaubte, sich verhört zu haben. »Sprechen wir hier von ein paar Räumen oder von einem ganzen Gebäude?«

»Es ist ein unterirdischer Gebäudekomplex mit fünf Stockwerken.«

»Oh. Na dann.« Spontan kam Ash ein Werbeslogan in den Sinn, mit dem er seine Dienste künftig anbieten könnte: *Engagieren sie Quickshot, den vielseitigsten Wetworkspezialisten der Welt. Wenn er das Ziel nicht mit einer Kugel erwischen kann, lässt er eben ein Gebäude drauffallen.*

Tinkerbell hingegen interessierte sich für andere Dinge. »Was ist mit den Leuten in dem Gebäude? Was passiert mit denen?«

Selva zuckte die Achseln. »Wir gehen am Wochenende rein, da sollte kaum jemand arbeiten. Abgesehen von den Sicherheitsleuten und ein paar übereifrigen Wissenschaftlern.«

»Und die entführten Magier?«

»Wenn wir das Gebäude nicht sprengen, tut es jemand anders«, konterte die Riggerin trocken. »Außerdem bezweifle ich, dass von diesen Versuchskaninchen genug übrig ist, um sie zu retten. Die sind vermutlich froh, wenn sie jemand von ihrem Elend erlöst.«

Tinkerbell verzog missbilligend das Gesicht, schwieg jedoch. Ash wunderte sich insgeheim, weshalb sich die Elfe derartig in die Runde einbrachte. Schließlich hatte sie nichts mit dem Job zu tun.

»Ein Gebäude in die Luft zu jagen ist etwas anderes als Wetwork.« Pilgrim schaute ihn durchdringend an. »Die Anforderungen sind andere, und das Risiko ist ungleich größer.«

Er will wissen, ob ich mehr drauf habe, als Leute aus der Entfernung abzuknallen. Ash versuchte, das leicht amüsierte Lächeln seines Gegenüber zu imitieren. »Wäre nicht der erste Job, bei dem ich durch Luftschächte kriechen und mich vor Sicherheitsleuten verstecken muss.«

»Verstehe. Also können wir mit dir rechnen?«

»Wie viel?«, fragte Ash.

»Vierzigtausend Nuyen pro Mann plus Spesen. Zehntausend Nuyen gibt's im Voraus.«

Eine nette Summe. Nachdem Ash beim letzten Run nur die Hälfte seines Geldes bekommen hatte, konnte er eine Finanzspritze gut gebrauchen. Außerdem glaubte er Pilgrim die Geschichte vom Testlauf des Experiments, und sein Ego wollte Proteus dafür gern schwungvoll in den Hintern treten. Für vierzigtausend Nuyen konnte sich auch der Rest von ihm für den Job erwärmen.

Ein unterirdisches Gebäude sprengen ... wie hoch lag die Wahrscheinlichkeit, es tatsächlich zu schaffen? Vielleicht, wenn sie genug Leute hatten.

»Wie groß wird das Team sein?«, erkundigte er sich.

»Vier Mitglieder. Wir drei und Blythe, der Ork draußen im Schankraum.«

»Blythe, aha.« Ash schaute automatisch zur Tür. In Zukunft sollte er sich von Leuten fernhalten, deren Namen mit ›B‹ begannen. Die brachten bloß Ärger. Na ja, abgesehen von Bear, doch bekanntlich hatte jede gute Theorie einen Haken.

»Er hat versprochen, sich zu benehmen«, versicherte Pilgrim.

Von einem Versprechen kann ich mir nichts kaufen. Nach Pilgrims Blick zu urteilen, hatte der Runner die Worte des Orks ebenfalls mit einem sehr kurzen Haltbarkeitsdatum versehen.

Es würde Ash trotzdem nicht davon abhalten, den Auftrag anzunehmen. Ein beschränkter Ork sollte zu handhaben sein.

»Zusätzlich erhalten wir Unterstützung vom Auftraggeber«, fuhr Pilgrim fort. »Aber dazu werde ich am Zielort Genaueres sagen.«

An seiner Geheimnistuerei hatte sich auch nichts geändert. Der Mann behielt weiterhin sämtliche Fäden in der Hand.

Ash fragte sich, wie viel Fingerspitzengefühl die Runner bei der Suche nach ihm an den Tag gelegt hatten. Sie waren offenbar diskret genug gewesen, um Nemos Kontakte nicht aufzuschrecken. Trotzdem könnte es eine gute Idee sein, Seattle bald wieder zu verlassen. Er musterte erst Pilgrim, danach Selva. Was, wenn sie von dem Kopfgeld wussten? Konnte er das Risiko eingehen?

Dann meldete sich Tinkerbell zu Wort und brachte ihn auf vollkommen andere Gedanken: »Falls ihr eine Magierin braucht, bin ich dabei«, bot sie mit einer Entschlossenheit an, die keinerlei Widerspruch duldete.

Ashs Kopf ruckte herum. Wie bitte? Tinkerbell sollte ihm lediglich bei diesem Treffen den Rücken freihalten, und was machte die Elfe? Nicht dass der Gedanke unangenehm war, aber überstürzte sie die Entscheidung nicht ein kleines bisschen?

Pilgrim hingegen umgab nun eine deutliche Aura der Erleichterung. »Danke, wir können magische Unterstützung in der Tat brauchen.« Er schaute in die Runde. »Ich nehme an, wir sind uns einig?«

Auf Ashs und Tinkerbells Nicken hin griff er in die Jackentasche und legte einen beglaubigten Credstick auf den Tisch. »Dein Vorschuss, Quickshot.« Er blickte die Elfe entschuldigend an. »Du bekommst deinen so bald wie möglich. Die Planung sieht vor, morgen die Zelte abzubrechen. Wir nehmen einen regulären suborbitalen Flug, also lasst Waffen und Sicherheitskleidung zu Hause. Die Ausrüstung und detailliertere Informationen werden wir direkt vor Ort erhalten. Oh, eine Frage hätte ich noch.« Er musterte Ash durchdringend. »Du hast gesagt, du hättest das Tier mit einem Feuerlöscher erledigt. Wie genau hast du das gemacht?«

Ash spürte Selvas skeptischen Blick und zuckte die Achseln. »Ich hab es zuerst mit dem Schaum eingesprüht, was dem Vieh nicht bekommen ist, und es danach erschlagen.«

»Interessant.« Der Runner schürzte nachdenklich die Lippen. »Mal sehen, ob mein Schieber was daraus machen kann. Falls für den Moment keine weiteren Fragen offen sind, treffen wir uns morgen Abend um acht am SeaTac Airport.«

»Was ist eigentlich in dich gefahren?«, fragte Ash Tinkerbell mit gedämpfter Stimme, sobald sie draußen beim Wagen waren. »Freiwillig bei diesem Unsinn mitzumachen?«

»Darf ich dich daran erinnern, dass du ebenfalls bei diesem Unsinn mitmachst?« Die Elfe deaktivierte die Alarmanlage und öffnete die Fahrertür.

»Ich habe auch einen Grund. Du weißt nicht, was uns erwartet«, fügte er hinzu.

»Du etwa?« Sie setzte sich auf den Fahrersitz, und er stieg ebenfalls ein. »Nein, aber ich habe auch keine anderen Verpflichtungen. Ich dachte, dein Studium hätte absolute Priorität.«

»Ich bin mit der Hausarbeit fast fertig, die fehlenden Seiten schaff ich locker in ein paar Stunden.«

Ash zögerte. Überlegte, ob er den nächsten Satz sagen sollte oder ob es zu albern klang. Er hatte da nämlich einen Verdacht. »Auf die Gefahr hin, wie ein Trottel zu klingen, aber du musst nicht meinetwegen mitkommen.«

»Du bist so ein elender Egoist«, platzte es aus Tinkerbell heraus. »Unglaublich! Es dreht sich nicht immer nur um dich.«

»Danke, sehr charmant.« Als Egoist bezeichnet zu werden, störte Ash nicht. Was ihn störte, war der Unterton in Tinkerbells Stimme. Es war ein ernst gemeinter Seitenhieb gewesen, nett verpackt in einen Scherz, der eigentlich keiner war.

»Ich mach das nicht, um Händchen zu halten. Du hast die Bilder selbst gesehen. Was dort geschieht, ist ein Verbrechen!«

»Es werden Unschuldige sterben. Vielleicht zwei, vielleicht ein Dutzend, vielleicht sogar mehr.« Ob ihr das überhaupt klar war?

»Ich weiß. Trotzdem.« Sie nickte zur Bekräftigung, als müsse sie sich selbst von der Richtigkeit ihrer Worte überzeugen. »Es ist unmenschlich, und es muss aufhören.«

Ash hob resigniert die Hände. »Okay, ich hab's gefressen.«

Das Problem war auch gar nicht Tinkerbells Beschützerinstinkt, sondern sein eigener. Bei der Vorstellung, die Magierin könnte einem dieser vierbeinigen Monster gegenüberstehen, hatte er unweigerlich das Bild des verbrannten, ausgebluteten Elfs auf der *Glen Roy* vor Augen.

»Ich bin um einiges besser als früher.« Es klang, als hätte Tinkerbell seine Gedanken gelesen. Sie schaute ihn mit hellblauen Augen zuversichtlich an. »Du wirst überrascht sein.«

»Ich hatte nicht vor, ich wollte nicht ...«, stammelte er verlegen. »Es ist nur ...«

»Betrachte es mal von dieser Seite: Falls Pilgrim und die anderen Wind von dem Kopfgeld bekommen haben, könnte es haarig werden. Wäre es nicht schön, eine Verbündete dabei zu haben, die ihnen bei Bedarf den Hintern rösten kann?«

»Stimmt«, gab Ash sich geschlagen. Daran hatte er auch schon gedacht. Aber trotzdem.

»Siehst du.«

Sie lächelte zufrieden, und er konnte sich des starken Gefühls nicht erwehren, dass die Elfe doch ›Händchen halten‹ wollte. Was ihn in eine ziemliche Zwickmühle brachte. Einerseits freute er sich darüber, andererseits wollte er nicht dafür verantwortlich sein, wenn Tinkerbell seinetwegen etwas passierte. Aber wie sollte er es ihr klarmachen, ohne das Gespräch in eine extrem peinliche Richtung zu lenken?

»Tja, mein Aufenthalt in Seattle fällt bedeutend kürzer aus, als ich gedacht habe«, wechselte Ash das Thema. Der Gedanke, bereits morgen wieder abzureisen, erfüllte ihn mit Wehmut. Ans Reisen hatte er sich im Laufe der Jahre gewöhnt, doch Seattle war und blieb nun einmal seine Heimat.

Während die Elfe den Wagen startete, ließ er den Sicherheitsgurt einrasten und senkte die Rückenlehne per Knopfdruck leicht ab. Es gab einen letzten Punkt auf seiner Liste der unerledigten Dinge, den er unbedingt abhaken wollte, bevor er sich vielleicht für immer von hier verabschiedete. Er wartete vorsichtshalber mit der Frage, bis Tinkerbell ausgeparkt hatte.

»Wo arbeitet Taurus eigentlich genau?«

Sie hob erstaunt die Augenbrauen. »Willst du ihn besuchen?«

»Ja. Selbst auf das Risiko hin, eins auf die Nase zu kriegen.«

Der Troll war zu lang sein Chummer gewesen, um diese vielleicht letzte Gelegenheit für eine Verständigung einfach verstreichen zu lassen.

»Ash.« Sie zögerte für einen Sekundenbruchteil. »Du weiß, was es bedeutet, von Taurus ›eins auf die Nase zu kriegen‹. Das ist kein Spaß!«

»Du kannst ja mitkommen«, forderte er sie halb im Ernst, halb scherzend auf.

»Danke, ich verzichte. In eure Männerangelegenheiten mische ich mich nicht ein.« Sie setzte den Blinker und bog in eine Seitenstraße ein. »*Donovan's Place* ist ein guter Start. Der Schieber, für den Taurus arbeitet, operiert von einem der Hotelzimmer aus.«

Kapitel 15

Taurus ließ von seiner Ecke aus den Blick durch die verlassene Hotellobby schweifen: Schräg links von ihm lag der Eingang, dessen hölzerne Flügeltüren nach einem Überfall vor einem Monat durch eine einzige große Stahltür ersetzt worden waren. In der Mitte des Raums dienten im Abstand von mehreren Metern zwei schmale Säulen als zusätzliche Stützen, um die herum Sitzgelegenheiten und niedrige Beistelltische arrangiert waren. Nach den kunstvollen Stuckverzierungen an der Decke und dem eingestaubten Kronleuchter zu urteilen, hatte das Hotel schon sehr viel bessere Zeiten gesehen. Der dunkelblaue Läufer, der vom Eingang auf den Tresen zulief, war verblasst und von unzähligen Schuhsohlen durchgescheuert. Vor dem Tresen teilte sich der Läufer und führte jeweils auf einen der Treppenaufgänge zu, die sich links und rechts vom Tresen befanden. Taurus hielt auf der rechten Seite Wache, in einem Sessel in Trollformat, eingeklemmt zwischen dem Aufgang und dem Fahrstuhl.

Der Eigentümer des Hotels, der gleichzeitig der Nachtportier war, pennte in einem Raum hinter dem Empfangstresen und sägte sich dabei eine verfraggte Holzhütte zusammen.

Versoffener Idiot. Taurus schaute zu dem vollen, extragroßen Bourbonglas auf dem Beistelltisch zu seiner Linken und grunzte. Alles eine Frage der Willenskraft.

Er erhob sich grummelnd aus dem durchgesessenen Sessel, der unter der Bewegung vernehmlich knarrte und ächzte, und rückte die Black Mamba zurecht, die unter dem Sicherheitsmantel in einem Schulterhalfter an seiner linken Seite hing.

Er musste sich bewegen, um seinen Kreislauf anzukurbeln. Wachhund für den Boss zu spielen, konnte einem in einer ruhigen Nacht wie dieser mächtig auf die Nerven gehen. Kein Trideo in der Nähe, kaum Besuch für den Boss, und die einzige Ablenkung kam in Form gigantischer Kakerlaken daher, die trotz der hellen Beleuchtung ohne jede Scheu durch die Lobby marschierten. Da zog er es allemal vor, den Schuldeneintreiber zu spielen und irgendwelchen Typen die Nuyen aus den Rippen zu prügeln. Selbst mit reduzierter Cyberware war er ein Troll, mit dem man rechnen musste.

Drei Stunden hockte er bereits hier, durchsuchte die Kunden vom Boss auf Waffen und meldete sie über Commlink an. Ständig beobachtet von zwei Kameras, die in den Säulen versteckt waren und gestochen scharfe Aufnahmen der Lobby hoch ins Zimmer von Marlowe, dem Schieber, schickten.

Taurus lehnte sich vorsichtig gegen eine der Säulen und betrachtete nacheinander seine Hände. Heute war das Zittern kaum zu sehen, an anderen Tagen konnte er nur mit Mühe eine Kanone halten. Die Sporne in der Linken, der Cyberhand, hatte er entfernen lassen. Die Hand war zwar durch ein neueres Modell ersetzt worden, trotzdem war es zu gefährlich. Bei dauerhaft geschädigten Nervenbahnen half auch keine neue Cyberware, und ein falscher Befehl in Gegenwart eines Chummers ...

Der Alkohol verstärkte das Zittern, doch vertrieb ein ordentlicher Schluck Bourbon erfolgreich die Langeweile. Wäre nicht das Versprechen an Tinkerbell, kürzer zu treten, er hätte das Glas längst geleert.

Manchmal stattete ihm die Elfe einen Besuch ab, allerdings hatte er von ihr seit Ashs Auftauchen nichts mehr gehört oder gesehen. Keine Nachricht, ob sie ihn zum Teufel gejagt hatte. Nichts. Vermutlich hing sie wieder mit ihm rum. Taurus spürte einen Stich der Eifersucht in der Brust. Der Junge verschwand für eine halbe Ewigkeit von der Erdoberfläche, tauchte urplötzlich wieder auf und tat, als wäre nichts geschehen. Brachte alles durcheinander, und Tinkerbell hatte auf einmal keine Zeit mehr. Selbst für einen beschränkten Troll war es offensichtlich, dass die Elfe in Ash verknallt war. Der Junge besaß dieses gewisse Etwas, das Frauen in seiner Gegenwart den Verstand verlieren ließ. War früher so gewesen, würde nie anders sein.

»Wenn du sie behandelst wie eine von deinen Bettmiezen«, murmelte er, »polier ich dir die Fresse!«

Taurus drehte sich abrupt um, ging zurück zum Sessel und schnappte sich das volle Glas. Kameras hin oder her, er brauchte einen Drink. Er stürzte den Bourbon in einem Zug hinunter und knallte das Glas eine Spur zu heftig auf den Tisch. Es knackte, und ein beachtlicher Riss bildete sich im Glasboden. Ihm fehlten die guten alten Zeiten. Anerkennung, Verantwortung, Freundschaft, das Gefühl, gebraucht zu werden. Man hatte ihn respektvoll behandelt, anders als Marlowe, der in ihm lediglich einen hirnlosen Schläger sah.

Taurus bückte sich schwerfällig nach der Bourbonflasche, die unter dem Tisch versteckt war. Ashs Auftauchen hatte ihn vollkommen unvorbereitet getroffen und eine Menge alter Erinnerungen aufgewirbelt. War im ersten Augenblick ein bisschen viel gewesen. Er schenkte sich ein weiteres Glas ein und beobachtete, wie der Alkohol durch den Riss im Boden auf den Tisch sickerte. Er fühlte sich merkwürdig, ohne sagen zu können, weshalb.

»Krieg ich auch einen?«, fragte eine vertraute Stimme hinter ihm. Fast hätte er die Flasche fallen lassen.

Taurus schaute erstaunt zu Ash, der wie von Zauberhand am Eingang aufgetaucht war. »Hab bloß ein Glas«, erwiderte er und stellte verblüfft fest, dass sich ein Lächeln auf seine Mundwinkel zuschlich. Er stoppte es, in dem er rasch den restlichen Bourbon trank, bevor ihm das Zeug über die Schuhe lief.

»Tinkerbell hat mir gesagt, wo du arbeitest.« Ash trat einige Schritte näher, hielt aber weiterhin gebührenden Abstand. Er wirkte unsicher und nervös. Keineswegs wie der selbstbewusste Norm, den der Troll von früher kannte.

»Geht's ihr gut?« Taurus fuhr sich mit dem Handrücken ungelenk über den Mund. Die Situation überforderte ihn, er wusste weder, was er tun, noch, was er denken sollte.

»Sie wartet draußen.«

»Mhm.«

»Hör zu ...«, Ash trat näher und lehnte sich gegen die Säule, an der Taurus selbst zuvor gestanden hatte. »Ich dachte ... ich wollte ...« Ein hilfloses Lächeln huschte über das Gesicht des Runners, während er nach den passenden Worten suchte. Taurus hatte keine Ahnung, worauf er hinauswollte. Die Flasche in der einen und das gesprungene Glas in der anderen Hand, wartete er ab.

»Ich werde bald wieder aus Seattle verschwinden«, machte Ash einen neuen Anfang. »Vielleicht sehen wir uns nie wieder.« Er unterbrach sich, und es war deutlich zu sehen, dass er seinen ganzen Mut sammelte. »Ich weiß, es klingt albern und blöd, doch wir haben uns früher so gut verstanden und ich möchte nicht gehen, ohne zu wissen, dass wir wieder Chummer sind.«

Taurus' Kinnlade klappte herunter. Eine Weile glotzte er den Runner dümmlich an, während er nach einer angemessenen Antwort suchte. Sein Kopf war leer wie das Glas in seiner Hand. Wieder Chummer sein klang hervorragend. Früher waren sie astreine Chummer gewesen, durch dick und dünn, der ganze Drek. Dann hatte Ash alles verdorben. Andererseits hatte der Runner ihm das Geld für die Operation gegeben und ihn davor bewahrt, als zitterndes Cyberwrack in der Gosse zu enden.

Taurus' Kopf schwirrte, und diesmal fühlte er sich wirklich dumm. »Hör zu«, begann er.

Sein Gegenüber unterbrach ihn mit einer knappen Handbewegung. »Ich hab damals Mist gebaut. Ich hätte von Anfang an ehrlich zu dir sein sollen. Tut mir leid.«

Taurus musste die Sätze in Gedanken einige Male wiederholen, bevor er wirklich kapierte, was Ash gesagt hatte. Der Junge hatte sich tatsächlich bei ihm entschuldigt! Plötzlich spürte der Troll einen festen Knoten in der Brust, dicht unter dem Brustbein. Der Knoten drückte auf seinen Magen und weckte in ihm das Verlangen nach einem weiteren Drink.

Er schaute aus luftiger Höhe auf Ash hinunter, der ihn aus moosgrünen, mit dunklen Ringen unterlegten Augen abwartend musterte. Der Junge sah echt fertig aus, irgendwie gestresst und ... fertig halt. Taurus merkte, dass es ihn beunruhigte, und fand es ziemlich irritierend. Er wollte sauer sein, nicht besorgt.

Als er gerade etwas erwidern wollte, meldete sich sein Boss.

»Johnny T. ist im *Black Hole* gesehen worden«, kam Marlowes gelangweilte Stimme über Commlink. »Hör auf, mit deiner Freundin zu quatschen, und greif ihn dir.«

»Geht klar.« Taurus schluckte die Beleidigung wie gewöhnlich hinunter, war allerdings froh, dass Ash sie nicht gehört hatte. Er stellte Glas und Flasche auf dem Tisch ab. »Hab keine Zeit mehr, muss los.« Johnny T. schuldete dem Boss dreitausend Nuyen, und wenn er ihm erneut durch die Lappen ging, gab's Ärger. Zum *Black Hole* würde er mindestens zwanzig Minuten brauchen.

Ash stieß sich von der Säule ab. »Kann ich mitkommen?«

Der bittende Unterton ließ Taurus innehalten. Er dachte kurz darüber nach und kam zu dem Schluss, dass ihm der Gedanke gefiel.

Als sie das Hotel verließen, entdeckte er Tinkerbell, die auf der anderen Straßenseite in einem Wagen wartete. Ash musste echt Schiss vor ihm gehabt haben, wenn er eine Magierin als Aufpasserin mitbrachte. Der Gedanke war amüsant.

Als sie näher kamen, senkte die Elfe das Fahrerfenster. »Hi Taurus, alles in Ordnung?«

Er zuckte die Achseln. »Klar. Ich muss was für Marlowe erledigen. Ash will mitkommen.«

Tinkerbells Augen verengten sich, und sie bedachte den Runner mit einem verstimmten Blick.

»Denk an unsere Verabredung.«

»Ich bin rechtzeitig wieder da.« Ash setzte seine Unschuldsmiene auf und wirkte auf einmal, als könne er nie im Leben etwas Unerlaubtes oder Leichtsinniges tun. Taurus kam nicht umhin, ihn insgeheim zu bewundern. Besonders, weil die Masche in neun von zehn Fällen zog.

»Benimm dich«, ermahnte die Elfe den Runner, ohne eine Spur von einem Augenzwinkern oder einen Anflug von Humor. Warum war sie so merkwürdig? Nach all dem Gerede über Ash hätte er erwartet, dass die beiden wieder ganz dicke Chummer waren. Vielleicht hatte Tinkerbell bloß eine sonderbare Art, ihre Zuneigung zu zeigen.

Ash jedenfalls nervte sie offensichtlich. »Klar, keine Verfolgungsjagden, keine Prügelein oder Schießereien.« Der Runner hakte die Daumen locker in die Hosentaschen ein. »Ich bin vorsichtig.«

Taurus runzelte die Stirn, als Tinkerbell ihn plötzlich fixierte. »Pass auf, dass er keinen Unsinn anstellt.«

Er nickte automatisch und schüttelte dann in fast derselben Bewegung den Kopf. »Seh ich aus wie'n Kindermädchen?« Taurus schaute zu Ash hinunter. »Ich muss, sonst isser weg und ich krieg keine Kohle.«

Ohne die Antwort abzuwarten, stapfte er los, auf einen hellbraunen Ford Americar in Trollgröße zu, der ein Stück weiter die Straße runter stand. Beim Wagen angekommen, blickte er sich ungeduldig um. Bis zu diesem Moment hatten sich Ash und Tinkerbell durch das geöffnete Autofenster unterhalten. Jetzt ließ die Elfe die Scheibe wieder hoch, startete den Wagen und fuhr davon. Der Runner schaute ihr nach und kam dann im Laufschritt auf ihn zu.

»Überzeugungsarbeit«, entschuldigte er sich. »Sie macht sich mehr Sorgen als nötig.«

»Mhm.« Taurus deaktivierte die Alarmanlage des Ford und stieg ein.

Er startete per Knopfdruck den Motor und wartete, bis Ash seinen Sitz einigermaßen eingestellt hatte. Der blonde Runner verschwand fast in dem durchgesessenen schwarzen Leder und er musste unwillkürlich grinsen. Der Anblick eines Norms in einem Trollautositz entschädigte für eine Menge.

»Wie nennste dich jetzt eigentlich?«, erkundigte er sich, als Ash endlich angeschnallt war. »Will mich nich verquatschen.«

»Quickshot.« Ash zog den Sicherheitsgurt ein Stück von seinem Hals weg.

»Bisschen unklug, oder?« Er hätte dem Jungen mehr Grips zugetraut. Bei dem ganzen Ärger, den er gehabt hatte.

»Ich weiß.« Der Gurt rutschte zurück in die alte Position und der Runner zog ihn erneut weg. Diesmal hielt er ihn fest. »Ist kompliziert.«

Meinst wohl, zu kompliziert für mich, was? Taurus lenkte den Americar aus der Parklücke und wechselte das Thema. »Was für 'ne Verabredung hat Tinkerbell vorhin gemeint?« Er versuchte so zu tun, als wäre es ihm egal, schaffte es aber nicht richtig.

»Wir gehen zusammen auf einen Run«, gab Ash zurück und machte dabei einen alles andere als glücklichen Eindruck. »Der Startschuss fällt morgen, deshalb wollte ich heute mit dir reden.«

»Ein Run?«

»Hängt mit einer anderen Sache zusammen, die mir auf dem Weg nach Seattle Probleme gemacht hat.«

»Also ist es gefährlich.«

Ash bedachte ihn mit einem schiefen Lächeln. »Ist es das nicht immer?« Er richtete sich auf, um besser aus der Frontscheibe sehen zu können.

Verärgerung und Sorge brandeten in Taurus auf. Der Gedanke, dass Ash Tinkerbell auf einen Selbstmordrun mitschleppte, passte ihm überhaupt nicht. »Hast *du* sie überredet?«, fragte er, eine gehörige Portion ›böser Troll‹ in der Stimme.

Sein Beifahrer schien ehrlich überrascht und leicht gekränkt, doch Taurus wusste, was für ein guter Schauspieler der Norm war.

»Ich hab versucht, es ihr auszureden.« Ash verzog das Gesicht. »Du traust mir jede Schlechtigkeit der erwachten Welt zu, was?«

»Blödsinn«, grummelte Taurus. Das hatte er überhaupt nicht gemeint. »Bloß weil sie auf dich steht, musste sie nich ausnutzen.«

Ash starrte ihn mit offenem Mund an. »Was?«

»Sie hat kein Wort gesagt, aber ich hab es trotzdem erraten«, erwiderte er stolz. »Wir sind jetzt Chummer«, fügte er hinzu und fühlte sich richtig gut dabei.

»Schön für euch.«

Der scharfe Tonfall ließ ihn verwundert die Stirn runzeln. Er schielte unauffällig rüber zum Beifahrersitz, wo Ash konzentriert die Fingernägel seiner rechten Hand reinigte.

Den Rest der Fahrt verbrachten sie schweigend. Taurus hatte gerade eine Parkmöglichkeit schräg gegenüber dem *Black Hole* gefunden, als Ash das Wort ergriff. »Ist die OP gut gelaufen?«

»Mhm.« Taurus stellte den Motor ab und löste seinen Sicherheitsgurt. »Die Sporne bin ich los, hab dafür aber neue Reflexbooster und 'ne neue Hand.«

»Tut mir leid, dass ich dich nicht besucht habe.«

Allmählich ging Taurus das ewige Entschuldigen auf die Nerven. Er zuckte nachlässig die Achseln, obwohl es ihn damals sehr enttäuscht hatte. »Warst halt nicht in der Stadt.«

»Ich war nicht mal auf diesem Planeten.«

Die Antwort brachte ihn unwillkürlich zum Schmunzeln. Eine Sache, die Ash immer drauf gehabt hatte: ihn zum Schmunzeln zu bringen. »Ich hol die Kohle, danach kannste mir 'nen Drink spendieren.«

»Hoffentlich ist der Typ wirklich in der Bar.«

Taurus stutzte. Die Fahrt hatte eine Viertelstunde gedauert, ausreichend Zeit für Johnny T., sich aus dem Staub zu machen. »Werde ich ja sehen.« Trotz der Antwort rührte er keinen Muskel. Eine Eingebung sagte ihm, dass es einen besseren Weg gab, den Mann zu erwischen, als die Vordertür einzutreten und wutschnaubend in den Schankraum zu stürmen. Er kratzte sich nachdenklich am rechten Hauer. Wenn er vorne reinging, verschwand der Drekhead vielleicht durch den Hinterausgang. Er wusste, dass der Betreiber ausschließlich Norms in dem Laden bediente. Winzige Stühle, schmale Türen und Korridore. Kein geeignetes Gelände für einen Troll. Seine Miene hellte sich auf, als ihm eine hervorragende Idee kam. Er schaute zu Ash, der ihn fragend ansah. »Du gehst rein und checkst die Lage. Der kennt dich nicht und wird keinen Verdacht schöpfen.«

»Okay.« Ash fand die Idee anscheinend ziemlich klasse. »Wie sieht der Typ aus?«

Mit einem selbstzufriedenen Lächeln auf den Lippen lieferte Taurus eine knappe Beschreibung.

Ash machte Anstalten auszusteigen und hielt inne. »Hat er Cyberware?«

Stimmt, Ash war kein Troll. Der musste sich über so was viel mehr Gedanken machen. Taurus versuchte sich an Marlowes Info zu erinnern. *Harmlos, kleine Leuchte, elender Speichellecker, hat nichts drauf, den schaffst du locker.*

»Besser als du isser sicher nich«, gab Taurus schließlich voller Überzeugung zurück.

»Wenn du das sagst«, erwiderte Ash zweifelnd. »Zum Glück hab ich meine Knarre dabei.« Er öffnete die Beifahrertür. »Denkst du, es wäre eine gute Idee, den Wagen weiter weg zu parken? Falls der Typ zufällig am Fenster sitzt.«

»Is gebongt.« Taurus wartete, bis Ash ausgestiegen war, und gab Gas. Weit und breit war keine freie Parklücke zu sehen, weshalb er dreihundert Meter weiter in zweiter Reihe parkte. Hoffentlich kam ausnahmsweise mal keiner von den Star-Trotteln vorbei, um ihm ein Ticket zu verpassen. Der Verkehr schlängelte sich auf der zweispurigen Straße an dem Ford vorbei, begleitet vom wütenden Hupen einiger Fahrer. Schließlich gab der Troll genervt auf, steuerte den Wagen in eine nahe gelegene Ausfahrt und stand nun halb auf der Straße und halb auf dem Gehweg. Nicht ideal, aber besser als vorher. Über den Rückspiegel behielt er die Bar im Auge und wartete. Wartete, während Ash für ihn die Lage sondierte. Das hätte ihm heute Morgen mal jemand erzählen sollen!

Einige Minuten später kam der blonde Norm aus der Bar, wartete die nächste Verkehrslücke ab und überquerte im Laufschritt die Straße.

»Er sitzt am Tresen, hinten in der Bar«, berichtete er, als er wieder im Wagen saß. »Die Hintertür erreicht man über den Gang, in dem die Toiletten sind.«

Taurus hob verwundert die Augenbrauen. »Woher weißte das?«

Ash zog eine Schachtel Zigaretten aus der Hosentasche und warf sie aufs Armaturenbrett. »Der Automat steht neben der Tür zum Männerklo. Die Hintertür ist nicht abgeschlossen und führt in eine schmale Gasse.«

»Sahne. Ich geh rein, während du Wache an der Hintertür schiebst. Wenn er bei dir rauskommt, hauste ihm ein paar aufs Maul.« Taurus versuchte zu verbergen, wie sehr ihm die Zusammenarbeit gefiel. »Nich zu fest, der muss noch quatschen können. «

»Okay. Ich ruf dich an, wenn ich an der Hintertür bin.«

Sie tauschten ihre Nummern aus – Ash benutzte das Telefon in seiner Armbanduhr, Taurus sein Commlink – und der Norm machte sich im Laufschritt auf den Weg zu der schmalen Gasse.

Taurus wartete ungeduldig, rechnete jederzeit damit, dass Johnny T. aus der Eingangstür kommen und ihm entwischen könnte. Er zuckte zusammen, als sich sein Commlink meldete. Es war Ash, der endlich in Position war.

Taurus stieg aus, die Black Mamba unter dem dunkelgrauen Sicherheitsmantel verborgen. Er nutzte eine Lücke im Verkehr, walzte im Eiltempo über die Straße und auf die Bar zu. Nachdem er geduckt eingetreten war, fand er sich in einem Schankraum voller Norms wieder, die ihn teils skeptisch, teils überrascht, teils abfällig musterten.

Vom Ende des Tresens starrte ihn Johnny T. mit großen Augen an. Nach einer Schrecksekunde sprang er vom Barhocker und stürzte auf eine nahe Tür zu.

Taurus bellte ein: »Stehen bleiben, Drekhead!«, aktivierte die Reflexbooster und setzte sich in Bewegung.

Der freie Platz zwischen den Tischen und dem Tresen war schmal, und er war so darauf konzentriert, sich nicht den Kopf an einem Deckenventilator zu stoßen, dass er einen der Stühle übersah. Er trat ihn aus dem Weg, und das Möbelstück schoss quer durch den Raum und knallte gegen den Stuhl eines anderen Gastes. Der Mann sprang erschrocken auf, sagte jedoch keinen Ton.

Taurus schob sich durch die schmale Tür in den Gang, der zu den Toiletten und zur Hintertür führte. Die Tür stand weit offen, und ihm wurde klar, dass es unmöglich gewesen wäre, den Mann in diesem Schuppen allein zu erwischen.

Er musste wie ein Krebs seitwärts gehen, den Kopf eingezogen, mit dem Bauch fast an der gegenüberliegenden Wand. Der Zigarettenautomat stellte ein zusätzliches Hindernis dar, und der Metamensch kam sich vor wie eine Sardine in der Büchse.

»Hey!«, brüllte er nach einigen Metern, die Waffe auf die Türöffnung gerichtet. »Alles Sahne da draußen?«

»Alles Sahne«, kam Ashs deutliche Antwort, und er entspannte sich. Für einen winzigen Moment hatte er sich Sorgen gemacht.

Als Taurus ins Freie trat, froh, sich wieder wie ein normaler Troll bewegen zu können, entdeckte er den Runner einige Meter weiter. Ash stand breitbeinig in der Gasse, ihm halb zugewandt, und hielt eine Pistole auf den Flüchtigen gerichtet. Johnny T. saß auf dem Hosenboden, den linken Jackenärmel unter die Nase gepresst und starrte wie paralysiert in den Lauf der Waffe.

Jetzt wanderte sein Blick zu Taurus. Er nahm den Arm runter und produzierte ein verlegenes Lächeln, während ein dünner Blutstrom aus seinem rechten Nasenloch lief.

»Hey, Taurus, du bist das. Hab dich gar nicht erkannt.« Das Zittern in seiner Stimme zerstörte die Fassade der Lässigkeit, und übrig blieb ein Häufchen Norm, das sich vor Angst fast in die Hose machte.

Taurus nickte Ash zu, der daraufhin die Waffe senkte.

Er ließ die Hintertür krachend ins Schloss fallen. »Rück die Kohle rüber, oder ich verpass dir 'nen neuen Haarschnitt!«

»Ach so, du willst das Geld«, spielte der andere den Erstaunten. »Sag das doch gleich, ich schlepp seit Tagen den Credstick mit mir rum. Bin bloß nicht dazu gekommen, Marlowe einen Besuch abzustatten.«

Taurus konnte über die miese schauspielerische Leistung nicht mal mehr lächeln. »Halt's Maul und gibt mir die Kohle.«

»Sicher, sofort. Sag deinem Chummer, er soll den Finger vom Abzug nehmen, so ka?«

Der Troll blickte zu Ash, der keinerlei Anstalten machte, die Waffe wegzustecken. »Sorry, nich heute.«

Mit einem ergebenen Seufzen griff Johnny T. langsam in die Innentasche seiner Sportjacke, hielt gut sichtbar den Credstick hoch und warf ihn Ash zu. Der Runner ließ ihn vor sich auf den Asphalt fallen, ging in die Knie, tastete mit der Rechten nach dem Zylinder und hob ihn auf. Alles ohne den Blick von seinem Gegenüber zu nehmen.

»Hast du ihn?«, wandte sich Ash anschließend an Taurus.

Der richtete die Black Mamba auf Johnny T. »Im Visier. Taschencomputer is in der rechten Außentasche.«

Ash holte das übergroße Gerät aus Taurus' Manteltasche und überprüfte den Credstick. »3127 Nuyen.«

»Sahne. Der Rest sind Zinsen.« Taurus senkte die Waffe. »Verpiss dich, Drekhead.«

Johnny T. kam betont langsam auf die Beine und wischte sich mit dem blutverschmierten Jackenärmel unter der Nase lang. »Man sieht sich.«

Er bedachte Ash mit einem feindseligen Blick und machte sich aus dem Staub.

»Ich hab mir grad 'nen neuen Freund gemacht.« Der Runner reichte Taurus Taschencomputer und Credstick.

Der Troll verstaute beides in der Manteltasche und musterte ihn gut gelaunt. »Ich bring Marlowe die Kohle, und dann gehen wir einen trinken.«

Marlowe würde zufrieden sein. Wenn der Boss zufrieden war, ließ er am Ende der Woche gern etwas mehr springen als vereinbart.

Sind ein gutes Team, wir beide, dachte Taurus, und plötzlich kam ihm ein bestimmter Satz in den Sinn, den Ash in der Hotellobby gesagt hatte: »Vielleicht sehen wir uns nie wieder.«

Die Vorstellung rief ein dumpfes Ziehen in seiner Magengegend hervor.

Er hatte nie daran gezweifelt, dass der Runner eines Tages nach Seattle zurückkehren würde. Nach dem ganzen Drek mit der Band und der Kirche hatte Ash verständlicherweise eine Auszeit genommen, um Gras über die Sache wachsen zu lassen. Musste ein verflucht mieses Gefühl sein, auf einen Schlag alles zu verlieren. Konnte einen Chummer arg mitnehmen. Besonders, wenn man nicht ganz schuldlos an all dem Drek war.

In seiner Phantasie hatte sich Taurus ihr Wiedersehen anders vorgestellt. Anders als am Hafen, anders als heute. Keine gekrampfte, gehetzte Nummer wie die hier. ›Nie wieder‹ klang verdammt ernst. Es klang nach Ashs endgültigem Abschied von Seattle und, viel schlimmer, nach totem Runner. Wieder kam diese merkwürdige Wut auf den Norm in ihm hoch.

Was sollte er machen, wenn Ash es fertig brachte, Tinkerbell und sich selbst bei dem Job unter die Erde zu bringen? Wer blieb dann übrig, um mal 'ne Runde zu quatschen? Die Schatten konnten ohne einen Chummer verdammt einsam sein.

Ash visierte mit der Schlüsselkarte den Schlitz des Türschlosses an, verfehlte ihn um wenige Millimeter und versuchte es erneut. Diesmal traf er, zog die Karte durch und öffnete die Wohnungstür. Er suchte und fand den Lichtschalter und trat in den erleuchteten Flur. Das Wohnzimmer lag im Dunkeln, Tinkerbell musste bereits zu Bett gegangen sein. Er schaute auf die Uhr und kniff die Augen zusammen, um das erleuchtete Display besser zu erkennen. Gleich halb drei. Das gemütliche Zusammensitzen mit Taurus war etwas ausgeartet und der letzte Drink definitiv einer zu viel gewesen. Richtig betrunken war Ash nicht, einen Rest Disziplin hatte er sich bewahrt. Er befand sich in diesem tapsigen Grinsezustand, in dem alles lustig erschien und die Feinmotorik kläglich versagte. Er hob das rechte Bein, um die Klettverschlüsse seines Schuhs zu öffnen. Schnürsenkel hatte er vor einer ganzen Weile aufgegeben, denn Klettverschlüsse waren viel praktischer. Keine Bänder, über die man stolpern konnte, keine hoffnungslos zusammengezogenen Knoten, bloß zweimal ›ratsch‹ und Schuhe aus. Wenn man das Gleichgewicht halten konnte.

Ash hüpfte zwei Schritte zur Seite, krachte in den Schuhschrank und fing sich gerade rechtzeitig ab, bevor er auf dem Boden landete. Albern kichernd blieb er stehen, bis das watteweiche Schwebegefühl in seinem Kopf eine Spur nachgelassen hatte. Schließlich ließ er sich langsam auf den sicheren Boden nieder, um die Schuhe im Sitzen auszuziehen. Die Nummer beim *Black Hole* hatte Spaß gemacht. Endlich mal ein unkomplizierter Job. Taurus war es wichtig gewesen, die Kohle endlich zu kassieren, und Ash hatte es als Ehrensache empfunden, ihm zu helfen. Selbst wenn er dafür den Laufburschen spielen musste.

Bist ein toller Typ. Gehst mit einem Alkoholiker einen saufen. Ash streifte die Turnschuhe ab und trat sie mit Schwung in eine Ecke. Lauter als für diese Uhrzeit angemessen, was ihn erneut zum Kichern brachte. Morgen würde er sich wegen des Saufgelages vermutlich mies und schuldig fühlen, aber heute war es ihm wichtiger gewesen, die Freundschaft des Trolls zurückzugewinnen. Egal zu welchem Preis.

Ash packte die Kante des Schuhschranks und wuchtete sich hoch. Er setzte sich mit bedächtigen Schritten in Bewegung, ging ins Wohnzimmer und schaltete die Deckenbeleuchtung ein. Keine Experimente im Dunkeln.

Auf dem Sofa lag zusammengefaltet eine Garnitur Bettwäsche, und links daneben stand der Metallkoffer mit seiner Kleidung. Tinkerbell war ein umsichtiges Mädchen.

Ash schälte sich umständlich aus der Jacke, die er bereits im Flur hätte ausziehen können, und ließ sie achtlos zu Boden gleiten. Er schlüpfte aus dem Tarnhalfter, zu seiner Erleichterung ohne es samt Waffe fallen zu lassen, und legte es auf den Tisch.

Gerade als er sich aufs Sofa setzen wollte, ging die Tür zum Schlafzimmer auf und Tinkerbell kam heraus. Sie trug ein langes, weißes Nachthemd, und ihre weißblonden Haare waren vom Schlafen zerzaust. Ash fühlte sich spontan an einen alten Streifen aus dem Trid erinnert: ein verwunschenes Schloss, ein Gespenst, eine Dame in Weiß, die um Schlag Mitternacht erschien und bis zum Morgengrauen ihre Runden drehte und die Gäste erschreckte. Er musste unfreiwillig grinsen.

Die Elfe blinzelte ihn müde an. »Ihr habt euch anscheinend gut vertragen.« Leiser Vorwurf klang in ihrer Stimme mit.

»Jup.« Ash versuchte vergeblich, das dümmliche Grinsen aus dem Gesicht zu bekommen. »Is'n bisschen später geworden, aber keine Sorge, bin morgen wieder fit.« Er runzelte die Stirn. »Nachher.« Heute war ja schon morgen.

Die Elfe trat näher. »Ihr habt was getrunken.«

»Verantwortungslos, ich weiß«, gab er selbstkritisch zurück, doch die Bemühungen wurden von einem zufriedenen Lächeln zunichte gemacht. »Ich bin vermutlich zum letzten Mal in Seattle, da kann ich zum Abschied mal eine Ausnahme machen, oder?«

Die Elfe verschränkte die Arme vor der Brust und musterte ihn mit einem undurchdringlichen Blick. »Geh ins Bett.«

»Zu Befehl.« Der Runner salutierte linkisch. »Ach ja, Taurus besteht darauf, uns morgen zum Flughafen zu fahren.«

»Ihr habt euch wirklich gut vertragen, was?« Sie wandte sich halb ab, auf eine Antwort wartend.

»Ich bin auf allen vieren zu Kreuze gekrochen, habe mich zu meinen Sünden bekannt und er hat mir vergeben.« Huch, wie theatralisch.

Fand Tinkerbell offenbar auch. »Schön für dich. Gute Nacht.« Sie ging zurück ins Schlafzimmer und schloss die Tür.

»Gute Nacht.« Ash sank aufs Sofa, plötzlich in einer merkwürdig melancholischen Stimmung. Möbel, Trideo, Pflanzen, Musikanlage, Teppichboden. Er schaute sich nachdenklich um. Eine Küche, ein Badezimmer, ein Schlafzimmer, jede Menge Platz. Erinnerungen an frühere Zeiten wurden wach, als er all dies besessen hatte. Es schien eine Ewigkeit her zu sein, und in diesem Moment beneidete er erneut die anderen Menschen. Mit ihren alltäglichen Sorgen, ihrem geregelten Arbeitstag, ihrem normalen Leben, frei von Verrat, Mord und Totschlag. Heute war einer dieser Tage, an denen er alles tun, alles geben würde, um die Zeit zurückzudrehen und einen anderen Weg zu wählen.

Du bist betrunken. Er öffnete den Koffer und hielt wenig später zwei kleine runde Tabletten in der Hand. *Schlafen wird dir gut tun.*

Kapitel 16

Auf dem Weg zum Flughafen machte sich bei den Runnern eine sonderbare Stimmung breit. Angespanntes, bedrücktes Schweigen erfüllte den Wagen. Ash betrachtete nachdenklich die vorbeiziehenden Gebäude und Passanten, die vertrauten Geschäfte und Straßen. Diesmal war der Abschied ein anderer. Diesmal hatte er Zeit, der Stadt ›Auf Wiedersehen‹ zu sagen. Leichter fiel es ihm trotzdem nicht. Er wandte den Kopf und betrachtete Taurus, der konzentriert den Verkehr im Auge behielt. Grade hatten sie einen neuen Anfang gemacht, ihrer Freundschaft eine zweite Chance gegeben, da mussten sie sich wieder trennen.

Doch der bevorstehende Abschied hatte ihn überhaupt erst dazu gebracht, den Troll aufzusuchen – Ironie pur.

Hab mir tatsächlich eingebildet, es würde einfacher sein, wenn wir uns im Guten trennen. Ash rückte den Sicherheitsgurt zurecht, der an der rechten Halsseite scheuerte. *Kleiner Irrtum.*

Vor ihnen tauchte der SeaTac Airport auf, und sofort nahm der Verkehr zu. Taurus reihte den Ford in die Blechlawine ein, die sich am Flughafen vorbeiwälzte, wählte einen der zahlreichen Kurzparkplätze und verbrachte einige Minuten damit, im Schritttempo nach einem freien Parkplatz zu suchen. Viele der Lücken waren zu klein für den Ford und alle Trollparkplätze belegt. Um Zeit zu sparen, stellte er den Wagen schließlich auf zwei aneinandergrenzenden Normparkplätzen ab.

»Biste sicher, dass ich euch nicht begleiten soll?« Taurus haderte offensichtlich weiterhin damit, heute Abend nicht den Beschützer spielen zu dürfen. Obwohl Ash das Angebot sehr rührte, hatte er abgelehnt.

»Mir ist es lieber, wenn die dein Gesicht nicht sehen«, wiederholte er sein Hauptargument. »Die brauchen überhaupt nicht zu wissen, dass du uns gefahren hast.«

»Ihr kennt die nich mal richtig.« Auch Taurus erinnerte sich an seinen Text vom Anfang der Fahrt. »Falls was schiefläuft, habt'a keine Rückendeckung.«

»Welcher Idiot fängt Stress am Flughafen an?« Der Troll konnte manchmal wirklich ein Dickkopf sein. »Wäre reiner Selbstmord.«

Taurus grunzte verärgert. »Dann kapier ich nicht, weshalb ...«

»Okay.« Ash bremste den Wortschwall des Trolls mit einer Handbewegung. »Wenn es dir so verflucht wichtig ist, kannst du uns folgen. Aber mit Abstand und unauffällig. Kriegst du das hin?«

»Willste mich beleidigen oder was?«

Der gekränkte Gesichtsausdruck seines großen Chummers brachte Ash zum Schmunzeln. »Nie im Leben.«

Er öffnete die Beifahrertür und stieg aus.

Während Taurus ein Parkticket besorgte, nahm er Tinkerbell zur Seite. »Du hättest auch mal was sagen können«, sagte er vorwurfsvoll.

»Aber wieso denn?« Der Ausdruck in ihren Augen war schelmisch, fast verschlagen. »Ich hab mich prächtig amüsiert.«

»Schön, dass wenigstens eine hier ihren Spaß hat.« Aber wirklich sauer war Ash nicht. Dafür genoss er die ganze Situation viel zu sehr. Sie holten das Gepäck aus dem Kofferraum, und dann war Taurus zurück und der Moment des Abschieds gekommen.

Der Troll betrachtete ihn freundlich aus luftiger Höhe, und plötzlich gab es viel zu viel zu sagen und kein einziges Wort in Ashs Kopf, mit dem er hätte anfangen können. Schließlich gab er Taurus einen freundschaftlichen Klaps gegen den Unterarm. »Pass auf dich auf.« Zu mehr reichte es nicht, und er ärgerte sich darüber.

»Du auch«, brummte sein Gegenüber, und er spürte deutlich, dass der Troll einen ähnlichen Kampf ausfocht. »Du hast meine Nummer«, fügte Taurus hinzu, und ein warmes Gefühl breitete sich in Ashs Bauch aus.

Jetzt machte Tinkerbell einen Schritt auf den Troll zu. »Wir sehen uns in ein paar Tagen. Stell keinen Unsinn an.«

»Klar.« Taurus verzog den Mund um die Hauer herum zu einem Lächeln. »Du auch nicht.«

Dann griffen Ash und Tinkerbell nach ihren Koffern und machten sich auf den Weg zum Treffpunkt.

Selva und Pilgrim warteten bereits vor einem der Eingänge zum Terminal, ein wenig abseits des Menschenstroms. Mit ihren kompakten Rollkoffern wirkten sie wie ein harmloses Paar auf dem Weg in den wohlverdienten Urlaub.

Pilgrim entdeckte sie zuerst und nickte ihnen unauffällig zu.

Anschließend schaute er nach rechts, wo Blythe eben aus der Menge auftauchte, einen großen Rucksack auf dem Rücken. Der Ork humpelte leicht auf dem linken Bein, und Ash musste unwillkürlich an die *Glen Roy* denken. Er hatte Blythe dicht oberhalb des Knies getroffen, vielleicht war dabei das Gelenk in Mitleidenschaft gezogen worden. Sollte er tatsächlich die Schuld an der Behinderung des Orks tragen, musste er sich garantiert auf irgendeine Art später Rache gefasst machen. Denn der Metamensch schien keinerlei Ambitionen zu haben, den Vorfall unter ›Berufsrisiko‹ abzulegen. Und wer konnte es ihm verdenken? Ash hatte selbst Schwierigkeiten damit, die Geschehnisse auf der *Glen Roy* vollständig auszuklammern.

»'n Abend.« Blythe nickte Pilgrim und Selva zu und bedachte danach Tinkerbell mit einem schmierigen Grinsen. Ash ignorierte er, was den aber nicht sonderlich störte.

»Wir sollten einchecken«, bemerkte Pilgrim nach einem Blick auf die Uhr, und die Runner machten sich auf den Weg ins Terminal. Kurz vor einer der großen Automatiktüren schaute sich Ash noch einmal suchend um. Taurus konnte er nicht entdecken.

Nach einem erfreulich unspektakulären Suborbitalflug fanden sich die Runner auf dem Flughafen von Birmingham/Alabama wieder.

Nachdem sie beim Gepäckband ihre Koffer eingesammelt hatten, machten sie sich auf den Weg zum Schalter einer der zahlreichen Autovermietungen. Nach den üblichen Formalitäten hielt Pilgrim endlich die Schlüssel zu einem Minivan in Händen, und es ging weiter zum Parkplatz der Autovermietung.

Der Runner setzte sich wie selbstverständlich ans Steuer und lenkte das Fahrzeug aus dem Gewirr der Parkplätze und Zubringerstraßen in Richtung Stadtkern. Zehn Minuten später ließ er Selva an einer Straßenecke aussteigen. Die Riggerin würde Kontakt zum Schieber aufnehmen, der für die Beschaffung der weiteren Ausrüstung zuständig war, und sich anschließend um ihre Drohnen kümmern, die sie irgendwo in der Stadt eingelagert hatte.

Ash kannte Birmingham bereits von einem früheren Besuch aus seiner Musikerzeit. In einem heruntergekommenen Schuppen in einem der Randbezirke hatten *Devil's Playground* ihr drittes Konzert außerhalb von Seattle gegeben, im Vorprogramm einer mittelmäßigen Trashmetal-Band, deren Name ihm entfallen war. 41 zahlende Besucher, winzige Bühne, mieser Sound, lächerliche Lichtshow und eine voll geschmierte, fensterlose, nach Schweiß und abgestandener Luft müffelnde Umkleidekabine von der Größe eines Handtuchs. Für eine Sightseeing-Tour war damals keine Zeit gewesen, doch Ash erinnerte sich lebhaft an einen Laden, den die Musiker nach dem Konzert aufgesucht hatten: Das *Ruskin Arms*, eine Metal-Kneipe in der Innenstadt. Die Musik war hervorragend gewesen, die Getränke erschwinglich und die Tanzfläche groß. Nicht zu sprechen von den Mädchen.

Er schmunzelte und betrachtete die vorbeiziehenden Häuser. Sie fuhren jetzt durch ein Wohngebiet, das weder besonders schick noch besonders heruntergekommen war. Vielleicht unterer Mittelstand. In regelmäßigen Abständen waren Lampen über der Straße gespannt und erhellten diesen Allerweltsstadtteil.

Gut einen Kilometer weiter hielt Pilgrim vor einem unscheinbaren vierstöckigen Wohnhaus. Flachdach, Balkons zur Straße hin und ein schmaler, von getrimmten Hecken eingefasster Grünstreifen vor dem Gebäude. Zwischen diesem und dem Nachbarhaus führte eine abschüssige Einfahrt zur Tiefgarage.

Kurz darauf stand Ash im Eingangsbereich einer Wohnung im zweiten Stock. Zu seiner Rechten befanden sich die Garderobe und ein Telekomtisch, geradeaus ging es weiter in ein kombiniertes Wohn- und Esszimmer. Hinten links im Zimmer führte eine metallene Wendeltreppe hoch in die nächste Etage, rechts befand sich eine Sitzecke mit Trideo, und links, vor einem hellgelben Vorhang, der die gesamte Zimmerbreite einnahm, stand ein einfacher Esstisch mit sechs Stühlen.

»Oben sind zwei Schlafzimmer, ein Aufenthaltsraum und ein kleines Badezimmer«, erklärte Pilgrim. »Hier unten findet ihr die Küche, zwei Schlafzimmer und ein großes Bad mit Dusche und Wanne. Selva hat eine eigene Unterkunft in der Stadt, wir können uns deshalb jeder ein Zimmer aussuchen.«

Der letzte Satz des Runners gefiel Ash sehr. Aus gewissen Gründen schlief er lieber allein.

Nach einem Rundgang durch die Doppelwohnung entschieden sich Tinkerbell und Ash für die oberen Schlafzimmer, während Pilgrim und Blythe die Räume im unteren Stockwerk bezogen.

Für den Ork war die unmittelbare Nähe zum Trideo ausschlaggebend, und er machte sich sofort in der Sitzecke breit. Nach einigem Hin- und Herschalten fesselte eine wilde Verfolgungsjagd seine Aufmerksamkeit, und er lehnte sich zufrieden zurück.

Ash schüttelte skeptisch den Kopf und wandte sich dem geschlossenen Vorhang zu.

Er zog an dem dünnen, hellgelben Seil an der rechten Wand, und begleitet vom leisen Surren der Ringe, die über eine Führungsschiene unter der Decke glitten, teilte sich der Stoff. Dahinter befanden sich ein großes Doppelfenster und eine Balkontür. Von dem breiten Balkon aus konnte man in den mit Büschen und Bäumen bepflanzten Innenhof sehen.

Ash öffnete die Balkontür und trat auf die Steinfliesen hinaus. Das Brummen einer entfernten Schnellstraße in den Ohren, schaute er hoch zum Himmel. Zwischen den Wolken lugte ein milchig-trüber Halbmond hervor, und vereinzelt funkelten Sterne in der Dunkelheit. Er lehnte sich mit verschränkten Unterarmen auf das Metallgeländer und atmete tief ein. Die Luft in Birmingham war anders als in Seattle. Satter, schwerer, schwüler. Die Gerüche waren irgendwie würziger und intensiver. Er wusste nicht, ob es ihm gefiel.

Ein Geräusch ließ ihn über die Schulter schauen. Pilgrim war auf den Balkon gekommen und hatte soeben die Balkontür zugezogen. Der wollte doch nicht etwa eines dieser tollen Gespräche von Mann zu Mann führen? Jetzt griff Pilgrim in die Brusttasche seiner Jacke und holte eine Schachtel dünner Zigarillos und ein Sturmfeuerzeug heraus.

»Wann läuft die Besprechung?«, erkundigte sich Ash, bevor der Runner etwas sagen konnte.

»Selva kommt morgen gegen Mittag vorbei. Anschließend fahren wir zum Schieber und besorgen die Sachen.« Pilgrim zündete hinter vorgehaltener Hand ein Zigarillo an, nahm einen Zug und verbarg anschließend die glühende Spitze in der hohlen Hand.

»Du hast in Seattle von Unterstützung durch den Auftraggeber gesprochen. Wie genau soll das ablaufen?«

»Ganz einfach, die haben jemanden in der Anlage.«

Ash hob erstaunt die Augenbrauen. »Erscheint mir etwas riskant.«

Sein Gegenüber zuckte in einer nachlässigen Geste die Achseln und zog hinter vorgehaltener Hand erneut am Zigarillo. »War die Entscheidung des Auftraggebers.«

»Klug ist es trotzdem nicht. Was, wenn die betreffende Person plötzlich ihre Liebe zum Konzern und zu den Kollegen wiederentdeckt? Dann marschieren wir vielleicht direkt in eine Falle.«

»Die Wahrscheinlichkeit ist sehr gering. Diese ›Person‹ verfolgt ausschließlich die Interessen des Auftraggebers und ist aus dem Grund im Gebäude positioniert worden.«

»Also ein Maulwurf.« Das klang plausibel und reduzierte erheblich die Gefahr, dass der Helfer zum Überläufer wurde. Es räumte sie allerdings nicht komplett aus dem Weg, und dieser Teil machte Ash weiterhin Sorgen. »Was ist das für ein Typ? Ist er zuverlässig?«

»An der Loyalität des Mannes besteht kein Zweifel.« Pilgrim nahm einen weiteren Zug. »Eins noch«, er wandte sich Ash zu und schaute dem Runner durchdringend in die Augen. »Ich habe auf der *Glen Roy* lediglich einen Auftrag erfüllt. Das Verhör war der schnellste Weg, um an wichtige Informationen zu gelangen. Nichts Persönliches, sondern rein geschäftlich. Falls es also irgendwas zu klären gibt, sollten wir es tun, bevor wir in die Anlage gehen.«

Ash schluckte die erneut aufwallende Wut über die Demütigung hinunter. Pilgrim hatte recht, es war keine persönliche Sache gewesen. Unter umgekehrten Vorzeichen hätte er wohl ähnlich gehandelt.

»Vergessen wir's«, erwiderte er schließlich. Es würde nicht helfen, sich über Vergangenes zu streiten, wenn sie gemeinsam einen Auftrag erledigen wollten.

Pilgrim nickte. »In Ordnung.«

Kapitel 17

Die Besprechung am nächsten Tag sollte in dem Aufenthaltsraum im oberen Stockwerk stattfinden. Als Ash und Tinkerbell zur verabredeten Zeit aus ihren Zimmern kamen, waren Blythe und Selva gerade dabei, einen Klapptisch aufzustellen. An einer Wand lehnten fünf Klappstühle, und in sicherer Entfernung zur Wendeltreppe stand ein Beistelltisch mit Getränken und Gläsern. Künstlicher Orangensaft und Wasser, kein Soykaf, keine Limonade. Ash warf der Elfe einen verwunderten Blick zu, den sie mit einem leichten Schulterzucken erwiderte. Pilgrim hatte seine Leute offensichtlich gut ihm Griff.

In diesem Augenblick kam der Runner die Treppe hoch. Er nickte ihnen zu, ging zu dem inzwischen aufgebauten Tisch und holte einen Taschencomputer aus der linken Tasche seiner Trainingsjacke. Aus der rechten Tasche zauberte er einen handtellergroßen Projektor hervor und legte ihn neben den Computer auf den Tisch. Während Pilgrim die beiden Geräte miteinander verband, holten sich Ash und Tinkerbell jeder einen Stuhl und setzten sich auf die eine Seite des Tisches. Blythe und Selva nahmen auf der anderen Seite Platz, mit den Rücken zu den beiden Fenstern.

Schließlich dämpfte Pilgrim das Licht, holte einen Laserpointer aus der Hosentasche und drückte eine Taste auf dem Computer. Die Satellitenaufnahme eines Waldstücks erschien auf der gegenüberliegenden Wand. Der Maßstab war groß, ließ wenig mehr als Bäume und am rechten Rand vage eine freie Fläche erkennen. Pilgrim drückte eine Tastenkombination auf dem Taschencomputer, das Bild zoomte heran und die freie Fläche schob sich in die Mitte. Es war eine Lichtung, in deren Zentrum sich ein ovaler See befand. »Der Laborkomplex wurde teilweise unterhalb des Sees angelegt.« Er zeichnete mit dem roten Strahl des Laserpointers die Umrisse des Sees nach, und Ash fühlte sich unwillkürlich in einen Militärstreifen aus dem Trideo versetzt. »Das Gelände ist weiträumig und umzäunt.« Pilgrim drückte eine weitere Taste, und der Ausschnitt einer Landkarte erschien, auf dem das Gebiet mit einem roten Punkt gekennzeichnet war, um den sich in weitem Abstand zwei rote Ringe zogen. Rechter Hand lief ein roter Strich vom Gebiet weg.

»Es gibt einen äußeren und einen inneren Sicherheitszaun. Der äußere Zaun ist aus Maschendraht und leicht zu überwinden. Es gibt lediglich ein paar Warnschilder für neugierige Wanderer. Bis zum inneren Zaun sind es zwei Kilometer durch bewaldetes Gebiet. Auf Grund der Weitläufigkeit gibt es keine Kameras oder Sensoren. Der innere Zaun ist eine Herausforderung: galvanisiertes Metall, drei Meter hoch, sechzig Zentimeter tief in die Erde eingelassen und oben mit Stacheldraht bespannt. Zu beiden Seiten wurden drei Meter breite Schneisen in den Wald geschlagen, um Besucher mit Artistenblut in den Adern davon abzuhalten, sich von Baum zu Baum zu schwingen. Mit Heckler & Kochs 227 bewaffnete Überwachungsdrohnen patrouillieren in regelmäßigen Abständen außen um den Zaun herum. Durch den Zaun selbst fließt Schwachstrom. Eine Unterbrechung des Stromkreises löst in der Sicherheitszentrale Alarm aus. Es führt zwar ein Trampelpfad ins Gebiet«, Pilgrim zeigte auf den roten Strich, der durch die Ringe bis zum See verlief, »doch den können wir vergessen. Zu exponiert, zu viele Wachdrohnen, und der Durchgang zur Lichtung ist durch Kameras und ein äußerst starkes Magschloss gesichert.«

»Sind am Zaun selbst Kameras angebracht?«, erkundigte sich Ash.

»Vereinzelt. Sie sichern nach außen hin den frei gelegten Streifen ab. Es gibt einen unterirdischen Shuttleverkehr, der die Arbeiter und Wissenschaftler aus einer zehn Kilometer entfernten Ortschaft in die Anlage bringt. Beide Stationen stehen rund um die Uhr unter strenger Bewachung, diesen Weg können wir uns sparen. Eine weitere Einstiegsmöglichkeit wäre über das Helipad, einen Kilometer entfernt. Es gibt einen Tunnel zur Anlage, der allerdings gut gesichert ist. Außerdem würden wir im obersten Stockwerk rauskommen und müssten uns einen Weg nach unten suchen. Meiner Meinung nach ist der Zaun die einzige Möglichkeit.«

»Die werden uns wohl kaum einen Serviceeinstieg anbieten«, warf Ash ein.

»Oh, eine Art Einstieg gibt es schon.«

»Ach ja?«

Ash kniff die Augen zusammen und starrte auf die Karte. Was braucht ein unterirdisch angelegtes Gebäude? Ein Abwassersystem? Eine gute Müllabfuhr? Dann durchzuckte ihn die Erkenntnis. »Das Belüftungssystem.«

»Korrekt.« Pilgrim drückte eine Taste auf dem Taschencomputer und rief die nächste Luftaufnahme auf. Sie war mit einer Infrarotkamera aufgenommen worden und zeigte neben diversen schwarzen, blauen und grünen Flecken sechs Wärmequellen in variierenden Pink- und Gelbtönen. Vier runde Wärmequellen waren in gleichmäßigen Abständen um den Zaun verteilt und stellten vermutlich Wachdrohnen dar. Die beiden anderen Wärmequellen befanden sich auf der Lichtung und lagen sich auf den Längsseiten des Sees gegenüber. Sie waren quadratisch geformt und leuchteten lediglich an den Außenseiten schwach pink.

»Die Abdeckungen der Lüftungsschächte befinden sich fast auf Bodenlevel«, nahm Pilgrim den Faden wieder auf. »Die warme Luft entweicht seitlich durch schmale Schlitze. Sie wird auf dem Weg nach oben gekühlt, um Dampfbildung im Freien zu verhindern. Natürlich müssen wir davon ausgehen, dass die Zugänge gesichert sind, doch mit der entsprechenden Ausrüstung dürfte es kein Problem sein.«

»Wie groß sind die Belüftungsschächte?«, erkundigte sich Ash. Obwohl Blythe für seinen Metatyp schmächtig gebaut war, dürfte es vermutlich schwierig werden, ihn da reinzubekommen.

»Die sind groß genug, keine Sorge. Auf der Lichtung gibt es keine Kameras, allerdings warten einige verträumte Selbstschussanlagen auf uns. Eine Karte mit den Positionen erhalten wir im Laufe des Tages. Wir knacken die Abdeckung eines Lüftungsschachts und seilen uns ab. Die beiden untersten Stockwerke haben ein eigenes Belüftungssystem sowie separate Zugänge. Deshalb müssen wir quer durch das dritte Untergeschoss, um zum entsprechenden Treppenhaus zu gelangen. Aber auf dem Weg liegen einige strategisch wichtige Räume, in denen wir Sprengladungen anbringen können. Im Treppenhaus selbst bilden wir zwei Gruppen, damit es unten schneller geht: Blythe und Tinkerbell gehen ins fünfte Untergeschoss, Quickshot und ich ins vierte.«

Ash hob die Hand. »Wir sollten einen Decker mit in die Anlage nehmen. Jemand, der sich um widerspenstige Magschlösser und andere unerwartete Schwierigkeiten kümmern kann.«

In den Augen des Runners blitzte es zufrieden auf. »Wir haben bereits einen in der Anlage.«

»Der Maulwurf.« Ash verzog beeindruckt das Gesicht. »Guter Schachzug.«

»Der Mann arbeitet als Decker in der Sicherheitszentrale. Unsere Auftraggeber haben ihn vor drei Jahren bei Proteus eingeschleust.«

»Die Leute sind aber geduldig.«

»Und ziemlich sauer. Proteus hat sich mit seinen neuesten Experimenten viele Feinde gemacht.«

Ash hob gespielt erstaunt die Augenbrauen. »Sag bloß, wir kämpfen tatsächlich mal für die gute Sache.«

Der Satz reizte Blythe zum Lachen. »O ja, Terrorist spielen ist echt edel!«

Das Wort ›Terrorist‹ schnitt wie Monodraht in Ashs Eingeweide. Terroristen – das waren Leute, die Flugzeuge mit hunderten Passagieren in die Luft jagten, oder sich mit Maschinenpistolen und Raketenwerfern bewaffnet in Schulen verschanzten und Kinder umbrachten. Terroristen waren Abschaum. Er war kein Terrorist! »Das hatte ich ironisch gemeint, Hohlkopf«, schoss Ash mit einiger Verspätung zurück und merkte, dass es ziemlich lahm klang.

Blythe sprang trotzdem sofort darauf an. »Haste irgend'n Problem, Blondie?« Der Ork richtete sich auf.

»Keine Ahnung, sag du's mir, Chummer.« Das letzte Wort spuckte Ash dem Runner förmlich vor die Füße.

»Schluss jetzt!«, donnerte Pilgrim gereizt. »Spart euch das für die Zeit nach dem Run auf, verstanden?«

Angespanntes Schweigen erfüllte den Raum, bis sich Pilgrim demonstrativ straffte und seinen Vortrag fortsetzte. »In der Anlage selbst gibt es keine Überwachungskameras. Für die Türen bekommen wir zwei gefälschte Codekarten der Sicherheitsstufe vier. Fünf ist die höchste Sicherheitsstufe, die für einige Räume in den beiden untersten Stockwerken gilt. Für die betreffenden Schlösser hat Blythe zwei der besten Magschlossknacker besorgt, die es auf dem Markt gibt …«

Der Ork nickte. »Wenn die Dinger es nicht packen, benutze ich meine Zauberfinger. Das Magschloss, das mir widerstehen kann, muss erst noch erfunden werden.«

»Die sichtbaren Sicherheitsvorkehrungen sehen wie folgt aus: Sentineldrohnen in den Hauptkorridoren und zusätzlich sechs mit H&K 227-Maschinenpistolen bewaffnete Wachmänner. Die Drohnen im ersten bis dritten Untergeschoss sind mit Ares Viper Sliverguns und Narcojectpistolen ausgerüstet, die im vierten und fünften ebenfalls mit Maschinenpistolen. Alle Drohnen haben eine eingebaute Passkontrolle. Sie werden erst mal höflich nach einer ID fragen, bevor sie euch umpusten. Geht ihnen lieber aus dem Weg, denn die Dinger funktionieren auch ohne den Rigger. Zu den Wachmännern: Zwei stehen an der Schleuse zum Shuttletunnel, die anderen gehen alle zwei Stunden auf Patrouille. In der Zeit dazwischen halten sie sich meist im Aufenthaltsraum im zweiten Untergeschoss auf oder in der Cafeteria im ersten. Die Sicherheitszentrale liegt ebenfalls im zweiten Untergeschoss und ist mit vier Mann besetzt: unserem Decker, einem Rigger, einem Magier und einem bewaffneten Aufpasser, der die drei bei Problemen unterstützen kann.«

»Ist unser Decker für die Gebäudesicherheit zuständig oder der Rigger?«, erkundigte sich Selva.

»Leider der Rigger. Er ist über ein geschlossenes SimSinn-System mit sämtlichen Magschlössern, Sicherheitsalarmen und Detektoren innerhalb der Anlage verbunden und hat außerdem die Kontrolle über die äußeren Schutzmaßnahmen.«

Blythe gab ein verärgertes Schnaufen von sich. »Na, Sahne. Sobald wir eine der Codekarten benutzen, hat der uns an den Eiern.«

»Der Rigger wird keinen Großalarm geben, bloß weil irgendwo außerplanmäßig eine Tür geöffnet wird. Könnte auch ein Fehler im System sein. Außerdem hat unser Maulwurf den Auftrag, ihn bei passender Gelegenheit zu betäuben. Anschließend deaktiviert der Mann über eine Reserve-Simverbindung die Magschlösser in den untersten beiden Stockwerken und die Schlösser und Alarme an den von uns gewählten Fluchtwegen.«

Blythes Verärgerung schlug schlagartig in Begeisterung um. »Dann gehört uns ja praktisch die ganze verfraggte Anlage! Warum legt der nicht gleich die versteckten Geschütze auf der Lichtung und die Drohnen lahm?«

»Wird er, aber erst kurz bevor er die Anlage verlässt. Sonst wird bloß jemand misstrauisch. Aus dem Grunde müssen auch die Drohnen innerhalb der Anlage weiterlaufen.«

»Ziemlich viel Arbeit«, warf Ash ein. »Schafft der das überhaupt?«

Pilgrim nickte. »Die Vorbereitungszeit war lang genug, um unauffällig einige Smartframes im System zu platzieren.«

»Wie kommt der Mann aus der Anlage raus? Oder ist der einer von diesen bekloppten Selbstmordtypen?« Letzteres würde den Bogen zurück zu Blythes Terroristenspruch schlagen, und die Richtung behagte Ash überhaupt nicht.

»Er meldet sich krank und verlässt die Anlage mit dem Shuttle. Er wird einen Summer bei sich tragen, eine Art vibrierenden Panicbutton. Den aktiviert er, sobald er ins Shuttle steigt. Ich trage das Gegenstück. Sobald ich das Signal empfange, wissen wir, dass alles geklappt hat. Auf dem Wege geben wir ihm auch Bescheid, dass wir in der Anlage sind.«

»Wieso bloß den Rigger ausschalten?« Die Methode erschien Ash bei weitem nicht effektiv genug. »Es gibt bestimmt einen besseren Weg, um uns zusätzlich einige der Wachen und vielleicht den Magier vom Hals zu schaffen.«

Pilgrim stützte sich interessiert auf den Tisch auf. »Irgendwelche konkreten Ideen?«

»Ein Medikament oder leichtes Gift. Beruhigungsmittel, Schlafmittel, irgendwas in der Art. Er kann es ins Essen oder Trinken mischen. Vielleicht in die Kaffeemaschine geben. Wenn die Wachen eins brauchen, ist es Kaffee. Dann ist bei unserer Ankunft die halbe Mannschaft benebelt, und wir haben im Notfall leichteres Spiel. Krankmelden kann er sich ja trotzdem.«

Ein zufriedenes Grinsen breitete sich auf dem Gesicht seines Gegenüber aus. »Guter Vorschlag.«

Nun meldete sich Tinkerbell zu Wort: »Was ist mit magischer Absicherung außerhalb der Anlage und Wachcrittern? Oder haben die den See aus rein ästhetischen Gründen angelegt?«

»Keine Watcher oder patrouillierende Geister im Bereich des Zauns. Dafür wohnt im See ein Wasserelementar.« Pilgrim ließ den Satz einen Moment wirken. »Offenbar tritt er in Aktion, sobald unbefugte Personen auf der Lichtung auftauchen. Der Elementar schützt das Gebiet permanent und ist nicht mit dem Sicherheitsmagier verbunden. Tinkerbell kann sich also eine angemessene Gegenmaßnahme einfallen lassen«, fügte er mit Blick auf die Elfe hinzu.

»Ich hab schon eine Idee.«

»Sehr gut. Gibt es weitere Fragen?«

Alle schüttelten die Köpfe.

»Ich denke, wir sind fürs Erste durch. Lasst die Informationen sacken und schaut, ob ihr irgendwelche Schwachpunkte in der Planung entdeckt. In einer Stunde geht's los zum Schieber.«

Während die anderen Runner ins untere Stockwerk gingen, blieb Ash noch sitzen und sah Pilgrim beim Ausschalten des Taschencomputers zu. Er hatte plötzlich ein leichtes Formtief und fühlte sich schlapp und müde.

»Kann ich was für dich tun?«, riss ihn der Runner aus den Gedanken.

»Äh ...« Ash suchte rasch nach einem Gesprächsthema.

»Glauben die Leute ernsthaft, sie können irgendwas bewirken? Ein Anschlag und der Konzern stellt die Forschungen ein?«

Pilgrim zuckte die Achseln. »Wenn die Datenverluste hoch genug sind und die Aufräumarbeiten teuer genug ...«

»Ach, von dem ganzen Quatsch gibt es garantiert mehrere Sicherheitskopien. Ich bezweifle, dass die Sprengung zu mehr führt als zu ein paar toten Wachmännern und einem Großauftrag für das örtliche Abrissunternehmen.«

»Wir werden sehen.« Pilgrim klappte den Taschencomputer zu und steckte ihn zusammen mit dem Projektor in die Jackentasche.

Ja, wir werden sehen, stimmte Ash in Gedanken zu. Glaubte der Mann tatsächlich an den Erfolg der Aktion? Oder interessierte ihn nur das Geld?

»Bis nachher.« Er erhob sich schwerfällig und ging zur Wendeltreppe. Jetzt brauchte er dringend einen Soykaf.

Die Fahrt zum Schieber wurde durch einen Zwischenstopp bei einem Taliskrämer unterbrochen, wo sich Tinkerbell mit diversen magischen Utensilien eindeckte. Danach ging es weiter zu einem leer stehenden, von Graffitis übersäten Einkaufszentrum, dessen baldiger Abriss auf großen Holoplakaten angekündigt wurde. Pilgrim fuhr direkt zur Einfahrt der dazugehörigen Tiefgarage. Vor der heruntergelassenen Schranke hielt er an und winkte in eine Kamera, die schräg unter der Decke angebracht war. Die Schranke hob sich, und der Runner ließ den Wagen die Rampe hinunterrollen. Unten angekommen, schaltete er die Scheinwerfer ein, und zwei helle Strahlenbündel durchschnitten die Dunkelheit. Ash schaute sich angespannt um, automatisch mit Schwierigkeiten rechnend. In der hintersten Ecke der Ebene erwartete sie im Schein einer Taschenlampe ein junges Mädchen. Es war keine zwanzig Jahre alt, mittelgroß und schlank, hatte schulterlange schwarze Haare und trug schlichte dunkle Kleidung. Zu ihren Füßen saß ein Hund mit weißem, von hellbraunen Flecken durchsetztem Fell und Schlappohren. Ein drahtiges Kerlchen, das ihnen aus schwarzen Knopfaugen neugierig entgegenblickte.

Pilgrim hielt wenige Meter von den beiden entfernt und stellte den Motor ab. »Nina ist Colins Stieftochter«, erklärte er. »Behandelt sie höflich und mit Respekt.«

Blythe schnalzte mit der Zunge und schnallte sich ab. »Selbstverständlich.«

Ash, der hinter ihm saß, konnte kaum der Versuchung widerstehen, kräftig gegen seinen Sitz zu treten.

Das Mädchen bedachte Pilgrim mit einem offenen Lächeln, nickte Selva freundlich zu und musterte anschließend Blythe, Tinkerbell und Ash mit skeptischem Blick. Ash fragte sich, ob sie bewaffnet war. Vermutlich. Er würde seine Stieftochter jedenfalls nicht unbewaffnet zu einem Haufen Runner schicken.

Nina setzte sich jetzt in Bewegung, und er folgte ihr zusammen mit den anderen zu einer Metalltür, hinter der ein spärlich beleuchtetes Treppenhaus lag. Der Hund, er ging dem Mädchen kaum bis zum Knie, huschte flink die Stufen hinunter und blieb zwei Ebenen tiefer vor einer weiteren Tür sitzen. So kamen sie zurück in die dunkle Tiefgarage, wo zwischen zwei Stützpfeilern ein Lieferwagen mit aufgeblendeten Scheinwerfern stand. Ash schirmte die Augen gegen das helle Licht ab und ließ wie Pilgrim, Blythe und Tinkerbell auch die erneute Überprüfung geduldig über sich ergehen. Schließlich erloschen die Scheinwerfer, und zahlreiche Leuchtstoffröhren fluteten die Ebene mit Licht. Wenige Meter links vom Lieferwagen wurde ein dunkler Viertürer sichtbar, dessen Fahrertür einladend offen stand.

Auf Ninas Signal hin wetzte der Hund zum Lieferwagen, aus dem in diesem Moment ein mittelgroßer, schlanker Mann um die dreißig ausstieg. Das musste Colin sein. Der Schieber hatte kurze schwarze Haare, sanfte Gesichtszüge und ein offenes Lächeln. Es wurde zu einem Grinsen, als sich der Hund mit den Vorderpfoten an seinem Oberschenkel abstützte, um ihm die Hand zu lecken.

»Später, Skipper, mach Platz.«

Der Hund gehorchte und schaute Colin sehnsüchtig hinterher, der nun den Arm um Ninas Schultern legte und sie auf die schwarze Haarpracht küsste. Stiefvater? Ash warf Tinkerbell einen verstohlenen Blick zu, den die Elfe ähnlich verwundert erwiderte. Der Altersunterschied zwischen den beiden betrug höchstens zehn Jahre.

»Es ist alles da.« Der Schieber reichte Pilgrim zur Begrüßung die Hand. »Viel Spaß beim Umladen.«

Nina löste sich jetzt aus der Umarmung und zog sichtlich stolz die Seitentür des Wagens auf. Das Fahrzeug war voll gestellt mit Kisten und Kartons. Darunter befanden sich unter anderem Sicherheitskleidung, Granaten, Kletterausrüstungen, eine ordentliche Auswahl Hand- und Schnellfeuerwaffen, verschiedene Munition und – im Unterboden versteckt – eine beachtliche Menge C 12. Der Inhalt des Lieferwagens reichte aus, um sie alle für lange Zeit hinter Gitter zu bringen.

Während der Rest des Teams die Ausrüstung sichtete, zogen sich Pilgrim und Colin zum Pkw zurück.

»Na, hat sich der Aufwand gelohnt?« Der Schieber lehnte sich gegen die Motorhaube des Viertürers, die Runner beim Lieferwagen aufmerksam im Blick.

»Der Junge ist gut. War er schon damals.« Pilgrim holte Feuerzeug und Zigarillos aus der Jackentasche. »Allerdings etwas eigenwillig. Ich werde nicht recht schlau aus ihm.« Er schaute zu Quickshot, der gerade eine seiner beiden schweren Pistolen gegen eine von Colins austauschte.

»Aha. Wer ist die Elfe?«

»Eine Freundin von ihm. Sie ist Magierin und hat angeboten, uns zu helfen. Es wäre dumm gewesen abzulehnen.«

Colin verzog amüsiert das Gesicht. »Ist sie eine Freundin-Freundin oder bloß eine Freundin?«

Der Runner zuckte die Achseln. »Das ist noch so eine Sache, aus der ich nicht recht schlau werde.«

»Klingt, als hättet ihr jede Menge Spaß.« Colin schaute nachdenklich auf die Spitzen seiner Turnschuhe und schenkte ihm dann ein trauriges Lächeln. »Es tut mir so leid!«

Pilgrim zündete sich schweigend einen der Zigarillos an, zog dran und verbarg ihn anschließend in der hohlen Hand. »Berufsrisiko.«

»Natürlich. Kommt eben vor, dass drei Chummer bei einem Auftrag ins Gras beißen. Sollte man sich keine Gedanken drüber machen.« Es fiel dem Schieber hörbar schwer, den sarkastischen Ton beizubehalten.

Pilgrim spielte mit dem rechten Daumen nachdenklich an seinem Ring und schaute zu Blythe, der skeptisch eine Maschinenpistole begutachtete.

Colins Blick folgte seinem. »Das ist also der berüchtigte Blythe.«

»Ja.«

»Macht er Fortschritte?«

Pilgrim zuckte die Achseln und zog erneut am Zigarillo.

»Wieso belastest du dich mit ihm? Ich weiß, versprochen ist versprochen, aber offensichtlich bringt er mehr Ärger als Nutzen.«

»Er braucht bloß noch etwas mehr Zeit. Und die werde ich ihm geben.«

»Pass auf, dass er die Zeit nicht nutzt, um euch alle unter die Erde zu bringen. Dass Mama auf dem Gebiet eine Expertin war, macht aus dem Junior noch lange kein Genie.«

Pilgrim bedachte den Schieber mit einem skeptischen Seitenblick. »Du solltest für deine Weisheiten Geld verlangen.«

Der andere kratzte sich verlegen am Arm. »'tschuldigung. Isabelle ist im Krankenhaus, und Nina hat inzwischen gelernt, meinem Geschwafel nicht allzu viel Aufmerksamkeit zu schenken.«

Die Männer lächelten sich an.

»Die Nieren?«, fragte Pilgrim schließlich, und Colins Lächeln verblasste.

»Langsam muss ich mir was einfallen lassen, lange hält sie nicht mehr durch.«

»Sag Bescheid, wenn du Hilfe brauchst.« Der Runner stieß sich vom Wagen ab. »Hast du einen geeigneten Ort für die Magierin gefunden?«, wechselte er abrupt das Thema.

»In der Mitte des Einkaufszentrums gibt es einen kleinen, teilweise überdachten Park, da ist sie ungestört. Ich hab in einem der Geschäfte einen Haufen alter Bretter gefunden, die sollten reichen.«

»Gut.« Pilgrim schaute nachdenklich zu Nina, die Skipper inzwischen auf dem Arm hielt. »Kann ich mir den Hund für eine Weile ausleihen?«

Colins Blick wurde unsicher. »Was hast du vor?«

»Einen Ausflug in die Natur. Wirkt realistischer mit Hund.«

»Mach keinen Blödsinn. Falls Skip was passiert, gibt es in dieser Stadt zwei Frauen, die mich in Streifen schneiden werden!«

»Ich gebe dir mein Ehrenwort, dass dem Schlappohr kein Haar gekrümmt wird.«

»In Ordnung. Aber *du* sprichst mit Nina.«

Nina war alles andere als begeistert von Pilgrims Bitte, doch schließlich erkaufte sich der Runner ihre Erlaubnis mit dem Geld für einen neuen OC-Player.

Für eine Weile gingen die Mitglieder des Teams getrennte Wege. Ash und Tinkerbell zogen sich in den Innenhof des Einkaufszentrums zurück, Blythe brachte die Ausrüstung im Minivan zur Wohnung und Pilgrim und Selva machten sich mit Skipper in dem dunklen Pkw auf den Weg zu einem gewissen Waldstück außerhalb von Birmingham.

Kapitel 18

Ash hatte es sich auf einer Bank neben einem stillgelegten Brunnen bequem gemacht und spielte auf seinem Taschencomputer eine Partie Poker nach der anderen. Bis vor kurzem hatte er die gespeicherten Pläne und Informationen studiert, aber inzwischen bekam er Kopfschmerzen von Selbstschussanlagen, Drohnen und Grundrissen. Er trank den letzten Schluck aus einer Dose mit stark koffeinhaltiger Limonade, die den vielversprechenden Namen ›Liquid Power‹ trug, drückte das dünne Aluminiumbehältnis mühelos in der Mitte zusammen und schaute zu Tinkerbell. Die Elfe saß mit untergeschlagenen Beinen in der Mitte eines großen hermetischen Kreises, den sie ein Stück entfernt auf den Beton gezeichnet hatte, und beschwor bereits seit etlichen Stunden einen Feuerelementar. Wenige Meter von der Elfe entfernt brannte im Schutz des Glasdaches ein stattliches Feuer. Seine Aufgabe bestand darin, von Zeit zu Zeit Holz nachzulegen, damit es nicht ausging. Eine stinklangweilige Beschäftigung, aber wenigstens bewegte er sich dadurch hin und wieder. Inzwischen kannte Ash jeden Quadratmeter des Innenhofs auswendig, und wenn hier nicht bald was passierte, würde er einschlafen.

Hoffentlich lohnte sich der ganze Aufwand. Obwohl er nicht an Tinkerbells Fähigkeiten zweifeln wollte, fragte er sich, ob sie Erfolg haben würde. Der Feuerelementar musste sehr stark sein, um den Wasserelementar vernichten zu können, und bis vor nicht allzu langer Zeit hatte die Elfe einen weiten Bogen um jegliche Art von Geistern gemacht. Ash musste an ihre letzte Begegnung mit einem Feuerelementar denken, damals, in den Gewölben unter der Kirche. Es hatte Tinkerbells ganze Kraft gekostet, den Geist zu besiegen. Und er war nach ihrer eigenen Aussage nicht einmal besonders stark gewesen.

Hab Vertrauen, sie schafft es schon. Der Runner gähnte hinter vorgehaltener Hand. Den Wachhund für eine Magierin zu spielen, machte auf die Dauer keinen Spaß. Besonders, wenn einem der Magen knurrte.

Er startete die nächste Runde Poker und versuchte sich gerade zu erinnern, ob ein ›Straight‹ mehr zählte als ein ›Skip Straight‹, als ihn ein schriller Pfiff aufhorchen ließ. Er zog automatisch die Ares Predator und verschwand samt Computer hinter einem struppigen Gebüsch. Aufmerksamkeit mangelhaft.

Kurz darauf betrat Colin den Innenhof, einen Eimer mit Wischmob in der einen und eine weiße Plastiktüte in der anderen Hand. Der Schieber blieb nach wenigen Schritten stehen und musterte Tinkerbell, die ihm den Rücken zuwandte und mit keiner Regung erkennen ließ, ob sie ihn gehört hatte.

»Zimmerservice.« Er hob die Tüte gut sichtbar auf Schulterhöhe. »Jemand hungrig?«

»Shhh!« Ash tauchte aus der Deckung auf und legte mit vorwurfsvollem Blick den Zeigefinger an die Lippen.

Er winkte den Schieber heran, und die beiden setzten sich auf die Bank.

»Was machst du hier?«, erkundigte sich Ash, während er ein Sandwich mit Käse und Salami auspackte. Beim Geruch des Aufschnitts lief ihm das Wasser im Mund zusammen.

»Pilgrim hat gesagt, ich soll mal nach euch schauen.«

Der Runner biss vom Sandwich ab und kaute gierig. Der Mann legte ja richtig fürsorgliche Züge an den Tag.

»Ich soll dir außerdem ausrichten, dass Selva und er auf dem Rückweg einen Zwischenstopp beim Johnson einlegen und deshalb später als geplant zurückkommen. Es geht um irgendwelche Pläne, du wüsstest schon, was er meint. Blythe wird euch abholen, sobald ihr fertig seid.«

»Wann immer das sein wird.« Trotz des vollen Munds gelang Ash eine einigermaßen klare Aussprache. »Ich hab keine Ahnung, wie lange es noch dauert. Ich kann dir nicht mal sagen, ob sie Fortschritte macht.« Er stopfte sich den Rest des Sandwichs in den Mund.

»Bei Magiern …«, hob Colin an, verstummte jedoch, als die Luft über dem brennenden Holzstoß auf einmal zu schimmern begann. Die Erscheinung hielt einige Sekunden lang an und verschwand wieder.

Ash schaute den Schieber zweifelnd an. Keine sonderlich beeindruckende Vorstellung.

Colin schien anderer Meinung zu sein. »Sechs Stunden«, murmelte er beeindruckt nach einem Blick auf die Uhr. »Da habt ihr einen gehörigen Arschtritt im Gepäck.«

Im hermetischen Kreis kämpfte sich Tinkerbell mit sichtlicher Mühe aus dem Schneidersitz hoch. Sie schwankte kurz, fing sich wieder und legte eine Hand an die Stirn.

Ash sprang auf, blieb jedoch sicherheitshalber am Rand des Kreises stehen. »Alles in Ordnung?«

»Frag mich in ein paar Stunden noch mal.« Ihr gequälter Gesichtsausdruck sprach Bände.

»Was passiert jetzt?«

»Aufräumarbeiten.« Sie massierte ihre linke Wade, um die Blutzirkulation anzuregen. »Wenigstens den Kreis sollten wir entfernen.«

»Um den Rest kann ich mich kümmern«, bot Colin an.

»Danke.« Ash aktivierte die Wählfunktion an seiner Armbanduhr. »Ich sag Blythe Bescheid.«

Eine halbe Stunde später, den hermetischen Kreis hatten sie mit Hilfe von Wischmob und Regenwasser aus dem Brunnen verschwinden lassen, rollte der Minivan die Rampe zur Tiefgarage hinunter. Blythe hielt in der Nähe des Treppenhauses, wo die drei bereits warteten.

»Tja, es war mir ein Vergnügen.« Colin reichte Ash zum Abschied die Hand.

»Ebenfalls.«

»Danke für die Hilfe.« Tinkerbell schüttelte dem Schieber die Hand und ging zum Wagen.

Sie zog die Seitentür auf, ließ sich seufzend in den Sitz direkt bei der Tür sinken, schnallte sich an und schloss die Augen.

Um es ihr etwas bequemer zu machen, drückte Ash den Knopf, der die Rückenlehne absenkte, und brachte ihren Sitz in eine fast waagerechte Position. Tinkerbell quittierte es mit einem Lächeln. Er ließ die Seitentür ins Schloss gleiten, nahm neben Blythe auf dem Beifahrersitz Platz und schnallte sich an.

Die ersten Minuten der Fahrt verstrichen in tiefem Schweigen. Ash stand beim besten Willen nicht der Sinn nach Smalltalk mit Blythe. Den Ork hingegen machte die Stille sichtlich nervös. Er rutschte unruhig im Fahrersitz hin und her und schaltete schließlich das Radio ein. Viel zu laut für Ashs Geschmack, der Tinkerbell die dringend benötigte Erholung von ganzem Herzen gönnte.

»Mach das mal leiser.«

Blythe murmelte etwas, kam der Aufforderung jedoch nach. Dabei fiel Ash zum ersten Mal der Ring auf, den der Ork am rechten Mittelfinger trug. Ein breites dunkelgraues Metallband mit einem siebenzackigen Stern in der Mitte. Anscheinend aus dem gleichen Material wie sein Piercing.

»Was ist eigentlich mit dir und diesem bescheuerten Nagellack?«, warf Blythe unvermittelt in den Raum. »Hältst du dich für'n Rockstar oder was?«

Trotz oder eigentlich gerade wegen dieser abfälligen Bemerkung musste Ash sich das Grinsen verkneifen. Vermutlich zum ersten und einzigen Mal in seinem Leben war der Ork tatsächlich schlauer, als er aussah. »Ich find's extrem cool, und die Weiber fahren voll drauf ab. Solltest du auch tragen, würde dir gut stehen«, stichelte er. »Passt zu deinen Piercings.«

»Bist'n echter Witzbold.« Blythe warf ihm einen humorlosen Seitenblick zu, und Ash sparte sich einen weiteren Kommentar. Solange der Ork am Steuer saß, sollte er sich lieber zusammenreißen. Blythe nahm sein Schweigen zum Anlass für einen Themenwechsel.

»Deine Süße ist ziemlich erschöpft, was?«, fragte er mit Blick in den Innenspiegel.

»Einen Geist zu beschwören ist eben anstrengend. Und sie ist nicht meine Süße«, fügte er der Ordnung halber hinzu.

»Gut zu wissen. Will ja nicht in dein Revier pinkeln.«

»Wenn du denkst ...« Ash unterbrach sich. Sinnlos, darüber zu diskutieren.

»Vielleicht steht sie auf robustere Typen.«

Der Runner hatte plötzlich ein sehr ekliges Bild vor Augen und verzog angewidert das Gesicht. »Vielleicht steht sie auch auf Fußpilz.«

Von hinten näherte sich das satte Dröhnen eines Motorrads, und wenig später zog eine schnittige, feuerrote Yamaha am Beifahrerfenster vorbei. Blythe interpretierte es als Herausforderung und gab ebenfalls Gas. Ash zog automatisch den Sicherheitsgurt fester. Dieses Wettrennen würde der Ork haushoch verlieren. Weiter die Straße runter sprang die nächste Ampel auf Gelb um. Der Fahrer des Motorrads wandte den behelmten Kopf, schaute offenbar prüfend in den Rückspiegel, und dann ging die Maschine ab wie eine Rakete.

Blythe fluchte leise, als die Yamaha ganz knapp vor Rot die Kreuzung überquerte. Weil eine Vollbremsung reiner Selbstmord wäre, drückte der Ork das Gaspedal bis zum Anschlag durch, und sie schafften es knapp vor dem bereits anfahrenden Seitenverkehr.

»Tolle Leistung«, kommentierte Ash die Vorstellung betont locker, obwohl ihm kurz etwas mulmig geworden war. »Pilgrim wird sich freuen, wenn du uns einen Tag vor dem Run bei diesem Machomist umbringst.«

»Mach dir nicht ins Hemd, bisschen Spaß wird ja wohl erlaubt sein.«

Weit vorne bog das rote Motorrad in eine Seitenstraße ein, und Blythe passte die Geschwindigkeit wieder dem Verkehrsfluss an.

Ash wandte sich zu Tinkerbell um, doch die Elfe hatte die Eskapaden des Orks verschlafen.

»Ich geh ins Bett.« Tinkerbell drückte Ash ihre Jacke in die Hand und schlurfte mit müden Schritten durch den Wohnraum zur Wendeltreppe. »Falls es irgendwelche Schwierigkeiten gibt, fragt jemand anders.«

»Brauchst du noch was?« Der Runner hängte die Jacke an einen Garderobenhaken. »Tee, was zu essen?«

»Eine Massage?«, flüsterte der Ork neben ihm spöttisch und warf lässig den Schlüssel vom Minivan auf den Telekomtisch.

»Einen Tritt in den Hintern?«, gab Ash genervt zurück.

Auf der Treppe wandte sich die Elfe um. »Ist lieb von dir, aber ich will einfach nur schlafen.«

»In Ordnung. Bis nachher.« Er zog seine Jacke aus, streifte das Halfter mit der alten Ares Predator II und der neuen von Colin ab und hängte es unter die Jacke an die Garderobe. Den Colt hatte er beim Schieber gelassen. Wenn er schon zwei Waffen benutzte, sollten sie identisch sein.

Er ließ Blythe stehen, der noch die Schuhe auszog, und machte es sich in der Sitzecke bequem.

Ash saß keine fünf Minuten, als sich der Ork zu seiner Linken in einen der beiden Sessel sinken ließ.

»Zwischen euch läuft doch was.« Blythe grinste selbstzufrieden. »Ich hab's in dem Moment geschnallt, als ihr im *Cayenne* aufgetaucht seid. Ich hab ein Gespür für so was.«

»Wir sind bloß sehr gute Chummer.« Ash griff zur Fernbedienung und schaltete das Trideo ein.

»Sicher. Du hast auch noch nie daran gedacht, 'ne Nummer mit ihr zu schieben.«

Ash ließ die Fernbedienung aufs Sofa fallen und stand auf. Wenn er nicht sofort auf sein Zimmer ging, würde ein Unglück geschehen!

Die Stimme des Orks ließ ihn nach wenigen Schritten innehalten. »Die Wahrheit schmerzt, was, Blondie?«

Ash fuhr herum, am Ende seiner Geduld. »Was willst du eigentlich? Mir für den Rest des Runs mit deinem saudummen Gelaber auf den Sack gehen?«

»Ich will 'ne Revanche für die *Glen Roy.*«

Ah, daher wehte der Wind. Er verzog den Mund zu einem spöttischen Lächeln. »Für die Kugel oder für mein Knie in deine Eier?«

Blythe erhob sich. Noch bildete der Sessel eine Barriere zwischen ihnen. »Das war ein feiger Tiefschlag.«

»Aber einen Mann in Handschellen zu schlagen ist mutig.«

»Du Drekhead hast mir ins Bein geschossen!«

»Und du hast mir ins Gesicht geschlagen. Sind wir hier im Kindergarten, oder was?«

Der Ork machte einen Schritt nach vorn und stand nun links vom Sessel. »Jetzt oder später, such's dir aus.«

»Weder noch.« Ash brannte darauf, Blythe endlich in die Finger zu kriegen. Doch sich vor dem Run auf eine Prügelei einzulassen, war keine gute Idee. Außerdem hatte Blythe Sporne.

Der Ork grinste triumphierend. »Haste Schiss, oder was?«

»Vor dir? Ich hab höchstens Angst, dass deine Dummheit ansteckend ist.«

»Du kannst mich nicht ausstehen, weil ich ein Ork bin, gib's einfach zu.«

»Was?« Ash lachte auf, sehr dreckig und böse. Wenn nichts mehr half, musste eben Rassismus als Erklärung herhalten. »Ich kann dich nicht ausstehen, weil du ein verdammtes Arschloch bist! Du bist ein unterbelichteter, taktloser, talentloser Wichser, und selbst wenn du ein Norm wärst, würde es nichts an meiner Meinung ändern!«

Mühelos fegte Blythe den Sessel zur Seite, gegen den Trideotisch, und stürzte sich auf ihn. Lautes Krachen, gefolgt von einem splitternden Geräusch erfüllte den Raum, während Ash es nur knapp schaffte, der Faust des Orks auszuweichen. Er tauchte unter dessen rechten Arm hindurch, nutzte die Lücke in der Verteidigung aus und rammte ihm den Ellenbogen in die Rippen. Blythe keuchte, fuhr herum, hob in der Bewegung den rechten Arm und schlug Ash mit dem Handrücken ins Gesicht. Der Runner schaffte es zwar, den Kopf wegzudrehen, trotzdem streifte ihn sein Gegner an der rechten Wange und hinterließ dort eine brennende Spur. Der Schmerz brachte Ash erst richtig in Fahrt. Bevor der Ork einen weiteren Treffer landen konnte, ballte er die Linke zur Faust, holte aus und knallte sie Blythe direkt auf die Nase. Es knackte hörbar.

Der Ork brüllte auf, schlug die Hände vors Gesicht und stolperte zur Seite.

»Habt ihr den Verstand verloren?«, peitschte Tinkerbells Stimme durch den Raum. Sie stand in der Mitte der Treppe, bereits in ihrer Nachtwäsche.

Ash schaute überrascht zur Elfe hoch. Er hatte vollkommen vergessen, dass sie auch noch da war.

»Könnt ihr euch mal für eine Minute wie erwachsene Männer benehmen?«

»Ich hab mit dem Drek nicht angefangen«, verteidigte er sich entrüstet und wich einige Schritte zurück, um ausreichend Raum zwischen sich und den Ork zu bringen.

»Das ist mir so was von egal. Ich habe eure blöden Streitereien endgültig satt!«

»Wir sind noch nicht fertig, Arschloch!« Der Ausdruck in Blythes Augen ließ keinen Zweifel daran, dass er bereit war, bis zum bitteren Ende weiterzumachen. Blut lief ihm aus den Nasenlöchern, doch er schien es nicht zu bemerken.

»Ich denke schon.« Ash wich bis zur Garderobe zurück. Das Halfter mit der Ares Predator war jetzt nur einen Handgriff entfernt.

»Blythe, hör auf!«

Tinkerbells Appell rauschte über den Ork hinweg. Wortlos machte er einen Schritt auf Ash zu und fuhr die Sporne an der rechten Hand aus.

Fast gleichzeitig griff Ash unter seine Jacke, zog die Ares Predator und richtete sie auf Blythes Brust.

Der Ork starrte ihn ungläubig an. Er wirkte verblüfft, ja, sogar ängstlich.

»Na los, trau dich«, zischte er schließlich, während Ash gegen die Versuchung ankämpfte, den Metamenschen über den Haufen zu knallen. Eine kleine Bewegung des Zeigefingers, mehr brauchte es nicht. Eine Bewegung, und er wäre diesen Idioten für immer los.

Plötzlich waberte eine magische Barriere um seinen Kontrahenten auf.

Eine Kugelbarriere? Ash schaute überrascht zu Tinkerbell.

Der Blick, der ihn traf, ließ ihm das Mark in den Knochen gefrieren. Es lag keine Freundschaft darin, nur Wut und Empörung.

»Leg-sofort-die-Waffe-weg.« Die Elfe betonte jedes Wort, belegte es mit einem eisigen Überzug.

Er schaute zu Blythe, weigerte sich, den Anfang zu machen. »Du zuerst.«

Mit einem wütenden Schnaufen fuhr der Ork die Sporne wieder ein. »Pass bloß auf. Beim nächsten Mal ist deine Freundin vielleicht nicht da.« Er machte auf dem Absatz kehrt und verschwand türknallend im Badezimmer. Im selben Augenblick löste sich die Barriere auf.

Ash atmete langsam aus, noch zittrig von dem Adrenalinschub. Er senkte die Ares Predator, sicherte sie und steckte sie zurück ins Tarnhalfter. Obwohl er wütend war, erfüllte ihn ein tiefes Gefühl der Befriedigung. Endlich hatte Blythe bekommen, was er verdiente. Die Knöchel seiner linken Hand schmerzten zwar höllisch, aber das war es wert gewesen.

»Bravo, ganz toll gemacht!« Tinkerbell stand mit vor der Brust verschränkten Armen am Fuß der Wendeltreppe.

»Ich hab mit dem Drek nicht angefangen«, wiederholte Ash genervt und betastete danach vorsichtig seine rechte Gesichtshälfte. Blythe hatte das Jochbein gestreift, es jedoch nicht gebrochen. Vermutlich würde es später trotzdem schön blau-schwarz werden. Am schlimmsten war der lange Kratzer, den der Ring des Orks hinterlassen hatte, und der sich von oben schräg über die Wange zog. Zum Glück blutete er kaum. Alles halb so wild.

»Du bist so ein Idiot!«, stieß Tinkerbell zwischen zusammengepressten Lippen hervor.

»Was willst du eigentlich?«, brach es aus Ash hervor. »Blythe hat mich absichtlich gereizt.«

»Aber du bist voll drauf eingegangen.«

»Weißt du, was der Penner zu mir gesagt hat?« Er wartete die Antwort nicht ab. »Nein, tust du nicht. Also halte dich mit deinen Vorwürfen ein bisschen zurück.« Er zerrte seine Jacke samt Tarnhalfter von der Garderobe und schnappte sich die Schlüssel für den Minivan.

»Was machst du?«, hörte er die Elfe irritiert fragen.

»Ich muss mir diesen Mist nicht anhören.« Der Runner öffnete die Wohnungstür. »Übrigens danke, dass du so zuverlässig auf meiner Seite stehst!« Mit Schwung knallte er die Tür ins Schloss und lief die Treppenstufen hinunter. Tinkerbell hatte doch nicht mehr alle Tassen im Schrank. Machte ihm Vorwürfe, weil er sich gegen diesen Idioten verteidigte. Unfassbar!

Als Ash die Tür zur Tiefgarage erreicht und bereits die Hand an der Klinke hatte, hörte er von der anderen Seite gedämpft Pilgrims Stimme. Er machte auf dem Absatz kehrt und lief die Treppe wieder rauf, zur Vordertür. Würde er eben von außen durch das Garagentor gehen.

Er hatte den Minivan kaum auf die Straße gefahren, als Pilgrim aus dem Haus gelaufen kam. Er verschwendete keinen Gedanken ans Anhalten, sondern beschleunigte. Als er um die nächste Straßenecke bog, begann seine Armbanduhr zu piepen. Ein Anruf. Er ignorierte ihn.

Hält mich tatsächlich für einen Rassisten! Diesmal brachte ihn die Beleidigung nicht zum Lachen. Der Idiot wusste nicht, wovon er sprach. Taurus war das beste Beispiel dafür, dass er kein Rassist war. Seine ganze verdammte Vergangenheit war der Beweis!

Ash schaute auf seine linke Hand, deren Knöchel geschwollen und leicht gerötet waren. Er bewegte die Finger nacheinander und stellte zufrieden fest, dass die Schmerzen nicht größer wurden. An der nächsten Ampel betrachtete er prüfend sein Gesicht im Innenspiegel. Die rechte Wange hatte einen deutlichen Rotschimmer. Der Kratzer nässte leicht, hatte aber bereits aufgehört zu bluten. Mit dem Jackenärmel wischte Ash den letzten Rest Blut weg.

Als er eine halbe Stunde später an einer roten Ampel hielt, fielen ihm zahlreiche Kneipen und Diskotheken auf, die sich wie Perlen an einer unsichtbaren Schnur zu beiden Seiten der Straße aufreihten. Irgendwie war er im Vergnügungsviertel der Stadt gelandet, was den dichten Verkehr und die zahlreichen Passanten erklärte.

Wann hatte er zum letzten Mal eine Kneipe besucht? Nicht für ein Treffen mit einem Johnson, sondern um sich zu entspannen? Der Gedanke war sehr verführerisch. Zwielicht, gemütliche Atmosphäre, Bier, gute Musik ...

Kurz entschlossen suchte Ash eine freie Parklücke, verstaute das Tarnhalfter mit den Waffen unter dem Fahrersitz und stieg aus. Nach einigem Fragen fand er eine junge Frau, die den Weg zum *Ruskin Arms* kannte. Die Kneipe lag angeblich keine zehn Gehminuten entfernt, und er beschloss, zu Fuß zu laufen.

Die Wegbeschreibung war erstaunlich präzise, und schließlich tauchte das *Ruskin Arms* auf der anderen Straßenseite auf. Rein äußerlich hatte sich der Laden kaum verändert, jedenfalls so weit er sich erinnerte. Die graue Fassade des Gebäudes konnte einen neuen Anstrich vertragen, und der rote Teppich, der unter einem schmalen Vordach auf den Eingang zulief, war ausgeblichen und abgewetzt von unzähligen Schuhsohlen. Die gläsernen Flügeltüren sahen hingegen nagelneu aus. Die Schultern hochgezogen und nervös auf der Unterlippe kauend, stand er unentschlossen am Straßenrand.

Trau dich, feuerte er sich in Gedanken an, *du kannst jederzeit gehen.*

Er wartete, bis der dichte Verkehr kurz zum Stehen kam, schlängelte sich zwischen den wartenden Fahrzeugen hindurch und steuerte entschlossenen Schrittes auf das *Ruskin Arms* zu. Mit jedem Meter, den Ash näher kam, klopfte sein Herz schneller, wurden seine Atemzüge flacher und hektischer.

Kurz vorm Eingang drehte er ab.

Ohne dass er seinen Füßen bewusst den Befehl gegeben hatte, trugen sie ihn links am Gebäude vorbei und in eine Seitenstraße. Dort blieb er stehen, die feuchten kalten Hände in den Taschen zu Fäusten geballt, hin- und hergerissen zwischen Wut und Verzweiflung. Ihm wurde plötzlich schwindelig, und er musste sich zwingen, ruhig und gleichmäßig zu atmen. Nicht hyperventilieren!

Minuten verstrichen, während er sich allmählich wieder in den Griff bekam. Zwei stark geschminkte Frauen in knappen Partyoutfits kamen die Straße herunter und beäugten ihn im Vorbeigehen halb misstrauisch, halb interessiert. *Nein, ich bin weder besoffen noch zugechippt oder auf 'nem schlechten Trip,* rief er ihnen in Gedanken wütend nach. Entschlossenheit, gepaart mit einer gehörigen Portion Selbsthass, ließ ihn trotzig das Kinn vorschieben. *Verdammter Feigling, beweg deinen Hintern!*

Beim zweiten Anlauf schaffte Ash es durch die gläsernen Flügeltüren. Nervös, mit pochendem Herzen und schweißnassen Händen, schaute er sich um. Der ehemalige Eingangsbereich der Kneipe war verschwunden, stattdessen befand sich einige Meter weiter eine Tür ohne Klinke, hinter der gedämpfte Musik zu hören war. Rechts von ihm war eine Garderobe, nicht mehr als ein winziger Verschlag mit Tresen. Hinter dem Tresen hockte ein schwarz gekleideter Typ auf einem Barhocker und säuberte gelangweilt seine Fingernägel.

Ash räusperte sich. »Die Kneipe hat sich ganz schön verändert.«

Der Mann glotzte ihn an, als sei er schwachsinnig. »Is jetzt 'ne Disco. Lang nicht mehr hier gewesen, was?«

Der Runner schluckte eine patzige Antwort hinunter und schlüpfte aus der Jacke. Disco? Na ja, einen Blick konnte er ja mal riskieren. Seine Kleidung passte zum Glück einigermaßen in die Szene: schwarze Hose und schwarzes langärmliges Hemd mit Knopfreihe, unter dem er ein ärmelloses, dunkelblaues Shirt trug.

»Aufregenden Abend gehabt?«, erkundigte sich sein Gegenüber wie beiläufig. Sein Blick war allerdings äußerst misstrauisch.

Natürlich, der Kratzer. »Bin gegen eine Tür gelaufen.«

»Aha.«

»Was kostet der Spaß?« Ash reichte dem Mann die Jacke.

»Acht Nuyen.« Sein Gegenüber nahm das Kleidungsstück entgegen und tippte danach gegen einen Kassenautomaten, der rechts neben der Garderobe in die Wand eingelassen war.

Ash zog einen beglaubigten Credstick aus der Hosentasche und steckte ihn in den Buchungsschlitz. Der Automat spuckte zwei selbstklebende Bändchen mit Strichcode aus, eins in weiß, das andere in rot.

»Das rote ist für die Garderobe.« Der Mann hatte die Jacke inzwischen auf einen Bügel gehängt und hielt die Hand auf. Ash reichte ihm das rote Band, er befestigte es am Bügel und fasste anschließend unter den Tresen.

Wie von Geisterhand glitt die Tür zur Disco zur Seite, und ein Orkan aus Gitarren, Schlagzeug und Bässen fegte über ihn hinweg. Ein Meer von hektisch flackernden Stroboskoplichtern und bunten Scheinwerfern nahm ihm die Sicht auf den dahinter liegenden Raum.

»Viel Spaß«, rief ihm der Mann nach, während Ash das weiße Armband achtlos in die Hosentasche stopfte und zögernd durch die Tür trat. Mit flimmernden Punkten vor den Augen suchte er sich eine freie Ecke und nahm auf einem Barhocker Platz. Dröhnende Bässe drückten ihm auf Magen und Herz, und die schrillen Gitarren schmerzten in den Ohren, doch er dachte keinen Moment daran, die Geräuschfilter zu aktivieren. Er hatte eine fremde, gleichzeitig sehr vertraute Welt betreten und war vollauf damit beschäftigt, das Gefühlschaos zu sortieren, das dieser Raum in ihm auslöste. All die schönen Erinnerungen, die er mit Läden wie diesem verband, mischten sich mit den furchtbaren Erinnerungen an die letzten Tage seiner Musikerkarriere.

Nach und nach gewöhnten sich seine Augen an die ungewohnte Beleuchtung, und er nahm erste Einzelheiten wahr.

Der lang gestreckte Tresen an der linken Wand sah vage vertraut aus und an die Star-Holos, die zwischen den Schnapsregalen hingen, erinnerte er sich, als wäre es gestern gewesen. Damit hörte es auch schon auf. Der Raum wirkte doppelt so groß wie beim letzten Mal, maß bestimmt um die achtzig Quadratmeter. An der Stirnseite hatte der DJ seinen Verschlag, obwohl dort vermutlich ein Computer die Songs auswählte. Rechts befanden sich einige Stühle und Bänke. Den größten Teil des Raums nahm die von vier Säulen eingefasste Tanzfläche ein. Zahlreiche Scheinwerfer und Stroboskoplichter waren direkt darüber und schräg zu den Seiten unter die Decke montiert. Aus einer Öffnung im DJ-Pult wurde in unregelmäßigen Abständen wabernder Nebel über den Boden geblasen. Während im Tresenbereich und bei den Sitzgelegenheiten gut vier Dutzend Gäste standen oder saßen, befanden sich lediglich zwei junge Männer auf der Tanzfläche. Sie standen in der Nähe einer Säule, jeder ein Glas Sojabier in der Hand, und nickten zum Rhythmus der Musik stupide mit den Köpfen. Hin und wieder tranken sie einen Schluck Bier, bewegten sich einen Schritt zur einen oder zur anderen Seite oder drehten sich langsam im Kreis. Die Nieten und Metallringe an ihrer Kleidung glänzten silbern im Schein der flackernden Lichter und Ash verspürte auf einmal ein schmerzhaftes Ziehen in der Magengegend.

Er wollte dort sein, auf der Tanzfläche, Sojabier trinken, die Musik in sich aufsaugen, wieder dazugehören.

Sei kein Idiot! Er lehnte sich zurück gegen die Wand, die unter den Bässen vibrierte, und lauschte mit geschlossenen

Augen der Musik. Das Verlangen, auf die Tanzfläche zu stürmen, kribbelte in jeder Faser seines Körpers. Er durfte da nicht hingehen. Er hatte die Grenze bereits weit überschritten und ging ein unnötiges Risiko ein. Hier war er sicher, allein, im tiefen Schatten verborgen.

Zwei Songs später öffnete Ash frustriert die Augen. Still sitzen war auf Dauer unerträglich. Vielleicht sollte er die Räumlichkeiten auskundschaften, um für den unwahrscheinlichen Fall eines schnellen Rückzugs abgesichert zu sein.

Er rutschte vom Barhocker und ging am Tresen vorbei auf das DJ-Pult zu. Links vom Pult, am Ende des Tresens, tauchten zwei Türen auf. Eine war mit dem Icon ›Toiletten‹ versehen, die andere stand weit offen. Dahinter lag ein weiterer Raum, den er spontan ›Spielzimmer‹ taufte. Zwei Billardtische standen in der Mitte, zwei Flipper der neuesten Generation an der linken und drei Automaten mit verschiedenen Spielen an der rechten Wand. Alle Geräte und die Billardtische waren besetzt. An der gegenüberliegenden Wand schmuste ein junges Pärchen auf einem roten Sofa, und zwischen den Automaten standen weitere Sitzgelegenheiten und niedrige Tische. Auf einem Großbildschirm rechts neben der Tür liefen tonlos Videoclips.

Hier war jemand mit Geschmack am Werk gewesen.

Nach einem raschen Kontrollgang durch die Toiletten und zum Hinterausgang setzte er sich an die Bar.

Als ihn einer der beiden Barkeeper auffordernd anschaute, aktivierte er den Stimmverstärker, um gegen die Musik anzukommen, und bestellte ein Sojabier. Der Mann nickte und hielt drei Finger in die Höhe. Er hätte den Preis auch sagen können, denn Ashs Geräuschfilter funktionierte ebenfalls hervorragend.

Eigentlich besaß er die perfekte Ausstattung für einen Job als Barkeeper.

Ich als Barkeeper? Er lächelte schmal. Die Vorstellung war gar nicht so absurd. Mit den ständigen Nachtschichten hätte er gewiss kein Problem.

Ash bezahlte, schnappte sich das Glas und wandte sich der Tanzfläche zu. Dort hatte in der Zwischenzeit ein Neuankömmling das Kommando übernommen: eine junge Asiatin in einem schwarzen Top, das im Licht der Scheinwerfer silbrig glitzerte. Der Stoff lag eng an, genau wie die schwarze Hose mit den leicht ausgestellten Beinen. Sie wiegte sich keine fünf Meter entfernt mit geschlossenen Augen im Takt der Musik, und Ash entdeckte im flackernden Licht, dass die Nähte der Hose am Gesäß und vorne am Schritt blau hervorgehobenen waren. Sie hätte auch blinkende Lämpchen oder Pfeile benutzen können.

Die Bewegungen der jungen Frau waren geschmeidig, sinnlich und hingebungsvoll und wirkten dabei weltvergessen, fast unschuldig. Entweder war sie ein naives Kind im schlanken, wohlgeformten Körper einer Frau oder ein berechnendes Luder.

Er schaute sich um und stellte fest, dass er nicht der Einzige war, der beim Anblick der Tänzerin zu sabbern anfing. Allerdings bildete er sich ein, etwas mehr Haltung zu bewahren als die anderen Kerle. Vermutlich dachten die dasselbe.

Heute stand ihm nicht der Sinn danach, Frauen aufzureißen, doch Anschauen tat niemandem weh. Vermutlich war sie sowieso in festen Händen, es würde ihn wundern, wenn nicht. Unwillkürlich hielt er Ausschau nach einem potenziellen Freund, konnte jedoch niemanden entdecken, der in die Kategorie passte. Kein eifersüchtiger Typ, der wie ein Schießhund aufpasste oder wie ein Geier um die Tanzfläche kreiste.

Ash erinnerte sich an sein Bier und trank einen Schluck, um seine Kehle anzufeuchten.

Inzwischen befanden sich zwölf Gäste auf der Tanzfläche, die meisten junge Frauen. Drei von ihnen versuchten, der Asiatin Konkurrenz zu machen, doch diesen gewissen Hüftschwung hatte keine drauf.

Sie hat bunte Strähnen in den Haaren, bemerkte er amüsiert, und tatsächlich blitzte bei jeder Kopfbewegung Rot und Grün zwischen kinnlangen, tiefschwarzen Haaren hervor.

Der Raum füllte sich mit dem stetigen Zustrom neuer Gäste. Und plötzlich war sie wieder da, die Angst. Wie viele von denen hatten *Devil's Playground*-Chips im Regal liegen? Wie viele waren damals bei den Konzerten gewesen oder hatten die Interviews verfolgt? Wie viele würden ihn erkennen, wenn sie nur lang genug hinschauten?

Verbissen kämpfte Ash gegen den Fluchtreflex an. Wenn er mehr vom Leben wollte als eine Existenz in den Schatten, musste er die Angst in den Griff bekommen.

Wenn ich bloß nicht so verdammt viel Schiss hätte! Der Runner trank einen weiteren Schluck und leerte das Bierglas dann mit zwei tiefen Zügen. Angriff war bekanntlich die beste Verteidigung und das Verlangen nach Bewegung zerriss ihn fast. Inzwischen waren gut vierzig Leute auf der Tanzfläche. Vierzig Leute, unter denen er sich verstecken konnte. Ash knallte das Glas auf den Tresen, wischte sich entschlossen einen Rest Bierschaum von der Oberlippe und rutschte vom Barhocker. Er drängte sich an den Tanzenden vorbei, bis er die Mitte der Tanzfläche erreicht hatte und einigermaßen sicher war vor allzu neugierigen Beobachtern.

Der bunte Haarschopf der Asiatin wippte ein gutes Stück entfernt auf und ab, doch für den Moment verlangte es Ash nach einer ganz anderen Art der Aktivität.

Zuerst waren seine Bewegungen steif und ungelenk. Er war zu angespannt, konnte nicht loslassen, suchte den richtigen Rhythmus. Es war ein Kampf *gegen* die Musik, nicht mit ihr. Denn er fürchtete sich vor dem, was geschehen könnte, wenn er sich zu weit öffnete. Beim dritten Song wurde es besser. Die Furcht ließ nach, wurde unwichtig, erschien mit einem Mal lächerlich. Er schloss die Augen, und die Menschen um ihn herum verschwanden, lösten sich auf und es gab nur ihn, das Lied und ein überwältigendes Gefühl der Freiheit. Instinktiv spürte er, wann der nächste Tempowechsel kam, wann der Gitarrist zum Solo ansetzte. Seine Bewegungen wurden eins mit den Klängen. Jetzt kämpfte er *mit* der Musik. Jetzt waren sie auf derselben Seite.

Vier Stunden später taumelte er erschöpft zur Bar. Schweiß brannte ihm in den Augen und in dem Kratzer von Blythes Ring, und in seinem Kopf schwirrte und summte es wie ein ganzer Bienenschwarm. Das langärmlige Hemd hatte er irgendwann ausgezogen und um den Bauch gebunden, Shirt und Hose klebten wie eine zweite Haut am Körper.

Er musste dringend etwas trinken, und vor allen Dingen musste er für ein paar Minuten still stehen – am besten still sitzen –, bevor ihm schlecht wurde.

Ash erkämpfte sich einen Barhocker und war heilfroh, die müden Füße vom harten Boden zu bekommen. Der für diesen Teil der Theke zuständige Barkeeper hatte alle Hände voll zu tun und nickte ihm auf einen Fingerzeig hin bloß gestresst zu.

Also verbrachte Ash die Wartezeit damit, zu Atem zu kommen und den Kopf behutsam von einer Seite zur anderen zu bewegen. Irgendwo zwischen dem letzten Song und dem davor hatte er eine falsche Bewegung gemacht. Die Nackenschmerzen hielten sich in Grenzen, doch morgen würden sie ihn vermutlich die Nacht verfluchen lassen. Seine Finger waren inzwischen wieder abgeschwollen, allerdings immer noch leicht steif, und er machte zur Lockerung mehrere Fäuste mit der Hand.

Eine Berührung an der linken Schulter ließ ihn den Kopf wenden. Und da stand *sie*: schwarzes, von Silberfäden durchwirktes Top, schwarze Hose, bunte Haarsträhnen, die Traumfrau von der Tanzfläche. Sie hielt in jeder Hand ein Glas und lächelte ihn an. Ein verlegener Blick aus dunklen Mandelaugen, halb hinter dem langen Pony verborgen, und ihr fast knabenhafter, wunderschön geformter Körper ließen Ash sämtliche guten Vorsätze vergessen. Sein Herzschlag legte einen Zahn zu, und ihm wurde warm. Noch wärmer. Er erwiderte das Lächeln, grinste wahrscheinlich wie ein Idiot, und sie reichte ihm eines der Gläser. Er schaute sie fragend an und danach zum Barkeeper. Der war jedoch anderweitig beschäftigt und beachtete ihn nicht.

Das Getränk verströmte den süßlichen Duft von künstlichem Apfelaroma, und Kohlensäure prickelte leicht auf seiner Haut. Vermutlich eine Apfelschorle, doch Gratisdrinks von einer Unbekannten anzunehmen, war nie klug. Egal, wie sexy und schön sie war. Die Asiatin musterte ihn mit einer Mischung aus Belustigung und leichter Kränkung, nahm ihm das Glas aus der Hand und trank demonstrativ einen Schluck. Ihr Lächeln wurde zu einem Strahlen, als sie Ash erneut das Getränk reichte und mit dem zweiten Glas in der Hand zurück auf die Tanzfläche wirbelte.

Der Runner schaute ihr verblüfft nach, irritiert und erregt von der intensiven Begegnung. Ein neidischer Seitenblick seines Nebenmanns ließ ihn selbstzufrieden grinsen. Vielleicht sollte er Blythe morgen für das kleine Andenken in seinem Gesicht danken. Er lehnte sich zurück, stützte die Ellenbogen auf den Tresen und beobachtete die junge Frau beim Tanzen. Sie blieb jetzt am Rand, hielt Abstand zur wild hüpfenden Menge. Ihre Bewegungen waren zurückhaltender, doch nicht weniger erotisch. Im Gegenteil, sie konnte Dinge mit ihren Hüften anstellen, die ihm den Schweiß auf die Stirn trieben. Hin und wieder trank sie einen Schluck aus dem Glas, und jedes Mal, wenn sie sich beim Tanzen zu ihm umdrehte, lächelte sie ihn an. Als würde sie nur für ihn tanzen.

Willst du dich wirklich darauf einlassen? Ash kühlte seine lädierte Wange mit dem Glas, leerte es danach mit einem letzten großen Schluck und stellte fest, dass er immer noch durstig war. Diesmal konnte er den Barkeeper erfolgreich auf sich aufmerksam machen und hatte wenig später eine zweite Apfelschorle vor sich stehen.

Als er sich wieder zur Tanzfläche umdrehte, stand ein langhaariger Typ in Nietenhose und Lederweste neben der Asiatin. Den Körper vorgebeugt und den Kopf für Ashs Geschmack viel zu dicht an ihrem Ausschnitt, redete er angeregt auf sie ein.

Ein erstaunlich starkes, wenn auch albernes Gefühl der Eifersucht überfiel den Runner. Als würden ihm ein paar Hüftbewegungen irgendwelche Vorrechte einräumen. Es war allein ihre Entscheidung, wen sie an sich heranließ. Außerdem sah der Typ aus wie ein Affe.

Hast doch eh keine Chance, also verpiss dich, rief er seinem Konkurrenten in Gedanken zu.

Die Asiatin schien ähnlich zu denken. Sie machte einen Schritt zur Seite, um auf Abstand zu gehen, was den Mann allerdings dazu veranlasste, ihr die Hand auf die Schulter zu legen.

Hey! Ash richtete sich auf. *Wichtigste Anmachregel, du Idiot: Akzeptiere es, wenn sie keinen Bock auf dich hat.*

Vor ihm machte sich die junge Frau genervt los, während der Typ sie weiterhin zuquatschte. Dann wandte sie unerwartet den Kopf und schaute Ash direkt in die Augen. Ihr gequälter, Hilfe suchender Blick sprach Bände. Ohne recht zu wissen, was er tat, stand er auf und mischte sich ein.

»Sie gehört zu mir«, gab er dem langhaarigen Kerl einen gut gemeinten Warnschuss vor den Bug und legte besitzergreifend den Arm um die Schultern der jungen Frau. Sie war vielleicht fünf Zentimeter kleiner als er.

Wie um den Worten mehr Gewicht zu verleihen, rückte die Asiatin näher an ihn heran und legte ihrerseits den Arm um seine Taille. Angeheizt durch diese Reaktion, fixierte Ash sein Gegenüber herausfordernd. Die aufgestaute Wut auf Blythe suchte sich dankbar neue Bahnen und brachte ihn in die richtige Stimmung für eine Schlägerei. Obwohl sein potenzieller Gegner einige Zentimeter größer und zahlreiche Kilos schwerer war.

Der andere musterte ihn finster, schien zu überlegen, ob die Kleine den Aufwand wert war. Sein Blick glitt über Ashs Gesicht, blieb an seiner hübsch verzierten Wange hängen und wurde unsicher. Bevor er zu einem Entschluss kommen konnte, drückte ihm die Asiatin frech ihr leeres Glas in die Hand, packte Ash am Handgelenk und zog ihn hinter sich her. Als der Runner im Gehen über die Schulter schaute, stand der Typ noch immer an derselben Stelle, das Glas in der Hand und einen äußerst dümmlichen Ausdruck im Gesicht.

Treffer, versenkt.

Das Ziel seiner neuen Bekanntschaft war das Spielzimmer, wo es ein wenig ruhiger war.

»Danke, du hast mich gerettet. Ich bin Mae.« Sie reichte Ash kokett die Hand.

»Jack«, nannte er den ersten Namen, der ihm einfiel.

»Jack«, wiederholte Mae. »Es ist schön, dich kennenzulernen, Jack.« Sie deutete auf eine freie Bank zwischen zwei Spielautomaten, und sie setzten sich.

»Was wollte der Typ von dir?« Der Runner filterte die störende Hintergrundmusik mit den Geräuschfiltern raus, um sich ganz auf Mae konzentrieren zu können.

»Ich hab ihn beim Tanzen angerempelt, und plötzlich war er fest davon überzeugt, dass wir uns kennen.« Sie schüttelte den Kopf. »Billiger geht's nicht.«

»Vermutlich seid ihr auf dieselbe Schule gegangen oder dieselbe Uni, oder was auch immer sich diese Typen an trauriger Anmache einfallen lassen.«

Mae schmunzelte. Sie sah sehr süß aus, wenn sie das tat. »Es kommt nicht immer darauf an, was man sagt.« Sie beugte sich leicht vor. »Für mich zählen Taten, keine Worte.«

»Aha.« Ash hatte unbewusst die Luft angehalten. Wenn das keine Aufforderung war.

»Bist du öfter hier?« Wenigstens für eine Weile wollte er den Anschein gepflegter Konversation aufrechterhalten. Wenn er zu schnell zur Sache kam, würde er am Ende alles verderben.

»Zum ersten Mal.«

»Deine Haare gefallen mir.« Er griff nach einer der grünen Strähnen. Sie fühlte sich weich an, viel feiner, als er erwartet hätte.

»Fiberglas.« Sie hielt die Augen auf seine Finger gerichtet, die mit ihren Haaren spielten. »Hat in Japan eigentlich jeder.« Sie hob die Hand und strich behutsam über seine rechte Wange. »Wie ist das passiert?«

»Kleine Unstimmigkeit, nichts Weltbewegendes.« Die Berührung elektrisierte Ash. »Du solltest den anderen sehen.« Ein lauter Fluch von einem der Flipper ließ ihn den Kopf wenden, und stechender Schmerz schoss in seinen Nacken. »Au.«

»Alles in Ordnung?«

»Hab mir vorhin wohl was überdehnt.«

»Dagegen soll eine Massage angeblich helfen.« Ihr Gesicht spiegelte für einen Moment naive Unschuld wider, dann zuckte es anzüglich um ihre Mundwinkel.

Sieh an, dachte Ash vergnügt. *Hinter der unschuldigen Fassade steckte tatsächlich ein Teufelchen.*

Er wandte ihr demonstrativ den Rücken zu. »Tu dir keinen Zwang an.«

Wenig später spürte er warme Hände auf den Schultern, die mit sanftem Druck seine verspannten Muskeln massierten. Er konnte kaum fassen, dass sie es wirklich tat. Hier, vor allen Leuten, nachdem sie lediglich ein paar belanglose Sätze gewechselt hatten. Er schloss die Augen. Himmel, fühlte sich das gut an! Die langen Monate des Alleinseins hatten ihn vergessen lassen, wie es war, von einer Frau berührt zu werden. Von einer Frau, die seine Vergangenheit nicht kannte, die von keiner Erinnerung zurückgehalten wurde. Die ihn nach dem beurteilte, was sie sah, nicht nach dem, was sie wusste. Oder zu wissen glaubte.

»Gut so?«, hörte er ihre Stimme dicht neben seinem Ohr, und etwas setzte in ihm aus. Er packte Mae, zog sie auf seinen Schoß und küsste sie. Die Asiatin gab einen erstaunten Laut von sich, wehrte ihn aber nicht ab. Nach einer Schrecksekunde erwiderte sie den Kuss mit unerwarteter Intensität.

Als sie sich widerwillig voneinander lösten, um wieder zu Atem zu kommen, grinste Ash Mae frech an. »Entschuldige, ich konnte nicht widerstehen.«

Mae fuhr sich mit der Zungenspitze über die Oberlippe und lächelte. »Du machst keine Gefangenen, was?«

»Nie.« Er senkte die Stimme. »Lass uns von hier verschwinden.«

Zwei Stunden später lag Ash auf dem King-Size-Bett eines billigen Hotelzimmers und erholte sich von den Aktivitäten der vergangenen Minuten. Mae hatte sich dicht an ihn geschmiegt, den Kopf auf seine Brust gebettet, und betrachtete im Halbdunkeln die Fingernägel seiner rechten Hand. Die einzige Lichtquelle war eine Holoreklame neben dem Fenster, die einen breiten Streifen grünen Lichts quer durch das Hotelzimmer sandte.

Sie waren nicht mehr dazu gekommen, die Vorhänge zuzuziehen. Mit einem wohligen Seufzen, das fast einem Schnurren gleichkam, strich Mae über Ashs Handrücken, bis zum Armband, und schob einen Zeigefinger zwischen Stoff und Haut hindurch.

Der Runner versteifte sich unwillkürlich, entspannte sich jedoch sofort wieder. Von Mae drohte ihm keine Gefahr. Er strich ihr mit der freien Hand träge übers Haar. Er war müde und zufrieden, ausgelaugt und gleichzeitig voller Energie. Wenn es nach ihm ging, konnten sie bis zum Ende aller Tage hier liegen. Ein Schweißfilm bedeckte jeden Quadratzentimeter seiner Haut, und ihm taten Muskeln weh, von deren Existenz er bisher keine Ahnung gehabt hatte.

Schläfrig blickte er auf das grün beleuchtete Fensterbrett und genoss einfach den Moment.

Als er das nächste Mal den Kopf wandte, lag er allein im Bett. War er eingeschlafen? Er konnte sich nicht daran erinnern, die Augen geschlossen zu haben. Von der Straße drang gedämpft das Rauschen des Verkehrs zu ihm hoch. Ash stützte sich schwerfällig auf die Ellenbogen auf und entdeckte Maes Kleider fein säuberlich zusammengelegt auf einem Stuhl neben der Tür. Sie würde kaum nackt gegangen sein.

Aus dem Badezimmer war nun leises Wasserrauschen zu hören, und der Runner reckte den Hals. Durch einen schmalen Spalt zwischen Badezimmertür und Boden fiel ein schwacher Lichtschein.

Duschen war eine hervorragende Idee. Er fuhr sich durch die verklebten, strubbeligen Haare, streckte sich und wälzte sich schwerfällig aus dem Bett.

Ein Rest von Manieren ließ ihn vorher an die Badezimmertür klopfen.

»Ja?« Maes Frage übertönte das Rauschen.

»Was dagegen, wenn ich dazukomme?«

»Wenn es dir nicht zu eng wird.« Die Nasszelle besaß die Größe eines Datenchips.

Ash grinste in sich hinein. »Och, damit komm ich schon klar.«

Während sie nach einer ganz besonderen Dusche notgedrungen in ihre verschwitzten Kleider schlüpften, herrschte im Hotelzimmer verlegenes Schweigen. Draußen wurde es bereits hell, und der Abschied ließ sich nicht länger hinauszögern.

»Ich reise in ein paar Stunden ab«, rang sich Ash eine wenig originelle Lüge ab. »Sonst würde ich dich zum Frühstück einladen.« Beim Gedanken an Soykaf und Sojabrötchen knurrte sein Magen.

»Mach dir keine Gedanken.« Sie lächelte, und er wünschte sich, er könnte ihre Gedanken lesen. »Ich hatte eine wunderschöne Nacht.« Sie musterte ihn mit dunklen Augen und sah auf einmal sehr jung und zart aus. Obwohl sie alles andere als zerbrechlich war. »Ruf mich an, wenn du mal wieder in der Stadt bist.« Mae hielt plötzlich ein weißes Plastikkärtchen mit blauer Schrift in der Hand.

Ash steckte es ein, ohne groß darüber nachzudenken. Die Vorstellung gefiel ihm.

»Ich denk drüber nach.« Er küsste sie sanft auf den Mund und öffnete die Zimmertür.

Das Hotel lag keine hundert Meter vom *Ruskin Arms* entfernt, und Ash traute sich zu, den Weg zurück zum Minivan zu finden. Die übermüdeten, von künstlichem Nebel und Zigarettenrauch geröteten Augen zu Schlitzen verengt, küsste er Mae ein letztes Mal und trottete los. An der nächsten Straßenecke schaute er sich wider besseren Wissens um. Mae stand noch immer vor dem Hoteleingang und blickte ihm nach.

Plötzlich konnte Ash nicht schnell genug von ihr wegkommen. Er schlang fröstelnd die Arme um den Oberkörper und ging rasch weiter. Nach dem Hoch der vergangenen Stunden fühlte er sich schlagartig ernüchtert. Ausgelaugt, leer, einsam. Aber zumindest für eine Weile hatte er sich lebendig gefühlt. Viel mehr konnte er nicht verlangen. Auf halbem Weg zum Wagen erinnerte er sich an die Smartbrille in der Innentasche der Jacke, und wenig später schützten ihn dunkle Gläser gegen die zunehmende Helligkeit.

Kapitel 19

Ash stieg mit müden Beinen die letzten Treppenstufen zur Wohnung hinauf. Vor der Wohnungstür ließ er unentschlossen die Schlüsselkarte zwischen den Fingern kreisen. Während der Rückfahrt hatte sich sein schlechtes Gewissen gemeldet, und der Gedanke, vielleicht in den nächsten Sekunden einem der anderen Runner über den Weg zu laufen, behagte ihm überhaupt nicht. Lieber wollte er erst mal ein paar Stunden schlafen und sich anschließend anhören, was für ein verblödeter Egoist er war. Ob sie ihn aus dem Team werfen würden? Wenige Stunden vor dem Run?

Hättest du dir vorher überlegen sollen! Er zog die Karte durch den Schlitz neben der Tür und betrat die Wohnung. Stille empfing ihn. Vermutlich schliefen alle noch. Im Flur schlüpfte er aus Jacke und Schuhen und legte die Autoschlüssel zurück auf den Telekomtisch.

Als er ins kombinierte Wohn- und Esszimmer trat, fiel ihm auf, dass das Trideo verschwunden war.

Der niedrige Trideotisch stand wieder, doch das Gerät, genau wie einer der beiden Sessel, war nirgends zu sehen.

»Guten Morgen«, begrüßte ihn Selvas Stimme von links.

Ash zuckte zusammen und musterte die Riggerin erstaunt über den Rand der Smartbrille hinweg. Sie hatte den Sessel vor die Balkontür geschoben, vermutlich, um die Aussicht zu genießen, und schwang nun die Beine über die rechte Armlehne, um ihn besser sehen zu können. »Hübscher Kratzer.«

Er überhörte die letzte Bemerkung. »Hast du hier übernachtet?«

»Nein.« Sie griff nach einem Becher, der neben ihr auf dem Esstisch stand. »Ich war heilfroh, für heute Nacht meine eigene Bude zu haben.«

»Ich hab wohl einiges verpasst.«

»O ja.« Selvas neutraler, beinah belustigter Ton überraschte Ash. Zumindest sie schien ihm sein Verschwinden nicht übel zu nehmen. »Blythe war nicht sonderlich mitteilsam, was den Grund eures Streits anging, doch mit ein bisschen Phantasie ...«

»Und Pilgrim?«

»War ziemlich ruhig. Was normalerweise ein schlechtes Zeichen ist.«

Na toll. Eine Standpauke hatte ihm grade noch gefehlt.

Selva stellte den Becher zurück auf den Tisch. »Wenn der Boss eins hasst, ist es unprofessionelles Verhalten. Aber keine Sorge, er hört sich erst deine Version der Geschichte an, bevor er dir den Kopf abreißt.«

»Ich kann's kaum erwarten.« Ash knurrender Magen erinnerte ihn daran, dass er mörderischen Hunger hatte, und er schlurfte zur Küche. »Bis später.«

Ein Sandwich mit Sojakäse war schnell zubereitet. Ash verputzte es an Ort und Stelle, die Augen hinter der Smartbrille halb geschlossen, in der anderen Hand eine Plastikflasche Sojamilch, aus der er zwischen den Bissen trank. Das Klacken einer Zimmertür ließ ihn aufschauen. Pilgrim stand im Flur, gekleidet in eine ausgebeulte Jogginghose und ein verwaschenes T-Shirt. Ash fand den ungewohnt schlampigen Anblick so faszinierend, dass er vergaß, rechtzeitig in Deckung zu gehen. Bevor es ihm einfiel, wandte Pilgrim schon den Kopf und entdeckte ihn. Der Gesichtsausdruck des Runners wurde hart.

Ash seufzte schicksalsergeben und spülte den letzten Rest Toastbrot mit einem Schluck Sojamilch runter. »Morgen.«

»Morgen. Wann bist du zurückgekommen?«

»Vor fünf Minuten.« Ash stellte die Plastikflasche zurück in den überdimensionierten Kühlschrank und lehnte sich mit der Schulter dagegen.

»Aha.« Pilgrim schloss die Küchentür. »Ich kenne Blythes Version der Geschichte, jetzt möchte ich deine hören.«

Ash verschränkte die Arme vor der Brust. »Seit ich den Auftrag angenommen habe, geht er mir mit seinen blöden Sprüchen auf die Nerven. Er provoziert mich ständig, und gestern hat er die Quittung bekommen. Oh, und für die Akten, Blythe hat *mich* angegriffen.«

»Er hat gesagt, du hättest ihn herablassend behandelt und beleidigt.«

»Stimmt. Allerdings hat er mich vorher als Rassist beschimpft, und bei dem Thema reagiere ich äußerst empfindlich.« Ash stieß sich von der Kühlschranktür ab. »Es wird nicht wieder vorkommen. Von jetzt an reiße ich mich zusammen und bin ein braver Junge.« Den ›braven Jungen‹ versah er allerdings mit mehr Spott als beabsichtigt.

Nach dem leichten Zucken um Pilgrims Augenwinkel zu urteilen, fand der Mann es auch nicht sonderlich amüsant. »Damit wir uns richtig verstehen, mir geht es darum, diesen Job sauber und möglichst ohne Verluste über die Bühne zu bringen. Dazu brauche ich ein funktionierendes Team, in dem sich die Mitglieder nicht bei jeder Kleinigkeit an die Kehle springen.« Die Stimme des Runners wurde leiser und rauer, und erst jetzt begriff Ash, wie wütend Pilgrim war. »Wenn wir nicht so kurz vor dem Run stünden, würde ich dich aus dem Team werfen. Leider ist die Zeit zu knapp, um einen Ersatz zu finden. Wenn du allerdings das Gefühl hast, dass eine Zusammenarbeit mit Blythe für dich unmöglich ist, solltest du es sagen. Dann machen wir ohne dich weiter.«

Ohne mich*?* Ash lachte innerlich auf. *Chummer, unsere Chancen stehen weit besser, wenn du den bescheuerten Ork zu Hause lässt!*

Pilgrim hatte ihn bei seinem Ehrgefühl gepackt. Vor Blythe würde er nicht klein beigeben.

»Ich bin weiterhin dabei«, gab Ash zurück. »Solange Blythe mich zufrieden lässt.«

»Er wird bis nach dem Job die Finger von dir lassen. Was anschließend geschieht, ist eure Sache.«

»Damit kann ich leben.«

»Gut, wir sehen uns um sechzehn Uhr zur Abschlussbesprechung.« Pilgrim öffnete ruckartig die Küchentür und verschwand ohne ein weiteres Wort im Badezimmer.

Dazu brauche ich ein funktionierendes Team. Ash verzog das Gesicht. *Krieg erst mal deine eigenen Leute in den Griff, bevor du mir irgendwas von einem Team erzählst.*

Tinkerbell betrat leise das abgedunkelte Zimmer. »Quickshot? Bist du wach?« Als keine Antwort kam, zögerte sie einen Moment und schloss dann die Tür. Sie schnupperte. Es roch nach Schweiß und dreckiger Wäsche. Kein Alkohol.

Die Abschlussbesprechung begann in einer halben Stunde, und nach der letzten Nacht konnte sich Ash keine weiteren Schnitzer erlauben. Im Nachhinein tat es ihr leid, dass sie ihm den Hauptteil der Schuld zugeschoben hatte. Nach dem wenigen, was Blythe gesagt hatte, war der Ork mindestens genauso verantwortlich für die Auseinandersetzung. Was Ash trotzdem nicht zum Unschuldslamm machte. Der Sturkopf konnte manchmal einfach ätzend sein.

Durch die Lamellen der Jalousie fielen lediglich schmale Streifen von Tageslicht in den Raum, doch es reichte, um sie nicht blindlings herumstolpern zu lassen. Sie ging zum Fenster, zog die Jalousie ein Stück hoch und schaute zum Bett. Ash lag auf der Seite, die Bettdecke unter der linken Achsel eingeklemmt, das Gesicht halb im Kopfkissen vergraben. Er trug kein Hemd, und sie hoffte, dass er zumindest anderweitig bekleidet war. Sonst konnte es unter Umständen peinlich werden. Tinkerbell schmunzelte bei dem Gedanken. Dann fiel ihr Blick auf Ashs linke Hand, die neben dem Kissen lag, und ihre Eingeweide zogen sich zusammen. Die dunkle Narbe hob sich deutlich von der Haut ab. Sie war einen halben Zentimeter breit und zog sich rund ums Gelenk. Es bedurfte einer

Menge Angst und Verzweiflung, um sich selbst derartige Verletzungen zuzufügen. Kein Wunder, dass Ash Albträume von diesem Schiff hatte. Sie schaute sich suchend um und entdeckte die schwarzen Stoffarmbänder auf einem unordentlichen Wäschehaufen unter dem Tisch. Was hatte er letzte Nacht getrieben?

Geht dich nichts an, zwang sie ihre Gedanken zurück in die Gegenwart. Eigentlich wollte sie es auch gar nicht wissen.

»Quickshot.« Sie streckte die Hand aus, um den Runner an der Schulter zu berühren, und zögerte. Sie hatte keinerlei Ambitionen, die Szene aus ihrer Wohnung zu wiederholen. Schließlich gab Tinkerbell Ash einen sanften Schubs und zog sich rasch zurück.

Er rührte keinen Finger.

Sie musterte ihn irritiert. Früher wäre Ash wie von der Tarantel gestochen hochgefahren und hätte vermutlich versucht, sie mit der Waffe unter dem Kopfkissen zu erschießen. Sie selbst war deutlich angespannter als sonst. Eine fremde Stadt, fremde Runner, ihr Schlaf war so leicht, dass sie beim kleinsten Geräusch aufwachte.

»Quickshot«, sagte sie lauter und stieß ihn erneut an.

Diesmal murmelte Ash unverständliche Worte, schluckte und öffnete träge die Augen.

Tinkerbell versuchte, ihre Irritation und Besorgnis zu verbergen. »Gut geschlafen?«

Der Runner blinzelte sie verwundert an. Sein Blick war verschleiert, er wirkte desorientiert. Schließlich räusperte er sich. »Wie spät ist es?« Seine Stimme klang heiser und belegt.

»Fast sechzehn Uhr.«

»Die Abschlussbesprechung.« Ash richtete sich mit sichtlicher Anstrengung auf und schob die Bettdecke aus dem Weg. Tinkerbell sah noch das schwarze Bündchen einer Unterhose oder Boxershorts aufblitzen, bevor sie hastig zum Fenster schaute. Ihr Herz klopfte viel zu schnell, und ihre Wangen glühten wie Feuer. Manche Gefühle würden wohl nie verschwinden. Egal was passierte.

»Kannst du mal ...?« Der Runner deutete auf ein schwarzes T-Shirt, das säuberlich zusammengefaltet auf dem Stuhl neben dem Tisch lag.

Sie hielt es ihm wortlos hin, erleichtert darüber, dass Ash offensichtlich überhaupt nichts mitbekam.

»Danke.« Er griff nach dem T-Shirt, verfehlte es knapp und musste nachfassen. Mit steifen Bewegungen streifte er das Kleidungsstück über.

Muss eine wilde Nacht gewesen sein. Tinkerbell tat, als habe sie nichts bemerkt. Selbst Runner hatten mal ein Formtief. Allerdings war heute ein schlechter Tag, um einen schlechten Tag zu haben. Ash rechte Wange war auf Höhe des Jochbeins dunkelblau verfärbt und der Bereich um den Kratzer herum feuerrot. Es sah ziemlich schmerzhaft aus. Aber es geschah ihm ganz recht. Seinetwegen hatte sie einen Teil der Nacht damit zugebracht, Blythes gebrochene Nase zu heilen.

»In der Küche gibt es Soykaf und Sandwiches.« Sie ging zur Tür, bevor Ash auf die Idee kam aufzustehen. »Pilgrim wird mit dir sprechen wollen.«

»Das haben wir schon hinter uns. Ich bin ihm heute Morgen in die Arme gelaufen.«

»Oh. Na dann, bis gleich.« Tinkerbell verließ das Zimmer und ging runter in die Küche. Dort setzte sie eine neue Kanne Soykaf auf und beobachtete nachdenklich die Kaffeemaschine bei der Arbeit. Ihr Verstand versuchte ihr Dinge weiszumachen, die ihr Herz nicht glauben wollte. Es war offensichtlich, dass irgendwas mit Ash nicht stimmte. Je länger sie darüber nachdachte, desto mehr Situationen fielen ihr ein, in denen er sich merkwürdig verhalten hatte. *Bitte, lass es eine vernünftige Erklärung für alles geben.* Sie öffnete den Kühlschrank, holte die Zutaten für ein Sojakäse-Schinken-Sandwich heraus und begann eine Toastscheibe mit Sojabutter zu beschmieren. Es musste eine vernünftige Erklärung geben.

Im Badezimmer betätigte Ash die Klospülung und ging zum Waschbecken. Das Abenteuer mit Mae schien Lichtjahre entfernt. Eine Erinnerung, die genauso gut ein Traum gewesen sein könnte. Ein schöner Traum mit einem schalen Nachgeschmack. Dennoch, wenn er sie tatsächlich wiederträfe ... würde er vermutlich nicht widerstehen können. Er wusch sich die Hände und betrachtete danach skeptisch sein Spiegelbild. Er konnte die Augen kaum offen halten, und das Badezimmerlicht hatte seine Pupillen zu winzigen Punkten schrumpfen lassen. Die verletzte Wange sah zwar wild aus, tat aber kaum noch weh. Dank Maes Massage fühlten sich Nacken- und Schulterbereich einigermaßen gut an, trotzdem war sein Zustand keine gute Ausgangsbasis für eine Besprechung. Mit einem Griff in die Hosentasche förderte er eine flache, zwei mal drei Zentimeter messende Verpackung aus schwarzem Plastik zu Tage. Er klappte sie auf, legte sich eines der hellgelben Blättchen auf die Zungenspitze und wartete. Warmes Prickeln wanderte durch seinen Körper, und als er erneut in den Spiegel schaute, diesmal mit weit offenen Augen, hatten seine Pupillen normale Größe und das Pochen in den Schläfen war fast verschwunden. Sein ganzer Körper vibrierte vor Energie. Er räusperte sich, gab dem Kratzen im Hals nach und hustete sich die letzten Rückstände von Zigarettenrauch und künstlichem Nebel von der Lunge. Manche Dinge von früher vermisste er nicht.

Unten im Wohnraum saß Selva wieder in dem Sessel vorm Fenster, diesmal ein Glas Apfelsaft neben sich auf dem Tisch. Die Riggerin schien sich seit dem Morgen keinen Zentimeter bewegt zu haben. Er begrüßte sie mit einem Kopfnicken und ging weiter in die Küche. Dort war Tinkerbell gerade dabei, einen Becher Soykaf und einen Teller mit Sandwiches auf ein Tablett zu stellen.

Beim Anblick des Essens wurde Ash ganz anders. Der Hunger, den er nach dem Aufwachen verspürt hatte, war verschwunden, und allein der Gedanke, in eins der Sandwiches zu beißen, ließ ihn schaudern. »Du bist zu gut zu mir«, lobte er die Elfe trotzdem gespielt fröhlich und gab ihr einen freundschaftlichen Klaps auf die Schulter.

Tinkerbell erwiderte sein Lächeln nicht, sondern bedachte ihn stattdessen mit einem prüfenden Blick. »Das ging ja schnell.«

»Wie?« Ash blinzelte irritiert.

Als Antwort drückte sie ihm das Tablett in die Hand. »Guten Appetit.«

»Danke schön.« Er wartete, bis Tinkerbell die Küche verlassen hatte und im Badezimmer verschwunden war. Dann goss er den Soykaf weg, spülte den Becher gründlich aus und füllte ihn mit Wasser. Es war das Einzige, was er im Augenblick runterbrachte.

Um wenigstens den Schein zu wahren, dass er die Sandwiches noch essen würde, nahm er das Tablett und ging zurück ins Wohnzimmer. Dort gesellte er sich zu Selva.

»Ist hier noch frei?«

Als die Riggerin nickte, stellte er das Tablett ab, griff nach dem Becher mit dem Wasser und ging um den Tisch herum.

»Gut geschlafen?«, erkundigte sich Selva nach einigen Sekunden.

»Wie ein Stein.« Er trank vorsichtig einen Schluck, hörte keine Beschwerden von seinem Magen und lehnte sich gegen die Tischkante. Der Ausblick auf den grünen Hinterhof war nicht spektakulär, aber trotzdem eine schöne Abwechslung zu grauem Beton.

»Blythe hat miese Laune«, sagte Selva nach einer Weile. »Geh ihm besser aus dem Weg.«

»Wann hat der mal gute Laune?«

Sie zuckte die Achseln und trank einen Schluck Saft. Während sie das Glas zurück auf den Tisch stellte, wurde ihr Blick von einem schwarzen Vogel abgelenkt, der sich das Balkongeländer als Landeplatz ausgesucht hatte. Sie platzierte das Glas halb auf der Tischkante, halb im leeren Raum und ließ los. Hätte Ash nicht blitzschnell zugegriffen, der Apfelsaft hätte sich in ihren Schoß ergossen.

»Vorsicht.«

Er zwinkerte Selva zu und stellte den Saft in sicherer Entfernung zur Kante ab. Die Riggerin lächelte dankbar und guckte dann an ihm vorbei. Ash schaute automatisch über die Schulter und entdeckte Tinkerbell, die am Treppenabsatz stand. Die Elfe musterte ihn mit einem Gesichtsausdruck, den er nicht deuten konnte, und ging ohne ein weiteres Wort nach oben.

Die Runner sahen sich verwundert an.

»Was sollte das denn?«

Ash zuckte die Achseln. »Keine Ahnung.«

»Denkt sie, ich hätte ...?« Selva richtete sich sichtlich verlegen auf. »Wenn ihr beide zusammen seid ...«

»Nein«, beeilte er sich zu versichern. Wieso dachte hier jeder, Tinkerbell und er wären ein Paar? Allmählich wurde es peinlich. Es hatte mal eine Zeit gegeben, in der er mehr für die Elfe empfunden hatte als reine Freundschaft. Wann genau das aufgehört hatte, konnte er nicht sagen. Der richtige Moment war gekommen und gegangen. Falls es ihn jemals gegeben hatte.

»Ich geh schon mal rauf.« Er ließ das Tablett stehen und ging zur Treppe. Etwas war hier furchtbar faul.

Oben saß Tinkerbell bereits am Tisch und schien in ihren Taschencomputer vertieft zu sein. Falls sie seine Anwesenheit zur Kenntnis genommen hatte, ließ sie es sich nicht anmerken.

»Sind wir noch Chummer?« Ash war sich bewusst, dass er damit ein ›Gespräch‹ einläutete. Er hasste Gespräche. Außerdem war jetzt definitiv der falsche Zeitpunkt.

Tinkerbell blickte nicht auf. »Waren wir das jemals?« Ihre Stimme klang resigniert.

»Natürlich.« Was sollte die Frage?

»Manchmal bin ich mir nicht sicher.«

Was sollte er darauf antworten? Was hatte sie plötzlich?

Am Tisch ließ die Elfe endlich den Taschencomputer in Ruhe und schaute auf. »Ich mach mir Sorgen um dich. Was ist los?«

Ash verspürte auf einmal den unbändigen Drang, aus dem Zimmer zu laufen. Stattdessen zuckte er die Achseln. »Nichts, wieso?«

»Es sind die vielen Kleinigkeiten. Als ich dich vorhin geweckt habe, zum Beispiel. Du warst kaum in der Lage, nach deinem T-Shirt zu greifen. Eine Viertelstunde später hast du plötzlich Superreflexe.«

»Reines Glück«, versuchte er sich rauszureden. Jeden Augenblick würden die anderen kommen, und er wollte nicht mitten in einem Psychogespräch erwischt werden.

»Ich bin nicht blind, und ich bin nicht dumm. Du verhältst dich merkwürdig.«

Allmählich wurde Ash sauer. Tinkerbell mischte sich in Dinge ein, die sie überhaupt nichts angingen. »Ich hab keine Ahnung, wovon du sprichst.«

»Nimmst du irgendwas? Wenn du ...« Sie zuckte zusammen, als Ash den Becher auf den Tisch knallte. Ein Teil des Wassers schwappte heraus und verteilte sich über die Tischplatte.

»Ich komm wunderbar allein klar.«

»Vorhin hätte eine Bombe neben deinem Bett explodieren können, und du wärst nicht aufgewacht. Wenn ich gewollt hätte, hätte ich dir die Kehle durchschneiden können!«

»Ach komm, übertreib's nicht.«

»Ich musste dich wachrütteln.« Sie schaute zur Treppe und senkte die Stimme. »Du warst so weit neben dir, ich wusste nicht einmal, ob du mich erkennst.«

»Es waren Schlaftabletten, okay?«, zischte Ash sie an. »Scheißnormale Schlaftabletten. Keine BTL-Chips, keine Kräuter, keine chemischen Drogen, bloß ein paar harmlose Pillen.« Ihr skeptischer Blick machte ihn wütend. »Ich kann es mir nicht leisten, während eines Jobs müde und unkonzentriert zu sein, deshalb hab ich was genommen, um besser schlafen zu können.«

»Vorhin hast du auf mich ziemlich müde und unkonzentriert gewirkt. Bis zu dem Moment, als du in die Küche kamst. Entweder hast du dich unglaublich schnell erholt oder ...«

»Steh ich neuerdings unter konstanter Beobachtung? Natürlich machen Schlaftabletten müde, dazu sind sie da. Ob ich zum Wachwerden einen Becher Soykaf trinke oder was nehme, macht wirklich keinen Unterschied.«

Sie schaute ihn aus zusammengekniffenen Augen gekränkt an. »Für mich schon.«

Aus dem unteren Bereich der Wohnung ertönte ein Pfiff, gefolgt von Blythes genervter Stimme: »Seid ihr bald fertig da oben?«

»Wir sind *jetzt* fertig«, gab Ash zurück, ohne den Blick von der Elfe zu wenden.

Bei der Abschlussbesprechung präsentierte Pilgrim wie angekündigt eine Karte mit den Positionen der Selbstschussanlagen. Ash kümmerte sich nicht um die eisigen Blicke, die ihm Tinkerbell zuwarf, sondern konzentrierte sich darauf, gemeinsam mit den anderen einen Plan auszuarbeiten, der sie heil über die Lichtung brachte. Da sich die Bewegungssensoren der Geschütze überlappten, mussten vorher zwei der Anlagen deaktiviert werden, um einen Pfad zu schaffen. Diese Aufgabe fiel Blythe zu. Tinkerbell würde ihn unsichtbar zu den beiden Geschützen bringen, damit er seine angeblich magischen Finger benutzen konnte.

Als es an die Besprechung der Fluchtwege ging, rief Pilgrim erneut einen der Gebäudepläne auf, der mit diversen roten Punkten versehen war. »Es gibt folgende Fluchtmöglichkeiten: zuerst einmal unseren Einstiegspunkt«, er zeigte mit dem Laserpointer auf den Luftschacht, »dann das Helipad. Beides kann jederzeit mit Betäubungsgas geflutet werden, also haltet eure Atemgeräte bereit. Im dritten Untergeschoss befindet sich ein Treppenhaus, über das man zu dem Nottunnel gelangt, der parallel zum Shuttletunnel verläuft. Von dort kommt ihr zurück ins Gebäude oder in den zehn Kilometer entfernten Ort. Im Tunnel selbst gibt es drei Ausstiegsluken, die euch in einen schmalen Waldstreifen bringen. Die erste nach einem Kilometer, die beiden anderen bei Kilometer vier und sieben. Wenn wir gestört werden, bevor die Smartframes in Aktion getreten sind, ist der Tunnel allerdings eine Todesfalle. Es gibt Kameras, Sicherheitsalarme an jeder Ecke und schlichtweg zu viele Möglichkeiten, um festgenagelt zu werden. Ist die Bereitschaft im Ort einmal alarmiert, liegt deren Reaktionszeit bei zehn Minuten.« Der Runner zeigte ein humorloses Lächeln. »Sucht euch lieber einen anderen Ausgang.«

»Was ist mit diesen Monsterviechern?«, warf Blythe ein. »Diesen Mutanten, an denen die da rumbasteln?«

Ash spürte, wie sich sein Herzschlag erhöhte. Schön, dass der Ork ihn erneut an die *Glen Roy* erinnerte. Allerdings hatte er eine berechtigte Frage gestellt. »Es gibt einen Zwingerbereich.« Pilgrim suchte den Grundriss vom vierten Untergeschoss heraus. »Falls wir tatsächlich auf eines dieser Tiere stoßen, wird es vermutlich dort sein.«

»Aber die laufen nicht frei in der Anlage rum, oder?«, hakte der Ork nach.

»Laut den Informationen des Johnson befinden sich lebende Tiere ausschließlich in den Zwingern. Wenn überhaupt.«

Pilgrim griff im Sprechen nach einem flachen dunkelgrauen Koffer, den er zu Beginn der Besprechung unter dem Tisch abgestellt hatte. »Trotzdem habe ich für den Ernstfall eine kleine Überraschung organisiert.«

Unter den erstaunten Blicken aller Anwesenden legte er den Koffer auf den Tisch, klappte den Deckel auf und holte eine Spraydose heraus. Sie war etwa zwanzig Zentimeter hoch, hatte um die fünf Zentimeter Durchmesser und besaß eine breite Sprühdüse.

»Was ist das?«, erkundigte sich Blythe mit gerunzelter Stirn.

»Haarspray wird's nicht sein«, erwiderte Ash flapsig. »Aber ich ahne es.« Falls er richtig lag, war Pilgrim ein verdammt kluger Junge.

»Nach Quickshots Bericht zu urteilen, hat das Tier vermutlich allergisch auf den Schaum im Feuerlöscher reagiert.« Pilgrim stelle die Spraydose auf dem Tisch ab. »Also hat sich Colin was einfallen lassen. Der Löschschaum in dieser Dose reicht maximal für fünf bis sechs Sekunden, mehr nicht.«

Ash verzog beeindruckt das Gesicht. »Pfefferspray für aufdringliche Vierbeiner.«

»Wir sollten uns nicht darauf verlassen, dass es klappt.«

»Ist jedenfalls besser als nichts«, bemerkte Selva.

»Colin hat Halterungen gebastelt, mit denen wir die Dosen an unseren Gürteln befestigen können.« Pilgrim stellte nacheinander drei weitere Spraydosen auf den Tisch. »Innerhalb der Anlage solltet ihr das Spray in Griffweite behalten.« Er schaute auf die Uhr. »Das war's. Wir brechen um einundzwanzig Uhr auf. Denkt an eure Schalldämpfer.«

Um kurz vor neun überprüfte Ash zum letzten Mal den Inhalt seines Rucksacks: Atemgerät, Spraydose, Taschenlampe, Medikit, Überlebensmesser, diverse Einbruchswerkzeuge und Ersatzmunition. Panzerbrechende Munition, etwas anderes würde er heute Nacht nicht verwenden. Selbst einen Plastisteel-7-Katalysator, mit dem man Wände auflösen konnte, hatte er dabei. Was fehlte, war das ehemals vertraute Hochgefühl vor dem Run. Das Kribbeln in der Magengegend, die Rastlosigkeit, der Energieüberschuss. Er schloss die Schnappverschlüsse des Rucksacks, nahm den Taschencomputer in die Hand, auf dem er die Pläne gespeichert hatte, und schaute sich prüfend im Zimmer um. Alle restlichen Sachen – Kleidung, Toilettenartikel und Musikchips – waren im Koffer verstaut, und die Kletterausrüstung lag bereits im Wagen. Trotzdem warf er sicherheitshalber einen letzten Blick in sämtliche Schubladen, den Kleiderschrank und sogar unter das Bett. Beruhigt steckte er den Taschencomputer in die Innentasche seiner Jacke, nahm Rucksack und Koffer in eine Hand und öffnete die Tür. Im Flur stieß er fast mit Tinkerbell zusammen, die ebenfalls gerade aus ihrem Zimmer kam.

Nach dem Streit war es das erste Mal, dass sie sich allein begegneten.

Tinkerbell betrachtete ihn mit distanziertem Blick. »Hi.«

»Hi. Alles gepackt?«

»Ja.«

»Bis gleich.« Er drehte sich um und ging zur Wendeltreppe. Auf eine Entschuldigung konnte die Elfe lange warten. Sie hatte sich in seine Privatangelegenheiten eingemischt und sollte sich nicht wundern, wenn er deshalb sauer wurde.

Kapitel 20

Ash lag bäuchlings im Unterholz, zwischen niedrigen Gewächsen mit pelzigen Stängeln und herzförmigen Blättern, heruntergefallenen Ästen und Zweigen und sonnenschirmförmigen Pilzen. Der Waldgeruch war durchdringend. Erde, feuchtes Laub, Baumrinde, eine erfrischende und belebende Mixtur aus tausend verschiedenen Aromen. Das Laub vom letzten Herbst bildete eine weiche Matte auf dem Waldboden, und durch die Kronen der Bäume fiel sanftes Mondlicht. Der Himmel war fast wolkenlos, und hier draußen, außerhalb der Großstadt, trübte lediglich ein leichter Smogfilm das Funkeln der Sterne. Die Luft war kühl, doch nicht kalt. Er hatte vergessen, wie sehr er den Wald liebte.

Vor ihm, keine fünfzehn Meter entfernt, befand sich der innere Zaun. Wie Pilgrim gesagt hatte, war der Wald vor und hinter dem Zaun auf breiten Streifen abgeholzt worden. Zur Linken, vielleicht zwanzig Meter entfernt, befand sich eine der Kameras. Ash holte sie mit der Smartbrille näher heran. Es war ein rechteckiges Kästchen, etwa doppelt so groß wie eine Zigarettenschachtel, angebracht an einem frei stehenden Pfosten mehrere Meter hinter dem massiven Zaun. Niedlich. Ob das Ding da nun rumstand oder in Seattle ein Fahrrad umkippte ...

Die Stelle, an der sie über den Zaun gehen wollten, lag ein Stück weiter rechts. Dort fiel das Gelände leicht schräg ab und bildete eine natürliche Senke. Der Zaun folgte dem Verlauf der Senke und beschrieb anschließend einen Bogen nach links.

Eben noch in der Großstadt, jetzt im tiefsten Wald. Um Punkt neun war Selva mit einem Leihwagen vorgefahren, den sie bei einer Firma in Birmingham gemietet hatte. Es war ein großer Jeep, der auch in anspruchsvollem Gelände problemlos fahren konnte. Sie hatten ihre Ausrüstung im Kofferraum verstaut, zwischen zwei von Selvas Kampfdrohnen, und waren eingestiegen. Blythe vorne, weil es dort am meisten Beinfreiheit gab, Tinkerbell, Pilgrim und er hinten. Alle waren angespannt gewesen. Während der gesamten Fahrt hatte niemand ein Wort gesprochen. Tiefes Schweigen. Selbst Blythe hatte die Klappe gehalten. Ash war erneut die Grundrisse durchgegangen, um sich wirklich jedes winzige Detail einzuprägen. Ob es funktioniert hatte?

Er schaute auf die Uhr. Das schwach leuchtende Display zeigte 23:58. Zwei Minuten bis Mitternacht.

Er zuckte zusammen, als es in seinem Headset klickte. Drei kurze Signale, die ihn vor der patrouillierenden Sicherheitsdrohne warnen sollten. Pilgrim hatte hundert Meter weiter rechts Position bezogen, Tinkerbell und Blythe lagen hinter Ash im Unterholz. Eine Minute später tauchte die Rotordrohne rechts von ihm auf, dort, wo der Zaun den Bogen beschrieb. Er duckte sich tief ins Unterholz und verfolgte mit klopfendem Herzen und flachen Atemzügen, wie die Drohne gemächlich an ihm vorbeischwebte. Sie war kugelförmig und mit zwei bedrohlichen Maschinenpistolen ausgerüstet. Der untere Teil mit der Kamera rotierte stetig um die eigene Achse. Nicht bewegen. Bloß kein Geräusch machen.

Als die Drohne in der Ferne verschwunden war, brach Ash erleichtert die Funkstille.

»Alles klar, wir können.«

Blythe und Tinkerbell robbten von hinten heran, und wenig später gesellte sich auch Pilgrim dazu. Die Elfe trug ebenfalls ein Headset, die beiden anderen hatten Commlinks. Sie waren alle komplett in Schwarz gekleidet und hatten das Klettergeschirr bereits angelegt. Die zahlreichen vorbereiteten

Sprengladungen waren gleichmäßig auf ihre Rucksäcke verteilt.

Tinkerbell, die bereits zu Beginn des Runs das Gebiet einer gründlichen astralen Untersuchung unterzogen hatte, wagte einen zweiten Rundgang. Nirgends waren patrouillierende Geister oder Watcher zu sehen. Den Bereich jenseits des Zauns betrat sie jedoch nicht.

Pilgrim gab den anderen mit einem Handzeichen zu verstehen, dass er zuerst gehen wollte.

Er drückte sich vom Boden hoch und schlich geduckt zum Rand des abgeholzten Streifens. Nachdem er sich gründlich umgeschaut hatte, funkte er Selva an.

»Wir gehen jetzt rein.«

»Alles klar, viel Glück.« Die Riggerin wartete mit dem Jeep auf einer Lichtung, in sicherer Entfernung zur Anlage.

Pilgrim versuchte seine Nervosität beiseite zu schieben und sich ganz auf die vor ihm liegende Aufgabe zu konzentrieren. Normalerweise gelang es ihm, doch nicht heute. Heute stand zu viel auf dem Spiel.

Schließlich wagte er sich aus der Deckung der Bäume heraus und legte entschlossen die wenigen Meter bis zum Zaun zurück. Er bildete sich ein, den Schwachstrom hören zu können, der durch die dicken Verstrebungen floss und nur darauf wartete, seine Anwesenheit der Sicherheitszentrale zu melden. Hoffentlich ging alles gut. Hoffentlich klappte der Plan. Hoffentlich wusste der Maulwurf, was er tat. Was immer sie übersehen hatten, jetzt war es zu spät. Hatten sie etwas übersehen?

Habe ich *etwas übersehen?* Pilgrims Gedanken wirbelten schneller und schneller, während er nach dem winzigen, aber fatalen Fehler in der Planung suchte. Er fand ihn nicht. Fand er ihn nicht, weil es keinen Fehler gab? Oder übersah er ihn einfach? Ihm kam Quickshots Bemerkung auf dem Balkon wieder in den Sinn: *Was, wenn die betreffende Person plötzlich ihre Liebe zum Konzern und zu den Kollegen wiederentdeckt? Dann marschieren wir vielleicht direkt in eine Falle.*

Und wenn er recht hatte?

Hör auf zu denken. Handle. Pilgrim straffte sich und nickte Tinkerbell auffordernd zu. Fast augenblicklich lösten sich seine Füße vom Boden, und er wurde in die Luft gehoben. Ein beunruhigendes Gefühl des Kontrollverlustes durchflutete ihn. Daran würde er sich nie gewöhnen.

In sicherem Abstand zum Stacheldraht ließ ihn die Elfe über den Zaun hinwegschweben und setzte ihn butterweich auf der anderen Seite ab. Sofort huschte er in die schützende Deckung des Waldstreifens, der den Zaun von der Lichtung trennte. Hinter einem dicken Baumstamm bezog er Stellung und beobachtete angespannt, wie ihm der Rest des Teams folgte.

Schließlich hockten alle wohlbehalten zwischen den Bäumen und schauten auf die Lichtung und den spiegelglatten See. Der abnehmende Halbmond ließ die Oberfläche des Sees silbrig schimmern, und es hätte romantisch sein können, wären da nicht die versteckten Geschütze und ein lauernder Elementargeist gewesen.

Pilgrim rief auf seinem Taschencomputer die Karte mit den Selbstschussanlagen auf. Die erste befand sich links von ihnen, zehn Meter entfernt. Aber bevor Blythe das Geschütz deaktivieren konnte, musste sich Tinkerbell um den Elementar kümmern.

Der Radius der Bewegungsmelder endete zwei Meter vor dem Rand der Lichtung. Sie war also sicher, solange sie sich nicht zu weit vorwagte.

Er reichte den Taschencomputer wortlos an die Elfe weiter.

Jetzt bloß keinen Fehler machen. Tinkerbell fühlte sich bis zum Zerreißen angespannt. Ein falscher Schritt, und die Geschütze würden sie in ein Sieb verwandeln. Vorsichtshalber rief sie bereits jetzt den Feuerelementar herbei. Der Geist blieb in der Dunkelheit unsichtbar, doch sie spürte seine Anwesenheit deutlich. Es beruhigte sie ein wenig, trotzdem waren ihre Hände in den Handschuhen schweißnass. Nach einem letzten Blick auf die Karte trat sie auf die Lichtung hinaus. Sie fühlte sich schrecklich exponiert, und es hätte sie wenig überrascht, auf einmal im Lichtkreis eines Suchscheinwerfers zu stehen. Von der Abdeckung des Luftschachts, den sie als Einstiegspunkt ausgewählt hatten, war im hohen Gras nichts zu sehen. Selbst für Tinkerbells elfische Augen nicht.

Sie machte zögernd den nächsten Schritt, wollte den Geschützen nicht zu nahe kommen. »Mach schon, du blöder Geist«, murmelte sie nervös. »Soll ich auf und ab hüpfen und singen?«

Wie auf Kommando begann die Luft vor Tinkerbell zu flimmern. Mit einer raschen Geste befahl sie dem Feuerelementar, anzugreifen. Der Geist stürzte sich auf seinen Gegner und ...

... nichts geschah.

Verblüfft stand Tinkerbell auf der leeren Lichtung und horchte in die Nacht hinaus. Hatte sie etwas falsch gemacht? Was war hier los?

Aus einer Eingebung heraus wechselte sie in den Astralraum und fand sich plötzlich im stillen Zentrum eines magischen Tornados wieder. Der Kampf tobte um sie herum. Gebannt schaute sie zu, wie die beiden Elementare umeinanderwirbelten, wieder und wieder aufeinanderprallten und versuchten, den anderen zu verschlingen. Sie waren sich ebenbürtig, und scheinbar eine halbe Ewigkeit wogte das Gefecht hin und her, ohne das ein Geist die Oberhand gewann. Dann begann der Wasserelementar unter den Attacken des Feuerelementars zu schrumpfen. Tinkerbell bildete sich ein, hohes Zischen zu hören, als würde Wasser in eine heiße Pfanne gegossen.

Mit einem letzten mächtigen Angriff vernichtete der Feuerelementar seinen Gegner. Ein ohrenbetäubender Knall war zu hören, und eine gewaltige Manawelle katapultierte die Elfe aus dem Astralraum.

Tinkerbell stolperte rückwärts, verlor das Gleichgewicht und saß plötzlich im feuchten Gras. Ihr Kopf schwirrte von dem abrupten Wechsel in die Realität, und in den Ohren hatte sie noch den Knall der Explosion.

»Alles in Ordnung?«, formulierte Ash in ihrem Ohr genau die Frage, die sie sich selbst stellte.

Sie schaute sich hektisch um, doch es war nichts zu sehen, und die Geräusche des Waldes hatten sich nicht verändert.

»Hat es funktioniert?« Diesmal war es Pilgrim, der sie mit ungeduldigem Unterton fragte.

Tinkerbell schaute über die Schulter. »Habt ihr irgendwas gehört oder gesehen?«

»Nein.« Der Runner klang irritiert. »Sollten wir?«

»Dann hat es geklappt.« Sie erhob sich erleichtert und wischte die feuchten Handschuhe an der Hose ab. Es hatte tatsächlich geklappt. Sie konnte es kaum fassen und war gleichzeitig erfüllt von tiefer Zufriedenheit. Gut gemacht! Die vielen Stunden des Beschwörens hatten sich gelohnt.

Der Feuerelementar flimmerte ein Stück entfernt vor sich hin, gezwungenermaßen auf den nächsten Auftrag wartend. Sie spürte, dass der Kampf ihn sehr geschwächt hatte und entließ den Geist bis auf weiteres.

Danach winkte sie Blythe heran, zeigte ihm zur Sicherheit erneut die Position der Selbstschussanlage und machte ihn unsichtbar.

In ihrem Bauch kribbelte es noch warm und wohlig, als der Ork bereits auf dem Weg zum ersten Geschütz war. Sie konnte Blythe vage sehen und beobachtete ihn angespannt bei der Arbeit. Das Schweigen im Headset sagte ihr, dass auch Ash und Pilgrim aufmerksam zuschauten. Obwohl sie den Ork selbst nicht sehen konnten. Vor ihr hob Blythe den Arm und reckte den Daumen in die Höhe. Das erste Geschütz war deaktiviert. Sie gab die Geste weiter.

Nachdem Blythe die zweite Selbstschussanlage ausgeschaltet hatte, war der Weg frei. Tinkerbell winkte Ash und Pilgrim heran und es ging im Gänsemarsch über die Lichtung.

Ash ging als Letzter, um die Gruppe nach hinten abzusichern. Sein Blick glitt suchend über die dunklen Schemen der Bäume, doch er konnte keine verdächtigen Bewegungen entdecken. Keine Drohnen, keine Wachen, keine Wachcritter. Nichts. Was aber nicht bedeutete, dass nichts da war.

Sie kamen ohne Zwischenfälle beim Ziel an, der Abdeckung rechts vom See. Einige geübte Handgriffe später hatte Pilgrim die Alarmsicherung der Abdeckung ausgeschaltet. Er klappte sie auf und offenbarte einen von undurchdringlicher Schwärze erfüllten Schacht. Während Pilgrim und Blythe mit einem Bolzenschussgerät vier starke Haken in die Erde trieben und zusätzlich am Rand des Schachts befestigten, hängten sich Tinkerbell und Ash flache handtellergroße Lampen um den Hals und machten ihre Atemgeräte einsatzbereit.

Diesmal ging Blythe zuerst. Am Ende des Schachts wartete ein stabiles Sicherheitsgitter, und der Ork hatte die meiste Erfahrung im Umgang mit störrischen Alarmanlagen.

Nacheinander verschwanden die Runner im Schacht, bis sich nur noch Ash auf der Lichtung befand. Nachdem er sich überzeugt hatte, dass die Maske des Atemgeräts in Griffweite war, schaute er skeptisch in die Dunkelheit hinab. Lauwarme Luft strömte ihm entgegen, und ein schwacher Lichtschein drang an Tinkerbell vorbei zu ihm herauf. Wie viele von ihnen diese Nacht wohl überlebten? Wer würde unten bleiben und von den Trümmern des Gebäudes begraben werden?

Für einen kurzen Augenblick packten Ash ernsthafte Zweifel an dem Unternehmen. Konnten sie es überhaupt schaffen? Hatten sie ausreichend Sprengstoff eingepackt? Würde die Zusammenarbeit mit dem Maulwurf klappen? Hatten sie irgendwas bei der Planung übersehen? Was, wenn ihm eins dieser vierbeinigen Monster über den Weg lief? Würde er die Nerven und die richtigen Waffen haben, um es zu töten?

Er atmete tief durch, zwang sich, einen klaren Kopf zu behalten. Es hatte ausreichend Gelegenheit für einen Rückzieher gegeben, und hier und jetzt war definitiv der falsche Moment für Zweifel! Nach einem letzten Blick über die Lichtung ließ er sich in den Schacht hinab, der ihm plötzlich viel schmaler erschien als zuvor. Er schob die herankriechende Klaustrophobie zur Seite und klappte die Schachtabdeckung über sich zu. Es half niemandem, wenn er jetzt eine Panikattacke bekam. Die Lampe schaltete er trotzdem nicht ein. Es reichte, wenn er die Enge fühlte. Sehen musste er sie nicht.

Nach einigen Metern musste er warten, während Blythe unten die Sicherung des Gitters knackte. Die Füße links und rechts in einen Seitenschacht gestellt, stand er breitbeinig da und starrte blind auf die blanke Metallwand, die wenige Zentimeter vor seinem Gesicht sein musste. Sehen konnte er sie nicht, doch er wusste, dass sie da war. Endlich ging es weiter, und er legte erleichterte die letzten Meter bis zum Boden des Schachts zurück. Unten hakte er sich los und folgte den anderen in einen dunklen Raum.

Es war die Wäscherei der Anlage. An der rechten Wand standen ein halbes Dutzend Waschmaschinen und Trockner und links diverse, bis zum Rand mit Wäsche gefüllte Rollwagen. Die Luft war feuchtwarm, und es roch nach Waschmittel und nassen Laken. Nachdem Blythe das Gitter provisorisch wieder befestigt hatte, schlüpften alle aus den Klettergeschirren und versenkten sie danach tief in einem der Rollwagen.

Anschließend aktivierte Pilgrim den Panicbutton, den er am linken Handgelenk trug, ließ das rote Alarmlicht fünfmal blinken und schaltete ihn wieder aus. Nun wusste der Maulwurf Bescheid und konnte seinen Teil des Plans ausführen. Ash hoffte inständig, dass er das Signal auch erhalten hatte. Er erinnerte sich an die Spraydose mit dem Löschschaum und holte sie aus dem Rucksack. Die dünne Tasche, in der die Dose steckte, hatte eine mit einem Klettverschluss versehene Schlaufe. Er befestigte die Schlaufe an seinem Gürtel und schlang die dünnen Bänder am unteren Ende um seinen Oberschenkel, damit die Spraydose nicht hin- und herschwang. Als er aufblickte, stellte er fest, dass die anderen es ihm gleichgetan hatten.

Dann löschten sie die Lampen und gingen im Dunkeln zur Tür. Blythe verfügte über Audioverstärker und lauschte konzentriert. Es war jetzt halb eins. In wenigen Minuten müsste die Drohne den Raum passieren. Danach hatten sie maximal zwanzig Minuten Zeit, um aus dem Hauptkorridor zu verschwinden.

Kurz darauf surrte die Drohne leise am Raum vorbei, und die Runner aktivierten synchron die Stoppfunktion ihrer Uhren. Einige Sekunden später drückte Blythe ganz langsam die Klinke herunter und öffnete die Tür einen Spalt. Der dahinter liegende Korridor war hell erleuchtet und leer. Der Ork wurde mutiger, vergrößerte den Spalt und trat schließlich hinaus. Ash und die anderen folgten ihm in den weiß gestrichenen Korridor. Zur Rechten befanden sich das Treppenhaus und der Fahrstuhl für die oberen Stockwerke. Gut zwanzig Meter weiter machte der Korridor einen Knick nach links.

Zur Linken führte der breite Hauptkorridor nach wenigen Metern rechts um die Ecke. Dorthin war auch die Drohne verschwunden. Ging man um die Ecke und folgte seinem Verlauf, kam man zur anderen Seite des Stockwerks. Dort lagen das Treppenhaus und der Fahrstuhl für die beiden unteren Geschosse sowie der Eingang zum Nottreppenhaus, das in den Shuttletunnel führte. Diesen Weg wollten sie nehmen.

Bevor es nach unten ging, standen allerdings noch drei Stationen in diesem Stockwerk auf dem Plan.

Pilgrim ging voraus, und Ash machte das Schlusslicht. Eine der Ares II mit Schalldämpfer und panzerbrechender Munition fest in der Hand, ging er seitlich hinter den dreien her und sicherte die Gruppe nach hinten ab. Obwohl alle Schuhe mit gummierten Sohlen trugen, hörten sich ihre Schritte in dem leeren Korridor für seinen Geschmack viel zu laut an. Sein Blick glitt hoch zur schmalen Führungsschiene der Überwachungsdrohne. Zwanzig Minuten, höchstens.

Bisher stimmten die Angaben des Johnson. Hoffentlich blieb es dabei.

Den ersten Raum, ein großes Lager, konnten sie ohne Sicherheitsabfrage betreten. Ash war heilfroh, als sie endlich zwischen Vorratsregalen, Kisten und Kartons standen. Zumindest für eine Weile sicher vor dem Kameraauge und den Sensoren der Drohne. Ganz hinten im Raum warteten in einer Ecke acht hüfthohe, dickbäuchige Propangasflaschen. Auf ein Zeichen von Pilgrim machte sich Blythe daran, eine Sprengladung zwischen den Flaschen zu platzieren. Das würde einen gewaltigen Rumms geben.

Ein Teil von Ash wollte in der Nähe sein, wenn es passierte. Wollte am Rande der Lichtung stehen, wollte spüren, wie die Erde bebte, sehen, wie der See plötzlich nach unten absackte und einen riesigen Krater hinterließ. Ihn erfüllte die gleiche morbide Faszination für die Zerstörung, die er beim Untergang der *Glen Roy* gefühlt hatte.

Doch was war mit den Menschen, die heute Nacht hier arbeiteten? Die Verantwortlichen in den oberen Etagen und die Wissenschaftler, um deren Experimente es letztendlich ging, lagen sicher und wohlbehalten in den Betten. Es waren die Sicherheitsleute, die alles ausbaden würden.

Die kennen das Risiko, erwiderte er in Gedanken. *Jeder, der in einem Hochsicherheitslabor arbeitet, sollte das Risiko kennen.*

Aber reichte das als Rechtfertigung aus? Reichte es ihm, Ash, als Rechtfertigung aus?

Zwei Stockwerke höher schlenderte David Bicks gut gelaunt den Korridor entlang, in der Hand ein Tablett mit zehn glasierten Schokomuffins. Bronstein und Catrall, die beiden Sicherheitsmänner, die an der Schleuse zum Shuttle Wache schoben, warfen ihm neidische Blicke zu.

»Hallo, Jungs, da meint es jemand gut mit uns. In der Cafeteria gibt's Kuchen.« Er biss demonstrativ von einem der Muffins ab und kaute genüsslich.

»Na, toll«, grummelte Catrall, der Ältere der beiden. »Bis unsere Pause anfängt, haben uns die Penner von unten garantiert alles weggefressen.«

Sein Kollege brummte zustimmend.

»Hey, ich bin auch einer der Penner von unten. Aber wenn ihr wollt, hol ich euch welche.«

»Mann, Sahne, wäre klasse.«

»Hey, kein Problem. Bin gleich wieder da.« Der Decker stellte das Tablett auf dem Boden ab und machte sich auf den Rückweg zur Cafeteria.

Kurz darauf kehrte David mit einem großen Teller zurück, auf dem vier Muffins lagen. Er wünschte Catrall und Bronstein guten Appetit, hob das Tablett auf und ging zum Fahrstuhl. Im zweiten Untergeschoss angekommen, machte er einen Abstecher in den Aufenthaltsraum der Wachen. Als er wieder herauskam, lagen nur noch fünf ganze Muffins und der angebissene auf dem Tablett, und er hatte zwei weitere Kollegen glücklich gemacht.

»Ausweiskontrolle. Bitte identifizieren Sie sich«, forderte ihn eine metallische Stimme von oben auf. David schaute hoch zu der bewaffneten Überwachungsdrohne, die in einer Führungsschiene über seinem Kopf unter der Decke entlangglitt. Routiniert zog er eine grüne ID-Karte aus der durchsichtigen Schutzhülle an seiner linken Brusttasche und hielt sie hoch ins Kameraauge.

»Vielen Dank, Mr. Bicks.«

»Immer gern, Blechkopf.«

Begleitet vom leisen Surren der Überwachungsdrohne machte er sich auf den Weg zur Sicherheitszentrale.

Auf dem Weg zum Kühlraum, der nächsten Station auf dem Weg, übernahm Ash erneut die Position des Schlusslichts. Nach einigen Metern verließen sie den Hauptkorridor und bogen rechts in einen Seitengang ein. Vor einer mit einem Magschloss gesicherten Metalltür blieben sie schließlich stehen.

Als Pilgrim eine der beiden gefälschten Codekarten aus der Brusttasche holte, verstärkte Ash unwillkürlich den Griff um die Ares II. Falls irgendwas mit der Codierung schiefgelaufen war, würden sie es jetzt herausfinden. Vielleicht blieb nur die Tür verschlossen und sie mussten doch den Magschlossknacker bemühen. Was, wenn sie Alarm auslösten? Der Run konnte in wenigen Sekunden vorbei sein. Dann traf ihn Pilgrims Blick, der absolute Zuversicht ausstrahlte. Als könne gar nichts schiefgehen, als hätte der Runner alles bereits vorher ausprobiert.

Ich wünschte, ich hätte dein Vertrauen. Ash hielt den Atem an, als der Runner den unscheinbaren Plastikschlüssel durch das Schloss zog. Nicht zu schnell, nicht zu langsam, genau im richtigen Tempo. Pilgrim musste Nerven aus Stahl haben.

Als tatsächlich das grüne Lämpchen aufleuchtete, fiel Ash ein gigantischer Felsbrocken vom Herzen. Er hörte Blythe neben sich lang ausatmen, und nach Tinkerbells erleichtertem Gesichtsausdruck zu schließen war er tatsächlich nicht der Einzige, der sich vor Anspannung fast in die Hose gemacht hatte.

Pilgrim hingegen steckte die Codekarte schweigend wieder ein und zog die Tür auf.

Eine Wolke eisiger Luft schlug ihnen entgegen. Leuchtstoffröhren unter der Decke erwachten flackernd zum Leben und erhellten einen gut zwanzig Quadratmeter messenden Raum, in dem diverse Badewannen standen. Dazwischen lagen unzählige große und kleine Müllsäcke. Waren hier die Bilder gemacht worden, die Pilgrim ihnen im *Cayenne* gezeigt hatte? Ash spürte erneut die unsichtbaren Ameisen über seine Arme und Beine laufen.

Die Badewannen waren bis zum Rand gefüllt mit den Kadavern toter Tiere. Allesamt wilde Kreuzungen verschiedener großer Hunderassen und anderer, unidentifizierbarer Vierbeiner – ausgewachsene Tiere, Jungtiere, Welpen –, deren Körper teilweise überdimensionale Proportionen erreicht hatten: bullige Köpfe mit gigantischen Kieferpartien, breite Rücken und muskelbepackte Läufe. Einem der Kadaver fehlten beide Vorderläufe, bei einem anderen war die Stirnpartie tief eingedrückt, was dem Kopf des Tiers ein groteskes Aussehen gab.

Alles war von einer dünnen Eisschicht überzogen, hier und da hingen blutrote Eiszapfen an den Kadavern oder hatten sich unter den Wannen Seen aus gefrorenem Blut gebildet.

Pilgrim schaute zu Tinkerbell. »Du hältst Wache.«

Die Elfe nickte und entfernte sich von der Tür.

Blythe betrat als Erster den Raum und stieß einen der blauen Müllsäcke mit dem Fuß an. »Probleme mit überfüllten Tierheimen haben die hier jedenfalls keine.« Die Kälte verwandelte seinen Atem in weißen Dampf.

Ash sparte sich einen bissigen Kommentar und folgte dem Ork. Er war nicht sicher, ob es lediglich die Kälte war, die ihn frösteln ließ. Wieder musste er an das Monster von der *Glen Roy* denken. Wenn es hier tote Tiere gab, waren die lebenden Versionen sicher nicht weit. Was die wohl mit den vielen Kadavern machten? Vielleicht hatten sie ja einen Vertrag mit der örtlichen McHughes-Filiale. Ash verzog angewidert das Gesicht. *Mir wird gleich schlecht.*

Pilgrim ging tiefer in den Raum hinein, um eine Sprengladung zu platzieren, und stieg dabei achtlos über einige Plastiksäcke hinweg.

Blythe ließ indes gelangweilt den Blick schweifen. Plötzlich hielt er inne, machte einige Schritte nach vorne und starrte mit gerunzelter Stirn in eine der Badewannen. Schließlich zerrte er einen riesigen, kopflosen Kadaver zur Seite und hob in einer verwunderten Geste die Augenbrauen. Obwohl Ash es besser wusste, trat er näher. Ihm stockte der Atem, als er einen menschlichen Arm entdeckte. Die Magier. Die toten Magier lagen auch hier! Sicher, er hätte damit rechnen müssen. Die Bilder waren eindeutig gewesen. Aber es in natura zu sehen, war anders. Die Bastarde verdienten es, dass man ihnen ihr verfluchtes Labor unter dem Hintern wegsprengte!

Blythe hingegen zog unbeeindruckt den toten Hund weiter aus dem Weg und förderte einen männlichen Torso zu Tage. Der Rest der Leiche war unter weiteren Tieren begraben. »Sieh an.« Er betrachtete emotionslos den abgemagerten Körper. »Einer weniger.«

Ash glaubte, seinen Ohren nicht zu trauen. »Norm oder Magier?«, zischte cr zurück.

Der Ork bleckte vergnügt die Hauer und flüsterte: »Such's dir aus, mich macht beides glücklich.«

Ash hatte Mühe, seine Stimme zu dämpfen. »Und du Arschloch nennst mich Rassist!«

Blythe fand seine Entrüstung sehr amüsant, von Pilgrim fing sich Ash hingegen einen strafenden Blick ein. Mit einer knappen Handbewegung bedeutete ihnen der Runner, den Raum zu verlassen. Nach einem letzten Blick auf den toten Magier wandte sich Ash zum Gehen.

Er folgte den anderen zurück in den Hauptkorridor und zur dritten Station, dem Generatorraum. Dieser lag an der rechten Außenwand, ganz in der Nähe des Treppenhauses und des Fahrstuhls, die nach unten führten. Die Codekarte verschaffte ihnen auch hier ungehinderten Zugang. Nachdem Pilgrim und Blythe das Notstromaggregat an zwei Stellen mit Sprengladungen bestückt hatten, beschlossen die Runner, sicherheitshalber im Raum zu bleiben. In wenigen Minuten würde die Drohne auftauchen, außerdem mussten die Wachen jeden Augenblick ihre Runde beginnen. Leider war der Generatorenraum zu klein, um sich gut zu verstecken, weshalb ihnen nichts anderes übrig blieb, als sich in die Ecken zu beiden Seiten der Tür zu stellen. Ash und Tinkerbell links, Blythe und Pilgrim rechts.

Kurz nach eins wurden plötzlich zwei männliche Stimmen laut, die sich dem Generatorraum von vorne näherten.

»Hör mir auf mit Booth«, hörten sie eine der Stimmen genervt sagen. »Steele und Booth sind beide Verbrecher, da kann Booth dreimal behaupten, Steele hätte das Ding allein eigefädelt.«

Ash runzelte die Stirn. Offenbar unterhielten sich die beiden über den Wahlbetrug von 2056. Kurz nachdem Thomas Steele zur zweiten Amtszeit als Präsident angetreten war, hatte sich herausgestellt, dass die Wahlergebnisse manipuliert worden waren. Die Wahl wurde für ungültig erklärt und für 2057 Neuwahlen anberaumt. Trotz dieses kleinen politischen Missgeschicks kandidierte James Booth, Steeles ehemaliger Vizepräsident, für die Präsidentschaft. Auf Ideen kamen die Leute!

»Ich wollte eigentlich Yeats wählen«, erwiderte ein hörbar jüngerer Mann, »aber den haben sie ja letzten Monat abgeknallt. Erschießen einfach einen der Präsidentschaftskandidaten, was für 'ne Welt!«

»Wähl halt diese Pen... dingsda ... seine Vizetante halt.«

»Mal sehen.«

Ash hörte Tinkerbell hinter sich scharf die Luft einsaugen, als die beiden Wachen den Generatorenraum erreicht hatten. Sie blieben vor der Tür stehen, kamen jedoch nicht herein. Trotzdem bereitete er sich darauf vor, gleich sehr schnell reagieren zu müssen.

Doch eine Zeit lang war nur leises Rascheln und Knistern zu hören, schließlich ein metallisches Klicken und zweifaches tiefes Einatmen.

»Mann, die hab ich gebraucht«, erklang die jüngere Stimme. »Ich hab die ganze Zeit so einen komischen Geschmack im Mund.« Die Türklinke wurde heruntergedrückt, und Ash wich automatisch zurück, die Ares Predator fest in der linken Hand. Er stieß gegen Tinkerbell und spürte daraufhin ihre Hand an der Hüfte. Ein dünner Lichtschein aus dem Korridor traf seine Schuhspitze, und er hielt den Atem an. Man würde sie entdecken, alles war umsonst gewesen, die ganze Planung für nichts und wieder nichts!

»Das würde ich lassen«, warnte der zweite Mann seinen Kollegen, und die Tür wurde nicht weiter geöffnet.

»Weißt du, wie empfindlich der Rauchmelder da drin ist?«

»Ach ja, verdammt.« Mit einem Klacken wurde die Tür wieder zugezogen, und der nächste Satz war gedämpfter zu hören. »Mann, das hätte Ärger gegeben.« Die erste Wache lachte nervös auf.

»Stell dir vor, wir hätten den Feueralarm ausgelöst.« Sein Kollege fand die Vorstellung anscheinend sehr amüsant. »Wäre hier wenigstens endlich mal was los gewesen.«

»Auf die Sorte Aufregung kann ich verzichten.«

Ash konnte dem Mann nur beipflichten. Abgesehen davon wünschte er sich bloß, die Typen würden sich endlich verpissen!

Als könnten sie seine Gedanken lesen, setzten die Wachleute den Kontrollgang fort. Nacheinander klappten zwei Türen, dann bogen sie schließlich nach links ab und es wurde still.

Ash atmete leise aus. Das war knapp gewesen.

Was ihn allerdings weitaus mehr interessiert hätte als die politischen Ansichten der Wachen, waren die Fortschritte des Maulwurfs. Wie weit war er? Hatte er den Rigger und den Magier bereits ausgeschaltet?

Ein winziger Hinweis hätte ihm schon genügt. Er stutzte. *Ich hab die ganze Zeit so einen komischen Geschmack im Mund ...*

Aber das konnte alles bedeuten.

Kapitel 21

Beinahe zwanzig Minuten warteten sie in dem dunklen Raum. Niemand sagte ein Wort, nur das leise Atmen vier angespannter Runner war zu hören. Ash hatte den Abstand zu Tinkerbell wieder vergrößert und zupfte ungeduldig an seinem linken Armband herum. Das lange Warten machte ihn mürbe.

Schließlich kehrten die Wachen aus den unteren Stockwerken zurück. Sie passierten den Generatorraum, ohne stehen zu bleiben, und verschwanden wieder nach oben. Nachdem auch die Drohne ein weiteres Mal vorbeigeschwebt war, konnten sie endlich weitergehen.

Ins Treppenhaus zu gelangen, war einfach – die Tür ließ sich ohne Codekarte öffnen. Der knifflige Teil bestand darin, wieder hinauszukommen. Die Zugangsabfrage befand sich im Treppenhaus, sodass der Besitzer einer defekten oder ungültigen Codekarte in ungünstigsten Fall zwischen den Stockwerken festsaß.

Ash fand die Vorstellung amüsant. Ein professionelles Runnerteam, das alles bis ins Detail durchgeplant, jede Eventualität in Betracht gezogen hatte, und das letztendlich an einem widerspenstigen Magschloss scheiterte. Ironie pur.

Die Geschichte wurde allerdings weit weniger lustig, wenn er an die Schlösser im vierten und fünften Untergeschoss dachte. Die akzeptierten nämlich ausschließlich Karten der Sicherheitsstufe fünf. Die sie nicht hatten. Hier würden sich zum ersten Mal die angeblich unschlagbaren Magschlossknacker bewähren müssen. Wenn die Dinger versagten, konnte seine amüsante Vorstellung leicht zur bitteren Realität werden.

Pilgrim probierte es zuerst im vierten Untergeschoss. Das Gerät arbeitete fleißig an der Überlistung des Schlosses, brauchte allerdings beunruhigend lange. Sekunden verstrichen, drohten zu Minuten zu werden, und Ash hatte plötzlich den muffigen Geschmack von alten Socken auf der Zunge.

Endlich blinkte ein grünes Lämpchen auf, und leises Summen ertönte.

»Wir haben keine Ahnung, ob unser Mann schon in Aktion getreten ist, geht also kein Risiko ein«, flüsterte Pilgrim. »Wartet lieber einmal zu viel ab, bevor ihr euch erwischen lasst.«

»Seid vorsichtig«, fügte Ash mit trockenem Mund hinzu, sah dabei jedoch Tinkerbell an. Der Streit in der Wohnung erschien ihm jetzt unnötig und albern. Wenn sie nur gut auf sich aufpasste.

»Ihr auch.« Tinkerbells ermutigendes Lächeln fiel etwas schmal aus. »Bis nachher.«

Ash und Pilgrim arbeiteten sich im vierten Untergeschoss systematisch von der rechten Außenwand über die Mitte bis zur linken Außenwand vor. Die Stockwerke besaßen alle einen identischen, simplen Grundriss: vier breite Hauptkorridore, die auf den Plänen als großes Viereck erschienen, und zwei schmalere, kreuzförmig angelegte Gänge, die sie miteinander verbanden. In vielen der größeren Laboratorien und Räume gab es Verbindungstüren, ein Umstand, der es den Runnern leichter machte, außer Sicht der Überwachungsdrohne zu bleiben.

In einigen Räumen brannte sparsame Nachtbeleuchtung, doch die meisten lagen im Dunklen, und sie mussten die Lampen einschalten. Tragende Pfeiler und Wände waren Ashs und Pilgrims Hauptziel, sowie wichtig aussehende Laborgerätschaften und Computerterminals. Teilweise halbierten oder viertelten sie die handtellergroßen Ladungen, um mehr C-12 zur Verfügung zu haben. Der mitgebrachte Sprengstoff war knapp bemessen, und es gab endlos viele Nebenräume, Computer und Schränke, die wichtige Forschungsdaten enthalten konnten.

Ich möchte nicht hier sein, wenn das alles hochgeht, dachte Ash, während er im Schein seiner Lampe vorsichtig ein Stück C-12 in einen Spalt zwischen zwei schweren Laborgeräten drückte. Waren die Hauptpfeiler erst zerstört, würde sehr wahrscheinlich der Rest des Gebäudes von oben nachsacken und die unteren Stockwerke pulverisieren. Er legte den Kopf in den Nacken und schaute hoch zur Decke. Das würde wehtun. Seine Anspannung wuchs von Minute zu Minute. Bei jeder neuen Ladung malte er sich aus, was geschehen würde, wenn zufällig einer der Zünder defekt war. Oder jemand trotz aller Vorsicht einen der Sprengsätze entdeckte.

Er wollte nicht hier unten sterben. Er wollte in nächster Zeit überhaupt nicht sterben!

Was er wollte, war wissen, wie der Maulwurf vorankam. Ob er erfolgreich gewesen war oder ob die Sicherheitszentrale voll besetzt bleiben würde.

Nach einem Zeichen von Pilgrim folgte er dem Runner über den Hauptkorridor in den ersten Raum an der linken Außenwand. Es war ein Operationsraum, der von drei glänzenden Metalltischen dominiert wurde, um die herum zahlreiche medizinische Gerätschaften und Beistelltische angeordnet waren. Unter der Decke brannten mehrere Leuchtstoffröhren, doch es war kein verdächtiges Geräusch zu hören.

Ash schaute zweifelnd in seinen Rucksack, in dem sich nur noch drei Sprengladungen befanden. Wenn die mal reichten. Er wollte etwas sagen, wurde jedoch abrupt unterbrochen.

»Hier haben Fremde keinen Zutritt!«, polterte plötzlich eine männliche Stimme von links.

Ash fuhr erschrocken herum und griff dabei automatisch nach der Waffe.

Ein dunkler Trennvorhang wurde grob zur Seite gezogen, und ein grauhaariger Mann in einem weißen Kittel erschien.

Hinter ihm ragte die Holoprojektion eines gigantischen vielfarbigen Moleküls auf.

»Was machen Sie hier?« Er schaute von Ash zu Pilgrim, die Augen misstrauisch zu Schlitzen verengt. »Ich alarmiere die Sicherheit.« Er wollte sich ans linke Handgelenk greifen, doch Pilgrim reagierte schneller. Er hob die Waffe und schoss dem Wissenschaftler zweimal in die Brust. Der Mann stolperte zurück, riss beim Fallen den halben Vorhang herunter und blieb inmitten seiner bunten Atome reglos liegen.

»Haben Sie etwas gesagt, Professor?« Eine mollige, weiß gekleidete Frau um die vierzig kam gerade aus einem Nebenraum, einen Kasten Datenchips in den Händen. Beim Anblick der Runner ließ sie die Chips erschrocken fallen, warf sich herum und rannte davon. Ash sprintete los. Sie durfte ihm nicht entkommen, durfte auf keinen Fall die Sicherheit alarmieren! Er verfolgte die Frau durch das angrenzende Labor und erwischte sie an der geschlossenen Tür zum Korridor. Mit einem Griff in ihre kinnlangen Haare riss er sie herum, hob die Waffe und schoss ihr direkt ins Herz. Der Schalldämpfer schluckte den größten Teil des Lärms, und die Frau brach ohne den geringsten Laut zusammen. Ash fing sie reflexartig auf, dachte noch: *Kein Blut auf den Boden!,* und wurde dann von ihrem Gewicht nach unten gezogen.

Er kniete schließlich auf dem dunkelgrauen Linoleum, die tote Frau fest im Arm, das Herz wie wild in der Brust hämmernd. Es war alles viel zu schnell gegangen. Er hatte keine Zeit gehabt, nachzudenken, hatte einfach reagiert. Sie erschossen, ohne eine Sekunde an mögliche Alternativen zu denken. *Die Leiche muss verschwinden,* forderte ihn sein Verstand auf, doch er konnte sich nicht dazu bringen, aufzustehen.

»Quickshot?«, hörte er Pilgrims Stimme im Headset, und der Bann war gebrochen. Der Runner musterte ihn von der anderen Seite des Raums aus.

»Ich hab sie erledigt.« Die Kälte in seiner Stimme hätte man leicht mit Gleichgültigkeit verwechseln können.

»Versteck sie irgendwo«, gab Pilgrim knapp zurück und verschwand wieder im Nebenraum. Die Waffe in der Hand, wuchtete Ash die Frau hoch und trug sie zu einem der Arbeitstische. Ohne weiter nachzudenken, löste er die blaue ID-Karte von ihrem Arbeitskittel und befestigte sie an seiner Jacke. Danach schob er die Frau unter den Tisch, bis an die Wand heran, und schaute über die Schulter. Auf dem Boden entdeckte er eine kleine Blutlache, die er rasch mit dem Ärmel wegwischte. Nicht darüber nachdenken. Nicht jetzt.

Als er sich erneut prüfend umsah, erregte ein offener Sicherheitsschrank seine Aufmerksamkeit.

Der Schrank besaß die Ausmaße eines großen Schuhkartons und hatte drei Fächer, in denen sich unzählige schmale, mit Datenchips gefüllte Kästchen aneinanderreihten. Teilweise waren sie sogar übereinandergestapelt. Jedes Kästchen zierte ein Icon mit der Ziffer ›57‹ und einer Monatszahl. Es mussten die gesamten Forschungsdaten dieses Jahres sein. Erfüllt von einem absurden Gefühl des Triumphs, viertelte Ash eine der letzten drei Sprengladungen. Danach schaffte er im Schrank einen schmalen Freiraum, indem er einige der Kästchen umstellte, platzierte das C-12 zwischen den Datenchips und schloss die Tür. Nach einem letzten Blick zu dem Tisch, unter dem die Frau lag, ging er zurück ins andere Labor.

Pilgrim kniete neben dem toten Wissenschaftler. Als der Runner ihn entdeckte, hielt er wortlos eine ID-Karte hoch, die er dem Mann anscheinend abgenommen hatte.

Ash deutete auf die Karte an seiner linken Brusttasche, und ein flüchtiges Lächeln huschte über Pilgrims Gesicht.

»Wie viele Räume?«, hörte er den Runner im Headset fragen.

Ash hob die rechte Hand und streckte alle fünf Finger aus. Neben diesen beiden Labors gab es noch die Zwinger und zwei weitere Labors. Trotzdem holte er den Taschencomputer hervor, rief den Plan auf und zeigte ihn Pilgrim.

Auf der Stirn des Runners bildete sich eine tiefe Sorgenfalte, und er ahnte, woran der Mann dachte: Würden sie im Zwingerraum auf eines dieser Viecher treffen? Allein der Gedanke an die roten Augen und dieses gigantische Gebiss ließ Ash schaudern. Ein Grund mehr, den Kasten in die Luft zu jagen! Er bedachte Pilgrim mit einem Lächeln, das eigentlich aufmunternd sein sollte, jedoch reichlich verkrampft ausfiel.

»Ich glaub, ich muss kotzen.« Geoff, der Wachmann, der zusätzlich in der Sicherheitszentrale Dienst schob, schraubte sich mit grünlich-wächsernem Gesicht aus einem Drehstuhl hoch.

»Erzähl mir nichts von Kotzen!«, protestierte David mit kläglicher Stimme. Ihm selbst war speiübel, und allein beim Gedanken an Erbrochenes drehte sich ihm der Magen um.

Auf der anderen Seite des großzügig geschnittenen Raums verzog Nixon, der Sicherheitsmagier, in seinem bequemen ›Arbeitssessel‹ angewidert das Gesicht. »Der Erste, der sich hier drinnen übergibt, kassiert einen Blitz in den Arsch, kapiert?«

»Warum frisst du nicht den letzten Muffin und hältst die Fresse?«, giftete David zurück. Er hatte vergessen, dass der Mann selten Kuchen aß. Soykaf konnte er saufen ohne Ende, aber bei Kuchen kam es immer auf die Tagesform an.

»Genau!« Geoff packte die Türklinke, aber schaffte es nicht mehr hinaus. Ohne Vorwarnung fiel er auf die Knie und erbrach sich in einen Papierkorb. Der säuerlich-bittere Geruch von halb verdautem Essen und Galle waberte durch den Raum, und obwohl David absichtlich bloß einen halben Muffin gegessen hatte, kam ihm der Kuchen wieder hoch. Eine Hand vorm Mund, stürzte er sich auf den Papierkorb unter seinem Arbeitsplatz und spuckte den Muffinbrei aus. Was er für die gute Sache alles zu tun bereit war ...

»Widerlich, einfach ekelhaft und widerlich!« Der blonde Magier sprang auf und rauschte an dem würgenden Geoff vorbei, in den Korridor. »Ich bin im Aufenthaltsraum.«

Doch als Nixon noch einmal zurückschaute, entdeckte David etwas in seinem Blick, das ihn beunruhigte: Skepsis und Zweifel. Ahnte der Mann etwas?

Bis zu diesem Moment hatte David die Idee mit dem Brechmittel für hervorragend gehalten. Nun war er nicht mehr so sicher. Wenn Nixon anfing, herumzuschnüffeln, konnte es brenzlig werden.

Henry, der Sicherheitsrigger, bekam von all dem nichts mit. Er war ins geschlossene Simsinn-System der Anlage eingestöpselt und machte seine Arbeit. Die kleinen Kuchen hatten ihn dummerweise nicht interessiert, obwohl er sonst keinem Gebäck aus dem Weg ging. Weshalb Henry ausgerechnet diese Woche für eine spontane Diät wählen musste, war David schleierhaft. Vermutlich hatte seine neue Freundin was damit zu tun. Geoff hingegen hatte gleich vier Muffins verschlungen, womit er eine gefährlich hohe Dosis des Brechmittels intus hatte. Dem Mann rann der Schweiß in Strömen runter, er zitterte erbärmlich und atmete in flachen, hektischen Stößen.

»Du musst ins Krankenhaus.« David rappelte sich auf. Jetzt, wo er den vergifteten Kuchen los war, fühlte er sich ein wenig besser.

»Geht gleich wieder. Ich kann mich auf der Krankenstation eine Weile hinlegen.« Geoff versuchte ein verkrampftes Lächeln, dann weiteten sich seine Augen und er erbrach sich erneut.

David musste seine ganze Willenskraft aufwenden, um dem Beispiel des Mannes nicht erneut zu folgen.

»Unsinn. Du brauchst einen Arzt.«

Er zog seinen Kollegen auf die Beine, der innerhalb weniger Minuten die Hälfte an Gewicht verloren zu haben schien. Der Mann fühlte sich klein, fast zerbrechlich an.

Sicherheitshalber drücke David ihm den voll gespuckten Papierkorb in die Hände und brachte ihn zum Fahrstuhl.

»Warte hier, ich hinterlasse Henry besser eine Nachricht.«

David zwang sich, langsam zu gehen, damit ihm nicht erneut schlecht wurde. Zurück in der Sicherheitszentrale holte er ein kleines quadratisches Pflaster aus der Hosentasche, hob vorsichtig das T-Shirt des Riggers an, der gerade eine Reihe merkwürdiger Gesten mit den Händen ausführte, und klebte es ihm auf den Rücken. Es dauerte nicht lange, und die Bewegungen des Mannes erlahmten, bis sie vollständig aufhörten. David wusste nicht, ob es gefährlich war, einen eingestöpselten Rigger zu betäuben. Es spielte auch keine Rolle, denn der Mann würde sowieso sterben.

Bevor David zurück zum Fahrstuhl ging, gab er mehrere Befehle in das Cyberdeck ein, an dem er normalerweise arbeitete. Die Befehle würden eine Reihe versteckter Smartframes aktivieren, die der Anlage quasi den Garaus machten. Alle Magschlösser im vierten und fünften Untergeschoss und am Helipad-Tunnel würden lahmgelegt, die Sicherheitsalarme an der Tür zum Nottreppenhaus und an sämtlichen Notausstiegen innerhalb des Shuttletunnels ausgeschaltet, die Geschütze auf der Lichtung deaktiviert sowie die um das Außengelände patrouillierenden Drohnen in den ›Schlafmodus‹ versetzt. Zusätzlich hatte er ein Smartframe programmiert, das sämtliche Telekomverbindungen zur Außenwelt kappte. Allerdings aktivierte es sich erst in fünfzehn Minuten, wenn er hoffentlich bereits in Sicherheit war. Der Gedanke daran, die Anlage und alle Menschen darin schutzlos den Eindringlingen zu überlassen, erfüllte ihn mit gemischten Gefühlen. Einerseits Triumph und Euphorie, weil der große Augenblick endlich gekommen war, andererseits ...

Er wandte sich abrupt um und verließ die Sicherheitszentrale, ohne einen Blick zurückzuwerfen.

Geoff hatte brav beim Fahrstuhl auf ihn gewartet. Auf dem Weg nach oben ins erste Untergeschoss übergab er sich erneut.

Bereits beim Verlassen des Fahrstuhls konnten sie sehen, dass nur noch eine Wache vor der Shuttleschleuse stand. Bronstein verfolgte ihr Näherkommen mit fahlem, hohlwangigem Gesicht.

David musterte ihn gespielt mitleidig. »Wo steckt Catrall?«

»Mit Nixon in der Caféteria. Die beiden wollen rauskriegen, woher die Muffins gekommen sind.«

»Aha.« David rutschte das Herz in die Hose, während Geoff an seiner Seite einen gurgelnden Laut von sich gab, der entfernt an sarkastisches Lachen erinnerte.

»Ich trete dem Typ in den Arsch, der die Mistdinger gemacht hat!«

»Willkommen im Club. Ich hab den Jungs im Aufenthaltsraum gesagt, dass sie die Muffins wegschmeißen sollen.«

»Hat Nixon irgendeinen Verdacht?«, hakte David gezwungen locker nach. Er spürte, wie ihm der kalte Schweiß ausbrach.

»Na ja, normalerweise werden Extras für die Nachtschicht vorher auf der Speisekarte groß angekündigt. Damit auch alle mitkriegen, wie toll unser Boss ist. Entweder haben sie es diesmal vergessen, oder da ist was faul. Meinst du, da ist was faul? Du bist als Erster mit den Dingern angekommen, hing da kein Schild oder so was?«

David schüttelte vielleicht etwas zu hastig den Kopf. »Die standen einfach da.« Er musste los, ihm lief die Zeit davon! »Wieso sollte jemand die gesamte Wachmannschaft vergiften wollen? Hier kommt doch keiner rein, ist viel zu sicher.« *Hör auf zu plappern, Idiot, du redest dich um Kopf und Kragen.* Er versuchte ein entspanntes Lächeln, aber nach dem skeptischen Ausdruck in Bronsteins Augen misslang es gründlich.

»Kann sein. Aber der verrückte Professor und seine Assistentin haben sich lange nicht gemeldet. Ist vielleicht besser, wenn einer der Jungs aus dem Aufenthaltsraum mal nachschaut.«

»Ich hab schon mit Marleena gesprochen, wegen der Muffins.« David konnte das Zittern in seiner Stimme kaum unterdrücken. »Da unten ist alles in Ordnung.«

Neben ihm begann Geoff erneut zu würgen und knickte auf einmal in den Knien ein.

David hielt ihn mit Mühe in der Senkrechten, unendlich dankbar für die Ablenkung.

»Geoff hat vier von den Dingern gegessen. Er muss ins Krankenhaus, bevor er uns hier verreckt!«

Bronstein zögerte kurz und drückte dann einen Knopf an der Gegensprechanlage, die neben der Schleuse in die Wand eingelassen war. »Talstation an Bergstation, bitte kommen.« Obwohl die beiden Stationen auf einer Höhe lagen, hatten sich die Bezeichnungen über die Jahre eingebürgert.

»Hier Bergstation, was ist los?«, antwortete eine weibliche Stimme klar und deutlich.

»Ich schick euch ein Shuttle mit zwei Kollegen. Einer hat eine schwere Lebensmittelvergiftung und muss ins Krankenhaus.«

»Verstanden. Braucht ihr Ersatzpersonal?«

David winkte rasch ab, ehe Bronstein etwas erwidern konnte. »Ich bringe Geoff ins Krankenhaus und komme danach wieder.«

Der andere nickte. »Bergstation, wir haben die Lage unter Kontrolle. Haltet euch aber bereit, irgendwas ist hier merkwürdig.«

»Sollen wir in Alarmbereitschaft gehen?«

David begegnete Bronsteins prüfendem Blick mit gespielter Lässigkeit, während er innerlich tausend Tode starb. Schließlich zuckte er scheinbar gleichgültig die Achseln.

Bronstein verstand es als ein ›Ja‹. »Kann nicht schaden.«

»Verstanden. Schick die Leute los, der Krankenwagen ist bereits auf dem Weg.«

»Sind unterwegs. Danke.«

Mit einer Codekarte öffnete der Wachmann die Schleuse und aktivierte das computergesteuerte Shuttle.

»Gute Fahrt. Macht der Putzkolonne nicht mehr Arbeit als notwendig.«

Davids Lächeln fiel schmal aus. Er klopfte Bronstein zum Abschied auf die Schulter und bugsierte Geoff in den Waggon und auf den erstbesten Sitz.

Durch die bereits wieder geschlossenen Türen warf er dem Wachmann einen letzten Blick zu. Als Bronstein zum Abschied aufmunternd die Hand hob, verspürte David einen schmerzhaften Stich in der Brust. Für einen Moment wollte er den Mann warnen. Wollte ihn überreden, mitzukommen. Verdammt, er mochte Bronstein!

Das Shuttle setzte sich mit einem sanften Ruck in Bewegung und verließ mit zunehmendem Tempo die Station. Jetzt war es zu spät. Er konnte höchstens die Notbremse ziehen, aber damit würde das ganze Unternehmen schlagartig zum Teufel gehen. Allein der Gedanke daran war Verschwendung. Hier ging es nicht um persönliche Angelegenheiten, sondern um ein höheres Ziel. Die Befindlichkeiten eines Einzelnen spielten keine Rolle. Er hatte es vorher gewusst, und er würde mit seinen Entscheidungen und Taten leben müssen.

David ließ die Haltestange los, an der er sich bis eben festgehalten hatte, und setzte sich einige Plätze von Geoff entfernt hin. Es war geschafft, der Auftrag endlich ausgeführt. All die langen Jahre, die Speichelleckerei, das Anbiedern an die Vorgesetzten, das Verleugnen der eigenen Gedanken und Persönlichkeit hatten sich ausgezahlt. Selbst wenn sie ihn in der Bergstation festnahmen, änderte es nichts mehr.

Nach der heutigen Nacht würde einiges anders werden, das spürte er. Sonst würde eben die nächste Anlage hochgehen und dann die nächste und die nächste, bis Proteus endlich vernünftig wurde.

Die Erleichterung, auf die er verzweifelt hoffte, wollte sich jedoch nicht einstellen. Stattdessen fühlte er dumpfe Ernüchterung, hatte sogar leichte Schuldgefühle. David schaute zu Geoff, der auf der anderen Seite des schmalen Mittelgangs saß. Er hatte den voll gekotzten Papierkorb fest umschlungen und starrte angestrengt aus dem Fenster in die Dunkelheit.

Obwohl David seit Beginn des Einsatzes vor drei Jahren mühelos die Rolle des kommunikativen, aufgeschlossenen Sicherheitsbeamten gespielt hatte, war es ihm in der Anlage schwer gefallen, Kontakte zu knüpfen. Von vier, fünf Kollegen kannte er die Vornamen, von einigen die Nachnamen, der Rest ...

Belanglose Gesichter und Lebensläufe, die er in ein paar Tagen vergessen haben würde. Vergessen musste.

Ihm tat Bronsteins sechsjähriger Sohn leid, der nun ohne Vater aufwachsen würde. Und Henry, der eigentlich ein sympathischer Kerl war.

David straffte sich und lenkte seine Gedanken in eine andere Richtung. In wenigen Stunden würde er im Flieger nach Tokio sitzen und all dies hinter sich lassen.

Manchmal erforderte der Kampf für die gute Sache eben unschuldige Opfer. Wenn Proteus nach dem Anschlag die Experimente einstellte, rechtfertigte der Erfolg die Toten dieser Nacht.

Durch die Frontscheibe des computergesteuerten Shuttles strahlten ihm die hellen Lichter der Bergstation entgegen, und zum ersten Mal huschte der Schatten eines Lächelns über sein Gesicht.

Kapitel 22

»Ich habe immer noch kein Signal bekommen. Keine Ahnung, ob die Smartframes aktiv sind.«

In einem der Labors lauschten Tinkerbell und Blythe besorgt Pilgrims Nachricht.

»Na, Sahne«, gab der Ork als Erster über sein Commlink zurück. »Wenn der Idiot das verbockt hat, brech ich ihm das Genick!«

Tinkerbell verdrehte genervt die Augen. Typisch. Immer gleich reinhauen.

»Geben wir ihm etwas mehr Zeit«, erwiderte Pilgrim in ihrem Headsest. »Sonst improvisieren wir.«

Blythe grummelte genervt. »Ich liebe es, wenn ein Plan funktioniert.«

»Meldet euch, wenn ihr durch seid.«

»Verstanden. Over and out.«

Blythe warf Tinkerbell einen schlecht gelaunten Blick zu, schaltete seine Lampe aus und öffnete leise die Tür zum Hauptkorridor. Nach einem raschen Blick trat er hinaus.

Sie hatten in der Mitte des Stockwerks angefangen und sich dann in einer hufeisenförmigen Bewegung von der rechten Außenwand zur linken vorgearbeitet. Nun lag der letzte Abschnitt vor ihnen. Vier Räume, danach hatten sie es geschafft. Wenn sie nicht vorher von der Drohne erwischt wurden.

»Wo geht's da hin?« Der Ork zeigte auf eine Tür direkt vor ihnen, dort, wo der Korridor einen Rechtsknick machte.

Tinkerbell schaute auf das Display des Taschencomputers und flüsterte: »Laut dieser Karte ist dort ein Lagerraum.« Sie stutzte. Wozu das Magschloss? Die meisten der anderen Räume hatten keine Schlösser gehabt, lediglich zwei größere Labors waren zusätzlich gesichert gewesen. Wer bestückte einen Lagerraum mit einem Magschloss? Neugierig geworden, setzte sie sich in Bewegung, den Ork im Schlepptau. Wenn die Smartframes funktionierten, müsste die Tür aufgehen.

Nun begann Blythes Uhr leise zu summen. Bald würde die Überwachungsdrohne hinter ihnen in den Korridor schwenken. Höchste Zeit, sich ein neues Versteck zu suchen.

Sie schickte ein kurzes Stoßgebet zum Himmel und drückte die Klinke herunter.

Die Tür ließ sich problemlos öffnen. Also funktionierten die Smartframes.

Vor ihr erstreckte sich ein langer Korridor, von dem auf der linken Seite in Abständen fünf Türen abgingen. Auch hier brannte Licht.

Interessanter Lagerraum, dachte Tinkerbell. Sie bedeutete Blythe, ihr zu folgen, und schloss die Tür.

»Pilgrim, die Smartframes sind aktiviert worden«, gab sie über Headset erleichtert Entwarnung, erhielt jedoch keine Antwort. »Pilgrim?«

Sie schaute zu Blythe, der seinerseits den Runner über Commlink anfunkte.

»Ich bekomm nur Rauschen«, teilte er ihr mit und blickte sich mit gerunzelter Stirn um. »Muss an dem Korridor liegen.«

Tinkerbells Herz begann schneller zu schlagen. Etwas stimmte hier nicht. »Wann kommt die Drohne vorbei?«

Der Ork schaute auf die Uhr. »Etwa zwei Minuten.«

»Dann müssen wir warten.« Die Vorstellung gefiel Tinkerbell gar nicht. Ein Ausfallen des Funks konnte alles bedeuten. Im schlimmsten Fall ... nein, daran durfte sie nicht denken!

Neben ihr wandte sich Blythe um und ging mit dem ihm eigenen, leichten Humpelgang zur ersten der fünf Türen. Hier war auf Sichthöhe ein Bullauge eingelassen.

Nach einem raschen Blick durch das Sichtfenster winkte er sie heran. »Sieht eindeutig nach Knast aus, wenn du mich fragst«, raunte er ihr zu, als sie schließlich neben ihm stand.

Tinkerbell schaute verwundert durch das Bullauge. Es gab den Blick frei in einen quadratischen fensterlosen Raum. Die einzigen Möbelstücke waren eine Liege und ein niedriger Tisch. In der linken Ecke befanden sich eine Toilette und ein winziges Waschbecken.

Ob hier auch die entführten Magier festgehalten wurden? Sie ging langsam die Reihe der Zellen ab, hin- und hergerissen zwischen der Hoffnung, jemanden zu finden, und dem Wunsch, dass niemand hier wäre.

Vor der vierten Tür blieb sie stehen und schaute mit großen Augen durch das Bullauge.

In einem Bett an der gegenüberliegenden Seite des Raums lag eine Frau. Man hatte ihr eine Magiermaske über den Kopf gestülpt, sie geknebelt und an den Handgelenken mit breiten Fesseln am Bettgestell fixiert. Von ihrer Kleidung war nur ein fleckiges Pyjamahemd zu sehen, der Rest war unter einer weißen Decke verborgen. Sie waren tatsächlich hier! Die entführten Magier befanden sich in der Anlage. Tinkerbells Herz begann wie wild zu pochen. *Wir müssen sie hier rausholen!*

Dann schob Blythe sie genervt zur Seite und schaute ebenfalls durch das Sichtfenster. »Na, Sahne. Das fehlt uns grade noch!«

Als Tinkerbell nach der Türklinke greifen wollte, packte er sie unsanft am Arm. »Was soll denn das werden?«

»Wir können sie nicht einfach hier lassen«, zischte sie wütend und wollte sich losmachen.

Er hielt sie unbeeindruckt fest. »Wieso?«

»Wieso?« Was für eine idiotische Frage. »Weil sie sterben wird!« Sie musste sich sehr bemühen, weiterhin leise zu sprechen.

»Na und? Werden die Sicherheitsleute auch.«

»Sie wurde vermutlich entführt und hierher verschleppt. Wer weiß, welche widerlichen Experimente man an ihr vorgenommen hat.« Tinkerbell konnte nicht glauben, dass Blythe tatsächlich darüber diskutieren musste.

»Eben.« Der Ork merkte offenbar, dass er lauter wurde, und senkte die Stimme. »Deshalb werden wir sie lassen, wo sie ist, und unseren Job machen. Wir können keinen Ballast gebrauchen.«

»Wenn sie einigermaßen beisammen ist, kann sie uns vielleicht helfen.«

»Wobei? Geschnappt zu werden?«

»Wenn ich hier gefangen wäre, würde ich darum beten, dass mir jemand hilft. Deshalb werde ich sie nicht hier lassen!«

»Ist ja gut.« Der Ork verdrehte genervt die Augen. »Ich will mir das Gelaber nicht den Rest der Nacht anhören müssen.«

Die Elfe bedachte ihn mit einem vernichtenden Blick. Na endlich. Sie öffnete die Tür, deren Magschloss ebenfalls deaktiviert war, und hielt inne. »Sei vorsichtig, wer weiß, wie sie reagiert, wenn ich ihr die Maske abnehme.«

»Ich hab 'ne bessere Idee.« Blythe schob sie grob aus dem Weg, zog die Waffe und jagte der Gefangenen zwei Kugeln in die Brust. Die Frau zuckte, bäumte sich in den Fesseln auf und erschlaffte.

»Problem gelöst.« Der Runner steckte die Waffe zurück ins Halfter.

»Bist du noch ganz bei Trost?« Tinkerbell war vollkommen entsetzt. Natürlich musste sie in ihrem Job hin und wieder zur Waffe greifen, doch eine wehrlose Frau auf diese kaltblütige Weise zu töten, war das Letzte! In ihrer Wut schlug die Elfe Blythe mit aller Kraft gegen die Brust. Der Effekt war eher jämmerlich: Der Ork stolperte einen Schritt zurück, fing sich und gab ihr seinerseits einen Stoß. Der war zwar verhältnismäßig sanft, trotzdem knallte sie mit dem Rücken gegen die Tür.

»Pass bloß auf, Mädchen.« Seine Stimme war ein leises bedrohliches Knurren. »Ich hab kein Problem damit, Frauen zu schlagen.«

Das glaubte die Elfe sofort. Sie zügelte ihren Zorn und starrte ihn schwer atmend an, die Hände zu Fäusten geballt. Nach einem letzten warnenden Blick verließ Blythe die Zelle. Tinkerbell schaute erneut zur toten Magierin, immer noch fassungslos. Sie sah sich selbst dort liegen. Ermordet von einem Fremden, der beschlossen hatte, eine Diskussion zu beenden, indem er den Gegenstand der Diskussion aus dem Weg räumte.

Dieser skrupellose ... Sie kämpfte das Verlangen nieder, den Feuerelementar herbeizurufen und den Korridor mit dem Gestank nach gegrilltem Ork zu füllen.

Was ist mit den anderen Zellen? Die Frage tauchte urplötzlich in ihrem Kopf auf. Sie schaute zu Blythe, der an der Tür zum Hauptkorridor stand und konzentriert lauschte. Auf leisen Sohlen schlich sie zur nächsten Tür. In dem Raum dahinter lag ein zweiter Gefangener, wie die Frau festgeschnallt und mit Magiermaske und Knebel ruhig gestellt. Bevor Tinkerbell etwas unternahm, kontrollierte sie rasch die letzte Zelle, die leer war.

Sie vergewisserte sich, dass Blythe ihr den Rücken zudrehte, und huschte in den Raum.

Die Tür besaß innen keine Klinke, weshalb die Elfe sie weit aufschob und zusätzlich mit einem Hocker blockierte. Danach kniete sie neben dem Bett nieder, löste den Kinngurt der Magiermaske und zog sie dem Mann vom Kopf. Der Gefangene zuckte erschrocken zusammen, blinzelte gegen die plötzliche Helligkeit und musterte sie schließlich verdutzt und ein bisschen ängstlich.

»Hallo«, flüsterte Tinkerbell sanft und löste den Knebel, der den Gefangenen am Sprechen hinderte. »Keine Angst, ich helfe Ihnen.« Sie versuchte, beruhigend zu klingen, wollte den Mann nicht noch mehr ängstigen. »Gleich sind Sie hier raus.« Sie machte sich daran, die erste Armfessel zu lösen.

Der Magier zwinkerte ungläubig und blickte an ihr vorbei, die Augen vor Schreck geweitet.

Von einer bösen Vorahnung erfüllte, schaute die Elfe über die Schulter. Blythe stand im Türrahmen, die Waffe in der Hand.

»Geh zur Seite.« Als sie nicht reagierte, machte er einen Schritt in den Raum hinein. »Beweg dich.«

Auf den Knien wandte sich Tinkerbell um, schützte den Gefangenen mit ihrem Körper. Noch mal würde Blythe nicht damit durchkommen. »Bist du komplett verrückt geworden?«

»Allmählich gehst du mir mit deiner weinerlichen Samaritermasche extrem auf die Nerven.« Der Ork hob die Waffe ...

... und flog plötzlich rückwärts in den Korridor hinaus.

Tinkerbell fuhr erschrocken herum und wurde von einer äußerst kräftigen Hand an der Kehle gepackt. Der Magier hatte sich inzwischen vollständig von der Armfessel befreit und saß halb aufgerichtet im Bett.

»Ich will dir helfen«, presste sie mühsam hervor, doch der Blick des anderen gab eindeutig zu verstehen, dass er ihr nicht glaubte. Anscheinend mühelos riss der Mann die zweite Armfessel vom Bettrahmen ab, und für einen winzigen Moment lugte blankes Metall unter dem Pyjamaärmel hervor. In Panik griff die Elfe nach der Waffe, hörte die Luft um sich herum knistern und wurde von einem mächtigen Schlag zurückgeschleudert. Sie prallte hart gegen eine Wand, und für einen Moment wurde ihr vor Schmerz schwarz vor Augen.

»Toll gemacht, ganz toll!« Blythes Stimme klang weit entfernt, wie durch dichten Nebel gedämpft. Eine Hand packte sie am Arm und zog sie grob auf die Beine. Schwindelgefühl schwappte über sie, und der kräftige Oberarm des Orks entpuppte sich als willkommener Halt.

Der Magier lag reglos auf dem Bett, zwei kleine Blutflecken auf der Brust.

Es war Blythes Schuld. Er hatte dem Mann Angst gemacht. Seinetwegen war die Situation außer Kontrolle geraten.

»Bewegung.« Der Ork wollte losgehen, doch Tinkerbell hielt ihn mit aller Kraft zurück. Ihr war ein schrecklicher Gedanke gekommen.

»Warte. Ich muss etwas überprüfen.« Sie konzentrierte sich, schob Schwindelgefühl und Kopfschmerzen zur Seite und wechselte auf Astralsicht. Falls ein Watcher in der Zelle gewesen war, hatte er sich bereits auf die Suche nach seinem Herrn gemacht.

»Was?«, knurrte Blythe, als sie zurück auf normale Sicht gewechselt hatte.

»In der Zelle könnte ein Watcher gewesen sein. Der hat vielleicht den Magier alarmiert.« Sie hätte sich in den Hintern treten können. So was musste überprüft werden, bevor man die große Retterin spielte. Anfängerfehler, ein absoluter Anfängerfehler!

Der Ork zerrte sie wortlos mit sich.

Die Beleuchtung im Korridor hatte sich in schummriges Zwielicht verwandelt. Schwachlicht, in dem man ohne Lichtverstärkung kaum sehen konnte. Spätestens jetzt musste irgendjemand in der Anlage über ihr Eindringen informiert sein. Im Gehen fasste sich Tinkerbell vorsichtig an den schmerzenden Hinterkopf und betrachtete danach ihre Finger. Kein Blut, bloß eine dicke Beule und vermutlich eine leichte Gehirnerschütterung.

»Verdammte Scheißdrecks-Magierfee«, fluchte Blythe gedämpft. »Deinetwegen wird der verfraggte Job den Bach runtergehen!«

Ihre Kehle schmerzte zu sehr, um zu antworten. Und was sollte sie schon sagen? *Meine Motive waren edel?*

Vor der Tür zum Hauptkorridor blieb Blythe stehen. »Pilgrim, kannst du mich hören?« Als erneut keine Antwort kam, gab er ein genervtes Knurren von sich und zog hektisch am Reißverschluss seines Rucksacks.

Gegen die Wand gelehnt, versuchte Tinkerbell einen klaren Kopf zu bekommen. Alles tat weh.

Blythe drückte ihr aus dem Nichts eine Granate in die Hand. Er nahm selbst eine zweite Granate und zog behutsam die Türklinke runter. Die Tür ließ sich problemlos öffnen. Blythe aktivierte die Granate per Knopfdruck. »Das sind Blitzgranaten. Du wirfst deine links in den Korridor, ich meine rechts. Die Babys haben Aufschlagzünder; sobald sie losgelegt haben, machen wir, dass wir wegkommen.« Er musterte sie skeptisch. »Kannst du laufen? «

»Ja«, erwiderte die Elfe mit Nachdruck. Die paar Meter würde sie locker schaffen.

»Links den Korridor runter, bis zum Ende und dann rechts.«

»Warte.« Die Elfe aktivierte einen ihrer beiden Zauberspeicher. »Eine Kugelbarriere.«

Blythe nickte. Er riss die Tür auf, sie warfen die Granaten in den Korridor und wandten sofort den Blick ab.

Nach drei kurzen Sekunden des Abwartens sprang der Ork plötzlich auf und stürmte hinaus.

Tinkerbell drückte sich von der Wand ab und stolperte hinter ihm her, schwindelig von der schnellen Bewegung.

Draußen hatte niemand gewartet, und der Korridor war auf beiden Seiten leer.

Sie folgte Blythe, der im Laufschritt auf dem Weg zum Treppenhaus war. Schwarze Punkte begannen vor ihren Augen zu tanzen, und sie musste nach wenigen Metern stehen bleiben. Sie stützte sich an der Wand ab und atmete tief durch. »Pilgrim, Quickshot, könnt ihr mich hören?«

»Klar und deutlich«, erwiderte Pilgrims Stimme, und ihr fiel ein Stein vom Herzen.

»Wir haben eine Art stillen Alarm ausgelöst. Seid vorsichtig.«

»Die Smartframes sind also inaktiv.« Pilgrims Stimme war ruhig und sachlich, keine Spur von Anspannung zu hören.

Sie schaute zu Blythe, der fast das andere Ende des Korridors erreicht hatte. Aus dem Radius der Kugelbarriere war er längst raus. »Die Smartframes funktionieren. Es war etwas anderes.«

Jetzt war die Anspannung da. »Habt ihr Ärger?«

»Noch nicht.«

»Kommt sofort nach oben.«

»Verstanden.« Tinkerbell richtete sich auf und wollte gerade weitergehen, als rechts aus dem einzigen Seitengang zwei bewaffnete Sicherheitsleute traten. Zehn Meter vor der Elfe entfernt, genau auf halber Strecke zu Blythe. Einer der Männer schaute in die Richtung des Orks, der bereits um die nächste Ecke verschwunden war.

Hatte er sie im Stich gelassen? Er hatte sie einfach im Stich gelassen! *Die miese Ratte!*

Der zweite Wachmann legte auf Tinkerbell an und eröffnete ohne Vorwarnung das Feuer. Die Kugeln prallten an der Kugelbarriere ab, und die Elfe wich zurück, halb taub vom Lärm der Schüsse. Ein Zauberspruch kam momentan nicht in Frage, und mit der Barriere hatte sie sich selbst die Möglichkeit genommen, die Waffe zu gebrauchen. Blieb nur ein Ausweg, und es tat ihr fast leid um die Wachmänner. Sie hob die Hand und hielt inne, als eine weitere Person aus dem Seitengang trat. Der blonde Mann trug lockere Freizeitkleidung, Jeans und ein weites Hemd, und passte überhaupt nicht in die Anlage. Keine Waffe, keine sichtbare Panzerung, es konnte nur der Sicherheitsmagier sein. Sofort aktivierte Tinkerbell den zweiten Zauberspeicher, und eine Manabarriere baute sich um sie herum auf. Keinen Moment zu früh. Eine im Verborgenen ausgeführte Geste des Mannes ließ die Barriere erzittern, während gleichzeitig die Kugelbarriere unter dem erneuten Feuer der Sicherheitsleute zerstört wurde.

Jetzt blieb ihr keine Wahl mehr. Mit Zeige- und Mittelfinger der rechten Hand beschrieb die Elfe vor dem Bauch einen Kreis und rief den Feuerelementar zu Hilfe. Diesmal gab sie ihm den Befehl, sich zu manifestieren. Unmittelbar vor ihr erschien eine eidechsenartige, von einer Flammenaura umgebene Gestalt im Korridor. Mit einem Fingerzeig hetzte sie den Geist auf die Gruppe. Die Flammen loderten hoch, leckten gierig an Decke und Wänden, als der Elementar seinen feurigen Odem ausstieß.

Die Angstschreie der Wachen und den Lärm zahlreicher abgefeuerter Kugeln in den Ohren, stolperte die Elfe zurück zum Zellentrakt und links um die Ecke. Hoffentlich verschaffte ihr der Geist ausreichend Zeit, um das Treppenhaus von dieser Seite aus zu erreichen.

Im vierten Untergeschoss öffnete Pilgrim gezwungen langsam die Stahltür und betrat den dahinter liegenden Raum. Es war ein kleiner quadratischer Vorraum, schwach erleuchtet von einer einzelnen Deckenlampe. Am anderen Ende befand sich eine weitere Stahltür, an der ein großes Warnschild angebracht war: *Lebende Tiere!*, stand dort in großen roten Lettern. *Zwinger nie allein öffnen. Schutzanzüge sind Pflicht!*

Vier dieser Schutzanzüge hingen an der linken Wand, gefertigt aus hellgelbem, leicht geriffeltem Material. Feuerfest? Pilgrim spürte einen einzelnen Schweißtropfen seinen Nacken herunterrinnen und legte unwillkürlich die Hand auf den Kopf der Spraydose, die an seinem Gürtel hing. Was wartete hinter der Tür auf sie? Ein Rudel dieser vierbeinigen Monster? Nichts?

»Wir sollten sofort abbrechen«, riss ihn Quickshot aus den Gedanken. »Bevor wir die komplette Sicherheitsmannschaft auf dem Hals haben!«

»Bisher gibt es keine Anzeichen dafür, dass wir entdeckt wurden«, erwiderte Pilgrim mit ruhigem Tonfall. Obwohl er sich alles andere als ruhig fühlte. Tinkerbells Funkspruch hatte ein ganz mieses Gefühl in seiner Magengegend ausgelöst, und am liebsten wollte er alles hinschmeißen und abhauen. Er durfte sich nicht von Quickshots Nervosität anstecken lassen. Wer nervös wurde, machte Fehler. »Die Zwinger und das nächste Labor, danach verschwinden wir.« Er deutete mit einem Kopfnicken auf die Tür. »Los.«

Für einen Moment sah Quickshot so aus, als wolle er ihm sehr deutlich sagen, wo er sich seine Befehle hinstecken konnte.

Keine Diskussion, bat Pilgrim in Gedanken. *Nicht jetzt, dafür haben wir keine Zeit!*

Sein Gegenüber dachte offenbar ähnlich. Nach einem kurzen Blickgefecht ging Quickshot wortlos rechts neben dem Türrahmen in Stellung.

Erleichtert stellte sich Pilgrim links auf und berührte den Türöffner. Beinahe geräuschlos glitt die Stahltür zur Seite.

Ash verstärkte den Griff um die Ares Predator und befahl seinem Herzen, sich zu beruhigen. Trotzdem hämmerte es weiter wie wild in seiner Brust. Er spürte, wie seine Handflächen in den Handschuhen feucht wurden und verfluchte sich für seine Angst. Waren die Wachen bereits auf dem Weg nach unten? Was war mit Tinkerbell und Blythe? Worauf würden sie bei den Zwingern stoßen?

Auf der anderen Seite der Tür warf Pilgrim einen raschen Blick in den Zwingerraum und nickte ihm dann zu.

Brachte den Mann jemals irgendwas aus der Ruhe?

Ash stieß sich von der Wand ab, überzeugte sich selbst, dass niemand in dem lang gestreckten Raum auf sie wartete, und trat ein.

Es gab gut ein Dutzend Zwinger, zwischen denen ein breiter Gang verlief. Große Glaskästen, die von allen Seiten einsehbar waren. Die meisten Zwinger standen leer, doch weiter hinten glaubte Ash, eine Bewegung auszumachen. Sein Herz machte einen Satz und schlug noch schneller.

»Nimm dir das Labor vor.« Pilgrim deute zum Ende des Raums, wo sich eine weitere Tür befand. Sie stand offen.

Ash setzte sich widerwillig in Bewegung. In einem der Glaskästen konnte er nun eindeutig einen gedrungenen Hund mit einem abnorm großen Schädel ausmachen. Das Tier lief auf vor Muskeln strotzenden Beinen unruhig vor einer niedrigen Hundehütte auf und ab. Es bellte, aber durch die Verglasung drang kein Laut nach außen. *Es ist klein, und es ist hinter Glas,* versuchte er sich zu beruhigen. *Das Vieh kann dir nichts anhaben.* Über Headset konnte er hören, wie Pilgrim Tinkerbell und Blythe anfunkte. Die Antwort war äußerst beunruhigendes Schweigen.

Ash lief nun ganz links, um mehr Abstand zwischen sich und dem merkwürdigen Tier zu haben. Er hatte die Verbindungstür fast erreicht, als aus der Hundehütte im letzten

Zwinger auf der linken Seite ein riesiges Tier geschossen kam. Es sprang mit Wucht gegen die Scheibe und erschreckte ihn beinahe zu Tode. Er stolperte mitten im Lauf zur Seite und prallte gegen den Zwinger des anderen Hundes.

»Heilige ...!« Der Runner schenkte seiner schmerzenden Schulter keine Beachtung, sondern starrte fassungslos auf das Tier hinab. Es war schneeweiß, hatte mächtige, muskulöse Vorderläufe und einen breiten bulligen Schädel. Aus dem Stand konnte es ihm locker in die Gürtelschnalle beißen.

Das Tier starrte aus rot schimmernden Augen zurück und entblößte ein Furcht einflößendes, silbriges Gebiss.

Déjà vu! Ash fühlte sich schlagartig auf die *Glen Roy* versetzt, und die Erinnerung lähmte ihn bis ins Innerste. Den Rücken gegen den Zwinger des anderen Tiers gepresst, konnte er keinen Muskel regen. Er konnte kaum atmen.

»Quickshot?«, erklang Pilgrims angespannte Stimme im Headset.

»Ja«, erwiderte er, ohne den Blick von den stechenden roten Augen lösen zu können. »Ich ...«

Bevor er den Satz beenden konnte, packte ihn jemand am Arm und zerrte ihn in den nächsten Raum.

Eine flinke Gestalt wirbelte ihn herum, schlug ihm die Waffe aus der Hand und schickte ihn mit einem Schlag ins Gesicht und einem Beinfeger zu Boden. Es passierte alles viel zu schnell, Ash hatte keine Chance, zu reagieren. Als er an der Schulter gepackt wurde, schlug er reflexartig zurück, schräg nach oben, wo er das Gesicht vermutete. Seine Faust traf auf Knochen, und ein Schmerzenslaut war zu hören. Er klang weiblich. Er stieß den Angreifer mit aller Kraft von sich und wollte gerade auf die Beine kommen, als ihn ein gezielter Tritt in die Nieren zurück auf die Bretter schickte.

»Was für ein interessantes zweites Date.«

Die Stimme kenne ich! Keuchend packte Ash die nächstverfügbare Tischkante und zog sich hoch.

Wenige Schritte entfernt stand Mae und musterte ihn spöttisch. In der schwarzen Uniform und mit den jetzt völlig schwarzen Haaren sah sie wie eine der Wachen aus.

»Was hast du ... was machst du hier, wieso ...?« Blut lief ihm aus der Nase, und er wischte es mechanisch weg.

»Ich bin geschäftlich in der Gegend.«

Was? War sie am Ende ...? Hatte McGregor ...? Aber sie hatten doch gestern ...

»Meinetwegen?«, brachte er schließlich hervor.

»Unter anderem«, tat sie geheimnisvoll, »aber nicht ausschließlich.«

»Aber gestern ...?«

»In ein paar Tagen wirst du entweder tot sein oder weit weniger schön anzusehen.« Mae schaute ihn mit braunen Mandelaugen an, die noch vor kurzem seine Knie in Butter verwandelt hatten. Jetzt wünschte er sich bloß einen langen, möglichst spitzen Gegenstand. »Da konnte ich nicht widerstehen.«

Die Vorstellung, dass sie miteinander geschlafen hatten, erfüllte Ash plötzlich mit Ekel. Er hatte sie geküsst, sie berührt, hatte ...

Dann sah er aus den Augenwinkeln, dass sich die Verbindungstür zum Zwingerraum geschlossen hatte.

Was ging hier vor?

Im Zwingerraum konnte Pilgrim bloß zusehen, wie die Verbindungstür hinter Quickshot ins Schloss glitt. Funktionierten die Smartframes nicht mehr? Hatte jemand die Manipulation entdeckt? Dann wurden die Smartframes schlagartig unwichtig, als plötzlich ein riesiges, hundeähnliches Tier aus einem Zwinger auf der linken Seite trat. Es fixierte ihn aus stechenden roten Augen, entblößte eine Reihe Furcht einflößender Reißzähne und ging knurrend in Angriffsstellung.

Pilgrims Augen weiteten sich entsetzt. *Nicht bewegen!*, war der einzige Gedanke, der den Runner erfüllte. *NICHT BEWEGEN!*

Dann machte das Tier einen Satz nach vorn und hetzte auf ihn zu. Pilgrim ließ die Sprengladung achtlos fallen, riss die Waffe aus dem Tarnhalfter und schoss. Einmal, zweimal. Die Kugeln schienen keinerlei Wirkung zu haben. Sie bremsten das Tier nicht einmal ab, machten es ihm Gegenteil noch angriffslustiger und schneller. Aber es war doch panzerbrechende Munition! Bei der dritten Kugel, einem Schuss direkt in die Brust, strauchelte das Monster und ging zu Boden. Sofort kam es wieder auf die Beine.

Er musste raus hier, zurück in den Vorraum. Der Runner warf sich herum und prallte gegen die jetzt geschlossene Tür. Er saß in der Falle!

Tiefes Knurren ließ ihn herumwirbeln. Bevor er die Waffe heben konnte, sprang ihn das Tier mit einem gewaltigen Satz an.

Kapitel 23

Über Headset hörte Ash Pilgrim vor Schmerzen aufbrüllen und blickte entsetzt zur Verbindungstür.

Mae hob fragend die Augenbrauen und lächelte dann. »Gute Schallisolierung, was?«

Miststück! Ash stieß sich vom Schreibtisch ab und stürzte sich auf die Asiatin. Entweder hatte sie mit dem Angriff gerechnet, oder ihre Reflexe waren phänomenal. Sie duckte sich unter seinem Schlag weg, packte seinen linken Arm und trat ihm von hinten in die Kniekehle. Ohne recht zu wissen, wie ihm geschah, fand sich Ash bäuchlings auf dem dunklen Linoleum wieder. Trotz seines Rucksacks hatte Mae ihm den Arm auf den Rücken gedreht und ihn zusätzlich mit dem Knie am Boden fixiert. Keine Chance. Nicht einmal den Hauch einer Chance.

Das Headset verschwand von seinem Kopf, gefolgt von der Smartbrille. Erst jetzt bemerkte er, wie schummrig es im Raum war.

»Netter Versuch«, raunte sie ihm ins Ohr.

Ash unterdrückte einen Schmerzenslaut, als Mae ihn in eine sitzende Position zwang, offenbar wild entschlossen, ihm den linken Arm auszukugeln, und spürte plötzlich einen Sporn an der Kehle.

Sie zog ihn dichter zu sich heran, und aus Angst um seinen Hals folgte er der Bewegung.

»Ich hätte unsere Bekanntschaft gern weiter vertieft.« Mae schmiegte sich von hinten an ihn. »Aber hunderttausend Nuyen sind unverschämt viel Geld.«

Ash spürte warme Lippen am Hals. Ein sanfter Kuss, der ihn mit Ekel erfüllte.

Dann hörte er Mae etwas murmeln. Ihre Hand verschwand von seinem linken Arm, und einen Moment später berührte kaltes Metall seine Finger. »Leg die Handschellen an.«

Widerwillig gehorchte er. Was hatte sie vor? Was war mit Pilgrim? Er musste Pilgrim helfen! Wo steckten Tinkerbell und Blythe?

Sie zwang ihn aufzustehen und schob ihn wortlos vor sich her. Weg von den Zwingern, weg von Pilgrim. An der Tür zum Hauptkorridor hielt sie inne, warf einen prüfenden Blick hinaus und zog ihn schließlich mit sich, zu einem Raum auf der gegenüberliegenden Seite.

Auch hier herrschte schummriges Zwielicht. Ash konnte grade eben einen großen runden Tisch erkennen, um den diverse Stühle angeordnet waren.

Mae zog ihn weiter in den Raum und stutzte plötzlich, als ihr Blick auf den weiblichen Körper fiel, der links hinter dem Tisch in der Ecke zusammengesunken war. Ein Glasfaserkabel führte von einer Telekombuchse in der Wand zu einem graugrünen Cyberdeck.

»Drek!« Die Asiatin zerrte ihn mit sich und zwang ihn, sich vor der Frau hinzuknien.

Ash fand sich auf Augenhöhe mit einer unkontrolliert zuckenden Deckerin wieder. Von ihren Augen war lediglich das Weiße zu sehen, und eine Mischung aus Speichel und Erbrochenem rann ihr aus dem Mundwinkel. Aus dem linken Ohr tropfte Blut, lief an dem Glasfaserkabel hinab und tropfte auf die Tastatur des Cyberdecks.

Mae beugte sich über ihn, um einen Blick auf das Display des Decks zu werfen. ›Übertragung abgeschlossen‹ blinkte dort. Sie benutzte die Hand mit dem Sporn, um einen Datenchip aus der Seite des Decks zu ziehen.

Ash schaute sie verblüfft an. »Du stiehlst Forschungsdaten?«

»Find dich damit ab, Schätzchen, du bist hier lediglich das Sahnehäubchen.« Sie verstaute den Chip rasch in der linken

Brusttasche der Kombi. »Allerdings ein unverschämt lukratives Sahnehäubchen.«

Ich bin so ein Idiot! Er befeuchtete mit der Zunge nervös seine Lippen. »Woher weißt du von dem Kopfgeld?«

»Oh, ich habe mich natürlich *vorher* schlau gemacht, wer mir all die lästige Planung abnehmen wird. Dabei bin ich auf interessante Zusatzinformationen gestoßen.« Mit einem Griff in den Nacken und einem kräftigen Zug holte sie ihn wieder auf die Beine. »Aber genug gequatscht. Ich will weit weg sein, wenn deine Chummer die Anlage sprengen.«

»Ich hoffe, ich störe nicht.« Blythe tauchte plötzlich im Türrahmen auf. In der Hand hielt er eine Maschinenpistole. Damit konnte Tinkerbell auch nicht weit sein. Ash hätte kaum für möglich gehalten, sich einmal über den Anblick des Orks zu freuen.

»Ups, erwischt.« Mae klang für seinen Geschmack viel zu sorglos. »Du bist doch der Hauer mit dem nervösen Gasfuß.«

Blythe glotzte bloß dämlich aus der Wäsche, während Ash sofort an den Vorfall mit dem Motorrad denken musste. Das spontane Wettrennen auf dem Rückweg vom Einkaufszentrum. Wie lange war sie ihnen bereits auf den Fersen?

Der Ork machte entschlossen einen Schritt in den Raum und schaute sich suchend um. »Wo ist der Boss?« Die Frage war mehr an Ash gerichtet als an Mae. Trotzdem antwortete die Runnerin.

»Hundefutter.« Ash spürte, wie sie die Achseln zuckte. »'tschuldigung.«

Der fragende Blick des Orks ruckte in seine Richtung, und er glaubte, fast etwas wie Besorgnis in Blythes zusammengekniffenen Augen zu entdecken.

Wut und Ungeduld stiegen in ihm hoch. *Mach was, du Idiot! Irgendwas!*

Doch der Ork stand nur da. Stand da und tat was? Dachte nach? Worüber? Warum war Mae so ruhig? Hatte sie noch ein Ass im Ärmel? Ash entdeckte ein quadratisches Kästchen an ihrem Gürtel, und es dämmerte ihm. »Blythe, sie hat ...«

»Shhh.« Mae machte eine Bewegung mit der rechten Hand, und auf einmal spürte er einen Stich im Hals, unterhalb des Kieferknochens. Seine rechte Gesichtshälfte wurde vollständig taub, und die Umgebung verschwamm vor seinen Augen. *Nicht schon wieder!*

Er versuchte, sich loszureißen, und Mae ließ ihn gewähren. Er stolperte nach links, fiel auf die Knie, als die Muskeln in den Beinen versagten, und kippte zur Seite weg.

Blythe musterte Quickshot, der reglos auf dem Boden lag, und verzog den Mund zu einem humorlosen Grinsen. »An den Anblick könnte ich mich gewöhnen.«

»Schön für dich.« Die Asiatin klappte die Fingerkuppe ihres rechten Zeigefingers wieder zu, unter der sich irgendeine Art von Nadel oder so was verbergen musste. Betäubungsmittel, anders konnte er sich Quickshots schnellen Abgang nicht erklären.

»Ich hab wenig Zeit, also lass uns anfangen.« Der Schnalle machte es offenbar überhaupt nichts aus, plötzlich ohne Schutzschild dazustehen. Sie verzog das Gesicht. »Oder möchtest du lieber zu den Zwingern gehen und die Überreste deines Chummers einsammeln?«

Blythes Blick zuckte kurz nach rechts, als könne er so sehen, was sich auf der anderen Seite des Korridors abspielte. Wenn der Boss es mit einem dieser Viecher zu tun bekommen hatte, war er längst tot. Zu dem Schluss war Blythe gekommen, als das Miststück ›Hundefutter‹ gesagt hatte. Tinkerbell hatte vermutlich auch den Löffel abgegeben, was bedeutete, dass es nur noch ihn, das Schlitzauge und Quickshot gab.

»Entscheidungen, Entscheidungen.« Die Asiatin kam hinter dem Tisch hervor, trat dabei achtlos über Quickshot hinweg und stützte sich lässig auf die Rückenlehne eines Stuhls. »Was soll's sein, Hauer?«

Allmählich machten ihn die ständigen Beleidigungen wütend. Außerdem hielt sich ein Wort hartnäckig in seinem Schädel: *Kopfgeld.* Es musste hoch sein, wenn sie den ganzen Ärger auf sich nahm, bloß um Quickshot einzukassieren. Er musterte die Asiatin abschätzend. Sie sah aus wie sechzehn, war viel kleiner als er und schmal wie ein Handtuch. Keine Titten, kein Arsch, keine Muskeln. Die konnte er locker in der Mitte durchbrechen.

Blythe warf einen kalten Blick auf Quickshot und traf eine Entscheidung. »Ich übernehme ab hier, also verzieh dich.«

»Du würdest tatsächlich deinen Chummer verkaufen?« Die Runnerin schmunzelte und murmelte etwas, das er nicht verstand.

»Wir sind keine Chummer«, erwiderte Blythe und zog den Abzug der Maschinenpistole durch.

Die Luft flimmerte bläulich, als die Kugeln von einer unsichtbaren Barriere abprallten.

»Was zum ...?«, stieß er verblüfft hervor.

Mit Schwung schleuderte ihm die Asiatin den Stuhl entgegen. Bevor Blythe bewusst an die Reflexbooster denken konnte, hatten sie sich bereits aktiviert und ihn aus der Gefahrenzone gebracht. Der Stuhl flog an ihm vorbei und krachte gegen die Wand. Sofort stürmte die Runnerin auf ihn zu, die drei Sporne der rechten Hand bis zum Anschlag ausgefahren.

Blythe blockte den Angriff ab, aktivierte seinerseits die Sporne in der rechten Hand und holte aus. Sie duckte sich haarscharf unter dem Schlag hinweg, visierte seine offene Flanke an, dort, wo die Panzerweste endete, und stieß zu. Dem Ork war erst eine halbe Drehung gelungen, als ihm einer ihrer Sporne die Seite aufschlitzte. Er brüllte auf, und seine Gegnerin ging sofort auf Abstand, ein triumphierendes Lächeln auf den Lippen.

»Schlampe.« Er presste den rechten Ellenbogen fest gegen die blutende Wunde. Was sollte das? War sie jetzt eine verdammte Magierin oder eine Messerklaue?

»Zu schnell für dich?« Die Asiatin setzte mit spöttischem Lächeln den rechten Fuß weiter zurück, bis sie einen breiten Stand hatte, beugte die Knie leicht und hob die Unterarme zum Schutz vor den Oberkörper. Die klassische Kampfsportstellung, wie Blythe sie aus unendlich vielen Filmen im Trideo kannte. Er startete den nächsten Angriff, zielte mit wütenden Schlägen auf ihr Gesicht und ihren Oberkörper. Die Asiatin blockte die Schläge ab, ließ sich von ihm durch den Raum treiben. Plötzlich stieß sie gegen einen der Stühle und verlor für einen winzigen Augenblick das Gleichgewicht. Er nutzte den Moment der Schwäche gnadenlos aus, rammte ihr mit Genuss seine Sporne in die linke Schulter und schickte sie mit einem Faustschlag ins Gesicht zu Boden. Die Schlampe war flink, rollte blitzschnell außer Reichweite und kam wieder auf die Beine. Blut lief ihr aus Nase und Mundwinkel und tropfte von ihrem Kinn auf den Boden.

»Tut's weh?«, erkundigte er sich gespielt besorgt, doch sie lächelte nur. Sie tauschten weitere Schläge und Tritte aus, beide unbeeindruckt von den Verletzungen, die sie einander zufügten. Schließlich blockte Blythe einen der Schläge ab, packte seine Gegnerin am Unterarm und rammte ihr den Ellbogen seitlich gegen den Kopf. Die Asiatin taumelte und ging in die Knie. Er verstärkte den Griff um ihren Unterarm und zerrte sie gerade für einen weiteren Schlag wieder auf die Beine, als plötzlich heißer Schmerz in seiner rechten Hand explodierte. Er brüllte auf, wollte loslassen, doch da hatte die Runnerin ihren Arm schon mit Schwung zurückgezogen. Es fühlte sich an, als hätte er in Salzsäure gegriffen. Blythe starrte zuerst fassungslos auf den zerfetzten Handschuh und die erschreckende Menge an Blut, die unter dem Leder hervorquoll, dann auf die vier messerscharfen Widerhaken, die aus dem Unterarmknochen der Frau ragten.

Das Gesicht zu einer Maske kalter Verachtung erstarrt, fuhr sie drei Sporne aus ihrer linken Hand aus und zog sie ihm mit Schwung quer über den Oberkörper. Das Metall durchschnitt die Panzerweste und verwandelte seine Brust in eine einzige brennende Wunde. Als die Asiatin mit der rechten Hand ausholte, um ihm die Kehle aufzuschlitzen, wich Blythe reflexartig aus. Sie verfehlte das Ziel, riss den Arm zurück und rammte ihm den Ellenbogen gegen den Hals.

Für unendlich lange Sekunden gefror die Zeit.

Blythe versuchte zu schlucken, die Unmengen Blut zu schlucken, die ihm plötzlich die Speiseröhre hinunterliefen. Schließlich zog die Asiatin den Ellbogen ruckartig zurück. Von einem plötzlichen Gefühl der Schwäche erfüllt, brach er mit einem gurgelnden Laut in die Knie. Verblüfft schaute er sie an, schaute auf den bluttriefenden Sporn, der aus ihrem Ellbogen ragte, und hob die zerfetzte rechte Hand an die sprudelnde Halswunde. Wie hatte sie es geschafft? Diese Drecksschlampe! Sie hatte ... aber wieso?

Kälte breitete sich in rasender Geschwindigkeit in ihm aus. Er hustete, als Blut in die Luftröhre gelangte, und hörte leises Pfeifen. Diese halbe Portion, dieses verfluchte Schlitzauge! Sein Arm fiel kraftlos herab, und er spürte die endgültige Schwärze gnadenlos näher kommen. Dann gab ihm die Asiatin einen nachlässigen Tritt gegen die Brust, und er fiel hintenüber.

Mae bedachte den toten Ork mit einem Blick, dem jegliches Mitgefühl fehlte, und betrachtete danach ihre blutende Schulter. Die Investition in einen besseren Schadenskompensator hatte sich gelohnt. Sie verspürte nicht einmal den Anflug von Schmerz. Eine Hand auf die Wunde gepresst, ging sie zu Quickshot, kniete sich neben den benommenen Runner hin und wälzte ihn auf die Seite. Er glotzte mit glasigem Blick ins Leere, weggetreten von dem starken Beruhigungsmittel, das sie ihm injiziert hatte. Für die Dauer des Kampfes war es von Vorteil gewesen, jetzt stellte sein Zustand ein Problem dar. Quickshot in eine Kletterausrüstung zu stecken und den Lüftungsschacht hochzubringen, dürfte möglich sein. Allerdings wäre es von enormem Vorteil, wenn er auf dem Weg dahin nicht wie ein Stück totes Fleisch an ihr hing.

Mae holte ein flaches Etui aus ihrem Rucksack und nahm ein Antidot-Pflaster heraus. Nach kurzem Zögern riss sie es in der Mitte durch. Zu wach sollte ihr Bonus auch nicht werden. Fünfzigtausend Nuyen für den Job, hunderttausend Nuyen für Quickshot und die vierzigtausend, die sie beim Anheuern des Teams gespart hatte. Wozu zusätzliche Muskeln mitbringen, wenn es reichte, eine Deckerin zu bezahlen, die die Daten besorgte, und einen Magier, der einem für ein Taschengeld über den Zaun half?

Mit einem selbstzufriedenen Lächeln zog sie Quickshots Jacke, die Sicherheitsweste und das T-Shirt zur Seite und klebte ihm das halbe Pflaster auf die Brust. Die Wirkung würde erst in einigen Sekunden einsetzen, bis dahin hatte sie Zeit, den toten Hauer zu durchsuchen. Ihre Schulterverletzung musste eine Weile warten, sie würde schon nicht verbluten. Mae kehrte sämtliche Hosen- und Jackentaschen des Ork nach außen, wälzte ihn anschließend auf die Seite und öffnete den Rucksack. Dort fand sie neben einem Atemgerät und vier Sprengsätzen eine Überraschung: einen flachen schwarzen Kasten, der sich bei genauerer Untersuchung als Fernzünder entpuppte. Wenn das kein absoluter Glücksgriff war! Plötzlich hatte *sie* die Macht, zu entscheiden, wann das Gebäude in die Luft flog. Jetzt musste sie sich keine Sorgen mehr machen, es nicht rechtzeitig raus zu schaffen. Mae verstaute alles in ihrem eigenen Rucksack, der sich jetzt kaum noch schließen ließ, und schaute danach über die Schulter. Das halbierte Pflaster hatte inzwischen seine Wirkung entfaltet, und Quickshot versuchte in diesem Moment, sich aufzusetzen.

Tinkerbell huschte in einen dunklen Laborraum, um sich vor der Überwachungsdrohne zu verstecken, und schloss leise die Tür. Hatte sie Pilgrim vorhin schreien gehört? Sie war nicht sicher. Ihre Ohren klingelten noch von den Schüssen und den Schreien der Wachen. Dafür hatte sie es deutlich gespürt, als der Feuerelementar vernichtet wurde. Ein inneres Zittern, ein leichter Schauer über den Rücken. Hoffentlich hatte er seine Aufgabe gut erfüllt und ihr die Männer vom Hals geschafft. Inzwischen ging es ihr etwas besser, doch die Knie waren noch ein wenig wacklig.

»Pilgrim, Quickshot, könnt ihr mich hören?« Als keine Antwort kam, wurde ihr für einen Moment schwindelig vor Angst. Was war passiert? Waren die beiden in Ordnung? Wo steckte Blythe?

Sie hörte die Drohne vorbeisurren, wartete ungeduldig einige Sekunden ab und trat schließlich mit unsicheren Schritten in den Korridor hinaus. Links vor ihr lag der Seitengang, aus dem die Wachen und der Magier gekommen waren. Mit der Waffe in der Hand tastete sich Tinkerbell langsam vor. Eigentlich wollte sie laufen, wollte rennen, um zum Treppenhaus und nach oben zu kommen. Sie musste sich zwingen, wenigstens hier langsam zu gehen. Sie schielte vorsichtig um die Ecke und sah am anderen Ende des Gangs einen Wachmann reglos auf dem Boden liegen. Sie beeilte sich weiterzukommen. Das Treppenhaus lag hinter der nächsten Ecke, und falls sie erneut Gesellschaft bekam, würde es höchstwahrscheinlich dort sein.

Aber der Einzige, der sie erwartete, war ein weiterer toter Wachmann. Seine Uniform und die Haare waren angesengt, doch was ihn getötet hatte, war eine Kugel in den Kopf. Direkt zwischen die Augen. Blythes Werk. Zu irgendwas war der Feigling ja doch nütze.

Tinkerbell glaubte, von links leises Stöhnen zu hören. Hastig riss sie die blaue ID-Karte von der Brusttasche des toten Wachmannes ab, steckte sie ein und verschwand im Treppenhaus.

Sie wollte gerade die erste Treppenstufe in Angriff nehmen, als von oben Geräusche zu ihr herunterdrangen. Jemand stolperte und stieß einen unterdrückten Fluch aus. Ein Sicherheitsmann, ein Mitglied aus dem Team? Die Waffe fest in beiden Händen haltend, tastete sich Tinkerbell lautlos vor. Nach wenigen Stufen beschrieb das Treppenhaus eine scharfe

Linkskurve, und dahinter musste sich der andere befinden. Sie wagte nicht, das Headset zu benutzen, aus Furcht, man könne ihre Stimme hören.

Seltsame Geräusche ließen sie erneut innehalten: Ein kurzes Gerangel, ein Stöhnen und dann ein Körper, der unsanft auf den Stufen landete. Was war da los? Sie schlich die Stufen hoch und schaute rasch um die Kurve. Sie wollte ihren Augen kaum trauen: Ash lag zusammengekrümmt auf den Stufen, die Hände auf den Rücken gefesselt. Über ihn gebeugt, eine Hand am Kragen seiner Jacke, stand eine der Wachen. Eine Asiatin, die deutliche Kampfspuren im Gesicht trug.

Tinkerbell trat aus der Deckung, bemüht, die Waffe ruhig zu halten und einen bedrohlichen Eindruck zu machen.

Sie war kaum zum Stehen gekommen, als die junge Frau sie entdeckte. Sie zog Ash scheinbar mühelos auf die Beine und fuhr gleichzeitig drei Sporne aus der rechten Hand aus. Die hielt sie dem Runner an den Hals, benutzte ihn als menschlichen Schutzschild. Jetzt entdeckte die Elfe auch das bläuliche Flimmern, das die beiden umgab. Eine Barriere? Die Frau gehörte nie im Leben zur Wachmannschaft. Was ging hier vor?

»Einen Schritt näher, und er stirbt.« Ihre Stimme klang jung und zu allem entschlossen.

»Ich bin Magierin. Rühr ihn an, und ich verwandle dich in ein Häufchen Asche! Da hilft dir auch deine Barriere nichts.«

Die Asiatin setzte einen Fuß auf die nächsthöhere Stufe. »Bevor mich dein Zauber ausschaltet, verliert er seinen hübschen Kopf.«

Tinkerbell nahm die linke Hand von der Waffe und streckte sie demonstrativ zur Seite aus. »Schon mal gegen einen Feuerelementar gekämpft?«

»Damit bringst du deinen Chummer um.« Ein ängstlicher Unterton hatte sich in die Stimme der jungen Frau eingeschlichen.

Ich hab dich. Tinkerbell verbarg geschickt ihren Triumph. *Jetzt bloß nicht übertreiben.* »Ich bin mächtig genug, um den

Geist zu kontrollieren. Lass ihn los und verschwinde, oder du führst die Unterhaltung mit dem Feuerelementar weiter.« Die Elfe hoffte, dass ihr Gegenüber ihr den Bluff abkaufte. Die Pistole in ihrer rechten Hand wurde langsam schwer, und ein verräterisches Zittern breitete sich in ihrem Waffenarm aus.

Ohne Vorwarnung gab die Frau Ash einen Stoß, und eine Schrecksekunde lang glaubte Tinkerbell den Kopf des Runners von seinen Schultern fallen zu sehen. Dann prallte er mit Wucht gegen sie. Sie griff in einem Reflex nach Ash, stolperte rückwärts und ging zu Boden. Halb unter ihm begraben, riss sie voller Panik die Waffe hoch. Doch die Asiatin war verschwunden.

Kapitel 24

Innerlich fluchend stieß Mae die Tür zum dritten Untergeschoss auf. Wo war die blöde Magierschlampe hergekommen? Sie wandte sich nach rechts, weil es der schnellste Weg zum Lüftungsschacht war, und prallte zurück. Wenige Schritte entfernt stand ein Wachmann, eine Maschinenpistole im Anschlag. Er musterte sie erstaunt, sichtlich irritiert von der Uniform und ihrem zerschlagenen Gesicht. Bevor er zu einer Entscheidung kommen konnte, zog Mae blitzschnell ein langes Messer aus der Halterung am rechten Oberschenkel und warf es nach ihm. Die mit Dikote überzogene Klinge versank in den Eingeweiden des Mannes. Er zuckte zusammen, stolperte einen Schritt zurück und starrte fassungslos auf den schwarzen Griff, der aus seinem Unterleib ragte.

Die Kugelbarriere flackerte blau auf, als hinter Mae das Feuer auf sie eröffnet wurde. Die Runnerin wirbelte erschrocken herum und entdeckte die Überwachungsdrohne, die wenige Meter entfernt unter der Decke hing. Die hatte sie vollkommen vergessen! Mae griff rasch in die rechte Außentasche der Uniformjacke und holte eine Defensivgranate hervor. Hinter ihr begann der verletzte Wachmann plötzlich wie am Spieß zu schreien. Hatte wohl endlich begriffen, was geschehen war. Eine zweite Salve brachte die Barriere zum Flackern, und Mae wich automatisch zurück. Lange würde der magische Kugelfang nicht mehr funktionieren. Sie aktivierte die Granate, visierte die Drohne an und warf. Die Hände fest gegen die Ohren gepresst, ließ sie sich hinter dem Wachmann zu Boden fallen. Die Wucht der Detonation erwischte den Mann voll und katapultiert ihn nach hinten. Er stolperte über Mae, landete hart auf dem Rücken und blieb reglos liegen.

Nach zwei Schrecksekunden schaute die Runnerin auf. Die Drohne war aus der Führungsschiene gerissen worden und lag schwer beschädigt auf dem Boden. Mae befreite sich rasch von den lästigen Beinen des Wachmanns und griff nach seiner H&K 227. Eine Maschinenpistole war besser als die Ares Predator, die sie in einem Schulterhalfter unter der Uniform trug. Die Smartverbindung informierte sie darüber, dass neun Schuss im Magazin waren.

Als sie aufstand, wurde ihr plötzlich schwindelig. Sie taumelte und musste sich an der Wand abstützen. Wenn sie auch dank der Cyberware keine Schmerzen in der Schulter hatte, machte sich der Blutverlust allmählich bemerkbar. Dazu kamen all die anderen Verletzungen, die sie sich bei dem Kampf mit dem Hauer zugezogen hatte. Es wurde höchste Zeit zu verschwinden!

Tinkerbell wälzte Ash von sich herunter, erfüllt von tausend Fragen. »Quickshot.« Sie half ihm auf die Knie und drückte sein Kinn nach oben.

Der Runner sah sie mit trübem, starrem Blick an. Er blutete aus der Nase und einer Platzwunde über der rechten Augenbraue.

»Was ist passiert?«

»Pilgrim ... wir müssen ... Zwinger ...« Er lallte wie ein Betrunkener, brachte keinen zusammenhängenden Satz heraus.

Sie hat ihm irgendwas gegeben. Verdammter Drek, genau das brauchen wir jetzt! Tinkerbell besiegte das wiederkehrende Schwindelgefühl und rappelte sich auf. Danach half sie Ash auf die Beine und zog ihn mit sich, durch die Tür zum vierten Untergeschoss. Dort musste irgendwo Pilgrim stecken. Nach wenigen Schritten im Korridor strauchelte Ash und fiel auf die Knie. Sie half ihm erneut auf und zuckte erschrocken zusammen, als sie die Überwachungsdrohne entdeckte, die sich ihnen langsam näherte. Sie waren geliefert – keine Zeit mehr, zu entkommen!

»Ausweiskontrolle. Bitte identifizieren Sie sich«, forderte sie eine metallische Stimme auf. Panik schwappte über Tinkerbell herein, und fast verlor sie die Nerven. »Ausweiskontrolle«, wiederholte die Drohne und richtete die Ares Viper und die Narcojectpistole auf sie aus. »Bitte identifizieren Sie sich.«

Die ID-Karte!, durchzuckte es die Elfe. Mit einer Hand stützte sie Ash, mit der anderen holte sie die blaue Karte der Wache aus der Hosentasche und hielt sie in die Kamera.

»Vielen Dank, Mr. Richards.« Die Kamera wanderte zu Ash weiter. »Ausweiskontrolle, bitte identifizieren Sie sich.«

Jetzt ist alles aus! Tinkerbell suchte schon nach einer Möglichkeit, die Drohne auszuschalten – gegen Narcojectpfeile half keine Kugelbarriere –, als sie die blaue Karte an Ashs Brusttasche entdeckte. Schier überwältigt von ihrem Glück, riss die Elfe die Karte ab und hielt sie mit zitternden Fingern in die Kamera.

»Vielen Dank, Mrs. Simpson.«

Die Waffen fuhren in die waagerechte Ausgangsposition zurück, und die Drohne setzte die Patrouillenfahrt fort.

Irgendwann werde ich darüber lachen können. Sie schaute der Überwachungsdrohne erleichtert nach. *Irgendwann werde ich über all dies lachen können.* Tinkerbells suchender Blick fiel auf eine offene Tür auf der rechten Seite, und sie lotste Ash in das dahinter liegende Labor, in dem ebenfalls schummriges Dämmerlicht herrschte. Ohne lang zu überlegen, setzte sie den Runner auf einen niedrigen Hocker, der neben einem der Labortische stand. Sie kniete sich hin, zog ihr Überlebensmesser und schraubte den Deckel vom Griff ab. Darin befand sich unter anderem ein feiner Dietrich. Tinkerbell machte sich an die Arbeit, gleichzeitig immer wieder nach den Sicherheitsleuten horchend. Nach wenigen Versuchen war Ash die Handschellen los.

»Hast du Blythe gesehen?«, flüsterte sie.

»Tot«, gab er kaum hörbar zurück. »Sie hat ihn umgebracht.«

»Wer? Die Frau?« Ash antwortete nicht. »Wo ist Pilgrim?«

Er nahm schwerfällig die Arme vor den Körper und murmelte etwas, das verdächtig nach ›vermutlich tot‹ klang.

Tinkerbells Verzweiflung wuchs schlagartig an. Wenn Pilgrim tot war, bedeutete es, dass sie Ash allein hier rausbringen musste. Vorbei an wer weiß wie vielen Wachen und vorbei an dieser Asiatin, die garantiert noch irgendwo lauerte. Das würde sie nie schaffen! Sie versuchte, den Runner über Headset anzufunken: »Pilgrim, hörst du mich?« Sekunden gespenstischer Stille folgten, die sie das Schlimmste befürchten ließen. Dann erhielt sie tatsächlich eine Antwort.

»Ich hab es erledigt. Ich hab das Dreckvieh erledigt!« Obwohl Pilgrim sehr schwach klang, hörte sie deutlich den Triumph in seiner Stimme.

»Wir holen dich da raus, keine Sorge.« Tinkerbell gab ihrer Stimme einen zuversichtlichen Klang, obwohl sie nicht sicher war, das Versprechen einhalten zu können.

»Quickshot, wo sind die Zwinger?«

Der Runner antwortete nicht, also deckte sie kurzerhand das Mikro des Headsets mit der Hand ab und flüsterte: »Ash! Wo sind die Zwinger?«

Er bedachte sie mit einem leichten Silberblick, der sie in jeder anderen Situation entzückt hätte.

Ich muss irgendetwas tun. »Wir müssen dich wieder auf die Beine bringen.« Sie sprach mehr zu sich selbst als zu Ash, suchte fieberhaft nach einer Lösung. Ihr fiel keine ein, ihr Kopf war vollkommen leer. »Irgendwas. Ich kann dich nicht tragen, und wenn Pilgrim auch verletzt ist ...« Sie warf Ash einen verzweifelten Blick zu und stutzte. Etwas tat sich bei ihm. Ein winziges Flämmchen Lebensenergie flackerte in seinen Augen auf, und sie konnte förmlich hören, wie sich die Zahnräder in seinem Kopf knirschend zu drehen begannen. Schließlich schob er zwei Finger in die linke Hosentasche und holte eine kleine flache Verpackung aus schwarzem Plastik hervor. Sie entglitt ihm, aber die Elfe fing sie auf.

Sie begutachtete fragend die Verpackung, öffnete sie und blickte auf einen Stapel hauchdünner gelber Blättchen. *Was?* Tinkerbell stutzte. Was war das? Die Erkenntnis traf sie, und krachend brach ein Teil ihrer Welt in sich zusammen. *Nein!* Sie hatte recht gehabt. Die ganze Zeit. Ihr Instinkt hatte sie nicht im Stich gelassen. *Reiß dich zusammen,* befahl sie sich wütend. *Heulen kannst du später.*

Die Lippen fest aufeinandergepresst, reichte sie Ash eines der gelben Blättchen. Der Runner bedeutete ihr, ihm noch eins zu geben, legte sich beide auf die Zunge und schloss die Augen. Sekunden verstrichen. Plötzlich sog er scharf die Luft ein, und leichtes Zittern durchlief seinen Körper. Als Ash sie das nächste Mal ansah, waren seine Augen hellwach und glasklar. Seine Pupillen hatten sich stark geweitet, und von dem Moosgrün der Iris war lediglich ein schmaler Rand geblieben.

»Geht's besser?« Tinkerbells Arme hatten sich mit einer feinen Gänsehaut überzogen, und ihre Kehle war plötzlich staubtrocken.

»Hervorragend.« Er fuhr sich mit dem Handballen unter der Nase entlang und schmierte das halb geronnene Blut vom Handschuh in die Hose. »Okay, wo waren wir?«

Als wäre nichts gewesen. Als hätte er nur kurz den Raum verlassen, um etwas zu trinken zu holen. »Pilgrim lebt. Er ist bei den Zwingern. Er hat das Tier getötet.«

»Was?« Ash sah sie ungläubig an und schaute sich danach hektisch im Raum um. Anscheinend erinnerte er sich an etwas. Sein Blick blieb an einer Tür auf der linken Seite hängen. Er stand abrupt auf, schwankte und stützte sich an ihrer Schulter ab. »Die Zwinger!« Er deutete auf die Tür. »Dahinter liegen die Zwinger. Wir müssen die Tür irgendwie aufbekommen. Hast du einen der Magschlossknacker?«

Sie schüttelte den Kopf, überrumpelt und beunruhigt von seinem plötzlichen Energieausbruch. »Blythe hat den zweiten.«

»Kannst du zaubern? Eine Ramme, irgendwas?«

»Ich könnte Pilgrim verletzen.«

»Los.« Ash packte sie am Arm und zog sie mit sich zur Tür. »Frag ihn, wo das zweite Tier ist.«

Tinkerbell wiederholte die Frage, und wieder vergingen kostbare Sekunden bis zur Antwort: »Eingesperrt. Beeilt euch.«

»Das zweite Tier ist eingesperrt und keine Gefahr.«

Neben ihr zog Ash trotzdem die Waffe.

»Pilgrim, ich ramme jetzt die Tür auf.« Tinkerbell legte die Hände flach gegen das kalte Metall. »Versuch, irgendwo Schutz zu finden.«

»Es ist die Tür zum Labor«, fügte Ash hastig hinzu. »Wo der Zwinger von dem Vieh ist. Sag ihm das!«

Die Elfe wiederholte die Worte.

Es war eine Schiebetür ohne Scharniere. Was bedeutete, dass der Zauber sehr stark sein musste. Sie verlagerte die Hände an eine Stelle direkt neben dem Magschloss, rief einige ihrer Fetische zu Hilfe und schloss die Augen. Blendete alles aus und konzentrierte sich nur auf das Metall, das sie verbiegen wollte. Mühelos fand sie die richtigen Worte und begann im Kopf den Spruch aufzusagen. Ein winziger warmer Punkt entstand in ihrem Bauch, wuchs und wuchs, bis die Wärme ihre Hände erreichte. Ihr ganzer Körper begann zu kribbeln und vor Energie zu vibrieren. Dann nahmen die Kopfschmerzen und das Schwindelgefühl schlagartig wieder zu, und für einen winzigen Augenblick drohte ihr der Zauber zu entgleiten. Doch sie packte ihn, machte unbeirrt weiter und vollendete den Spruch.

Mit einem metallischen WUMM verbog sich die Tür nach innen.

Für Tinkerbell fühlte es sich an, als würde ihr ein gigantischer Staubsauger mit einem Mal sämtliche Lebensenergie aussaugen. Erfüllt von einem plötzlichen Gefühl der Kälte und Erschöpfung, taumelte sie zur Seite. Hätte Ash sie nicht gestützt, sie wäre umgefallen.

Mae warf vorsichtig einen Blick links um die Ecke. Einige Meter entfernt, in der Nähe des Fahrstuhls, konnte sie die Tür sehen, hinter der ihr Fluchtweg lag. Nur noch ein paar Minuten, und sie würde hier raus sein. Mit den gestohlenen Forschungsdaten in der Tasche und einer hübschen Bezahlung in Aussicht. Quickshot musste sie eben abschreiben. Es war schade um das Geld, aber selbst für hunderttausend Nuyen würde sie keinen Kampf mit einer Magierin riskieren. Zumindest die fünfundzwanzigtausend Nuyen Anzahlung hatte sie in der Tasche. Ein wenig bedauerte sie schon, dass ihr das Kopfgeld dazwischengekommen war. *Wir hätten bestimmt eine Menge Spaß miteinander haben können.*

Mae schob den Gedanken zur Seite und setzte sich in Bewegung. Sie hatte keine fünf Schritte gemacht, als sich die Fahrstuhltüren öffneten. Begleitet von zwei bewaffneten Wachleuten rollte eine gedrungene Drohne in den Korridor. Die Drohne entdeckte sie noch vor den Wachen und richtete zwei Maschinenpistolen auf sie. Mae hatte sich bereits herumgeworfen, als die Kugelbarriere unter dem Einschlag der Schüsse aufflackerte und sich plötzlich auflöste.

Sie schlidderte wieder um die Ecke, rannte den Weg zurück, den sie gerade gekommen war, und flüchtete rechts in den einzigen Seitengang. Dort überprüfte sie rasch ihren rechten Oberarm. Eine der letzten Kugeln hatte sie dort gestreift, aber die mit Kevlarfäden verstärkte Uniform hatte die Aufschlagsenergie absorbiert. Schwer atmend lauschte sie. Die Stille, die nun auf den Kugelhagel folgte, konnte nichts Gutes bedeuten. Vielleicht wäre es besser gewesen, einen Teil des Geldes vom Johnson in zusätzliche Muskeln zu investieren. Jetzt hätte sie Rückendeckung gebrauchen können!

Mae sammelte sich und lief auf Zehenspitzen weiter, auf den nächsten Seitengang zu. Dieser verlief quer durch das Stockwerk, und sie würde jede Wette eingehen, dass rechts mindestens eine Wache lauerte, nur darauf wartend, dass sie die Nase zu weit heraussteckte. Geradeaus traf ihr Gang auf den anderen Hauptkorridor. Doch selbst dort würde sie vermutlich nur nach links flüchten können. Zum anderen Fahrstuhl, zum anderen Treppenhaus, die sie beide nach unten brachten. Wo sie um keinen Preis hinwollte. Wenn ihr nicht schnell etwas einfiel, würde sie auf ewig hier unten festsitzen. Oder zumindest, bis die Drohne sie aufspürte. *Ihr kriegt mich nicht,* dachte Mae trotzig. *Ich bin viel zu gut für euch.*

Sie streifte rasch den Rucksack ab, hängte sich die Maschinenpistole über die linke Schulter und nahm den Rucksack in die linke Hand. Dann ging sie einige Schritte rückwärts, nahm Anlauf und rannte los. Kurz vor der Kreuzung der Gänge sprang sie ab und rollte von zahlreichen Schüssen begleitet über den Seitengang hinweg. Keine der Kugeln traf sie. Mae kam drüben mehr oder weniger elegant auf die Beine und blieb abrupt stehen. Vor ihr verlief nun quer der Hauptkorridor. Auch dort würden die Wachen warten. Sie griff in die linke Hosentasche der Uniform, holte eine Thermorauchgranate hervor und zog den Stift. Danach warf sie die Granate hinter sich, auf die Stelle, an der sich die Gänge kreuzten. Sofort breitete sich dichter weißer Rauch aus. Rasch holte sie die beiden letzten Defensivgranaten aus einem Seitenfach des Rucksacks.

Hinter der Nebelbank eröffnete plötzlich jemand das Feuer, doch die Salve zischte in Kniehöhe an ihr vorbei. Bevor der Schütze erneut auf sie schoss und ihr diesmal vielleicht zu neuen Kniescheiben verhalf, zog Mae hastig den Stift der ersten Defensivgranate. Sie warf die Granate hinter sich in den Rauch und rannte los, auf den Hauptkorridor zu. Die Explosion hämmerte ohrenbetäubend durch das Stockwerk. Im Laufen machte sie die zweite Granate scharf, hetzte links um die Ecke und warf sie mit Schwung weit hinter sich. Nahezu zeitgleich mit der Explosion traf sie ein Schlag hinten am rechten Oberschenkel. Mae strauchelte und schlug hart auf den Boden auf. Heißer Schmerz brannte in ihrem Bein.

Jetzt ist es vorbei. Gleich werden sie mich erschießen! Dann überrollten sie auf einmal stechende Schmerzen von der

Schulterwunde, und ihr wurde für einen Moment schwarz vor Augen. Die Verletzungen hatten die Grenzen des Schadenskompensators überschritten, lange würde sie nicht mehr durchhalten.

Wieso schießt keiner auf mich?, wunderte sich Mae zwischen zwei Schmerzenswellen. Sie blickte zurück und sah einen Sicherheitsmann im Korridor liegen. Der Mann machte in dieser Sekunde Anstalten, auf die Beine kommen. Mit schmerzverzerrtem Gesicht griff Mae nach der Maschinenpistole, zog den Abzug durch und jagte dem Sicherheitsmann drei Kugeln in den Oberkörper.

Mühsam kämpfte sie sich auf die Beine und humpelte die letzten Meter bis zur nächsten Ecke. Aus einem der anderen Korridore glaubte sie, schnelle Schritte zu hören. Mit einem Mal war die Angst da und schnürte Mae die Kehle zu. Sie war geliefert, erledigt, sie würde nie wieder hier rauskommen!

Moment mal. Die Runnerin stutzte.

Außer ...

Sie schaute rasch um die Ecke und entdeckte lediglich den Wachmann von vorhin, der reglos auf dem Boden lag, und die zerstörte Sentineldrohne. Ihr Blick fiel auf die Tür zum Nottreppenhaus. Die einzige Chance, hier lebend rauszukommen. Sie stieß sich von der Wand ab und humpelte auf die Tür zu. Sie sollte eigentlich offen sein. Sie musste, verdammt noch mal, offen sein! Aus den Augenwinkeln nahm Mae eine Bewegung am anderen Ende des Korridors wahr und verschoss eine weitere Dreiersalve. Sie hatte kaum die Türklinke gepackt, als von links ein Gegenstand in den Korridor geworfen wurde. Er flog über den Wachmann hinweg und landete wenige Schritte entfernt von ihr. Ohne weiter nachzudenken, warf sich Mae gegen die Tür. Sie stolperte vorwärts in die Dunkelheit und hatte gerade die Tür hinter sich zugeschlagen, als mit dumpfem Grollen draußen eine Granate explodierte. Die Druckwelle warf die Tür wieder auf, und Mae konnte ihr mit einem Satz nach hinten gerade noch ausweichen. Sie landete halb auf der untersten Treppenstufe und setzte sich unsanft auf den Hosenboden. Rauch und Staubpartikel drangen zu ihr hinein und verschmierten die Linsen ihrer Cyberaugen.

Nach einigen Schrecksekunden kam sie vor Schmerzen keuchend auf die Beine, die Maschinenpistole fest in der Hand. Als sie der verbogenen Tür einen kräftigen Schubs gab, um sie zu schließen, schlugen mehrere Kugeln rechts von ihr in die Wand ein. Mae verschoss blind die letzten drei Kugeln und gab der Tür einen verzweifelten Tritt, der sie endlich zufallen ließ. In der erneuten Dunkelheit ließ sie die nutzlos gewordene Waffe fallen und stolperte zurück zum Treppenansatz. Die Treppe verlief nicht parallel zum Gebäude, sondern im steilen Winkel von ihm weg. Während sie sich mühsam am Geländer hochzog, wurde ihr klar, dass sie es nie bis oben schaffen würde. Nicht mit den Verletzungen, nicht mit einem Haufen schießwütiger Wachen im Genick. Sie blieb stehen, zog den Reißverschluss des Rucksacks auf und kramte in der Finsternis nach dem Fernzünder, den sie dem Ork abgenommen hatte. Wie war das noch gleich? Zuerst musste sie den flachen Schalter umlegen, der den Zünder aktivierte, und danach den Knopf daneben drücken, um die Sprengladungen auszulösen. Mae atmete zitternd aus, schaute nach unten zur Tür und legte den Schalter um. Ein rotes Lämpchen begann hektisch zu blinken.

Überall war Blut. Auf dem Boden, an den Zwingern und an der Tür, vor der Pilgrim lag. Tinkerbell konnte unmöglich sagen, welches von dem Runner stammte und welches von dem ... Tier. Ash kniete einige Schritte vor ihr, halb auf dem Boden, halb auf diesem riesigen Monster, dessen schneeweißes Fell ebenfalls von Blut rot gefärbt war. Mit schnellen, präzisen Bewegungen umwickelte der Runner Pilgrims rechten Oberarm mit Verbandsmull.

Schnauze und Augen des Tiers waren von weißem Schaum bedeckt. Jetzt entdeckte sie auch die Spraydose, die halb unter Pilgrims rechtem Oberschenkel lag. Er hielt seine Pistole fest umklammert.

Er sah furchtbar aus. Totenbleich, als wäre ein Teil von ihm bereits in einer anderen Welt. Drei tiefe Kratzer verliefen rechts von seinem Hals über die Schulter und den Oberarm. Entweder Ash oder Pilgrim selbst hatte die Panzerweste zur Seite gezogen, das Hemd darunter aufgerissen und ihm ein großes Pflaster auf die Brust geklebt. Der linke Arm war über dem Ellenbogengelenk mit einem Gürtel abgebunden, und am Unterarm hing die Jacke in Fetzen. Nach einem Blick auf das blutverschmierte, halb geöffnete Maul des Tiers musste die Elfe nicht genauer hinschauen, um zu wissen, dass sich unter dem Stoff nur noch eine blutige Masse aus Fleisch und Knochen befand.

Sie fiel auf die Knie. »Was kann ich tun?«

Pilgrim musterte sie mit schmerzerfüllten Augen und brachte ein schwaches Lächeln zustanden.

»Verbinde den Unterarm.« Ash drückte ihr das offene Medikit in die Hand. »Er hat dem Vieh den Schaum direkt in die Augen gesprüht. Das Zeug hat es fast von allein erledigt. Die Kugel in den Kopf war der Gnadenschuss. Brillante Idee!«

Er klang völlig überdreht und machte ihr fast ein bisschen Angst.

»Wo ist Blythe?« Pilgrim hustete, doch zum Glück war es kein Blut.

»Tot.« Tinkerbell musste sich zwingen, den zerfetzten Arm anzufassen. Sie wollte ihm nicht wehtun.

»Keine Sorge, ich spüre nichts.« Der Runner schien ihre Gedanken zu lesen. »Das Pflaster.«

Sie lächelte verkrampft.

»Wir müssen hier verschwinden, bevor ...« Pilgrims Stimme wurde beim Sprechen immer leiser, und seine Lider fielen langsam zu.

Die Elfe schaute zu Ash, der sie mit unnatürlich geweiteten Pupillen besorgt ansah.

Ruckartig öffnete Pilgrim wieder die Augen. »Der Fernzünder in meinem Rucksack. Wenn ich es nicht schaffe, müsst ihr die Anlage sprengen.«

Ohne Widerworte wälzte Ash den Runner auf die Seite, fand schließlich den flachen schwarzen Kasten und stutzte.

»Da blinkt ein rotes Lämpchen.«

»Was?«, fragten Tinkerbell und Pilgrim gleichzeitig. Die beiden Zünder waren miteinander verbunden. Das Lämpchen ging nur an, wenn einer von ihnen aktiviert wurde.

Ein eisiger Schauer lief über Tinkerbells Rücken, als ihr bewusst wurde, was das bedeutete. »Aber wie ...?«

»Oh, mein Gott.«

Sie schaute zu Ash, der plötzlich leichenblass geworden war.

»Blythe hatte ... Sie hat den zweiten Zünder!«

Was würde schlimmer sein – bei lebendigem Leibe verschüttet zu werden oder im automatischen Feuer der Wachen zu sterben? Am Verlauf des Geländers spürte Mae, dass die Treppe bald um die Ecke gehen würde. Bloß ein paar Meter noch, ein wenig die Wahrscheinlichkeit erhöhen, lebend aus der Sache rauszukommen. Unten wurde die Tür aufgestoßen, und schummriges Licht fiel herein. Ihr Daumen fand den Auslöser, ehe sie überhaupt daran gedacht hatte.

Mae hat den Zünder! Als Tinkerbell sich nicht rührte, packte Ash Pilgrim und zerrte den Runner herum, sodass er ihn unter beide Achseln unterhaken konnte. Er ignorierte die Schmerzenslaute des Mannes und schleifte ihn rückwärts den schmalen Gang hinunter, auf die eingedrückte Tür zu. Bis zum Ende des Zwingerraums waren es noch zehn Meter, vielleicht zwölf. Doch wie viele Meter bis zu diesem verdammten Nottreppenhaus?

Wir werden es nicht schaffen. Von einer Sekunde zur anderen wurde es ihm klar. Sie hatten keine Chance. Er stolperte plötzlich über seine eigenen Füße und landete auf dem Hintern. Pilgrim brüllte auf vor Schmerzen, und Ash hätte am liebsten mitgebrüllt. Vor Frust und vor Wut. Er schob sich unter dem verletzten Runner heraus und zog ihn mit Tinkerbells Hilfe zumindest auf die Knie. Er wollte ihn grade schultern, als die Hölle losbrach.

Unter ohrenbetäubendem Lärm detonierten die Sprengladungen, so schnell nacheinander, dass es sich wie eine einzige gigantische Explosion anhörte. Der Boden und alles um sie herum vibrierte. Hinter ihnen stürzte krachend ein Teil der Wand ein, und im flackernden Schein der Beleuchtung entdeckte Ash breite Risse, die sich durch Wände und Decke fraßen.

Ihm kam die Frage in den Sinn, die er sich vor dem Einstieg gestellt hatte: ›Wer würde unten bleiben und von den Trümmern des Gebäudes begraben werden?‹

Hier war die Antwort: Alle.

Rechts von ihm löste sich ein riesiger Brocken Plastibeton aus der Decke und krachte auf einen der Zwinger nieder. Doch das durchsichtige Gefängnis wurde nicht zerstört. Das Sicherheitsglas hielt dem Gewicht stand. Ohne weiter nachzudenken, stieß Ash Tinkerbell in einen der Zwinger auf der linken Seite und zerrte dann Pilgrim mit sich.

Kapitel 25

Gedämpftes Husten holte Ash in die Wirklichkeit zurück. Doch er war es nicht, der hustete. Der Runner öffnete die Augen und starrte in die totale Finsternis. In seinen Ohren fiepte und rauschte es. Er lag bäuchlings auf etwas Weichem, die Hände zum Schutz über dem Kopf verschränkt. Wieso lebte er? Wieso war er kein blutiger Klecks, begraben unter Tonnen von Stahl?

Ash merkte, dass er quer über Pilgrim lag. Und dem Mann vermutlich mit seinem Gewicht die Luft abdrückte. Er richtete sich auf und hörte trotz des nervigen Fieptons mehrere Glas- oder Plastibetonbrocken zu Boden fallen. Dumpfer Schmerz strahlte von seinem Rücken aus, doch wenn er Schmerzen verspürte, hieß es, dass er am Leben war. Er atmete tief ein und wurde plötzlich von einem heftigen Hustenanfall geschüttelt. Staub, überall, in der Nase, in den Augen, im Mund. Er hustete, bis ihm schwindelig wurde und er sich beinahe übergeben musste. Sein Herz raste, hämmerte schmerzhaft in der Brust. Wenn es sich nicht bald beruhigte, würde er am Ende an einem Infarkt sterben. Keuchend presste er die Hände gegen die Brust, als könne er sein Herz so zwingen, langsamer zu schlagen.

»Tinkerbell?« Ashs Stimme klang heiser und kratzig.

Die einzige Antwort war erneutes Husten, irgendwo rechts von ihm. Bemüht gleichmäßig durch die Nase atmend, tastete Ash nach der flachen Lampe, die er um den Hals trug. Sie fühlte sich heil an.

Er knipste sie an und kniff die Augen zusammen. Das Licht war viel zu hell. Er schirmte den breiten Strahl mit der Hand ab und leuchtete in Pilgrims bleiches Gesicht. Der Runner hatte die Augen geschlossen, doch er atmete. Ash zog rasch einen Handschuh aus und fühlte Pilgrims Puls. Der war regelmäßig, wenn auch schwach. Er streifte den Handschuh wieder über, ließ den Strahl der Taschenlampe weiterwandern und entdeckte Tinkerbell. Sie lag ein Stück entfernt auf der Seite, die Augen halb geschlossen, auf den ersten Blick unversehrt. Direkt über ihr war das Zwingerdach gesplittert und ein mit Stahlverstrebungen durchzogenes Stück Decke ragte bedrohlich herunter. Links lagen einige große Plastibetonbrocken und Metallteile auf dem Zwingerdach, und wenige Schritte hinter der Elfe hatte ein Stück der Decke das Sicherheitsglas durchschlagen und die Hundehütte unter sich begraben.

»Hey, alles in Ordnung?« Das Sprechen bescherte Ash einen weiteren Hustenanfall, der den Nebeneffekt hatte, dass die Elfe die Augen ganz aufschlug und ihn ansah.

Sie wollte etwas erwidern und begann ebenfalls zu husten. Feiner Staub rieselte ihr von Kopf und Kleidung. »Dein Überlebensmesser. Das Traumapflaster.«

Sie schaute ihn verständnislos an, weshalb Ash kurzerhand zu ihr kroch, das Messer aus der Halterung an ihrem Unterschenkel zog und sich daran machte, den Griff aufzuschrauben. Über den breitmaschigen Gitterboden krabbelte er zurück zu Pilgrim. DocWagon würde in diesem Fall wohl kaum einen Hausbesuch machen, deshalb war das Traumapflaster momentan das Beste, was ihnen zur Verfügung stand. Nachdem er es Pilgrim neben das schmerzstillende Pflaster auf die Brust geklebt hatte, holte er einer Eingebung folgend das Atemgerät aus dem Rucksack und streifte die dazugehörige Maske über. Das staub- und dreckfreie Sauerstoffgemisch machte das Atmen wesentlich leichter, und es gelang ihm, Pilgrims Atemgerät ebenfalls in Gang zu bringen. Als er zu Tinkerbell schaute, war die Elfe gerade dabei, ihres anzulegen. Sie schien sich in einer Art Schockzustand zu befinden. Führte die Bewegungen mechanisch aus, mit abwesendem, leerem Blick.

Praktisch, dass ich keine Angst habe. Ein Panikanfall wäre das Letzte, was ich jetzt bräuchte. Ash hielt verwundert inne und horchte in sich hinein. Nein, tatsächlich, keine Angst. Bloß leichte Beunruhigung und jede Menge Euphorie und Selbstvertrauen. Jeder Nerv, jeder Muskel in seinem Körper vibrierte vor Energie. Da blieb kein Platz mehr für Angst.

Er leuchtete die Umgebung aus, um sich ein klareres Bild zu verschaffen. Hinter ihnen, dort, wo sie Pilgrim gefunden hatten, war nichts mehr. Eine Wand aus Schutt, Metall und Plastibeton. Das Metall glitzerte und funkelte im Schein der Lampe, und er stellte erstaunt fest, wie scharf und deutlich er sehen konnte. Es war einer der Effekte des Aufputschmittels, genau wie das Herzrasen, doch für einen Augenblick fragte er sich fasziniert, ob natürliche Nachtsicht ähnlich funktionierte.

Die meisten Zwinger auf der gegenüberliegenden Seite waren ebenfalls unter Trümmern begraben. Links, wo es zum Labor ging, sah es hingegen besser aus. Wenn er Mae jemals in die Finger bekam, würde er das Miststück ganz genüsslich erwürgen! Und anschließend diesem senilen Bastard McGregor einen Besuch abstatten. Oder umgekehrt. Aber zuerst mussten sie hier rauskommen.

Wenn wir sämtliches Glück dieser Erde zusammenkratzen, schaffen wir es vielleicht.

»Tinkerbell.« Die Maske dämpfte seine Stimme, und er musste lauter sprechen. »Wir müssen zu diesem Nottreppenhaus kommen.«

»Es gibt keinen Ausweg«, erwiderte sie tonlos. »Wir werden hier unten sterben.«

»Nein, werden wir nicht.« Er kroch zu ihr hinüber, packte sie fest an den Schultern und schaute ihr direkt in die hellblauen, feucht schimmernden Augen. »Wir kommen hier raus, kapiert? Wir werden nicht sterben!« Er widerstand dem Drang, sie zu schütteln..

Die Elfe nickte, erschöpft, verängstigt, den Tränen nah.

»Hey.« Er nahm sie in den Arm und drückte sie fest an sich. Sie erwiderte die Umarmung nicht, sondern blieb einfach reglos sitzen. »Uns ist ein ganzes Gebäude auf den Kopf gefallen, und wir haben es überlebt. Was kann jetzt noch passieren?« Als keine Antwort kam, ließ er sie los. »Funktioniert deine Lampe noch?«

Sie schaute zweifelnd an sich hinab und tastete nach dem kleinen Schalter. Einen Moment später durchschnitt ein zweiter Lichtstrahl die Dunkelheit.

»Ich trage Pilgrim. Du gehst voraus und suchst uns den sichersten Weg.«

Ash nahm Pilgrim den Fernzünder weg, den der Runner selbst in der Bewusstlosigkeit umklammert hielt, und verstaute das Gerät in seinem Rucksack. Anschließend schulterte er mit einiger Mühe den größeren Runner, bedeutete der Elfe vorauszugehen und folgte ihr in den verwüsteten Gang.

Es war ein Hindernislauf über Plastibetonbrocken hinweg, vorbei an Löchern im Boden und sogar unter einer umgekippten Zwingerwand hindurch. Schließlich erreichten sie die aufgerammte Verbindungstür. Das dahinter liegende Labor war relativ unversehrt geblieben. Bloß in der Decke klaffte ein großer Riss, und alles war mit einer Schicht aus heruntergefallenem Putz bedeckt.

Im Hauptkorridor sah es wieder ein wenig anders aus. Die Räume auf der rechten Seite waren vom Gewicht der oberen Stockwerke vollkommen zerstört worden. In Abständen klafften kleinere und größere Löcher im Boden, die Decke und die noch stehenden Wände waren übersät von breiten Rissen. Ash fand den Anblick auf morbide Weise faszinierend und aufregend.

Unheimlich war das Knarren und Knirschen. Es kam in Abständen aus verschiedenen Richtungen, mal von oben, von der Seite oder von unten, mal laut, mal leise und nie an derselben Stelle. Sterbende Gebäude klangen anders als sterbende Schiffe, doch beides bereitete ihm Gänsehaut.

Wenige Schritte hinter Ash fiel plötzlich etwas von der Decke, ein Stück Plastibeton vielleicht, und zerbarst krachend auf dem Boden. Ihm kam seine Motivationsrede für Tinkerbell in den Sinn. Ja, was konnte jetzt noch passieren? Vor ihm blieb die Elfe stehen und leuchtete nach vorn. Im Strahl der Lampe erkannte er, dass der Zugang zum Treppenhaus und zum Fahrstuhl blockiert war. Ein mannshoher Schuttberg türmte sich dort auf, Plastibetonbrocken, Mauerwerk und schwere Metallteile. Ein gewaltiger Stahlträger hatte vor dem Schutt die Decke in steilem Winkel durchschlagen und versperrte zusätzlich den Zugang.

Tinkerbell wandte sich um, und er konnte ihrem blassen Gesicht die Ratlosigkeit ansehen. Was jetzt?

Ash betrachtete sinnend den Träger und legte dann Pilgrim behutsam auf dem Boden ab.

Ihm war eine Idee gekommen. Unter dem fragenden Blick der Elfe ging er zu dem breiten Metallteil, schätzte den Winkel ab, der vielleicht sechzig Grad betrug, und stemmte sich probeweise dagegen. Der Stahlträger rührte sich keinen Millimeter.

Er legte den Kopf in den Nacken. Durch das Loch in der Decke konnte er ins dritte Untergeschoss blicken. Tinkerbell und er könnten hochklettern und sich irgendwie durch die Lücke zwischen Stahl und Decke zwängen, doch Pilgrim würde nie hindurchpassen.

»Quickshot?«

Er hob die Hand, um zu signalisieren, dass er nachdachte.

»Quickshot, sprich mit mir!« Tinkerbell schaute ihn an, hoffnungsvoll und ein bisschen ungeduldig. »Woran denkst du?«

In Erwartung ihrer Reaktion verzog er das Gesicht. »Wenn wir einen Teil der Decke wegsprengen, können wir nach oben klettern. Pilgrim müsstest du natürlich levitieren.«

»Was?« Sie glotzte ihn an, als hätte er komplett den Verstand verloren.

»Wir haben noch Sprengstoff, und wir haben den zweiten Zünder. Oder hast du eine bessere Idee?«

Sie wollte etwas erwidern, überlegte es sich jedoch anders. Nach einem verzweifelten Blick zu Pilgrim schaute sie hoch zur Decke. »Damit könntest du alles zum Einstürzen bringen.«

»Dann warten wir eben ab, bis uns die Bergungsmannschaft ausgräbt. Was zwei oder drei Tage dauern kann. Bis dahin ist Pilgrim tot, und wir wandern in den Knast. Vielleicht dauert's auch länger und wir verdursten, bevor sie uns finden.« Im Sprechen nahm Ash den Rucksack ab. »Ich hab nicht vor, so lange hier zu sein. Nicht, wenn es eine winzige Chance gibt, hier rauszukommen.«

»Das ist verrückt!« Tinkerbell schüttelte den Kopf und wandte sich dem Stahlträger zu. »Kommst du da überhaupt rauf?«

»Das ist meine geringste Sorge.« Ash öffnete den Rucksack, schob den Sauerstoffbehälter des Atemgeräts zur Seite und holte eine der letzten drei Sprengladungen heraus.

Pilgrim und Blythe waren die Sprengstoffexperten im Team gewesen. Er wusste nicht einmal, wie viel C-12 nötig sein würde.

Also tue ich mal wieder so, als wüsste ich, was ich tue.

»Weißt du, was du tust?«, fragte Tinkerbell in diesem Moment, und er hätte fast laut losgelacht.

»Klar«, erwiderte er stattdessen, schnappte sich zwei zusätzliche stiftförmige Zünder und setzte den Rucksack wieder auf. Nachdem er den Sprengstoff in der linken Hosentasche und die Zünder in der rechten verstaut hatte, lockerte er Arme und Schultern und zwinkerte der Elfe aufmunternd zu. Ihr Gesichtsausdruck unter der Atemmaske zeugte nicht gerade von absolutem Vertrauen in seinen Plan.

Der Stahlträger hatte zu beiden Seiten einen schmalen Rand, an dem er Halt finden konnte. War zumindest ein Anfang. Ash betrachtete skeptisch die dünne Staubschicht auf dem Metall und setzte probeweise einen Fuß darauf. Dank der geriffelten Gummisohle rutschte der Schuh nicht ab, auch als er das Gewicht erhöhte, und er kletterte vorsichtig den Träger hinauf.

Ein bisschen kam er sich vor wie früher beim Sportunterricht in der Schule.

Unter der Decke angekommen, setzte sich Ash vorsichtig hin und verschränkte danach die Füße fest unter dem Träger, um Halt zu haben.

»Wie sieht's aus?«, erkundigte sich Tinkerbell .

Ja, wie sah es aus? Er hob die Lampe und inspizierte das Loch, das der Stahlträger geschlagen hatte. Von unten wirkte es größer, und er musste sein früheres Urteil revidieren. Keiner von ihnen würde hindurchpassen.

»Einen Moment.« Er zog sich ein Stück höher, bis er den Kopf einziehen musste, um nicht an die Decke zu stoßen, und wackelte an einer bloß liegenden Metallverstrebung. Abgesehen von einigen Betonbröckchen, die herunterfielen, tat sich nichts. Unmöglich, das Loch ohne Hilfsmittel zu vergrößern.

»Alles in Ordnung?«, erkundigte sich Tinkerbell besorgt von unten.

»Klar.« Ash betrachtete seine Hände, die im Schein der Lampe deutlich zitterten, und spürte, wie ihm an den Schläfen der Schweiß hinunterrann. *Könnte nicht besser sein.* »Bin gleich fertig.« Er holte das C-12 aus der Hosentasche und teilte die Sprengladung in vier gleiche Portionen.

Wie viel C-12 würde nötig sein? Wo brachte er die Ladungen am besten an? Er starrte hoch auf das Loch. *Was, wenn ich uns mit meinem tollen Plan umbringe?*

Doch es gab keine Alternativen.

Schließlich entschied er sich für zwei kleine Ladungen. Besser zu wenig nehmen und einen zweiten Versuch starten müssen, als zu viel nehmen und sie alle unter Tonnen von Stahl und Beton begraben. Die erste Ladung samt Zünder schob er in einen breiten Riss in der Decke, so weit vom Träger entfernt wie möglich. Die zweite Ladung platzierte er im dritten Untergeschoss, indem er die Hand durch das Loch steckte und sie mit einer kurzen Bewegung nach rechts warf. Danach sammelte er das restliche C-12 ein und rutschte den Stahlträger vorsichtig wieder hinunter.

Gemeinsam mit Tinkerbell brachte Ash Pilgrim in einen der weniger beschädigten Räume auf der linken Seite, gut zwanzig Meter von der Sprengung entfernt. Er schloss die Tür, ging ein Stück neben dem Türrahmen in die Hocke und holte im Schein der Lampe den zweiten Fernzünder aus dem Rucksack.

Tinkerbell kniete auf der anderen Seite der Tür, hinter Pilgrim, und beobachtete ihn angespannt.

»Wenn's knallt, Augen schließen, Ohren zuhalten und Mund weit öffnen. Weiß nicht, ob es hilft, aber schaden kann es nicht.«

Als sie nickte, machte er sich bereit. Nach einem raschen Stoßgebet legte er den Schalter am Fernzünder um, und ein rotes Lämpchen begann zu blinken. Ein letzter Blick zu Tinkerbell, und Ash drückte den Auslöser. Augenblicklich ließ er den Fernzünder fallen und folgte seinen eigenen Anweisungen: Augen und Ohren zu und Mund zum Druckausgleich weit auf.

Mit einem gewaltigen WUMM ging die Welt ein zweites Mal unter. Er senkte den Kopf und hielt unwillkürlich die Luft an.

Lass uns hier rauskommen, lass uns hier rauskommen, lass uns hier rauskommen. Es war sein stummes Mantra, während draußen Gebäudeteile krachend herunterfielen und Wände und Boden von der Wucht der Sprengung erzitterten. Es gab ein dumpfes Rumsen, das er nicht einordnen konnte, dann wurde es still.

Ash atmete aus, blieb noch einige Sekunden reglos sitzen und öffnete schließlich die Augen. Der Strahl seiner Lampe schnitt hell durch die Dunkelheit und den langsam herunterschwebenden Staub. Kleine Betonbröckchen rieselten von ihm hinab, als er den Kopf wandte und zu Tinkerbell schaute. Die Elfe richtete sich gerade auf.

»Alles okay?«

Als sie nickte, schob er sich an der Wand hoch und ging auf unsicheren Beinen zur Tür. Der Staub brannte ihm in den Augen, doch er zwang sich, nicht zu reiben. Er drückte die Klinke hinunter, öffnete die Tür und leuchtete in den Hauptkorridor hinaus. Der Schuttberg vor den Fahrstuhltüren war gewachsen, hatte jetzt auch den ersten halben Meter vom Stahlträger in Besitz genommen. Das obere Ende vom Träger war gut zwei Meter nach rechts verrutscht und der Winkel dadurch um einiges flacher.

Mit Tinkerbell im Schlepptau trat er näher und leuchtete nach oben.

Das C-12 hatte ein beeindruckendes Loch gesprengt, durch das man problemlos einen Jackrabbit schieben konnte.

»Ha!« Ash konnte sich den Triumphschrei nicht verkneifen. Er drehte sich zur Elfe um, ein äußerst selbstzufriedenes Grinsen im Gesicht. »Bin ich gut, oder was?«

Zum ersten Mal seit dem Ausbruch des absoluten Chaos lächelte Tinkerbell.

Er gab ihr einen aufmunternden Knuff gegen den Oberarm, und dann trugen sie Pilgrim gemeinsam aus dem Raum und legten ihn in sicherem Abstand zum Loch auf den Boden.

»Wenn es genehm ist, gehe ich zuerst und sondiere die Lage.« Die erfolgreiche Sprengung gab Ash den Motivationsschub, den er so dringend gebraucht hatte. Plötzlich schien wieder alles möglich zu sein.

»Sei vorsichtig.«

Ash überzeugte sich davon, dass der Träger auch wirklich fest saß, und erklomm erneut das breite Metallteil. Es war ein Kinderspiel.

Oben angekommen steckte er den Kopf durch das Loch in der Decke und kam unerwartet auf Augenhöhe mit einem toten Wachmann. Oder dem, was von ihm übrig war. Der Mann lag zwei Meter entfernt, halb begraben unter einem Haufen Schutt, Brust und Kopf fürchterlich entstellt von der Explosion.

Der Schreck ließ Ashs Herz, das sich allmählich wieder beruhigt hatte, erneut schneller schlagen. Er fasste sich, suchte eine Stelle, an der das Baumaterial nicht unter seinem Griff wegbröckelte, und kletterte behände hinauf in den dritten Stock. Er robbte ein Stück auf dem Bauch, kam auf die Knie und nahm kurz die Atemmaske ab. Es roch nach Erde, Dreck, Ruß und geschmolzenem Plastik.

»Ich schau mich kurz um«, rief er Tinkerbell zu und setzte die Maske wieder auf. Ein prüfender Blick in die Runde zeigte ihm die totale Verwüstung: Eingestürzte Deckenteile, klaffende Spalten im Mauerwerk, Schutt, Erde, die durch die Risse in den Außenwänden hereingedrungen war, und ... Wasserpfützen? Natürlich, der See. Ash richtete die Lampe nach rechts, auf die Stelle, an der das Nottreppenhaus liegen sollte. Metallschrott und Plastibeton türmten sich hoch im Korridor auf, und von der Tür war auf den ersten Blick nichts zu sehen. Das Treppenhaus nach unten lag relativ frei, ebenso ein Teil des Fahrstuhls, aber damit war ihnen überhaupt nicht geholfen. Mit einem dicken Kloß im Hals kam Ash auf die Beine. In diesem Augenblick hätte er selbst gern jemanden gehabt, der eine flammende Motivationsrede hielt.

Er trat näher an den Schuttberg heran, hinter dem sich die Tür befinden musste, und kletterte ein Stück hinauf. Schließlich entdeckte er einen Spalt in der dahinter liegenden Wand und kletterte noch höher. Er steckte die Hand hindurch, tastete nach allen Seiten und fühlte links einen Türrahmen. Hastig räumte er einige der kleineren Schuttteile aus dem Weg, um den Spalt zu vergrößern, und leuchtete hinein. Im Schein der Lampe waren neben einem großen Loch in der rechten Wand und einem Haufen Schutt deutlich Treppenstufen zu erkennen. Stufen, die nach oben führten.

»Ich hab's!« Seine Stimme überschlug sich vor Aufregung. »Ich hab das verdammte Treppenhaus gefunden!«

Er kletterte eilig den Trümmerberg hinunter, rutschte plötzlich mit dem rechten Fuß ab und schrammte mit dem Schienbein über eines der zahlreichen herausragenden Metallteile. Mit zusammengebissenen Zähnen hüpfte er ein paar Mal auf dem unverletzten Bein auf und ab, bis der Schmerz nachließ. Schließlich setzte er vorsichtig den Fuß auf und begutachtete die Wunde. Ein langer blutender Schnitt, gut zwei Zentimeter neben dem Schienbeinknochen. Wenn es weiter nichts war. Er verschob die Versorgung auf später und humpelte zurück zum Loch.

Die letzten beiden Meter kroch er auf allen vieren.

Tinkerbell schaute von unten zu ihm herauf, die Augen gegen das Licht seiner Lampe abgeschirmt.

»Bring ihn hoch zu mir.« Ash legte sich auf den Bauch. »Aber vorsichtig.«

Es brauchte zwei Versuche, ehe es der Elfe gelang, Pilgrim zu levitieren. Als der Runner schließlich langsam hochschwebte, rutschte Ash ein Stück zur Seite, um genügend Platz zu machen.

»Ein bisschen mehr Abstand, sonst stößt er sich den Kopf am Stahlträger«, dirigierte er Tinkerbell. »Okay, noch ein Stückchen höher.« Als Pilgrim über den Rand der Öffnung schwebte, packte Ash ihn automatisch am Kragen. Er ignorierte das leise Knacken des Bodens, als er sich aufstützte. »Gut, jetzt etwa zwei Meter zu mir hin, dann haben wir es.«

»Ich kann ihn nicht mehr lange halten.« Tinkerbell klang völlig erschöpft.

»Du schaffst das, ist nicht mehr weit.« Neben ihm schwebte Pilgrim Stück für Stück über den Boden. »Gleich hast du's.« Ash beugte sich weiter vor, um über den gezackten Rand und nach unten zu Tinkerbell sehen zu können. Plötzlich brach mit lautem Knacken ein Stück der Kante unter ihm weg. Er verlor kurz das Gleichgewicht, rettete sich jedoch haarscharf vor dem Absturz. Fast gleichzeitig plumpste Pilgrim neben ihm zu Boden. Ash war kaum in Sicherheit gekrabbelt, als Tinkerbells Stimme zu ihm heraufgellte: »Er fällt!« Sie war in heller Panik. »Halt ihn fest!«

Sein Blick ruckte zu Pilgrim. Die Beine des Runners hingen weit über den Rand und drohten, ihn mit ihrem Gewicht in den Abgrund zu ziehen. Ash packte blitzschnell zu und zog den Bewusstlosen zu sich heran.

»Drek!«, fluchte er, das Herz bis zur Kehle klopfend, und brüllte dann: »Alles klar.«

»Ich hab die Konzentration verloren. Verdammter Mist!« Tinkerbell klang jetzt vornehmlich wütend über sich selbst.

»Beim nächsten Mal warte ich mit dem Abstürzen, bis er oben ist.«

»Das ist nicht lustig!«

Ansichtssache. Ash kam auf die Knie und kroch wieder auf das Loch zu. Er suchte sich eine auf den ersten Blick sichere, nicht knackende Stelle aus und beugte sich vorsichtig über den Rand. »Jetzt bist du dran.«

Im Schein der Lampe wirkte die Elfe sehr verloren und sehr klein.

»Ich schaff das nicht. Ich komme da nicht rauf.«

»Ach Quatsch. Zusammen kriegen wir das hin. Oder willst du, dass ich runterkomme und dich hole?«, setzte er spöttisch nach.

Ohne ein weiteres Wort, dafür mit einem Blick, der selbst auf diese Entfernung töten konnte, packte die Elfe den Stahlträger. Sie brachte die Kletterpartie erfolgreich hinter sich, und nachdem Ash ihr mit einem kräftigen Zug ins dritte Untergeschoss geholfen hatte, saß sie erleichtert neben ihm auf dem Boden.

»Siehst du, war gar nicht so schwer«, lobte Ash die Elfe vielleicht etwas zu enthusiastisch.

Sie wollte etwas erwidern, entdeckte dann jedoch die Leiche des Wachmanns.

Ash folgte ihrem Blick. »Ja, der sah schon mal besser aus.«

Von der Elfe kam keine Antwort, und er wechselte rasch das Thema. »Die Tür ist da drüben.«

Er zeigte ihr die Stelle, und gemeinsam räumten sie genügend Schutt aus dem Weg, um einen ausreichend großen Eingang zum Nottreppenhaus freizulegen. Anschließend schafften sie Pilgrim gemeinsam auf die andere Seite der Tür. Ash konnte die Schnitte und Hautabschürfungen nicht mehr zählen, die er sich dabei an scharfkantigen Metallteilen und rauen Steinen zuzog. Tinkerbell sah am Ende ebenfalls arg ramponiert aus.

Für Ash war es selbstverständlich, dass er Pilgrim tragen würde. Tinkerbell hatte einfach nicht die Kraft dazu. Er schulterte den Bewusstlosen und nahm die Treppe in Angriff. Er schaffte die drei Stockwerke in Rekordzeit und hängte sogar Tinkerbell ab. Obwohl ihm der Schweiß in Strömen herunterlief und seine Lunge brannte, arbeiteten seine Beine wie von selbst weiter. Stufe um Stufe gingen sie hoch, als wären sie vom Rest des Körpers abgetrennt und hätten ein gespenstisches Eigenleben entwickelt. Er spürte die Erschöpfung kaum, und als sie endlich durch die Sicherheitstür in den Nottunnel gekommen waren, schnaufte die Elfe unter der Maske des Atemgeräts lauter als er. Sie ließ sich erschöpft gegen die Tunnelwand sinken und schloss die Augen.

Ash legte Pilgrim behutsam auf dem Boden ab und leuchtete nach links. Eine Wand aus Erde starrte ihn an. »Versuch, Selva zu erreichen. Sag ihr, wo wir sind.«

Als die Elfe nicht reagierte, zog er ihr das Headset vom Kopf und setzte es selbst auf. »Selva, hier ist Quickshot. Kannst du mich hören?« Den Strahl der Lampe nach rechts in den dunklen Tunnel gerichtet, wartete er nervös ab. »Selva, mach keinen Blödsinn. Wir brauchen dich!«

»Ich bin hier, ich bin hier!«, drang die aufgeregte Stimme der Riggerin zu ihm durch, unterlegt von statischem Rauschen und Knistern. »Ich dachte schon ...«, sie unterbrach sich, »... wo steckt ihr?«

»Wir sind im Nottunnel. Pilgrim ist schwer verletzt, er braucht dringend ärztliche Hilfe. Wir kommen durch die erste Notluke raus, einen Kilometer von der Anlage entfernt.«

»Ich bin gleich bei euch!«

»Verstanden. Tinkerbell, komm.« Ash stieß die Elfe an, die kurz davor schien, zu Boden zu rutschen und dort bis zum Ende aller Tage liegen zu bleiben.

Sie öffnete die Augen, drückte sich schwerfällig von der Wand ab und ging wortlos weiter.

»Beweg deine Beine«, trieb er sie bewusst ruppig an. »Wir haben keine Zeit für einen Spaziergang.«

Tinkerbell schoss einen erschöpften Blick voller Hass auf ihn ab und verfiel in langsames Trotten. Nicht schnell genug für seinen Geschmack, doch allemal besser als vorher.

Ash lief in dem schmalen Gang hinter ihr her, musste jedoch immer wieder stehen bleiben, um zu Atem zu kommen. Pilgrims Gewicht machte ihm mehr und mehr zu schaffen, und die Wunde am rechten Schienbein und die vielen kleineren Verletzungen schmerzten inzwischen sehr. Er wusste nicht, wie lange er dieses Tempo noch durchhalten konnte. An einer phosphoreszierenden Markierung an der linken Wand konnte er sehen, dass es noch siebenhundert Meter bis zur Luke waren.

Fünfhundert Meter weiter, als er grade den schlimmsten Wadenkrampf seines Lebens überstanden hatte, meldete sich Selva: »Ich kann in der Ferne Hubschrauber hören«, knackte und rauschte es im Headset. »Ihr solltet euch beeilen!«

Ach, wirklich? Ash war zu erschöpft für einen schnippischen Kommentar. »Wir sind gleich da.« Er rückte Pilgrim zurecht, der inzwischen mindestens eine Tonne zu wiegen schien, und humpelte weiter.

Später konnte sich Ash nicht mehr erinnern, wie sie Pilgrim die Leiter hochgebracht, durch die Luke und in den Jeep befördert hatten. Er erinnerte sich an frisches Blut auf einer der Leitersprossen, das von keinem von ihnen stammen konnte. Er erinnerte sich an den flüchtigen Gedanken an Mae, die sie fast umgebracht hatte. Aber der Weg nach oben? Ausgeblendet.

Pilgrim lag dicht bei ihm, halb im Kofferraum, mit den Beinen zwischen den beiden Drohnen und halb auf der heruntergeklappten Rückbank. Tinkerbell saß still auf dem Beifahrersitz, während Selva in das Fahrzeug eingestöpselt war und es mit abgeblendeten Scheinwerfern durch das Waldgebiet steuerte. Ash selbst saß quer zur Fahrtrichtung im Fußraum des Jeeps, eingeklemmt zwischen Fahrersitz und Rückbank, und starrte mit weit geöffneten Augen ins Leere.

Obwohl er seinen Körper bis an den Rand der totalen Erschöpfung getrieben hatte, prickelte das Adrenalin in sämtlichen Muskeln und zwang ihn, mit den Daumen einen nervösen Rhythmus auf den Oberschenkeln zu trommeln. Sein Verstand war vollkommen leergefegt, er verspürte weder Erleichterung, es aus der Anlage geschafft zu haben, noch Wut auf Mae, die es aus unerfindlichen Gründen für nötig gehalten hatte, den Datendiebstahl durch die Sprengung des Gebäudes zu vertuschen.

Eine heftige Bodenwelle schüttelte den Jeep kräftig durch. Pilgrims schlaffer Körper rutschte nach vorn, und sein Kopf baumelte nun in der Luft. Ash schob den Runner sanft zurück und justierte die Maske des Atemgeräts, das Pilgrim weiterhin mit Luft versorgte. Dann hielt er ihn mit einer Hand fest und massierte mit der anderen seine linke Wade, deren Muskeln sich erneut verkrampften.

»Die Atmung ist flach und unregelmäßig. Wo ist der Puls?«

Ash schreckte hoch, als um ihn herum plötzlich hektische Geschäftigkeit ausbrach. Was war los? Wo waren sie? Neben ihm fingerte eine Frau in Weiß an Pilgrims Atemmaske herum. »In den OP mit ihm.« Ihre Stimme klang professionell, ruhig und sachlich.

Augenblicklich verschwand Pilgrim von seiner Seite, und dann griffen von hinten mit einem Mal riesige Trollhände nach Ash und zogen ihn behutsam aus dem Wagen. Verwirrt und in Panik, stieß er sich im ersten Impuls von dem Metamenschen ab, stolperte ein paar Schritte und verfolgte verblüfft das Treiben. Pilgrim wurde von zwei weiß gekleideten Männern auf einer Liege im Laufschritt in ein Gebäude gebracht. Tinkerbell lag auf einer zweiten Liege, die von Selva und der Frau in Weiß geschoben wurde.

Hinterhof, Großstadt. Eine Schattenklinik?

Wann genau hatte er den Faden verloren?

»Sir? Sie sollten reingehen.« Der Troll schob ihn sanft auf die automatischen Schiebetüren zu.

Ash winkte stumm ab, humpelte aber trotzdem brav weiter. Zumindest die Wunde am Schienbein sollte versorgt werden. Ansonsten brauchte er bloß eine gigantische Kopfschmerztablette und mindestens fünf Liter Wasser, um sie hinunterzuspülen. Der Eingang verschwamm auf einmal vor seinen Augen und kippte dann leicht nach rechts. Vielleicht einen Stuhl. Besser ein Bett. Seine linke Wade begann erneut zu krampfen. Er blieb stehen, beugte sich vor, um die Muskeln zu massieren, und stürzte kopfüber in ein tiefes schwarzes Loch.

Kapitel 26

Rote Augen im Nebel, hypnotische Augen, die ihn umkreisten. Schimmerndes Metall, Zähne, scharfe, silbrig glänzende Zähne. Unsichtbare Wände, die langsam näher kamen. Näher und näher, bis sie ihn zu zerquetschen drohten. Dann eine Stimme aus dem Nichts: »Keiner kommt hier lebend raus.«

Ash kämpfte sich aus dem Albtraum hoch, an die Oberfläche, und wachte schließlich auf. Eine Weile lag er ganz still im Halbdunkeln und starrte an die Decke. Kein wild klopfendes Herz, kein keuchender Atem, kein schweißüberströmtes Gesicht. Bloß das lautlose Grauen des Albtraums in den von seltsamer Mattigkeit erfüllten Gliedern und eine staubtrockene Kehle.

Langsam begann sein Blick zu wandern, die Umgebung zu erkunden. Auf der linken Seite, wenige Schritte entfernt, befand sich ein Fenster. Es wurde durch weiße, senkrecht hängende Lamellen verdeckt, die vereinzelt sanftes Tageslicht hineinließen. Gegenüber stand ein zweites, ungemachtes Bett. Auf einem Stuhl daneben entdeckte er einen Rucksack und Tinkerbells vor Schmutz starrende Jacke.

Was war geschehen? Ash erinnerte sich, auf dem Parkplatz vor der Schattenklinik gestanden zu haben, aber dann? Er hob träge die linke Hand, um sich Schlaf und Staub aus den Augenwinkeln zu wischen, und roch plötzlich Kamille. Mittel- und Ringfinger konnte er nicht bewegen, und er stellte verwundert fest, dass sie mit Mull umwickelt und mit Klebeband fixiert waren. Danach entdeckte er die beiden breiten

Pflaster, die seinen Unterarm zierten. Er wollte nicht wissen, wie der Rest von ihm aussah.

Ob man hier etwas zu trinken bekommen konnte?

Auf einem niedrigen Tisch rechts neben seinem Bett stand ein gefülltes Wasserglas mit Strohhalm. Er wollte danach greifen und bemerkte erst jetzt die feine Kanüle, die, mit Klebeband fixiert, in seinem rechten Unterarm steckte. Ein dünner Schlauch verlief von der Kanüle zu einem Tropf, aus dem durchsichtige Flüssigkeit tropfte.

Allmählich machte er sich Sorgen. Doch zuerst musste er etwas trinken. Ash streckte die andere Hand nach dem Wasserglas aus, drückte sich leicht vom Bett hoch und hätte fast aufgeschrien vor Schmerzen. Plötzlich tat alles weh. Sämtliche Muskeln und Nervenenden in seinem Körper schienen schlagartig aufgewacht zu sein und gleichzeitig Schmerzsignale ans Gehirn zu senden. Die Zähne fest zusammengebissen, packte er das Glas und sank zurück auf die Matratze. Aber die Schmerzen hörten nicht auf. Im Gegenteil, jetzt, wo er sich ihrer bewusst war, kamen immer neue hinzu. Er leerte das Glas in mehreren großen Schlucken, wollte sich nicht bewegen, um es zurückzustellen, und behielt es in der Hand.

Nachdem er gut eine halbe Stunde so dagelegen hatte, öffnete sich die Tür. Ash wandte vorsichtig den Kopf und schaute zu der Frau in Weiß, die ihn freundlich anlächelte.

»Schön, dass Sie zu uns zurückgefunden haben. Ich bin Dr. Francis.« Sie war viel älter, als er in Erinnerung hatte, mindestens fünfzig. Ihr Gesicht war übersät von Altersfalten und Lachfältchen, und sie hatte das lange graue Haar zu einem Pferdeschwanz gebunden.

»Wie spät ist es?«

»Bald fünf Uhr nachmittags. Sie haben Stanley einen ziemlichen Schreck eingejagt. Einfach ohnmächtig zu werden.«

»Stanley?« Ash misstraute seinen Ohren, die noch immer leise fiepten.

»Der Pfleger, der Sie aus dem Wagen geholt hat«, half sie ihm auf die Sprünge.

»Der Troll, ach so. Was ist eigentlich passiert?«

Die Ärztin zog einen Stuhl heran und setzte sich. Aus irgendeinem Grund beunruhigte es Ash. »Sie waren vollkommen dehydriert. Ausgetrocknet. Durch den Flüssigkeitsverlust ist Ihr Blutdruck abgefallen, was letztendlich zu einer Durchblutungsverminderung des Gehirns geführt hat. Das Ergebnis war ein Kreislaufkollaps. Zum Glück haben Sie sich den besten Ort dafür ausgesucht.«

Kreislaufkollaps? Nach allem, was heute geschehen war, haute ihn ein Kreislaufkollaps auf die Bretter? »Was ist in dem Tropf?«

»Kochsalzlösung, versetzt mit einem kreislaufstabilisierenden Mittel. Damit Sie recht bald wieder auf die Beine kommen.« Sie lächelte aufmunternd.

»Wie passiert so was?« Es war eine blöde Frage, aber er verstand es nicht.

»Zum Beispiel durch starkes Schwitzen, verbunden mit zu wenig Flüssigkeitsaufnahme.«

»Aha.« Ash hatte unweigerlich das Bild einer Wüstenlandschaft vor Augen, in der eine Gestalt halb verdurstet herumstolperte.

»Meist hat aber schon vorher einiges im Argen gelegen«, fuhr die Frau fort. »Eine Zeit lang verzeiht einem der Körper gewisse Fehltritte, doch irgendwann zieht er die Notbremse.« Sie bedachte ihn mit einem strengen, beinahe mütterlichen Blick. »Bei Ihnen sind viele Faktoren zusammengekommen: ein schlechter Allgemeinzustand, Überanstrengung, eine gefährliche Mischung aus Schlaftabletten, Beruhigungsmitteln und Aufputschmitteln ...« Als sie diesmal lächelte, blieben ihre Augen ernst. »Mit den Chemikalien in Ihrem Blut könnte ich meine Patienten eine Woche lang versorgen.«

Ash wollte protestieren, aber der Gesichtsausdruck der Ärztin ließ ihn den Mund halten. »Was ist mit den Schmerzen? Hab ich bloß gigantischen Muskelkater, oder ist es etwas Ernsteres?«

»Sie haben leichte und mittlere Prellungen auf dem Rücken, zwei verstauchte Finger, einen tiefen Schnitt am rechten Schienbein und diverse kleinere Schnitte und Hautabschürfungen an Armen und Beinen. Nichts, was einige Tage Bettruhe nicht kurieren könnten.«

Pilgrim, fiel es Ash plötzlich ein. *Was war mit Pilgrim?* »Wie geht es meinem Chummer? Ist er ...?« Und Tinkerbell? Wie stand es um Tinkerbell?

»Er hat die Operation überstanden, allerdings war es sehr, sehr knapp. Die nächsten Tage sind am kritischsten. Wir haben ihn in ein künstliches Koma versetzt, um seine Überlebenschancen zu erhöhen. Colin und Ihre Freundin sind bei ihm. Wenn Sie möchten, lasse ich einen von ihnen rufen.«

Ash, der sich inzwischen an ›die Freundin‹ gewöhnt hatte, nickte. »Wäre schön, wenn Tinkerbell kommen könnte.« Er runzelte die Stirn. »Sie kennen Colin?«

»Sehr gut sogar.« Die Ärztin erhob sich. »Ich sage der jungen Frau Bescheid.«

»Danke.« Er erinnerte sich an das Glas in seiner Hand und hielt es hoch. »Könnte ich vielleicht noch etwas zu trinken bekommen?«

»Natürlich. Ich schicke Stanley. Damit er sich gleich davon überzeugen kann, dass es Ihnen besser geht.«

Wenige Minuten, nachdem der Trollpfleger wieder gegangen war, betrat Tinkerbell das Zimmer. Sie hatte dunkle Ringe unter den Augen und wirkte bedrückt und erschöpft. Ihre zerschnittenen und zerkratzten Arme und Beine verbarg sie unter einer dunkelblauen Stoffhose und einem langärmligen Hemd.

Ein halb volles Glas Wasser in der Hand, rutschte Ash unter Schmerzen ein Stück zur Seite. Die Elfe folgte der Aufforderung und nahm neben seinen Knien auf dem Bettrand Platz.

»Wie geht's dir?«

Er lächelte gequält. »Hab mich schon besser gefühlt. Was ist mit dir?«

Sie zuckte müde die Achseln. »Gut, denke ich. Ein Teil von mir hockt noch immer unter den Trümmern und sucht nach einem Ausweg. Aber wir leben.«

Ash trank schweigend einen Schluck Wasser und musterte die Elfe nachdenklich. »Was haben wir uns bloß dabei gedacht?« Eine rein rhetorische Frage, auf die es keine Antwort gab. Terroristen spielen ... Blythe hatte recht gehabt. Sie waren nichts anderes.

»Pilgrim hat den Arm verloren.« Tinkerbell deutete auf eine Stelle, knapp eine Handbreit über dem linken Ellenbogen. »Bis hierhin haben sie ihn amputiert. Die Ärztin weiß nicht, ob er überhaupt wieder aufwacht.«

Ash schaute ungläubig auf ihren Arm und starrte dann eine Weile reglos das Glas an. Er wusste nicht, was er sagen sollte. Obwohl er den Runner kaum kannte, war die Nachricht wie ein Schlag in die Magengegend.

Tinkerbell räusperte sich. »Warum hat sie das getan?«

Die Frage irritierte ihn. »Wer, die Ärztin?«

»Diese ... Runnerin, die Asiatin. Wozu?«

Ach so, die Sprengung. »Vermutlich, um ihre Spuren zu verwischen.«

»Kennt ihr euch von früher?«

Er lachte auf. »Lange Geschichte.«

»Mir reicht die Kurzversion. Was wollte sie von dir?«

»Das Kopfgeld kassieren. Sie hat den Auftrag bekommen, Daten aus dem Gebäude zu stehlen, bevor wir es sprengen. Bei den Nachforschungen ist sie auf McGregors Belohnung gestoßen und wollte zwei Fliegen mit einer Klappe schlagen.«

»Kommt sie zurück?«

Diesmal war es an Ash, müde die Achseln zu zucken. »Keine Ahnung.«

Die Antwort schien ihr fürs Erste zu genügen. »Ich habe mit Doktor Francis gesprochen.« Tinkerbell schaute konzentriert auf ihre Finger, als würde sie diese zum ersten Mal sehen. »Du musst etwas unternehmen.«

Als hätte er es nicht geahnt.

Als von ihm keine Antwort kam, sah Tinkerbell kurz auf, als wolle sie sich vergewissern, dass er noch da war, und sprach dann leise weiter: »Doktor Francis hat gesagt, dass Schlaftabletten auf Dauer keine Lösung sind. Die Wirkung nimmt bei Langzeitanwendung ab, der Körper gewöhnt sich dran und benötigt immer höhere Dosen. Außerdem kann man mit Tabletten keine Probleme lösen, die woanders liegen.«

Weiß ich doch alles.

Sein beharrliches Schweigen machte die Elfe wütend. »Wenn du mir nicht glaubst, frag sie!«

»Ich ...«, Ash unterbrach sich. *Ich möchte einfach nur in Ruhe gelassen werden, merkst du das nicht?* Ihm fehlte die Energie, um sich zu streiten. »Ich weiß deine Besorgnis zu schätzen, aber ...«

Sie bedachte ihn mit einem warnenden Blick. »An dem Punkt waren wir bereits.«

»Was willst du eigentlich?« Ash machte eine ruckartige Bewegung mit dem rechten Arm und riss sich dabei fast die Infusion heraus. »Soll ich mich einweisen lassen?«

»Ich möchte, dass du mit jemandem sprichst. Mit jemandem, der Ahnung von Albträumen und diesen Dingen hat.«

»Ein Seelenklempner?« Er lachte auf. »Ich bin kein Spinner!«

»Was du durchgemacht hast, wirft jeden aus der Bahn. Vor der Vergangenheit wegzulaufen, bringt dich nicht weiter.«

»Kein Psychologe dieser Welt wird sich meine Geschichte anhören, ohne anschließend die Bullen zu rufen. Ich meine, was soll ich denn sagen?« Er warf einen Blick zur geschlossenen Tür und senkte die Stimme. »Hi, ich bin der tot geglaubte Sänger von *Devil's Playground*. Den Anschlag auf den Tourbus habe ich übrigens überlebt, genau wie Brooks, unser Bassist. Wir mussten untertauchen, weil wir auf der Abschussliste eines Policlubs stehen, und haben die Welt im

Glauben gelassen, wir seien tot. Ist ein bisschen kompliziert. Ach ja, in meiner Freizeit nenne ich mich Quickshot und töte Menschen für Geld.« Ash machte das imaginäre Gespräch auf absurde Weise sogar Spaß. »Dürfte amüsant werden. Sollte ich auch erzählen, dass Taurus versucht hat, mich umzubringen, um das Kopfgeld zu kassieren? Oder würde die ganze Ash-Quickshot-Angelegenheit den Psychologen bloß verwirren?«

»Hör auf!« Die Elfe sah aus, als wolle sie ihm gleich an die Kehle springen. »Es gibt auch in den Schatten gute Ärzte. Diskrete Ärzte, die sich genauso an ihren Eid gebunden fühlen wie ihre normalen Kollegen.«

»Ich brauche keinen Psychologen«, erwiderte er bestimmt.

»Dann sprich mit *mir.*« Die Elfe klang jetzt fast verzweifelt. »Ich weiß so viel von dir, dass es keinen Unterschied machen würde. Im Gegenteil.«

»Ich ...« Er suchte nach den passenden Worten. Wie sollte er erklären, dass genau darin sein Problem lag? Absurderweise konnte er ausgerechnet mit dem einzigen Menschen nicht reden, der ihn verstehen würde. Aber würde sie? Verstehen, was die Musik ihm bedeutet hatte, die Band? Weshalb er verschwunden war und sich nie gemeldet hatte? Dass er sich an manchen Tagen am liebsten umgebracht hätte?

Der gekränkte, verletzte Ausdruck in Tinkerbells Augen sprach Bände. Je länger er schwieg, desto schlimmer wurde die Ablehnung. »Tut mir leid«, sagte er schließlich kleinlaut. *Tut mir leid, dass ich dir nicht geben kann, wonach du suchst.*

»Kein Problem.« Sie lächelte verkrampft, und das Ringen um Fassung gab ihr etwas Verkniffenes. »Wir müssen eben jemand anders finden.« Das Bett quietschte leise, als die Elfe sich erhob. »Selva hat mich gebeten, sie zum Treffen mit dem Johnson zu begleiten. Wir werden einige Stunden unterwegs sein.«

»Passt auf euch auf.«

Sie nickte steif. »Wir sind vorsichtig.«

Er sieht aus, als wäre er bereits tot. Ash betrachtete bedrückt Pilgrims Gesicht, das unter der Sauerstoffmaske bleich und eingefallen war. Unzählige Schläuche führten von unzähligen medizinischen Geräten zum Körper des Runners. Auf seiner Brust klebte ein halbes Dutzend Elektroden, und rechts bedeckte ein Verband Hals, Schulterpartie und Oberarm. Die einzigen Geräusche im Raum waren zahlreiche Pieptöne, die einem ganz eigenen Rhythmus folgten, und das leise Zischen und Saugen des Beatmungsgeräts.

Ashs Blick wanderte zu Pilgrims linkem Arm auf der anderen Seite des Krankenbettes. Oder besser gesagt, zu dem, was davon übrig war. Der Stumpf war dick verbunden, und ein dünner Schlauch führte zu einem Plastikbeutel, der am heruntergeklappten Bettrahmen befestigt war. Zum ersten Mal schaute Ash bewusst hin und konnte die Augen nicht mehr abwenden.

Die Zimmertür wurde geöffnet, und Colin trat ein. Ash richtete sich abrupt auf, als habe ihn der Schieber bei etwas Ungehörigem erwischt.

Colin nahm wortlos in einem Sessel auf der anderen Seite des Bettes Platz und starrte Pilgrim an. Für eine Weile erfüllte erschöpftes Schweigen den Raum.

Dann hob Colin den Kopf, als hätte er sich wieder an Ashs Anwesenheit erinnert, und musterte den Runner mit dunkelbraunen, stark geröteten Augen. »Danke, dass ihr ihn da rausgeholt habt. Andere hätten ...« Er brach mitten im Satz ab und schaute auf seine Hände.

Die tiefe Zuneigung und Freundschaft zu Pilgrim, die der Schieber mit diesen wenigen Worten ausdrückte, rührte Ash. »Warum ruhst du dich nicht aus? Leg dich ein paar Stunden hin. Ich passe so lange auf ihn auf.«

»Nein. Wenn ich gehe, passiert irgendwas Schlimmes.« Colin verzog das Gesicht zu einer verlegenen Grimasse. »Klingt verrückt, was?«

»Nein.« Ash schüttelte zur Bekräftigung den Kopf. »Überhaupt nicht.«

Ein flüchtiges Lächeln glitt über das Gesicht des Schiebers.

Nach einer Viertelstunde des Schweigens räusperte sich Ash. »Colin? Wie gut sind eigentlich deine Kontakte im Ausland?« Ihm war ein Gedanke gekommen, der ihn nicht mehr losließ.

Der Schieber blinzelte überrascht. »Wo im Ausland?«

»Großbritannien.«

»Ich kenne jemanden in London.«

»Vielleicht kannst du mir einen Gefallen tun. In ein paar Tagen, wenn es uns allen besser geht.«

Colin nickte. »Sicher. Was immer du brauchst.«

Kapitel 27

Zwei Wochen später

Hamish McGregor saß in einem hellen Korbstuhl auf der Veranda seines Hauses und blickten mit harten grauen Augen auf einen lang gestreckten See hinaus. Sein hageres, vom Alter faltig und fleckig gewordenes Gesicht trug einen verbissenen Ausdruck, als er die dünne Decke zurechtzog, die seine Beine vor der Kühle des Abends schützen sollte. Aus dem Inneren des Hauses näherten sich Schritte. Ein Mann in den Vierzigern trat hinaus, gekleidet in einen teuren Nadelstreifenanzug.

»Hatten Sie einen angenehmen Flug?«, erkundigte sich der Alte, ohne den Blick von dem stillen See zu nehmen. Seine Stimme klang rau und kratzig.

»Ja, danke der Nachfrage.« Lance Jameson lehnte sich gegen den Türrahmen und vergrub die Hände in den Hosentaschen.

»Ich gehe davon aus, dass Sie gute Nachrichten für mich haben?«

Lance räusperte sich leise. »Bisher liegt keine Bestätigung vor, dass dieser Quickshot tatsächlich in der Anlage ums Leben gekommen ist. Alles spricht dafür, doch eine Garantie gibt es nicht.«

»Wir werden wohl weiter nach ihm suchen müssen.«

»Sir, falls er überlebt hat, wird er sich vermutlich noch bedeckter halten als vorher. Ich bezweifle ...«

»Geduld, Lance, irgendwann macht jeder Mensch einen Fehler.«

Lance Jameson seufzte. Die wachsende Besessenheit seines ehemaligen Arbeitgebers ermüdete ihn. »Ist es wirklich weise, Ihre gesamte Energie und finanziellen Mittel an einen einzigen unbedeutenden Mann ...«

Ein zorniges Aufblitzen in den Augen des anderen ließ ihn innehalten.

»Dieser Mann hat meinem Lebenswerk den Todesstoß versetzt. Er hat es ermöglicht, mich zu zerstören. Dafür wird er bezahlen!«

Während Lance noch über eine möglichst diplomatische Antwort nachdachte, erklang von seinem Handgelenktelefon leise ein mehrstimmiges Streichkonzert.

Er lächelte Hamish McGregor entschuldigend zu, entfernte sich bis zum Rand der Veranda und nahm den Anruf entgegen. Das Display blieb merkwürdigerweise dunkel. »Hallo?«

»Guten Tag, Mr. Jameson«, erwiderte eine männliche Stimme. Lance runzelte irritiert die Stirn. »Wer spricht bitte?«

»Ihre Frau Melissa war so freundlich, mir mit Ihrer Telefonnummer auszuhelfen. Übrigens herzlichen Glückwunsch zur Vaterschaft. Wissen Sie schon, was es wird?«

Er antwortete ohne nachzudenken. »Eine Tochter. Mit wem spreche ich bitte?«

»Ihr ehemaliger Boss hat ein Kopfgeld auf mich ausgesetzt, was zu einigen unerfreulichen Begegnungen geführt hat. Ich hab es nicht gern, wenn man mich bedroht.«

Das darf nicht wahr sein! Lance Jamesons Herzschlag beschleunigte auf das Dreifache. »Was zur Hölle wollen Sie?« Unwillkürlich suchte er die Umgebung ab, doch niemand war zu sehen. Nur der See und die braunen Berge der Highlands.

»Lassen Sie mich in Ruhe, oder Ihre Tochter wächst als Halbwaise auf!«

Das klirrende Geräusch von zersplitterndem Glas ließ Lance herumfahren. Er starrte entgeistert auf das Loch in der Mitte der Panoramascheibe, die beinahe die gesamte Rückseite des

Hauses einnahm. Sein Blick wanderte weiter zu Hamish McGregor, der in seinem Korbstuhl zusammengesunken war. Zwei dunkle Flecken zeichneten sich auf der Brust des alten Mannes ab.

Epilog

Tinkerbell lenkte den Jeep in gemächlichem Tempo über einen schmalen Schotterweg. Wäre ihr ein anderes Fahrzeug entgegengekommen, hätte es ein ernsthaftes Problem beim Ausweichen gegeben, doch seitdem sie vor einigen Kilometern in das Waldgebiet gefahren war, hatte sie keine Menschenseele mehr gesehen.

Der Birch Lake befand sich irgendwo westlich von ihr, tiefer im Wald. Die Stadt Duluth, aus der sie gekommen war, lag östlich.

Vor ihr beschrieb der Schotterweg eine leichte Rechtskurve und endete einige hundert Meter weiter vor einem hölzernen Gatter. Das Gatter war neu, genau wie der niedrige Maschendrahtzaun, der sich zu beiden Seiten zwischen den Bäumen erstreckte.

Dicht vor dem Hindernis stoppte die Elfe den Wagen, zog wegen des leichten Gefälles die Handbremse an und stieg aus. Es war ein schöner sonniger Oktobertag. Die Luft prickelte kühl auf der Haut, und am Himmel zogen lediglich ein paar weiße Wattewolken gemächlich ihre Bahnen. Die Blätter der Bäume leuchteten in den herrlichsten Rot-, Orange- und Gelbtönen. Trotzdem roch es nach Winter, nach dunklen Tagen und Schnee.

Sie schob das Gatter auf und betrachtete die große Holzhütte, die entfernt zwischen den Bäumen aufblitzte. Ihr graute vor den nächsten Minuten, vor dem Unvermeidlichen, gleichzeitig erfüllten sie Vorfreude und Neugier. Schließlich wandte sie sich um und ging zurück zum Jeep. Sie fuhr den

Wagen in das umgrenzte Gebiet, schloss das Gatter und rollte im Schritttempo weiter, nun über nackten Erdboden.

Nach dreihundert Metern erreichte sie einen ovalen Platz, parkte und schaute erneut zur Hütte. Bear stand in der Tür, die Arme vor der breiten Brust verschränkt, ein gutmütiges, leicht schelmisches Lächeln auf den Lippen. Der Anblick der unvermeidlichen braunen Cordhose und des verwaschenen, rot-schwarz-karierten Holzfällerhemds löste in der Elfe ein tiefes, beruhigendes Gefühl der Vertrautheit aus. Hier lag ein Stück Heimat. Sie hob die Hand zum Gruß und stieg aus.

»Du kommst spät«, begrüßte sie der alte Schamane mit brummender Stimme. Als wäre dies keine unangekündigte Stippvisite, sondern ein vereinbarter Besuch.

»Würdest du ein Telekom besitzen, hätte ich vorher angerufen.«

»Ach, Unsinn. Überraschungen machen das Leben erst spannend.« Bear trat näher und nahm sie in die starken Arme. »Es ist gut, dich zu sehen.« Dann musterte er sie kritisch mit dunkelbraunen, vom Alter getrübten Augen. »Du bist zu dünn, du solltest mehr essen.«

Tinkerbell konnte gar nicht anders als lächeln. Bear würde sich nie ändern. Stets mehr besorgt um das Wohlergehen aller anderen als um sein eigenes. »Wie geht es dir?«

»Ich habe keinen Grund zur Klage.«

Sie musterte den fast siebzigjährigen Schamanen eindringlich. Sein schulterlanges silbergraues Haar war ein wenig ausgedünnt, der Rücken ein wenig gebeugter und im Gesicht waren einige Fältchen und Altersflecken dazugekommen. Äußerlich wirkte er gesund und munter. Trotzdem spürte die Elfe, dass etwas nicht stimmte. Es war wie ein Schatten, der über dem großen Mann lag.

»Schau nicht so besorgt. Mir geht es gut«, versicherte er, und deutete dann vage nach links, in den Wald. »Ash ist da hinten und verausgabt sich beim Graben eines neuen Teichs.«

»Ein Teich?« Ihre Kinnlade sackte nach unten. »Möchtest du in die Fischzucht einsteigen?«

Der Schamane lachte ein tiefes, dröhnendes Lachen. »Die Geister mögen es verhindern. Nein, nein, es soll ein Angebot an meine tierischen Freunde sein. Vielleicht gefällt es ihnen.«

»Aber einen Teich im Oktober anlegen? Ist es dafür nicht etwas zu spät?«

»Zu spät ist es nie.« Er nahm sie bei der Hand und führte sie zur Rückseite der Hütte. Dort stand neben der runden, aus Lehm gefertigten Medizinhütte ein neuer Schuppen. »Den hat Ash gebaut. Er hat auch den Außenzaun gezogen.«

Aus den Augenwinkeln entdeckte die Elfe ein Fahrzeug, das verdeckt von einer khakifarbenen Plane zwischen den Bäumen stand. Nach der Form zu urteilen, ein Jackrabbit.

»Wie geht es ihm?«

»Recht gut.« Kaum wahrnehmbare Anspannung schlich sich in Bears Stimme, und Tinkerbell ahnte plötzlich, woher der unsichtbare Schatten kam.

»So schlimm?«

»Wir haben einige schlechte Tage hinter uns und viele schlechte Nächte.« Der Schamane stützte sich an der Außenwand der Hütte ab. Er wirkte plötzlich erschöpft. »Besonders die Nächte.«

Mit Wucht traf Tinkerbell das schlechte Gewissen. Sie hätte Ash nicht hierher bringen sollen. Bear konnte niemandem Hilfe verweigern, es lag in seiner Natur, zu helfen. Doch er war kein Psychologe.

Der Schamane schien ihre Gedanken lesen zu können. »Keine Sorge, das Schlimmste ist überstanden.« Er lächelte aufmunternd. »Das Leben hat mir eine weitere Herausforderung beschert, und ich gedenke, sie mit Bravour zu meistern. Ash schafft das schon. Er ist stark, ein Kämpfer.«

»Ja, er ist ein Sturkopf.« Die Zuneigung in ihrer Stimme besiegte spielend die Ernsthaftigkeit. »Manchmal würde ich ihn am liebsten ...«

Bears amüsiertes Lächeln ließ sie verlegen innehalten. »Du magst ihn sehr.« Es war eine Feststellung, keine Frage.

»Mehr, als gut für mich ist.«

»Erwidert er deine Zuneigung?«

Sie senkte den Blick und nestelte nervös am Reißverschluss ihrer Jacke herum. »Nein.« Es hatte eine Weile gedauert, bis es ihr endgültig klar geworden war. Es laut auszusprechen, versetzte ihr einen schmerzhaften Stich, machte die Erkenntnis plötzlich zur Wahrheit. »Vielleicht am Anfang. Aber dann ist so viel passiert.«

Bear nickte nachdenklich. »Ich verstehe.« Er lächelte sanft. »Geh endlich und sag ihm Hallo.«

Er schob sie sanft in die Richtung, in der sie den Runner finden würde.

Nach einigen hundert Metern entdeckte Tinkerbell Ash zwischen den Bäumen. Er stand mit dem Rücken zu ihr knietief in einer mehr oder weniger runden Grube von vielleicht fünf Metern Durchmesser und schaufelte geschäftig Erde auf einen ansehnlichen Haufen daneben. Er trug hellblaue Jeans und ein durchgeschwitztes hellgraues T-Shirt, von dem die Ärmel abgetrennt worden waren. Um die Hüften hatte er ein schwarz-blau kariertes Holzfällerhemd geschlungen. Bears Vorliebe steckte offenbar an.

Ashs Hände steckten in Arbeitshandschuhen, und die blonden Haare hatte er im Nacken zu einem kurzen Zopf zusammengebunden. Was einige vorwitzige Ponysträhnen nicht daran hinderte, ihm ins Gesicht zu fallen. Er wischte sie mehrmals mit einer behandschuhten Hand zur Seite, hielt schließlich inne und rammte die Schaufel kraftvoll ins Erdreich. Dann streckte er sich und griff nach einer halb vollen Plastikflasche mit einer trüb-grünlichen Flüssigkeit, die auf der anderen Seite der Grube stand.

Schlaftabletten und Aufputschmittel. Ein Teil von ihr weigerte sich immer noch, es zu glauben. Das Absurde war, dass die Aufputschmittel sie gerettet hatten. Ohne dieses Zeug wären sie nie aus der Anlage herausgekommen. Wie sollte sie das begreifen?

Tinkerbell wappnete sich innerlich für die nächsten Minuten und trat aus der schützenden Deckung eines breiten Baumstamms. »Ich bin beeindruckt.« Erleichtert lauschte sie dem festen Klang ihrer Stimme. Keine Spur von Nervosität.

Ash fuhr herum, schaute sie überrascht an und strahlte dann übers ganze Gesicht.

In Tinkerbells Bauch begannen die Schmetterlinge zu flattern.

»Hey, was machst du denn hier?« Die Flasche in der Hand, kletterte er behände aus der Grube.

»Ich war zufällig in der Gegend und wollte mal nach dir schauen.«

Ash hob gespielt skeptisch die Augenbrauen. »Zufällig, aha.« Er wischte sich mit dem rechten Unterarm über die Stirn und hinterließ einen schmalen Schmutzstreifen.

»Du hast da was.« Die Elfe deutete amüsiert auf ihre eigene Stirn.

Es dauerte einen Augenblick, ehe er verstand. Dann schielte er nach oben, als könne er so den Schmutz sehen, und verdrehte die Augen. »Na klasse. Ich seh vermutlich aus wie ein Idiot.« Er klemmte die Flasche zwischen den Oberschenkeln ein, zog das T-Shirt aus der Hose und wischte sich erneut die Stirn ab. »Weg?«

Tinkerbell, die vom Anblick seines nackten Bauchs abgelenkt worden war, nickte hastig. »Du siehst gut aus. Besser«, fügte sie hastig hinzu, bevor er den Satz falsch verstehen konnte.

»Ich fühl mich auch besser. Der Wald, die Abgeschiedenheit, die Ruhe. Hier gibt's nicht mal Trideo. Keine Nachrichten, keine billigen Serien, kein gar nichts.« Er sprach so schnell, so voller Euphorie, dass sie ihm kaum folgen konnte. »Ich komme mir vor, als wäre ich am Ende der Welt. Na ja, abgesehen von vereinzelten Flugzeugen, die über uns hinwegfliegen, und den Besuchern, die Bears Kräutermischungen und Salben kaufen. Aber das Merkwürdigste ist, dass ich den ganzen Trubel nicht vermisse. Kein bisschen.«

Ash griff nach der Flasche und trank einen großen Schluck von der trüben Flüssigkeit.

»Was ist das?«, nutzte Tinkerbell die Pause in seinem Redefluss. »Sieht schrecklich gesund aus.«

»Kräutertee. Schmeckt ganz gut, wenn man sich dran gewöhnt hat.« Er zuckte verlegen die Achseln. »Hilft beim Einschlafen.«

»Oh.« Sie wollte nicht verlegen sein, konnte jedoch nichts dagegen tun. »Schläfst du inzwischen besser?« Ihre Stimme klang steif und angespannt, und sie hasste sich dafür.

»Die Albträume haben nachgelassen. Mein Schlafrhythmus ist immer noch im Eimer, aber wir arbeiten daran.« Ash kratzte sich verlegen an der Nase. »Wollen wir reingehen?«

»Ich find's hier draußen eigentlich recht schön.« Wenn sie einen Schritt in Bears Hütte machte, würde sie bleiben wollen.

»Okay, aber dann muss ich mich hinsetzen. Mein Rücken bringt mich um.« Er ließ sich demonstrativ erschöpft zu Boden sinken und verschränkte die Beine im lockeren Schneidersitz. Als er abwartend zu ihr hochschaute, glitzerten seine moosgrünen Augen im Gegenlicht. Tinkerbell hätte ihn küssen können. Sie hätte ihn erschlagen können, weil er sie jedes Mal um den kleinen Finger wickelte. Und sie hätte sich selbst in den Hintern treten können, weil sie absolut machtlos dagegen war.

»Was ist los?« Ash grinste sie an, einen fragenden Ausdruck in den Augen, und ihr fiel auf, dass sie ihn angestarrt hatte. Sie konnte nicht anders. Es war, als würde ein vollkommen anderer Mensch vor ihr sitzen.

Die Augenringe waren noch da, doch nur schwach, nicht mehr so tief ins Gesicht gemeißelt. Keine ungesunde Blässe unter der gebräunten Haut, sondern rosige Wangen, die von viel frischer Luft zeugten. Er hatte einige Kilo zugelegt, was ihm sehr gut stand, und die gute Laune, die er versprühte, schien echt. Er wirkte glücklich. Zum ersten Mal seit wie langer Zeit?

»Du warst fleißig.« Sie setzte sich endlich auf den harten Waldboden.

»Zwei Teile Beschäftigungstherapie, ein Teil Fitnesstraining.« Er hob zum Beweis den linken Arm, wo sich deutliche Muskeln abzeichneten. »Nach dem ersten Tag dachte ich, der Muskelkater bringt mich um.« Ash wurde ernst. »Danke, dass du mich hierher gebracht hast. Anfangs habe ich es für eine furchtbar schlechte Idee gehalten, doch inzwischen möchte ich an keinem anderen Ort sein.«

»Im Krankenhaus hab ich gesagt, dass wir jemand anders für dich finden müssen. Das waren keine leeren Worte.« Es stimmte nicht ganz. In der Klinik waren es sehr wohl leere Worte gewesen, eine Floskel, um irgendwie aus der unerträglichen Situation herauszukommen. Später hatte das Verlangen überwogen, ihm zu helfen. Die Elfe kratzte sich nachdenklich am Knie. »Geht es Bear wirklich gut? Ich hab das Gefühl, ihm fehlt irgendwas.«

Ash druckste einen Moment herum und rückte endlich mit der Sprache raus. »Seit Dunkelzahns Tod geht es ihm manchmal schlecht. Er fühlt sich schwach, ausgelaugt und müde. Irgendwas ist damals passiert, eine Art magische Rückkopplung oder so was, keine Ahnung. Bear hat gesagt, er konnte es deutlich spüren, als der Drache gestorben ist. Ein gigantisches Beben auf der Astralebene, Manawellen, die über ihn hinweggerauscht sind.« Er zuckte die Achseln. »Ich meine, ich kann immer noch nicht begreifen, dass Dunkelzahn tot ist. Es ist schon ein seltsames Gefühl, wenn ich daran denke, und ich bin bloß ein blöder Norm.« Er verzog das Gesicht. »Wie muss es erst für Bear sein?«

Tinkerbell konnte sich gut an Ashs ungläubiges Entsetzen und seine Verzweiflung erinnern, als die Nachricht auch sie endlich erreicht hatte: *Der Präsident wurde ermordet! Dunkelzahn ist tot!*

Pilgrim war zum zweiten Mal operiert worden, und sie hatten zusammen mit Colin und Selva im Wartezimmer der Schattenklinik gesessen und Trideo geguckt. Für Colin und

Selva war es eine unwichtige Notiz am Rande gewesen, die beiden interessierten sich in dieser Nacht nicht für die Dinge, die außerhalb der Klinik geschahen. Ash hingegen hatte stundenlang vor dem Trideo gehockt, mit wechselnden Krankenschwestern und Pflegern als Gesellschaft, und die Berichterstattung verfolgt. Reglos, wortlos, zutiefst erschüttert. Alle Hoffnungen, die er und Millionen andere in den Drachen gesetzt hatten, waren innerhalb weniger Sekunden vernichtet worden.

Tinkerbell erinnerte sich an den Schockzustand, in den die Nachricht sie selbst versetzt hatte. Sie hatte den Drachen erst wenige Tage zuvor gesehen, wie konnte er tot sein? Wie konnte jemand den Präsidenten ermorden?

Aber an Manawellen oder Beben auf der Astralebene erinnerte sie sich nicht. Bloß an ein Gefühl der Niedergeschlagenheit und inneren Leere.

»Ich wusste nicht, dass es ihn so mitgenommen hat«, erwiderte sie leise. Wieso hatte er sie nicht angerufen? *Weil er kein Telekom besitzt, du Dummchen,* schalt sie sich in Gedanken. Früher hatte sie Bears strikte Ablehnung moderner Kommunikationsmittel amüsant bis bewundernswert gefunden. Zum ersten Mal wurde ihr bewusst, wie gefährlich und töricht es war. Der Mann brauchte ein Telekom, und wenn sie es selbst kaufen, eine Leitung legen und es anschließen musste!

»Ich passe schon auf ihn auf.« Ash drehte die Flasche in den Händen hin und her. Offenbar konnte heute jeder ihre Gedanken lesen. »Meine Uhr hat ein eingebautes Telefon, und im Notfall sind wir mit dem Wagen schnell in der Stadt. Mach dir keine Sorgen.«

Die Rührung trieb ihr fast die Tränen in die Augen. Er machte es ihr schwer. Ohne es zu wissen oder zu wollen, machte er es ihr unheimlich schwer.

»Ich hab etwas über deine Freundin Mae rausgefunden«, wechselte sie rasch das Thema. »Sie kommt aus Seattle und nennt sich Bloodshed. Eine Messerklaue, je mehr Sporne, desto besser. Seit der Explosion hat niemand mehr von ihr gehört. Es gibt eine Runnerin, mit der sie regelmäßig zusammengearbeitet hat, eine Katzenschamanin. Da könnte man ansetzen.«

Ash nickte bedächtig, während er über das Angebot nachdachte. Schließlich schüttelte er den Kopf. »Nein, damit würde bloß unnötig Staub aufgewirbelt. Für mich ist das Kapitel Proteus erledigt, egal, wie übel uns mitgespielt wurde. Nach McGregors Tod ist das Kopfgeld vom Markt verschwunden. Mae hat keine Motivation mehr, nach mir zu suchen.«

»Bist du sicher? Vielleicht sieht sie es anders. Falls sie noch lebt. Vielleicht hält sie es für klüger, dich umzubringen, bevor *du* sie aus Rache umbringst.«

»Soll ich jeden Runner töten, mit dem ich in der Vergangenheit Probleme hatte? Auf den vagen Verdacht hin, er könne irgendwann eventuell eine Gefahr für meine Sicherheit darstellen?« Ash seufzte. »Ich habe keine Lust mehr auf dieses Spiel. Falls du das dringende Verlangen hast, Mae zu suchen, bitte schön. Ich bleibe hier und grabe meinen Teich.«

Eine Welle der Erleichterung überkam sie. »Ich hatte befürchtet ...«

»Das mein Ego die Kontrolle übernimmt und ich mich blind ins Verderben stürze? Ich kann mich beherrschen.« Er trank einen Schluck Tee. »Bleibst du zum Essen? Ich versuche zu kochen.«

Sie unterdrückte ein Schmunzeln. Ash und Kochen? »So verführerisch die Vorstellung auch ist, es geht leider nicht.« Jetzt hatte sie keine Möglichkeit mehr, es länger herauszuzögern. »Pilgrim und Selva warten in Duluth auf mich.«

»Pilgrim und Selva?« Ash beugte sich ungläubig vor. »Okay, *jetzt* bin ich verwirrt.«

»Pilgrim stellt ein neues Team zusammen. Er hat mir einen Job angeboten, und ich habe zugesagt.«

»Aber ... ich dachte ... was ist mit deinem Studium?«

»Hab ich abgebrochen. Es hat eine Weile funktioniert, doch auf Dauer ... Tagsüber studieren und abends Restaurantgästen nette Zaubertricks vorführen ist einfach …«, sie hob in einer ratlosen Geste die Achseln, »zu wenig. Ich möchte mehr von der Welt sehen, mehr vom Leben haben.«

»Wow.« Ash hatte sichtlich Mühe, die Flut an Informationen zu verarbeiten. »Ich hätte gedacht, du würdest es ruhiger angehen lassen. Dich vielleicht ganz aus den Schatten zurückziehen.«

»Eine Weile wollte ich es sogar. Aber die Dinge ändern sich.« *Du hast keine Ahnung, wie sehr.*

»Offensichtlich.« Er klang leicht pikiert. »Wie geht es Pilgrim?«

»Er erholt sich allmählich.«

»Und sein Arm?« Ash umfasste im Sprechen seinen linken Unterarm.

»Cyberware. Bis er sich einen nachgezüchteten Arm leisten kann.«

»Ich weiß nicht, ob ich an seiner Stelle noch die Nerven hätte, um weiterzumachen. Wünsch ihm alles Gute von mir.«

»Mach ich. Pilgrim wird schon wieder. Selva und ich reden viel mit ihm.«

Ash klang nun sehr reserviert. »Gut für ihn.«

»Ja. Reden scheint zu helfen.« Ohne dass sie es wollte, hatte sich ein vorwurfsvoller, enttäuschter Ton in ihre Stimme eingeschlichen. *Du sprichst nicht mit mir, aber Pilgrim tut es.* Sie hätte sich ohrfeigen können.

In der plötzlichen Atmosphäre des Unbehagens und der Verlegenheit hätte man die berühmte Stecknadel fallen hören können.

Was tu ich hier eigentlich? Plötzlich wollte Tinkerbell nur noch weg. Es hinter sich bringen und verschwinden. »Ich mach mich besser auf den Weg.«

»Ja, lass die beiden nicht warten. Wo soll's denn hingehen?«, erkundigte sich Ash in bemüht neutralem Ton.

»Australien. Pilgrim hat dort gute Kontakte in den Schatten.«

»Australien? Ganz schön weit weg. Wann kommt ihr wieder?«

»Vielleicht in ein paar Monaten.« Sie wurde leiser, konnte ihn nicht ansehen. »Wenn überhaupt.«

Sein Schweigen zwang sie, den Kopf zu heben.

Ash starrte sie mit offenem Mund an. »Das ist nicht dein Ernst!« Er schien verzweifelt darauf zu warten, dass sie in schallendes Gelächter ausbrach und ›Reingelegt‹ rief.

Stattdessen nickte sie. »Der Anschlag auf Proteus hat einigen Staub aufgewirbelt. Pilgrim hält es für besser, eine Zeit lang das Feld zu räumen.«

»Klar, aber Australien? Ist das nicht etwas übertrieben?«

»Es ist eine Gelegenheit, mehr von der Welt zu sehen. Neue Leute, ein neues Umfeld, es ist ein Abenteuer.«

»Aber für immer?«

Der unterschwellige Vorwurf in seiner Stimme machte sie wütend. *Wie kannst du es wagen, mich zu verlassen.* Was bildete sich Ash eigentlich ein?

»Wer ist denn für ein Jahr verschwunden, ohne ein Lebenszeichen von sich zu geben? Ohne wenigstens ein Mal anzurufen und Bescheid zu geben, dass er noch lebt?« Die Wut verlieh ihr die nötige Härte, ließ die Worte aus ihr heraussprudeln, die sie viel zu lange für sich behalten hatte. »Es hätten zwei Jahre sein können, zehn Jahre oder nie. Was glaubst du, wie ich mich damals gefühlt habe?«

Er schaute sie mit großen Augen verblüfft an. »Aber ich dachte, du hättest es verstanden. Du hast damals gesagt ...«

»Ich weiß, was ich gesagt habe«, fuhr sie dazwischen. »Du wärst sowieso gegangen, was spielte es da für eine Rolle? Ich habe es nie verstanden, und ich werde es nie verstehen. Ganz nebenbei bist du nicht der Einzige, der das Recht hat, neue Wege zu gehen. Ich habe mich entschieden, und nichts, was du sagst, kann mich davon abbringen.« Tinkerbell stand abrupt auf, konnte und wollte es nicht länger ertragen.

»Warte!« Ash sprang auf. »Das ist nicht gut, wir sollten nicht ...« Er hielt inne, und der verzweifelte Ausdruck in seinen Augen ließ einen Teil ihrer Wut verrauchen.

»Ruf Taurus an«, erwiderte sie ruhig. »Er wird sich freuen, von dir zu hören.«

»Mach ich.« Ash wischte nervös die Hände an der Hose ab

und straffte sich merklich. »Du hast ja meine Nummer. Melde dich mal bei mir. Wann immer du Lust hast.«

Tinkerbell spürte einen dicken Kloß im Hals, spürte das Zittern und das Ziehen und Zerren im Magen. Ihre Augen brannten, doch sie ließ keine Tränen zu. »In Ordnung.« Sie lächelte verkrampft, denn im Innersten war ihr klar, dass sie die Gelegenheit vermutlich nie wahrnehmen würde. Sie wollte ihm sagen, dass Colin eine gute Verbindung zu Pilgrim und letztendlich zu ihr sein würde, überlegte es sich aber anders. Keine künstlichen Brücken bauen. Konsequent sein, keine Kompromisse eingehen.

»Ich muss los.«

Er nickte betreten.

Aus einem Impuls heraus nahm sie ihn in den Arm und drückte ihn fest an sich. Sie küsste ihn auf die Wange, fühlte einen elektrischen Schlag durch ihre Eingeweide jagen und trat zurück. »Pass auf dich auf.«

»Du auch.« Ashs Augen glänzten feucht. Er sah aus, als wolle er etwas sagen.

Als ihre Unterlippe unkontrolliert zu zittern begann, wandte sie sich ab und ging. Sie spürte seinen Blick im Rücken, doch ihre Füße liefen weiter und weiter.

Beim Jeep angekommen, schaute sie zu Bear, der wieder im Eingang der Hütte stand. »Pass gut auf ihn auf.«

Der Schamane nickte würdevoll. »Ich tue mein Bestes.«

Sie lächelte schmal und stieg ein. Sie wendete den Jeep und rollte langsam auf das Gatter zu. Würde sie jemals wieder hierherkommen? Wollte sie es überhaupt? Denn auch Ash würde immer hier sein. Bears Hütte war genauso zu seiner Zuflucht geworden, wie es ihre gewesen war.

Vielleicht in ein paar Jahren. Wenn die Erinnerungen verblasst waren und leichter zu ertragen.

Mit der Plastikflasche in den Händen saß Ash niedergeschlagen am Rand der Grube und versuchte zu begreifen, was gerade geschehen war.

Ein Teil von ihm war nicht überrascht. Überhaupt nicht überrascht. Nachdem Tinkerbell ihn vor zwei Monaten hierher gebracht hatte, war sie nicht mehr zu Besuch gekommen. Hatte sich auch nicht telefonisch bei ihm gemeldet. Nach der Sache in der Schattenklinik – seinem amüsanten Vortrag zum Thema ›Psychologe‹ – war sie zurückhaltend gewesen, verschlossen und kühl. Manche Verletzungen konnte man nie zurücknehmen, und seine Weigerung, sich ihr zu öffnen, war eine dieser Verletzungen. Eine von vielen, wie er heute herausgefunden hatte.

Bear hatte es vorausgesehen und ihm geraten, sich auf diesen Tag vorzubereiten. Doch vorbereitet sein half nicht gegen das Gefühl der Leere und des Verlusts. Es milderte höchstens den Schock ein wenig ab.

Ash rutschte vom Grubenrand, packte die Schaufel und fing mechanisch an zu graben. Ob es irgendwo auf dieser Welt jemanden gab, der mehr Fehlentscheidungen getroffen hatte als er?

Eine Zeit lang arbeitete er vor sich hin, holte verbissen Schaufel um Schaufel Erde aus der Grube.

Ruf Taurus an. Er wird sich freuen, von dir zu hören.

Taurus.

Um keinen Preis wollte er den Troll auch noch verlieren!

Aber war es klug? Kontakt zu den Schatten zu halten, nachdem er selbst ausgestiegen war? Brachte er damit nicht Taurus, sich selbst und zu guter Letzt Bear in Gefahr?

Aber er wollte nicht sämtliche Brücken hinter sich abbrechen. Nicht mehr. Denn das würde bedeuten, wieder allein zu sein. Er hatte genug vom Alleinsein.

Ash hielt inne. Colin würde wissen, wo Tinkerbell steckte. Hin und wieder ein Anruf bei dem Schieber, um sicherzugehen, dass alles in Ordnung war. Das konnte ihm niemand verbieten.

Pilgrim und Selva ... trotz allem gefiel ihm die Vorstellung.

Wenigstens weiß ich, mit wem sie weggeht. Wäre die Situation nicht so traurig gewesen, hätte er gelacht.

»Ash.«

Er hörte die tiefe Stimme des Schamanen und schaute auf.

»Für heute hast du genug getan.« Bear bedachte ihn mit einem gutmütigen, mitfühlenden Blick. »Die Tiere können ruhig etwas länger auf ihren Teich warten.«

»Wenn du meinst.« Er kletterte aus der Grube und griff nach der Teeflasche. »Was soll ich uns zum Abendessen kochen?« Obwohl der Schamane wissen musste, was passiert war, wollte Ash den Schein wahren. Denn nach Reden war ihm überhaupt nicht zu Mute.

Bear machte das Spiel bereitwillig mit. »Ich bin nicht sicher, ob ich dieses Risiko erneut eingehen möchte.«

»Wieso?« Ash täuschte Entrüstung vor. »Die Lasagne war doch lecker.«

»Nun ja ...« Der Schamane legte ihm schmunzelnd den Arm um die Schulter. »Aller Anfang ist schwer.«

Seite an Seite gingen sie auf die große Holzhütte zu, die zumindest für eine Zeit lang Ashs Zuhause geworden war.

When I'm one with the world I am one with my mind
Forget all the fury there's no need to cry.
There's a place we all go, salvation to find.
There's freedom to come when I'm one with the world
and my mind.

Danksagung

Mein Dank gilt auch diesmal den üblichen Verdächtigen: Maike und Nico, die mich zuverlässig mit Ratschlägen und Anmerkungen versorgt haben, und meiner Mutter Alfhild, die sich die Zeit genommen hat, das Manuskript zu lesen, und in vielen Fällen wieder stilsicherer war als ich.

Aber ich habe auch einen Neuzugang in der Riege meiner fleißigen Helferchen zu verzeichnen. Deshalb an dieser Stelle vielen Dank an André, der das Manuskript in atemberaubender Geschwindigkeit durchgelesen und viele gute Verbesserungsvorschläge abgeliefert hat.

Ich ziehe den Hut vor Catherine, die aus jedem Buch das Beste herausholen will und viel mehr tut, als sie eigentlich müsste. Vermutlich hat sie schon manches graue Haar davon bekommen.

Tobi danke ich für nächtliche Göttersitzungen und vertrocknete Büsche. Ich betrachte Schleiereulen heute mit ganz anderen Augen.

Und zu guter Letzt gibt es ein dickes Küsschen aufs Näschen für Kai. Er weiß schon, wofür.

Von SHADOWRUN sind im
WILHELM HEYNE VERLAG erschienen:

11. Jordan K. Weisman (Hrsg.): *Der Weg in die Schatten*

TRILOGIE GEHEIMNISSE DER MACHT

12. Robert N. Charrette: *Laß ab von Drachen*
13. Robert N. Charrette: *Wähl deine Feinde mit Bedacht*
14. Robert N. Charrette: *Such deine eigene Wahrheit*

15. Nigel Findley: *2XS*
16. Chris Kubasik: *Der Wechselbalg*
17. Robert N. Charrette: *Trau keinem Elf*
18. Nigel Findley: *Schattenspiele*
19. Carl Sargent: *Blutige Straßen*

TRILOGIE DEUTSCHLAND IN DEN SCHATTEN

10. Hans Joachim Alpers: *Das zerrissene Land*
11. Hans Joachim Alpers: *Die Augen des Riggers*
12. Hans Joachim Alpers: *Die graue Eminenz*

13. Tom Dowd: *Spielball der Nacht*
14. Nyx Smith: *Die Attentäterin*
15. Nigel Findley: *Der Einzelgänger*
16. Nyx Smith: *In die Dunkelheit*
17. Carl Sargent/Marc Gascoigne: *Nosferatu 2055*
18. Tom Dowd: *Nuke City*
19. Nyx Smith: *Jäger und Gejagte*
20. Nigel Findley: *Haus der Sonne*

21. Caroline Spector: *Die endlosen Welten*
22. Robert N. Charrette: *Gerade noch ein Patt*
23. Carl Sargent/Marc Gascoigne: *Schwarze Madonna*
24. Mel Odom: *Auf Beutezug*
25. Jak Koke: *Funkstille*
26. Lisa Smedman: *Das Luzifer Deck*
27. Nyx Smith: *Stahlregen*
28. Nick Polotta: *Schattenboxer*
29. Jak Koke: *Fremde Seelen*
30. Mel Odom: *Kopfjäger*
31. Jak Koke: *Der Cyberzombie*
32. Lisa Smedman: *Blutige Jagd*
33. Jak Koke: *Bis zum bitteren Ende*
34. Stephen Kenson: *Technobabel*
35. Lisa Smedman: *Psychotrop*
36. Stephen Kenson: *Am Kreuzweg*
37. Michael Stackpole: *Wolf und Rabe*
38. Jonathan Bond/Jak Koke: *Das Terminus-Experiment*
39. Lisa Smedman: *Das neunte Leben*
40. Mel Odom: *Runner sterben schnell*
41. Leo Lukas: *Wiener Blei*
42. Stephen Kenson: *Ragnarock*
43. Lisa Smedman: *Kopf oder Zahl*
44. Stephen Kenson: *Zeit in Flammen*
45. Markus Heitz: *TAKC 3000*
46. Björn Lippold: *Nachtstreife*
47. Markus Heitz: *Gottes Engel*
48. Markus Heitz: *Aeternitas*
49. Harri Assmann: *Auf dem Sprung*
50. Harri Assmann: *Töne der Unendlichkeit*

51. Markus Heitz: *Sturmvogel*
52. Harri Assmann: *Elementares Wissen*
53. Markus Heitz: *05:58*
54. Ivan Nedič: *Die Anfänger*
55. Markus Heitz: *Jede Wette*
56. André Wiesler: *Altes Eisen*
57. Markus Heitz: *Schattenjäger*
58. Maike Hallmann: *Pesadillas*
59. Markus Heitz: *Schattenläufer*
60. Lara Möller: *Ash*
61. André Wiesler: *Shelley*
62. Lara Möller: *Quickshot*
63. Maike Hallmann: *Vertigo*
64. André Wiesler: *Im Namen des Herrn*